LUZIFER
VERLAG

Eva Adam

Fastenpredigt in Unterfilzbach

Krimikomödie aus Niederbayern

Dieses Buch wurde vermittelt von der
Literaturagentur erzähl:perspektive, München
(www.erzaehlperspektive.de)

LUZIFER
VERLAG

Deutsche Erstausgabe

www.luzifer.press

Umschlaggestaltung: Michael Schubert | Luzifer-Verlag
Lektorat: Johannes Laumann

ISBN: 978-3-95835-337-4

Dieses Buch wurde nach Dudenempfehlung (Stand 2018) lektoriert.

Bibliografische Information der Deutschen Nationalbibliothek:
Die Deutsche Nationalbibliothek verzeichnet diese Publikation
in der Deutschen Nationalbibliografie; detaillierte bibliografische Daten
sind im Internet über *http://dnb.d-nb.de* abrufbar.

In tiefer Freundschaft
für
Elke, Karin und Marie

KAPITEL 1

Hello again

»Hello again, isch sag einfach hello again …«, trällerte Hansi Scharnagl aus voller Kehle im absoluten Schlagertaumel.

Es war eine große Freude gewesen, als der bekennende Schlagerfan von seiner Frau Bettina zu Weihnachten zwei Karten für das große *Schmachtfetzen-Festival* in der bayerischen Hauptstadt überreicht bekommen hatte. *Lieder, die das Herz berühren – der große Schlagerabend für Herzensbrecher* las Hansi auf den Eintrittskarten und war den Tränen nahe. Dabei hatte Bettina dieses Geschenk nicht ohne Hintergedanken ausgewählt. In den letzten Monaten war Hansi im totalen Helene-Fischer-Wahn und das ging seiner Familie inzwischen dermaßen auf die Nerven, dass die erstgeborene Scharnagl-Tochter Isabelle ihre Mutter hochoffiziell auf die nicht mehr auszuhaltende heimische Wohnsituation aufmerksam machte.

»Mama, wenn du dem Papa jetzt nicht bald dieses ewige saudumme *Atemlos* verbietest, dann zieh ich aus. Den ganzen Tag dasselbe Lied, das ist ja der reinste Psychoterror.«

Bettinas und Hansis einziger Sohn, Hansi junior, war in Sachen Geduld eigentlich recht stoisch. Aber sogar er wäre für eine Abwechslung in der Musikauswahl seines Vaters dankbar gewesen.

»Also da hat Isa ausnahmsweise mal echt recht, Mama. Ich pack das auch bald nimmer. Wie soll ich mich denn da auf meine Gesellenprüfung konzentrieren? Du weißt ja, wie blöd ich das Lernen eh schon find«, seufzte der Stammhalter und angehende Elektriker am Frühstückstisch bei der Helene-Fischer-Krisensitzung, die Isabelle anberaumt hatte.

Das Nesthäkchen Indira trat dieser ziemlich anstrengenden und nervigen Situation recht pragmatisch entgegen. Sie war seit Wochen daheim nur noch mit Kopfhörern unterwegs, die sie mit ihrer eigenen Musik aus ihrem Handy beschallten. Aber auch die Sechzehnjährige sah in der *Atemlos*-Dauerschleife im Scharnagl'schen Zuhause ein Problem, das beseitigt werden musste. Letztendlich hatte dann auch die blitzgescheite Indira die hoffentlich rettende Idee.

»Wir müssten ihm einfach neue Eindrücke verschaffen. Papa müsst vielleicht selber sehen, was es sonst noch so an anderen Schnulzensängern gäb. Schau mal in die Zeitung, Mama, da stehen doch immer Konzerttipps. Vielleicht gehst mit ihm mal auf ein Festival, aber mit mehreren verschiedenen Künstlern. Auch wenn wir dann am Ende statt Helene noch ständig diese Andrea Berg in den Wascheln haben. Aber wenn es schon Schlager sein muss, dann wenigstens nicht immer nur ein einziges Lied.«

So war die Idee vom manipulativen Weihnachtsgeschenk für das Familienoberhaupt geboren.

Und so standen Hansi und sein Zuckerschoaserl Bettina nun zusammen mit weiteren 14.998 Besuchern mittleren Alters in der ausverkauften Olympiahalle. Dicht gedrängt in der dritten Reihe vor der Bühne lauschten sie gerade den ganz großen Hits von Howard Carpendale.

»Mei Bettina, hör mal, wie der singen kann. Diese Leidenschaft und dieses G'fühl. Ist das nicht schön?« Hansi war hin und weg von dem blonden Schmachtsänger mit der frischen Föhnwelle.

»Aber freilich, mein Bärle, wunderbar«, gab Bettina ihrem geliebten Ehemann recht. Bettina war ein sehr harmoniebedürftiger Mensch.Hansi kam aus dem Staunen gar nicht mehr heraus. Links und rechts neben ihm waren lauter aufgebrezelte, fast hysterische Frauen mittleren Alters, die beim Anblick des blonden Hünen im Scheinwerferlicht total auszuflippen schienen. Die durchaus attraktive und sehr elegante Frau neben Hansi, die vermutlich im echten Leben als Anwältin oder Ärztin absolute Souveränität ausstrahlte, war so was von aus dem Häuschen, dass sie tatsächlich ihren BH auszog und auf die Bühne warf. Dem Konzertbesucher Scharnagl fiel die Kinnlade herunter. Bei genauem Hinschauen stellte Hansi fast ein wenig schockiert fest, dass sie nicht die einzige BH-Werferin war. Das gab es wirklich und tatsächlich? Bisher hatte der Unterfilzbacher Schlagerfan ja geglaubt, das wäre nur ein Gerücht, das die Manager der Stars gerne verbreiteten, um ein wenig den Fantrubel anzukurbeln.

Das ist ja auch irgendwie lustig, musste Hansi schmunzeln. *Der Howie muss sich bei der Arbeit mit Unterwäsche von hübschen Frauen bewerfen lassen.* Da gab es jetzt wirklich Schlimmeres, fand Hansi. Ein breites Grinsen huschte ihm über das ganze Gesicht, als seine Fantasie zu diesem Gedanken sofort das passende Kopfkino bot: Hansi sah sich an einem heißen Sommertag selbst auf dem Bauhof-Aufsitzrasenmäher »Gras-Killer 4.0« sitzen. Er mähte mit nacktem, braungebranntem, leicht muskulösem Oberkörper den Rasen am Unterfilzbacher Badeweiher. *Die Realität in Bezug auf den Oberkörper sah allerdings drastisch anders aus.* Im selben Moment schlenderte die scharfe blondgelockte Elke, die von der Männerwelt angeschmachtete Sprechstundenhilfe beim Zahnarzt Dr. Herzinger, in einem ultrakurzen Sommerkleidchen vorbei. Als sie Hansi auf dem Rasenmäher erblickte, kam sie augenblicklich genauso in Wallung wie gerade eben die attraktive Anwältin neben Hansi und warf ihm einen roten Spitzen-Stringtanga, der quasi nur aus Schnürl bestand, direkt an den Kopf. Das Grinsen in seinem Gesicht wurde tatsächlich noch breiter. Allerdings schlug Hansi sofort auch wieder in der Realität auf, als im Kopfkinofilm hinter der scharfen Elke nun die fast siebzigjährige Dorfratschn Berta Hinkhofer ebenfalls am Badeweiher vorbeiwatschelte und Hansi nun wohl auch in ihr ein loderndes Feuer der Leidenschaft entfachte. Er zuckte direkt zusammen, als er gedanklich von Bertas alter Miederhose circa aus dem Modeherbst 1954 getroffen wurde. Das war fast wie eine gefühlte Watsch'n!

Wieder zurück in der Wirklichkeit musste sich Hansi, der nebenbei bei der Unterfilzbacher Feuerwehr ehrenamtlich als Oberlöschmeister im Einsatz war, erst einmal schütteln, ließ sich aber sofort wieder von Howie und seiner beeindruckenden Pyrotechnikshow auf der Bühne in seinen Bann ziehen.

So ausgelassen hatte Bettina ihren Gatten schon lange nicht mehr gesehen. Er tanzte und hüpfte, bis sein Hemd klatschnass geschwitzt war. Bettina war heilfroh, dass ihre drei Kinder nicht mitgekommen waren, denn ihr Vater wäre ihnen wieder einmal furchtbar peinlich gewesen.

Außer Howard Carpendale waren auch noch die Spider Murphy Gang, Roland Kaiser und die Münchner Freiheit im Staraufgebot des Schlagerabends. Bettina geriet beim Auftritt der Spider Murphy Gang dann doch auch ein wenig in Wallung. Das hatte wenigstens Pep. »*… unter 32-16-8 herrscht Konjunktur die ganze Nacht …*«, sang nun auch Frau Scharnagl lautstark mit.

»Das waren noch Texte! Da konnte man sich wenigstens was drunter vorstellen«, schrie Bettina begeistert ihrem Mann ins Ohr, denn die Lautstärke war schon extrem.

Sie war wirklich ein Kind der Achtziger und der *Neuen Deutschen Welle.* Da waren deutsche Lieder, logischerweise, auch sehr angesagt gewesen und hatten wenigstens eine Aussage, fand Bettina. Sie erinnerte sich sehr gerne an *99 Luftballons, Karl der Käfer* oder *Major Tom.* Den Sinn von Liedern wie *Tretboot in Seenot* oder *Da Da Da* hingegen hatte sie noch nicht durchschaut. Wenn Bettina etwas nicht leiden konnte, dann waren es sinnlose, blöde Liedtexte. Bei den englischsprachigen Liedern, die im Radio tagein, tagaus gespielt wurden, war das nicht wirklich ein Problem, denn Englisch war nicht unbedingt Bettinas Stärke. Aber dieser neue Trend, wieder deutsch zu singen, war Bettina ein Graus. Wenn sie das schon hörte – *Ich lass für dich das Licht an* oder *Ich und mein Holz* –, da stellten sich bei Bettina sofort alle Haare auf und sie wechselte automatisch im Autoradio den Sender auf Bayern 1. Das führte dann zu regelmäßigen Diskussionen mit ihrer jüngsten, extrem pubertierenden Tochter Indira, wenn die mit im Auto saß. Wobei, eigentlich diskutierten Bettina und ihr Nesthäkchen permanent über jedes Thema. Manchmal betete Bettina wirklich zum Herrgott, dass diese Pubertät doch bald vorbeigehen möge. Die dreifache Mutter müsste eigentlich so eine Pubertät inzwischen locker wegstecken, aber sie stellte gravierende Unterschiede zwischen ihren Kindern während dieser Zeit des Erwachsenwerdens fest. Bei Isabelle war es vielleicht ein paar Monate mal ein bisserl anstrengend gewesen, damals konnte sich Bettina höchstens über den sehr freizügigen Kleidungsstil ihrer Erstgeborenen aufregen. Manchmal konnte man schon meinen, Isabelle wäre das tschechische Au-pair-Mädchen und wohnte normalerweise gleich hinter der Grenze in der *Villa Ludmilla – der Bar für besondere Stunden.*

Bei Hansi junior war die Pubertät irgendwie total ausgefallen oder kam sie bei ihrem Sohn jetzt mit neunzehn Jahren noch? Aber Indira war schon eine Herausforderung für Bettina als Mutter. Wie dem auch sei, bei der Spider Murphy Gang erinnerte sich Bettina wieder an ihre eigene Jugend und fühlte sich für ein paar Stunden wieder jung. Vor allem bei dem schnuckeligen Sänger der Band schlug ihr Herz ein wenig höher. Günther Sigl hieß er, das wusste Bettina noch. Denn früher hatte sie sehr für ihn geschwärmt. Diese Locken! So einen Wuschelkopf fand Bettina unglaublich sexy, wobei der Lockenkopf von Günther Sigl auch nicht mehr das ist, was er mal gewesen war. Mit so einer Kringelmähne hatte auch Hansi seine Bettina vor über fünfundzwanzig Jahren erobert. Damals, als er noch Haare hatte und die noch gelockt waren. Also ein paar Haare hatte Hansi ja auch noch, aber es wurde schon recht überschaubar an manchen Stellen. Die Resthaare versuchten sich so krampfhaft an Hansis Kopfhaut zu klammern, dass sie wohl keine Kraft mehr hatten, um sich noch zu kringeln. Denn die ganze Lockenpracht war leider auch verschwunden. Überhaupt hatte sich Hansi schon verändert, fand Bettina, vor allem in letzter Zeit. An diesem Abend stellte sie so manche neue Eigenart an ihm fest und bemerkte, dass sie nicht nur im Musikgeschmack auseinandergedriftet waren. Früher hatten sie da doch noch relativ viele Gemeinsamkeiten gehabt, aber Hansi schien total auf diese recht oberflächliche Schnulzenschiene mit allem Drum und Dran abzufahren. Das fand Bettina nicht wirklich gut. Aber sie hatte ja schließlich eine Mission zu erfüllen am heutigen Abend und diese war wohl geglückt. Helene war hoffentlich nun nicht mehr ständig *Atemlos* – daheim bei den Scharnagls. Jedoch kam bei Bettina bereits auf der Heimfahrt der leise Verdacht auf, dass

Hansi zwar seine Helene etwas in den Hintergrund stellen würde, sie aber nun wohl ein neues Problem hatten: Howie. Wie man auf Bayerisch so schön sagt – *Deife dauscht*, den Teufel getauscht.

»Also weißt, mein Zuckerschoaserl, ich wusste ja gar nicht, dass man in diesem Alter noch so eine Ausstrahlung haben kann. Das ist vielleicht ein Mann! Findest nicht? Jetzt sag a mal selber, Bettina, findest du den Howard Carpendale nicht unglaublich attraktiv?«, fragte Hansi.

»Mei, Bärle, ja, der is schon ganz nett. Aber mein Typ wär das jetzt nicht unbedingt. Der ist mir echt zu schmalzig«, antwortete Bettina, wie immer sehr ehrlich.

»Findest du? Geh, der ist doch super. So lässig. Weißt, wie ich mein? Dem laufen die Frauen in Scharen nach. Hast du gesehen, wie viele BHs die Weiber da auf die Bühne geworfen haben?«, schwärmte Hansi weiter.

Bettinas Gatte hatte sich nach dem Konzert am Merchandising-Stand von Herrn Carpendale noch eine Doppel-CD mit seinen größten Hits erstanden. Sogar signieren hatte er sie lassen. Von seinem neuen Idol ganz persönlich. Da war ihm die Warteschlange, die er normalerweise absolut verabscheute, mit circa vierzig aufgekratzten Frauen im zweiten Frühling tatsächlich nicht zu lang gewesen. *Für Hansi von Howie* – stand mit schwarzer Eding-Farbe über das ganze Cover gekritzelt. Von da an war Bettina klar, dass dieses Weihnachtsgeschenk zwar die Helene zum Schweigen gebracht hatte, aber nun hatten sie Howie mit heim genommen.

Ein wenig geschockt von Hansis überdurchschnittlicher Begeisterung, die er auch bei der Heimfahrt noch sehr enthusiastisch versprühte, versuchte Bettina ihren Mann zu zügeln, indem sie ihn auf die winterlichen Straßenverhältnisse aufmerksam machte. Sogar in München schneite es, und der Schnee wurde auf dem Nachhauseweg nicht weniger. Da Hansi ein schrecklich ängstlicher Beifahrer war, überließ er seiner Frau eher selten das Steuer. Es sei denn, Bettina musste ihn zu späterer Stunde irgendwo in fahruntauglichem Zustand abholen. Dann durfte sie gerne sein Heiligtum, den blauen Opel Astra Kombi, heimlenken.

Daheim – das war im beschaulichen Unterfilzbach. Ein kleines Dorf, wie es noch zahlreiche andere im schönen Bayern gab. Jeder kannte jeden, es gab Dorftratsch, eine hilfsbereite, patente Feuerwehr, einen zünftigen Stammtisch beim Dorfwirt samt Schafkopfrunde, eine Biogasanlage, eine traditionelle Dorffeindschaft mit den Nachbarn aus Oberfilzbach und einen gemeindlichen Bauhof, in dem Hansi beschäftigt war. Der Bauhof genoss in den meisten Dörfern und Gemeinden nicht den allerbesten Ruf. Das war allerdings in Unterfilzbach anders. Aber auch erst seit Hansi, sein bester Freund Sepp und ihre Bauhofkollegen im vergangenen Herbst gemeinsam einen Mörder in die Falle gelockt hatten. Seitdem war das Ansehen dieser kommunalen Einrichtung und seiner Bediensteten im Dorf deutlich gestiegen. Hansis neurotischer Chef, Ludwig Hackl, den jeder nur Wiggerl nannte, fühlte sich zwar maßgeblich für den Imagewandel sowie das legendäre Geschehen damals im Bauhof verantwortlich, obwohl er in Wahrheit nicht gerade die Tapferkeitsmedaille dafür verdient gehabt hätte. Jedoch wussten die Unterfilzbacher Bürger aus verschiedenen Erzählungen sehr genau über die Heldentat Bescheid. Es war bekannt, dass der mutige Hansi für die Aufklärung des Mordes an der Metzgereifachverkäuferin Sandra federführend gewesen war. Hansi war zwar vorher auch nicht unbeliebt gewesen, doch nun wurde er plötzlich hoch angesehen, geradezu hofiert. Er war einfach ein Held. Artikel in den Regionalzeitungen und Interviews im Lokalradio taten ihr Übriges, um Glanz und Gloria über Johann Scharnagl »auszuschütten«.

Dies war für Hansis Selbstbewusstsein wie eine Initialzündung. Eigentlich war er eher ein bescheidener Typ – früher. Aber nun behandelten ihn plötzlich alle sehr zuvorkommend, sogar die eher bissige und gefürchtete Dorfratschn Berta Hinkhofer. Anfangs freute sich Bettina für ihren Mann, endlich kam er ein wenig aus sich heraus. Inzwischen war ihr sein neues, fast selbstverliebtes Verhalten aber eher ein zuwider. Der ehemals sehr zufriedene, fast unscheinbare Hansi dachte nun wohl, er sei der Mittelpunkt von Unterfilzbach, fand Bettina. Das fing morgens schon an. Inzwischen brauchte er fast länger im Bad als seine immer topgestylte Tochter Isabelle.

Isa legte sehr viel Wert auf ihr Äußeres, schon von Berufs wegen. Die gelernte Friseurin machte im Moment eine Fortbildung zum Make-up-Artist. Lange hatte sie dafür gespart. Und nun fuhr sie die Woche über nach München und besuchte den fünfmonatigen Vollzeitkurs. Das hatte allerdings zur Folge, dass ihr das Trinkgeld und natürlich das Gehalt aus ihrer Anstellung in *»Karins Friseur Stüberl«* fehlten. Deshalb schnitt sie am Wochenende allen möglichen Menschen aus Unterfilzbach die Haare, quasi in Heimarbeit. Und der Vater der Unterfilzbacher Stilikone machte nun den Anschein, als würde er ihr in Sache Styling nacheifern wollen.

Die täglichen Aufgaben im Bauhof waren meistens mit allerhand Schmutz verbunden, was Hansi früher nicht im Geringsten gestört hatte. Seit Neuestem musste seine orangefarbene Arbeitslatzhose aber immer frisch und ohne jeglichen

Fleck sein. Also musste er täglich eine frische anziehen, denn bei Kanalarbeiten oder Ähnlichem konnte die leuchtende Hose schon auch mal beschmutzt werden. Bettina hatte seither fast doppelt so viel Wäsche und war davon natürlich nicht begeistert.

Sogar Rasierwasser benutzte Hansi nun fast täglich und das, obwohl ihn Bettina früher manchmal an sein Deo erinnern musste. Wenn Bettina dann ab und zu ihrem Unmut Luft machte, entgegnete ihr Gatte nur: »Bettina, was sollen denn die Leute denken? Ich bin jetzt schließlich eine Person des öffentlichen Lebens.«

Immer öfter dachte sich Bettina innerlich, wenn Hansi wieder seine Anwandlungen hatte: *Er wird langsam aber sicher a Depp.*

Was Hansis Höhenflug noch zusätzlich anfeuerte, waren die Umgarnungen von verschiedenen führenden Kommunalpolitikern, die ihn zu einer politischen Karriere auf Gemeindeebene überreden wollten. In Unterfilzbach standen nämlich im herannahenden Frühjahr die Kommunalwahlen an. Der Bürgermeister und auch der Gemeinderat sollten neu gewählt werden. Die meisten Parteien oder sonstigen Gruppierungen wählten ihre Kandidaten nicht unbedingt nach politischem Können oder Befähigung aus. Manchmal zählten einfach nur die Beliebtheit und der Bekanntheitsgrad oder die Zugkraft für potenzielle Wählerstimmen. Und da war Hansi natürlich jetzt in ihr Visier gerückt. Zwar wäre er selbst niemals auf die Idee gekommen, sich für einen Sitz im Gemeinderat zu bewerben, und er lehnte bisher immer jede Anfrage ab, aber langsam kam er ins Überlegen. In letzter Zeit stand bald schon jeden Tag ein anderer Kommunalpolitiker bei den Scharnagls vor der Haustür und wollte Hansi für seine Liste gewinnen. Das gefiel

Hansi sehr. Jeder schmierte ihm Honig ums Maul. Er genoss es in vollen Zügen und nahm die »Bestechungsgeschenke« – meistens in Form von Bier, Schnaps oder Wurstwaren – gerne entgegen. Schließlich war er ja – noch – kein Mandatsträger und somit galt das gar nicht als wirkliche Bestechung.

Wenn in Hansis Leben in den letzten Jahren Entscheidungen von diesem Ausmaß zu fällen waren, redete er entweder mit seiner Bettina darüber oder mit seinem besten Freund und Kollegen Sepp Müller. Da Hansi wusste, dass seine Frau nicht viel von einer eventuellen Politikerkarriere hielt, suchte er an diesem kalten Januarabend also das Gespräch mit seinem Spezl und fuhr einfach spontan bei ihm vorbei. Sepp lebte allein mit seinem Kater Willy in einem zauberhaften, liebevoll renovierten Haus am Ortsrand. Sepp war ein ganz besonderer Mensch. Er war belesen, intelligent, handwerklich wahnsinnig geschickt und unglaublich gutmütig. Leider war er manchmal sehr in sich gekehrt und Hansi wusste lange nicht, warum er von Zeit zu Zeit so traurig war. Aber letzten Sommer hatte sich das Rätsel ein wenig gelüftet.

Vor fast fünfundzwanzig Jahren hatte Sepp wohl die heutige Metzgereibesitzerin Maria Aschenbrenner, damals noch Hirtreiter, kennengelernt und die beiden hatten sich heftig ineinander verliebt. Das war damals in München gewesen, als Sepp noch Maschinenbau studierte und Maria einen Kurs in Buchhaltung und Steuerrecht für Mittelstandsfirmen machte. Nach drei Monaten des höchsten Glücks war Maria dann von heute auf morgen spurlos verschwunden und für Sepp brach eine Welt zusammen. Da hatte er wohl einen kleinen Knacks bekommen, der arme Sepp. Die beiden sahen sich nach langer Zeit erst in Unterfilzbach wieder, als Sepp nach ein paar geheimnisvollen Jahren wieder in seinen Heimatort zurückkehrte, um eine Stelle am Bauhof anzutreten, und überraschend hier auch Maria antraf. Maria stammte eigentlich aus einem Dorf einige Kilometer entfernt von Unterfilzbach. Als Sepp seine große Liebe dann urplötzlich in der Metzgerei Aschenbrenner wiedersah, war er wie vom Blitz getroffen. Jedoch war Maria Hirtreiter inzwischen zu Maria Aschenbrenner, der Ehefrau von Reiner Aschenbrenner geworden. Beide taten lange Zeit so, als würden sie sich nicht kennen. Erst letzten Sommer hatte sich dann endlich ein Gespräch zwischen ihnen ergeben und sie konnten über alles reden.

Bettina freundete sich zeitgleich mit Maria an, und aus dieser Informationsquelle wusste Hansi, dass wohl auch Maria sehr gelitten hatte, weil sie Sepp verlassen musste. Aber sie stellte damals in München fest, dass sie schwanger war. Leider nicht von Sepp, sondern von Reiner. Und so nahm das Schicksal seinen bisher tragischen Lauf, denn Bettina fand, dass Sepp und Maria auf alle Fälle zusammengehörten. »Man sieht förmlich die Liebe zwischen den beiden«, sagte sie immer zu Hansi.

Hansi durchquerte Sepps wunderbaren Gemüse- und Nutzgarten, wie ihn kein Gärtner schöner hätte anlegen können. Dem sah man jetzt im Januar seine Pracht natürlich nicht an, aber im Sommer war es das reinste Paradies hier, im Reich von Hansis bestem Freund.

Hansi klingelte an der Haustür. Als die sich öffnete, fiel er um ein Haar in Ohnmacht. Wer sonst sollte hinter der Tür stehen außer sein Sepp? Die Tür öffnete dann aber tatsächlich: Ashanti!

Ashanti war ein Endvierziger und ehemaliger Versicherungsvertreter, der eigentlich amtlich Alois Amberger hieß.

Das allein war ja schon eine Ohnmacht wert, zumindest einen kleinen Schwindelanfall. Aber das war noch nicht mal das Überraschendste. Ashanti stand wahrhaftig in einem weißen, über und über mit Glitzersteinen bestickten Kleid mit wahnsinnig ausladendem Reifrock in der Tür. Dazu trug er weiße Satinhandschuhe bis zu den Ellenbogen und in seinen langen grauen Haaren war ein funkelndes Diadem drapiert. Die Frisur hätte wohl eine Flechtfrisur werden sollen. Mit verschiedenen Farbklecksen im Gesicht, die wohl ein Make-up darstellen sollten, erinnerte diese Gestalt Hansi direkt an eine schlechte Parodie der Kaiserin Sissi.

Als Ashanti sich nach dem Öffnen lasziv in den Türrahmen lehnte und mit schriller Stimme und gespieltem österreichischem Akzent quakte: »Fraaanz, Eure Majestät, komm rein!«, war Hansi sicher, das sollte tatsächlich die Kaiserin Sissi darstellen. Offensichtlich erwartete »Sissi« alias Ashanti alias Alois jemand anderes als Hansi. Denn er war mindestens genauso fassungslos wie Hansi selbst. Peinlich berührt versuchte Ashanti die Flucht zu ergreifen, jedoch verhängte sich der ausladende Reifrock im Türrahmen und er konnte weder vor noch zurück. Ein wenig verzweifelt sah er dabei aus, der Esoterik-Guru von Unterfilzbach, amüsierte sich Hansi.

Ashanti war ein selbsternannter Heiler, Yoga- und Kamasutra-Meister. Nebenbei besaß er seiner Meinung nach noch einige weitere herausragende Fähigkeiten und Talente. Angeblich war er eine Zeit lang in einem indischen Ashram gewesen und wurde dort »erleuchtet«. Ashanti war der intelligenten Indira immer schon sehr suspekt vorgekommen und sie hatte vor ein paar Monaten ein wenig in seiner Vergangenheit gewühlt. Es stellte sich heraus, dass der indische Ashram eigentlich eine niederbayerische Justizvollzugsanstalt war. Dort hatte er wegen Veruntreuung und Betrugs seines ehemaligen Arbeitgebers, einer großen bayerischen Versicherung, eingesessen. Aber die Verkaufsschulungen in Sachen Rhetorik und Kundenüberzeugung für Versicherungen aller Art waren wohl sehr lehrreich gewesen, denn Ashanti konnte wirklich eloquent und überzeugend sein. Letztes Jahr hatte er mit seinen angebotenen Kursen an der Volkshochschule die gesamte Gemeinde Unterfilzbach in ein wahres Kamasutra-Fieber versetzt.

Im Grunde aber war der Amberger Loisl ein Luftikus, der sich von heute auf morgen durch das Leben schlug. Auf die Dauer nervtötend war seine penetrant missionarische Art. Da konnte er einen wirklich in Grund und Boden reden. Furchtbar! Hansi hatte da schon so seine Erfahrungen gemacht und deshalb ging er dem grauhaarigen Esoterik-Messias lieber aus dem Weg.

Und jetzt stand der also vor ihm. Er, der angeblich allen irdischen Besitztümern abgeschworen hatte. Was ein Leichtes war, weil Ashanti quasi keinerlei Besitz mehr hatte. Ashanti stand da also als Kaiserin Sissi verkleidet in der Haustür seines besten Freundes und hing mit seinem Reifrock am Türrahmen fest. Wenn er nicht so unglaublich überrascht gewesen wäre, hätte Hansi ihm vielleicht sogar geholfen. Aber dieser Anblick war einfach zu komisch. Es war fast wie bei einem Unfall, man konnte gar nicht wegschauen.

»Hallo Hansi, ich hab's gleich, hihi«, stammelte Ashanti verlegen, während er wie wild an seinem Unterrock zerrte.

»Servus Hansi«, war jetzt Sepps Stimme aus der Dunkelheit zu hören. Mit einem Kasten Bier in der Hand kam Sepp nun zu dieser skurrilen Szene hinzu.

»Was machst jetzt du da? Ashanti? Alles klar bei dir?« Auch Sepp schien ein wenig überrascht über den Anblick, der sich ihm in seiner Haustür bot. Endlich konnte Ashanti sich befreien und eilte schnell in das Haus zurück, dass sein Kleid nur so raschelte.

»Ähm, was ist jetzt da bei dir los, Sepp?«, wollte Hansi natürlich gleich wissen.

Als Antwort kam lediglich ein tiefes Seufzen, was Hansis Spannung auf die Auflösung jedoch nicht geringer werden ließ.

»Bist jetzt schwul geworden, weil dich die Maria nicht mag?«, wollte Hansi mit einem kleinen Witz die Stimmung ein wenig auflockern.

Augenblicklich verzogen sich allerdings Sepps Gesichtszüge und er warf seinem Bauhofkollegen einen sehr ernsten Blick zu, sodass Hansi für einen Moment sogar befürchtete, er könnte recht gehabt haben.

»Wenn du eh nur blöd daherredest, kannst gleich wieder abhauen, Scharnagl«, entgegnete Sepp ihm sehr betroffen und stapfte mit seinem Kasten Bier wieder ins Haus zurück.

Hansi vermutete, dass Sepp immer noch großen Liebeskummer hatte. Der arme Kerl. Gleich tat ihm sein Spruch über die mögliche sexuelle Neuorientierung wieder leid. Hansi folgte ihm und dem Kasten Bier.

Sepp war in der Küche und schichtete die Flaschen naturtrübes Filzer Hell wortlos in seinen Kühlschrank. In der Küche verteilt lagen überall Räucherstäbchen und LoFi-Massagestäbe. So was hatten auch die Scharnagls daheim, seit Bettina auf Yoga schwor. *Das müssen Ashantis Sachen sein*, dachte Hansi. Denn soviel er wusste, war Sepp nicht unbedingt ein Fan von diesem esoterischen Zeug.

»Tut mir leid, Sepp, ich hab das nicht so gemeint«, entschuldigte sich Hansi kleinlaut. »Aber jetzt sag mir bitte, was der Ashanti hier zu suchen hat.«

»Mei Hansi, ich kann halt nicht nein sagen, das weißt doch. Vor ein paar Tagen hab ich die Stille hier im Haus nicht mehr ausgehalten und bin kurzentschlossen zu einem Kurs bei der VHS gegangen – *Bring positive Energie in dein Leben.* Ich war dann wirklich auch besser drauf, weil so ein positiver Energiefluss hilft schon ein bisserl. War gar nicht mal schlecht, die ganze Sach'. Auf jeden Fall hat der Wiggerl den Ashanti rausgeworfen, oder vielmehr seine Hilde. Da hat er doch als Untermieter gewohnt. Also hat der mich dann so dermaßen zugetextet, bis ich gesagt hab, ja dann bleibst halt ein paar Tage da. Und jetzt ist er halt da. Ich sag dir, ich könnt ihn manchmal an die Wand klatschen.« Sepp war sichtlich genervt von seinem neuen Mitbewohner.

»Typisch! Hätt'st ihn halt gleich nicht aufgenommen«, schimpfte Hansi seinen gutmütigen Freund. »Und jetzt läuft er hier den ganzen Tag als Sissi rum?«, erinnerte sich Hansi schmunzelnd wieder an das soeben Erlebte.

»Ach, was weiß ich, der spinnt halt. Er will mit auf den Feuerwehr-Faschingsball gehen. Also, falls ich ihm bis dahin noch nicht an die Gurgel gegangen bin. Blöderweise hat er mitbekommen, dass ich den Ball als Feuerwehrkommandant organisieren muss, und er fühlt sich jetzt mitverantwortlich. Ich komm mir vor, als wenn ich verheiratet wär. Stell dir vor, er möchte, dass wir in einem Partnerkostüm gehen. Also lange pack ich den nimmer, ich sag's dir, der geht mir so was von auf die Nerven«, klagte Sepp sein Leid über die Eigenarten Ashantis.

Aber Faschingsball war jetzt Hansis Stichwort und er wurde gleich hellhörig. »Ach, ja genau, der ist ja schon in drei Wochen. Wie war noch mal das Motto heuer? *Stars und Sternchen?* Da brauch ich ja noch ein Kostüm. Als was gehst du denn, Sepp?« Hansi freute sich, er war nämlich ein leidenschaftlicher Faschingsballgänger.

»Wenn ich nicht müsste, dann würd ich gar nicht hingehen, das kannst mir glauben«, antwortete Sepp melancholisch.

Er öffnete zwei Flaschen Filzer Hell und stellte sie auf den Küchentisch. Anscheinend hatte der *Positive-Energie*-Kurs in Sepp etwas bewirkt, denn so redselig war er sonst eigentlich nie. Sepp schüttete Hansi sein Herz aus. Über Maria, die nun doch noch mal mit Reiner eine Ehetherapie wagen wollte. Über den Sinn des Lebens und über den allgemeinen Unterfilzbacher Tratsch. Hansi freute sich darüber, denn so richtig geratscht hatten die beiden Freunde schon lange nicht mehr.

Der Redeschwall brach allerdings sehr schnell ab, als Ashanti in die Küche kam. Er hatte sich wieder in seinen gewohnten hellen Leinen-Flatterlook geworfen und war ganz der Alte. Sofort versuchte er wieder missionarisch auf Sepp einzureden, von wegen positiver Gedanken und Energiefluss und so weiter. Angeblich hatte er ein Fernstudium zum Happiness-Trainer gemacht, prahlte er. So wirklich bedrückt war die Stimmung nun auch gar nicht mehr, denn Sepp und Hansi mussten sich absolut beherrschen, um Ashanti nicht laut auszulachen. Sein Make-up à la Kaiserin Sissi hatte er nämlich im Eifer des Gefechts wohl abzuwaschen vergessen.

KAPITEL 2

Rund geht's

In einem Dorf war es eigentlich immer derselbe Rhythmus. Manchmal rührte sich wochenlang gar nichts und Bettina musste an ihrem Arbeitsplatz, der Kasse im Unterfilzbacher Supermarkt KaufGut, tatsächlich mit ihren Kunden über das Wetter reden. Und dann kamen – wie im Moment – wieder so Phasen, da gab es viele Neuigkeiten aus einem breit gefächerten themenübergreifenden Tratsch- und Klatschreservoir zu berichten, zu erfahren und zu diskutieren. Da ging's dann so richtig rund und man konnte die Informationsflut gar nicht mehr ordnen. Besonders »g'schaftig« war da die Hinkhofer Berta immer unterwegs, man könnte auf gut Bayerisch auch sagen, sie hatte es unglaublich wichtig. Sie verkörperte so etwas wie den »Berta-Nachrichten-Dienst« im Staatsgebiet Unterfilzbach und den Randgebieten. Deshalb hatte Bettina die Hinkhoferin auch heimlich auf den Insidernamen BND getauft. Im Moment war sie auf Dauerempfang und wechselte mehrmals täglich ihre investigativen Standorte. Sie pendelte zwischen Supermarkt, Recyclinghof, Friedhof und Apotheke, um ja möglichst viele Informanten anzutreffen.

Neben den zwei aktuellen Topthemen im Dorfklatsch, dem Erweiterungsanbau an das Altenheim *Zum ewigen Licht* und dem anstehenden Kommunalwahlkampf, war heute auch die Helden-Crew vom Bauhof wieder einmal Gesprächsthema.

Die Kollegen in Kommunalorange spielten sich ab und an auch mal gerne kleine Streiche, was wahrscheinlich normal war, wie in jeder anderen Firma halt auch. In Bayern sagt man dazu auch »jemanden auf d'Sau auflassen«. Hansi fand sogar, das fördere das gute Betriebsklima. Nur heute musste auch der gesamte morgendliche Verkehr in Unterfilzbach darunter leiden. Und der Bauhofkapo Wiggerl war nun fuchsteufelswild. Die nächsten Tage würden für Hansi, Sepp und seine Kollegen wohl hart werden, denn nachtragend war er schon, ihr Chef.

Der kommunale Bauhof in Unterfilzbach war, wie wohl auch in anderen Gemeinden üblich, für den Winterdienst auf den Ortsstraßen zuständig. Da Wiggerl sich hier seiner Verantwortung absolut, vollumfänglich und zu hundert Prozent bewusst war, versuchte er alles, um auch immer für die nächste potenzielle Schneekatastrophe bestens vorbereitet zu sein. Zum Beispiel hatte er inzwischen achtzehn Wetter-Apps auf seinem Handy installiert. Diese checkte er alle halbstündlich. Mindestens. Außerdem rief er viermal täglich im Bayerischen Wetteramt an und erfragte die zu erwartenden Niederschläge für seinen Zuständigkeitsbereich. Technisch waren seine Informationsquellen also auf dem neuesten Stand, aber der Wiggerl wäre nicht der Wiggerl gewesen, wenn er sich da nicht noch breiter gefächert aufgestellt hätte. Er griff auch gerne auf alternative Methoden zurück. Eine davon war sein Vogelhäuschen, das direkt vor seinem Schlafzimmerfenster stand. Im Winter stellt sich Wiggerl täglich um drei Uhr nachts seinen Wecker und warf sofort, nachdem er die Augen geöffnet hatte, den ersten Blick aus seinem Schlafzimmerfenster auf eben dieses Vogelhäuschen. Vor zwei Jahren hatte er sogar extra einen Strahler am Haus befestigt, damit das Häuschen gut angestrahlt wurde und er es auch nachts gut sehen konnte. Wenn nun das Vogelhäuschen eine frische Schneedecke auf dem Dach hatte, dann sah er schon mal genauer hin. Wenn die Schneedecke nun sogar einige Zentimeter in die Höhe gewachsen war, dann war für den Winterdienstchef klar: Meine Männer müssen raus zum Räumen und Streuen.

Natürlich wussten das auch die Bauhofmänner, was da jede Nacht im Hause Hackl passierte. Günter hatte dann eines Tages bei der Brotzeit die Idee, dass sie heimlich nachts um kurz vor drei Uhr den ganzen frisch geschneiten Schnee vom Vogelhäuschen abkehren und dann einfach abwarten könnten, was passiert. Da war ihnen nicht mal das frühe Aufstehen zu anstrengend gewesen. Gesagt, getan.

Wiggerl war natürlich sehr beruhigt. Obwohl all seine Wetterdienste einvernehmlich starken Schneefall angesagt hatten, war das Häuschen schneefrei. Also mussten es auch die Straßen von Unterfilzbach sein, dachte er, kuschelte sich gleich wieder in seine dicke Daunendecke mit TSV-1860-München-Frotteebezug und schlummerte neben seiner Hilde friedlich weiter. Er schmunzelte noch in sich hinein, dass es schon der Wahnsinn war, wie sehr sich doch die hochtechnisierte Meteorologie irren konnte. Gut, dass er ein ausgewieftes System aus verschiedenen Methoden für sich gefunden hatte.

Günter, Reinhard, Sepp, Martin und Hansi warteten noch bis halb vier auf einen eventuellen Weckruf von Wiggerl oder Hilde, die diese Aufgabe meistens von ihrem Gatten aufgetragen bekam. Aber es kam kein Weckruf zum Winterdienst. Das hatte dann natürlich zur Folge, dass die Straßen im Schnee versanken, denn es war Januar und im Bayerischen Wald war zu dieser Zeit wirklich Winter. Also so ein richtiger Winter mit Schnee, wirklich viel Schnee. So was konnte man sich in München, Nürnberg oder Passau gar nicht so recht vorstellen, welche Massen es tatsächlich schneien konnte. Ein mittelschweres Verkehrschaos in Unterfilzbach war also vorprogrammiert. Gott sei Dank nur ein mittelschweres, denn die meisten Einheimischen waren Schnee auf den Straßen gewohnt und beherrschten somit auch das Autofahren bei diesen Verhältnissen. Aber natürlich fragten sich die Unterfilzbacher sofort, warum der ansonsten zuverlässige Winterdienst nicht schon lange unterwegs war.

Als der amtierende Bürgermeister Matthias Brunner feststellen musste, dass auch vor seiner Haustür nicht geräumt war, kontaktierte er seinen Bauhofchef gleich mal auf dessen Handy. Ein recht verschlafener Wiggerl Hackl verstand die Welt nicht mehr. Wie konnte so was passieren? Wie konnte sein ganzheitliches 1-a-Wettermeldesystem versagt haben? Diese Geschehnisse machten natürlich blitzschnell die Runde im Dorf. Und obwohl ein paar Bürger verärgert waren, amüsierten sich doch die meisten über diese Geschichte, vor allem über Wiggerls Schneemelde-Vogelhäuschen.

Berta kam extra gleich morgens in den Supermarkt, um bei Bettina die Hintergrundinfos zum Verkehrschaos zu erfahren. Allerdings waren diese Art von Bauhofthemen Bettina sehr unangenehm und sie lenkte das Gespräch gleich auf die große Erweiterung des Altenheims, die momentan in vollem Gange war. Es wurde gerade ein luxuriöser Anbau, eigentlich mehr ein separater Trakt für betreutes Seniorenwohnen, am Altersheim *Zum ewigen Licht* errichtet. Gerüchteweise mit eigenem Wellnessbereich für die Bewohner. Künftig sollte es dann auch kein Altenheim mehr sein, sondern eine *Seniorenresidenz*, stand letztens in der Lokalzeitung, der Filzbacher Rundschau.

»Sag a mal Berta, ziehst du denn eigentlich auch in das Altenheim, wenn das jetzt so neu und schön wird? Ich meine, *betreutes Wohnen* hört sich doch gut an, das ist ja eher ein Hotel. Das kann ich mir ganz lustig vorstellen.«

Diese Frage war jetzt allerdings dann wiederum Berta

ziemlich unangenehm. Ihre Antwort kam dann schon unter leicht schnaubender Atmung. »Also weißt, Bettina, ja sag einmal, warum soll ich denn in ein Altenheim ziehen? Ich bin doch topfit und erst knapp über sechzig. Was denkst du denn von mir?«, antwortete das rüstige Rentnerfräulein ziemlich eingeschnappt.

»Ich mein ja nur, Berta. Ich glaub, ich würde das schon tun, wenn ich genügend Geld hätte und meinen Lebensabend in Gesellschaft genießen möchte«, versuchte sich Bettina jetzt in Deeskalation. Denn Berta konnte da schon etwas cholerisch sein, wenn es um ihre eigene Person ging.

»Jetzt warten wir, bis der Bau überhaupt erst einmal fertig ist. Du kennst ja den Schmal Harald. Der und seine komische Firma, der treibt ja auch alles, was Gott verboten hat. Dem trau ich nicht für den Dreck unter meinen Fingernägeln. Wie oft hat man denn schon in der Zeitung gelesen, dass die Firma Beton Schmal nicht ganz zuverlässig war. Von den erheblichen Baumängeln, die da aufgetreten sind, ganz zu schweigen.«

Berta hatte offensichtlich keine gute Meinung über die Baufirma, die den Erweiterungsbau an das Altenheim errichtete. Aber Bettina musste sich schon eingestehen, dass der »BND« da nicht ganz im Unrecht war. Denn Harald Schmal, der Chef der Firma, war nicht unbedingt das Synonym für einen seriösen Geschäftsmann. Allein schon sein Auftreten mit den protzigen Autos, solariumverbrannt, dicke Goldkettchen um den Hals, muskelbepackt, circa ein Kilo Gel in seinen pechschwarz gefärbten Haaren … Grundsätzlich war er wohl sehr eitel, Bettina vermutete, dass er vielleicht sogar Botox spritzen ließ. Außerdem schien ihm das Altern nicht ganz leichtzufallen, denn er stylte sich eher wie ein Zwanzigjähriger, war aber mehr als doppelt so alt. Seine Frau Anita konnte einem direkt leidtun.

Harald genoss sein Leben in vollen Zügen und dies auch ab und zu gerne mit diversen anderen Frauen. Aber es schien so, als hätte sich Anita, oder Anni, wie sie im Dorf jeder nannte, damit abgefunden. Sie scherte sich nicht mehr um ihren Mann und die Gerüchte. Auch sie lebte ihr Leben und ließ es sich gutgehen. Skiurlaub in Kitzbühel, Wellness in Südtirol, Shopping in New York. Das war die Welt der Anni Schmal.

Eigentlich hatte ja Harald Schmal in die Firma eingeheiratet. Denn Annis Vater hatte mit der Baufirma, die früher noch Filz-Bau hieß, ein kleines Imperium aufgebaut und war ein zuverlässiger und angesehener Baumeister in ganz Niederbayern gewesen. Auch als Arbeitgeber hatte er einen guten Ruf gehabt. Viele gute und fleißige Handwerker aus der Umgebung waren hier beschäftigt gewesen und Annis Vater hatte immer ein offenes Ohr für seine Angestellten gehabt.

Nach seinem Tod hatte dann der Schwiegersohn die Firma übernommen und führte sie nun mit einem etwas anderen »betrieblichen Konzept«, könnte man sagen. Manch krumme Geschäfte, vielleicht auch mal eine kleine Bestechung zwischendurch oder ab und an mal eine kleine planmäßige Pleite einer Tochterfirma kamen in diesem Konzept schon vor. Schlecht bezahlte Arbeitskräfte, viele Hilfsarbeiter, die nicht mal der deutschen Sprache mächtig waren, aber deren Arbeitsleistung bei den Bauherren gerne mal mit den Stundensätzen für Meister abgerechnet wurden. Harald war wirklich recht kreativ in solchen Dingen.

Und nun baute eben diese Firma einen Trakt an das bestehende Altenheim an. Betreutes Wohnen mit 24-Stunden-Service. Der Hochglanzprospekt dazu, der in ganz Unterfilzbach auslag, versprach einen wahr gewordenen Senioren-Wohntraum:

Individuell gestaltete Einzelapartments, Butler-Service, altersgerechtes Unterhaltungsprogramm mit Tagesausflügen (z. B. ins Casino oder in einen Duty Free Shop nach Tschechien), Workshops, Rollator-Tanzgruppe, Altersheim-Band »Die fast Toten Hosen«, Personal-Fitness-Coaches, Snoezelraum für die totale Entspannung, Hair-und-Make-up-Artist-Hausbesuche und noch vieles mehr.

Die Kosten dafür waren natürlich dementsprechend hoch. Das konnten sich jetzt nicht unbedingt die ganz normalen Durchschnittsrentner leisten. Aus dem Bauhof kam die Information, dass Harald Schmal den Bau als Bauträger abwickelte und anschließend an die Gemeinde Unterfilzbach vermieten würde. Der private Betreiber des Altenheims mietete dann das Gebäude wiederum von der Gemeinde Unterfilzbach.

Also man konnte Sachen auch kompliziert machen, fand Bettina. Aber wahrscheinlich war das wieder ein ausgefuchstes Steuersparmodell oder ein geschickt aufgestellter rechtlich verzwickter Vertrag, damit niemand in der Verantwortung und vor allem in der Haftung stehen könnte, falls irgendetwas Unschönes passieren würde, was auch immer.

Berta schien das offensichtlich alles für keine gute Idee zu halten. »Wenn ich Bürgermeisterin wäre, dann würde ich da aber mal ganz genau hinschauen. So was muss alles seine Ordnung haben. Ganz ohne krumme Geschäfte und Hinterfotzigkeiten solcher Betrüger. Ich würd ihnen schon reinhelfen in d'Schuh, der ganzen Bagage.«

Berta versuchte schon seit Jahren, auch politisch aktiv zu werden. Bürgermeisterin wäre absolut ihr Traumberuf, das erzählte sie jedem, ob er es hören wollte oder nicht. Mit ihrer Berufserfahrung als langjährige Bürgermeistersekretärin, ihrem Verhandlungsgeschick, ihrem Einfühlungsvermögen, ihrer totalen Empathie für andere Menschen und ihrem sozialen Engagement war sie geradezu prädestiniert für diesen Job – fand Berta selbst. Allerdings wollte keine Partei oder Gruppierung sie als Spitzenkandidatin haben. Für den Gemeinderat hatte sie gnädigerweise ihr Neffe Roman Groß, der Ortsvorsitzende der Katholischen Union der Konservativen, kurz KUK, bei den letzten beiden Wahlnominierungen immerhin auf den letzten Listenplatz gesetzt. Vielleicht aus Mitleid. Wahrscheinlicher aber, weil er auf das Erbe der ledigen, kinderlosen Berta hoffte. Obwohl die KUK in ganz Bayern eine politische Großmacht war, hatte es Berta bisher nicht in das Gemeindegremium von Unterfilzbach geschafft. Einmal wäre sie fast die siebte Nachrückerin in einer Legislaturperiode gewesen, aber dann war der Weiderer Erwin doch wieder aus dem Koma aufgewacht und zwei Monate später waren dann sowieso Neuwahlen.

Aber hartnäckig war sie schon, die Berta, das musste man ihr lassen. Auch dieses Mal hatte sie sich wieder für eine Kandidatur als Bürgermeisterin bei der KUK beworben. Sie hatte wohl irgendwie ausgeblendet, dass der Amtsinhaber Matthias Brunner, der schon seit zwölf Jahren fest im Bürgermeistersessel saß, gar nicht daran dachte aufzuhören, und dass sie die letzten beiden Male ja auch als Kandidatin von den Stimmberechtigten der Partei deutlich abgelehnt wurde. Mit Flyern, Postern, Roll-ups und einer umfangreichen Power-Point-Präsentation kam sie zur Nominierungsversammlung des KUK-Ortsverbandes beim Dorfwirt.

Berta stand mit ihrem Anliegen nicht mal auf der Tagesordnung. Diesmal wurde sie aber nicht abgelehnt, weil sie keiner als Kandidatin haben wollte, sondern weil sie für das Bürgermeisteramt in Bayern mit ihren neunundsechzig Jahren schon zu alt war. Die KUK-Ortsmitglieder waren heilfroh, dass sie endlich ein nicht zu diskutierendes Argument für die Ablehnung hatten. Berta sah das auch recht schnell ein und betrachtete das Ganze als Teilsieg. Den üblichen letzten Listenplatz für den Gemeinderat hatte sie dann jedoch gleich ohne größere Wortgefechte bekommen. Berta fühlte sich politisch obenauf.

»Ja, Berta, ich find auch, dass vielleicht mal ein frischer Wind bei uns im Rathaus wehen könnte. Vielleicht wären mal ein paar neue Ideen gar nicht schlecht. Aber dieses Mal wird ja der Bürgermeisterwahlkampf vielleicht doch endlich einmal spannend. Zumindest hat der Brunner diesmal einen Gegenkandidaten. So was kann ja nicht schaden. Sonst sind sich die Amtsinhaber immer so sicher«, tat Bettina ihre politische Meinung kund, was sie augenblicklich wieder bereute.

»BETTINA! Du glaubst doch nicht wirklich ernsthaft, dass dieser dahergelaufene Öko-Bauer ein g'scheider Bürgermeister wär? Ich bin fassungslos, Bettina Scharnagl.« Berta war total geschockt.

Zum ersten Mal nach zwei Legislaturperioden im Amt musste sich nun der Erste Bürgermeister von Unterfilzbach, Matthias Brunner, tatsächlich einem Kontrahenten stellen. Es wagte doch wirklich jemand, sich als Gegenkandidat nominieren zu lassen. Seit es Kommunalwahlen im Nachkriegs-Unterfilzbach gab, gehörten die bis dato gewählten Bürgermeister immer der KUK an, das war fast wie ein Naturgesetz. Es gab zwar schon ab und zu mal eine halbherzige Gegenkandidatur, aber das waren dann eher alteingesessene Sozis, die sowieso keine Chance hatten und dies auch von vornherein wussten.

Matthias Brunner hielt das offizielle Nominierungsschreiben der NaturPur-Partei, das der wagemutige Herausforderer

Florian Ganserer auch noch persönlich im Rathaus abgab, erst einmal für einen Witz. Er war es gar nicht gewöhnt »wahlzukämpfen«.

Die beiden politischen Gegner sowie auch das Wahlprogramm, für das sie jeweils eintraten, konnten unterschiedlicher nicht sein. Da war auf der einen Seite der 54-jährige Matthias Brunner, katholisch verheiratet, drei Kinder. Ein ehemaliger Hauptschullehrer an der Unterfilzbacher Schule und seit seiner Jugend Mitglied in der KUK. Seit zwölf Jahren war er nun schon Bürgermeister der 3.000-Einwohner-Gemeinde Unterfilzbach. Eine Art Denkmal, das sich die Bürgermeister üblicherweise setzten, suchte man bisher vergebens. Keine Schulrenovierung, kein neues Hallenbad oder sonstiges. Das Feuerwehrhaus sei ziemlich marode, stellte er bei einer Generalversammlung einmal fest, nachdem ihn mehrere Feuerwehrleute deutlich darauf hingewiesen hatten. Jedoch müsste er dieses Projekt dann auch einmal anpacken. Von selbst renovierte sich das nicht. Sepp, der 1. Kommandant der Unterfilzbacher Feuerwehr, war schon auf hundertachtzig deswegen, aber irgendeine Ausrede hatte der Bürgermeister bisher immer gefunden, um das Thema zu umgehen.

Die momentane Großbaustelle war irgendwie auch nicht unbedingt Brunners Leistung, denn die Gemeinde mietete lediglich das fertige Gebäude und vermietete dieses dann für bereits vertraglich festgelegte fünfundzwanzig Jahre weiter. Und diese ganze Altenheimangelegenheit hatten Harald Schmal und der KUK-Orts- und Fraktionsvorsitzende Roman Groß eingefädelt, also auch wieder nicht Brunner selbst.

Wenn man mal genauer hinschaute, konnte man sowieso meinen, Roman Groß sei der Strippenzieher der Kommunalpolitik in Unterfilzbach. Die graue Eminenz quasi. Dafür ging

Matthias Brunner auf jeden runden Geburtstag und jede goldene Hochzeit. So was brachte auch Wählerstimmen. Außerdem gab es noch die Sache mit der Vereinsmeierei. Denn der wirkliche Wahlkampf am Land wurde in den Vereinen und am Stammtisch geführt. Da musste man »sich sehen lassen« oder man engagierte sich eben in ein paar Vereinen. Idealerweise in der Vorstandschaft. Zweiter Vorstand oder Ausschussmitglied waren da recht begehrte Posten, die waren nämlich nicht wirklich arbeitsintensiv und man war trotzdem wichtig. So was war immer gut. Manche Dorfbewohner waren Vereinsmitglied, weil sie es gut fanden, bei der Feuerwehr, beim Roten Kreuz oder auch beim Schnupferverein zu sein und den jeweiligen Vereinszweck zu erfüllen. Also die meisten löschten, retteten oder schnupften aus Leidenschaft, konnte man sagen.

Es gab aber eben auch manchmal andere Gründe für solche Mitgliedschaften. Matthias Brunner war in fast allen zweiunddreißig Vereinen, die in Unterfilzbach registriert waren, mit Ausnahme des Frauenbundes und des Müttervereins. Der Bürgermeister hatte sogar bei beiden Vereinen angefragt, ob er nicht auch dort zumindest passives Mitglied werden könnte, aber dies war in den Vereinsstatuten nur Frauen beziehungsweise eben Müttern vorbehalten. Da gab er dann auf. Brunners Wahlprogramm war ansonsten bisher noch recht überschaubar. Eigentlich konnte man es in einem Satz zusammenfassen: Es sollte alles so bleiben, wie es war!

Da hatte sich sein Rivale schon ein wenig mehr Mühe gemacht. So skurril seine Ideen auch waren, es waren ein oder zwei Ansätze dabei, die fanden die Unterfilzbacher tatsächlich gar nicht mal so schlecht. Ganserer war studierter Ingenieur für erneuerbare Energien und hatte ein wirklich ausgeklügeltes Konzept für eine fast unabhängige Energieversorgung

Unterfilzbachs entwickelt. Mit einem Mix aus der sowieso schon bestehenden Biogasanlage, kleinen Wasserkraftwerken – rings um Unterfilzbach waren eine Reihe von leicht zugänglichen Wasserfällen –, Solarenergie und einer Erdwärmepumpe wäre das Dorf zwar nicht unabhängig, aber könnte mehr als fünfzig Prozent seines Bedarfes mit eigenen Energiequellen decken. Die benötigte Finanzierung würde größtenteils aus großen Fördertöpfen fließen, die Ganserer aus seiner früheren beruflichen Tätigkeit bei einem großen Energiekonzern vertraut waren. Natürlich müssten auch Kredite aufgenommen werden, aber diese hatte Ganserer langfristig geplant und es wäre ja eine großartige Investition in die Zukunft Unterfilzbachs.

Florian Ganserer gehörte der liberalen Partei NaturPur an, die den Umweltschutz groß auf ihre Fahnen geschrieben hatte. Berta Hinkhofer verwechselte die Parteimitlieder, die man umgangssprachlich auch als Naturpuristen bezeichnete, relativ oft mit den Naturisten, die bekanntlich den freien Körperkult lebten. Deshalb verwirrte Berta immer ihre Gesprächspartner während einer Diskussion über dieses Thema, wenn sie wieder von den »Nackerten« sprach, aber eigentlich die Parteimitglieder von NaturPur meinte. Hansi war jedes Mal komplett durcheinander, wenn Berta wieder über die Nackerten schimpfte. Aber Sepp hatte ihn dann einmal über Berta und ihr konsequentes Missverständnis aufgeklärt.

Der Naturpurist Florian Ganserer hatte neben der Unterfilzbacher Energiewende natürlich noch andere Ideen für die Zukunft. Er war augenscheinlich absolut ein Idealist und lebte auf dem kleinen Einödhof Filzloh, fünf Kilometer außerhalb von Unterfilzbach. Vor drei Jahren war der gebürtige Münchner hierher gekommen und lebte ein für manche wohl sehr verwunderliches Leben. Auf seinem Bauernhof, den er allein bewirtschaftete, war alles sehr ökologisch. Er besaß nicht einmal eigene landwirtschaftliche Maschinen. Diese lieh er sich bei Bedarf von einem Öko-Maschinenring. Lediglich einen alten, auf Hybridtechnik umgerüsteten Traktor nutzte er regelmäßig. So was war den Unterfilzbachern, also dem Großteil davon, natürlich sehr suspekt. Sie kannten Ganserer nicht und er machte vieles anders, als sie es gewohnt waren, also musste logischerweise etwas an ihm faul sein.

Bettina fand ihn jedoch sehr sympathisch und sie hatte sich mit dem durchaus attraktiven bärtigen Naturburschen Mitte dreißig schon des Öfteren an der Supermarktkasse unterhalten. Aber einige seiner Ideen waren auch nicht ganz ihr Fall. Der kostenlose Kindergartenplatz mit vegetarischem Essen war absolut akzeptabel. Sie rechnete ihm auch hoch an, dass er im Falle seiner Wahl auf ein Dienstauto verzichten würde, aber ein allgemeines Bade- und Duschverbot an drei Tagen die Woche, um die eigenen Wasserreservoirs von Unterfilzbach nicht auszubeuten, war für sie nicht ganz so genial. Es gab allerdings auch einige Dorfbewohner, die fanden eben gerade diese Idee hervorragend. Aber Bettina vermutete, dass genau dieser Personenkreis eine reduzierte Duschfrequenz sowieso schon seit Langem praktizierte, dem Geruch nach zu urteilen.

Jedenfalls stand Florian Ganserer regelmäßig mit seinem auf umweltfreundlichem Papier gedrucktem Wahlprogramm im Eingangsbereich des KaufGut-Supermarktes und verteilte es fleißig. Er hatte eine sehr sympathische und geduldige Art. So manch ein Supermarktkunde blieb bei dem netten Florian stehen und unterhielt sich mit ihm, das konnte Bettina immer wieder von der Kasse aus beobachten. Gerade als Bettina mit Berta inmitten der Konversation steckte, postierte er sich wieder vor der Eingangsschiebetür. Berta verdrehte gleich die Augen, als sie ihn erblickte.

»Da schau, da kommt er wieder, der Nackerte. Als wenn das ein gescheiter Bürgermeister wär. Schau ihn dir nur an mit seinem Bart und seinem karierten Hemd, nicht mal einen Anzug hat der bestimmt daheim. Und ich sag ja nur: Duschverbot! Lächerlich! Da würde ich ja lieber deinen Mann wählen, Bettina. Ich hab gehört, der Hansi ist sogar auf dem zweiten Listenplatz bei den UFOs.«

RUMS! Als wenn Bettina einen Eimer kaltes Wasser ins Gesicht bekommen hätte. Was hatte Berta da gerade gesagt? Hansi war auf Platz zwei der UFOs? Also der Unterfilzbacher Objektiven, einer parteiunabhängigen Gruppierung, die auch wieder in den Gemeinderat einziehen wollte. Das war wirklich eine Nachricht, die Bettina erst einmal sacken lassen musste. In mehreren Gesprächen hatte sie mit ihrem Mann darüber diskutiert. Bettina fand ihn einfach nicht geeignet für diese Aufgabe. Nicht weil er zu dumm wäre, nein, das sicher nicht. Aber er musste sich vorbereiten, informieren, vieles hinterfragen und so weiter, wenn er es auch richtig machen wollte. Hansi hingegen sah im Moment eher nur den Mittelpunkt, in dem er dann stehen würde, und das gefiel ihm neuerdings. Die Parteien hatten ihn allesamt hofiert und bisher war er standhaft geblieben. *Ist er jetzt doch umgefallen?*, überlegte Bettina. Sie war sich sicher, dass Hansi gar nicht wusste, was da auf ihn zukam. Eigentlich hatte er ihr versprochen, das Thema abzuschließen und sich nicht auf eine Liste setzen zu lassen. Aber dieses »Rampenlicht« – auch wenn es nur das Unterfilzbacher war – schien ihn immer mehr anzuziehen, Bettina dagegen immer weniger. Sie war schon etwas frustriert. Die vergangenen Jahre hatte sich bei Bettina alles um die Familie gedreht. Sie war eine wirklich treu sorgende

Mutter und Ehefrau. Aber die Kinder waren größer geworden und Bettina bekam dadurch langsam mehr und mehr Freiheiten. Endlich wollte sie nun auch ein wenig ihr Leben genießen, schauen, was es da noch so gab außer Kinderkrankheiten, Wäsche und Hausaufgaben. Sie wollte Abwechslung. Bettina war recht vielseitig interessiert, seit Jahren machte sie Yoga und versuchte einen ausgeglichenen Lebensstil zu verfolgen. Ein wenig Aufregung und Abenteuer würde sie schon begrüßen. Vielleicht kleinere Reisen, ausgehen, ins Theater, ins Kino, in Ausstellungen, in Museen, sie würde alles aufsaugen. Bettina wollte einfach raus aus dem alten Trott, auch einmal raus aus Unterfilzbach. Aber das alles wollte ihr Mann nicht und darüber wurde Bettina langsam, aber sicher immer unglücklicher.

Beim Abendessen der Familie Scharnagl gab es heute zur Abwechslung einmal keine ayurvedische Kost. Bettina hatte so gar keine Motivation und die Stimmung würde später noch mehr in den Keller gehen. Heute Abend fuhr sie einfach kurz bei Maria Aschenbrenner, ihrer Freundin und Metzgereibesitzerin, vorbei und kaufte aus der Wursttheke, was sie gerade so anlachte.

»Servus Bettina, was schaust du denn heute so *zerdetscht?* Bedrückt dich was?«, war Maria die schlechte Stimmung gleich aufgefallen.

»Mei Maria, stell dir vor. Die Hinkhoferin hat mir erzählt, dass sich der Hansi jetzt doch für den Gemeinderat nominieren hat lassen. Bei den UFOs. Obwohl er mir versprochen hat, es nicht zu tun. Ich sag's dir, der nervt mich langsam, aber sicher immer mehr«, war Bettina frustriert.

»Ach Bettina, das tut mir leid. Aber wem sagst du das. Mir geht es nicht unbedingt besser. Lass uns doch mal wieder ein

Gläschen oder vielleicht ein Flascherl Wein trinken. Wird eh wieder Zeit«, schlug Maria vor.

»Ja gerne, meld dich einfach, wenn du kannst. Gibst mir noch 150 Gramm von dem geräucherten Schinken, bitte?«

Während Bettina ihre Wurstbestellung mit Maria abwickelte, betrat Mandy Honegger die Metzgerei. Wobei »betrat« vielleicht nicht ganz das passende Wort war. Man konnte eher sagen, sie hatte einen Auftritt auf dem Metzgerei-Laufsteg.

Mandy Honegger, 38 Jahre, bildhübsch und super gepflegt, mit einer toptrainierten Figur. Sie sah immer aus wie aus dem Ei gepellt. Bettina fragte sich ab und zu, wann sie wohl aufstehen würde, um so perfekt auszusehen. Aber dann fiel ihr wieder ein, dass Mandy ja keine Kinder und keinen Mann hatte. Sie hatte also Zeit, sich vollumfänglich nur um sich und ihr Aussehen zu kümmern.

Vor etwa eineinhalb Jahren war sie plötzlich in Unterfilzbach aufgetaucht. Was man so hörte, war sie Hals über Kopf aus ihrer Heimat Zwickau zuerst nach Oberfilzbach gezogen. Sie hatte sich den sehr attraktiven Arzt Dr. Fuchs geangelt. Wahrscheinlich über das Internet, so machte man das ja heute. Dr. Frank Fuchs hatte viel von George Clooney, fand Bettina. Äußerlich passten die zwei auch wirklich gut zusammen. Zwei schöne Menschen, wie aus einer Model-Casting-Show. Dr. Fuchs war ein sehr netter Allgemeinarzt mit florierender Praxis in Oberfilzbach. Komischerweise hatte er aber immer noch keine Frau. Deshalb schmachteten ihn ziemlich viele seiner Patientinnen an. Überhaupt hatte sein Patientenstamm einen sehr deutlichen Frauenüberhang. Plötzlich tauchte dann Mandy auf der Bildfläche auf und zog mit Sack und Pack bei ihm ein. Allerdings nach zwei Monaten auch gleich wieder mit vollem Gepäck aus und landete dann in Unterfilzbach. Denn der belesene, tiefgründige und sozial engagierte Dr. Fuchs kam mit der doch recht oberflächlichen Art von Mandy Honegger nicht ganz klar. Das konnte Bettina absolut verstehen, sie empfand Mandy auch als sehr anstrengend. Sie war nicht unhöflich oder patzig, eher im Gegenteil. Sie war eigentlich von allem zu viel: zu übertrieben nett, zu freundlich, zu höflich, zu gut gelaunt, fast schon anbiedernd. So was war einem Bayern, der mit seinen Gefühlsäußerungen von Natur aus eher zurückhaltend war, grundsätzlich erst einmal sehr suspekt.

Außerdem hatte Mandy noch ein kleines Handicap: Sie war Sächsin. Bettina hatte auch Freunde, die ursprünglich aus Sachsen oder Thüringen kamen, die mochte sie sogar sehr gerne. Sie hatte sicher keine Vorurteile, sie war schon eine weltoffene und ziemlich tolerante Frau, aber der Dialekt war bei Mandy doch sehr stark ausgeprägt.

Mandy kam powackelnd mit ihrem durchtrainierten Luxuskörper in die Metzgerei und sah wie gewohnt umwerfend aus.

»Hallöchen Beddi, Särvus Maria, hast du mal a Häppsch'n Leberkäse für misch? Isch nehm dann mol so Fünfz'sch Gramm, nä«, plapperte die schöne Mandy gleich drauflos und machte damit ihren Auftritt auf der »Showbühne«, zu der sich alles automatisch zu verwandeln schien, wo immer sie auch auftauchte, sofort wieder kaputt.

Die Unterfilzbacher Frauen waren allesamt durchweg genervt von Mandy. Sie war so was wie eine »sächsische Rampensau« mit knackigem Po, faltenfreier Haut und vermutlich Silikonbrüsten, aber ohne Rampe. Denn auf eine richtige Bühne hatte man die schöne Mandy bisher noch nicht gelassen, obwohl sie nichts unversucht ließ. Im Unterfilzbacher Bauerntheater war sie bereits bei der telefonischen Vorstellung durch das »Casting« gefallen. Der Stadler Severin, seines Zeichens Chef und

Spielleiter der Laientheatergruppe in Unterfilzbach, wollte ihr noch nicht mal die Rolle einer klassischen »Sommerfrischlerin« geben und als zweite Souffleuse wollte Mandy nicht einspringen. Gott sei Dank hatte der Severin mit ihr nur telefoniert und keinen persönlichen Termin ausgemacht. Denn ob der Stadler mit seinen fast achtzig Jahren seine Hormone bei Mandys Anblick unter Kontrolle gehabt hätte? Man weiß es nicht genau.

Die gesamte Männerwelt war jedenfalls hin und weg von Mandy, aber eher nur auf den ersten Blick, bei den meisten hatte sich dann beim ersten oder zweiten Hören wieder vieles erledigt, hormonell-sympathisch gesehen. Einen neuen Mann an ihrer Seite hatte die Sächsin deshalb immer noch nicht gefunden. Dafür fand sie eine Stelle bei der Firma Beton Schmal als Bauleiterin. Natürlich war auch Harald Schmal gleich begeistert von Mandy beziehungsweise von ihrer Erscheinung und zack, schon war sie eingestellt. Da die Baubranche im Moment gerade florierte, fand man so gut wie keine Arbeitskräfte auf dem Gebiet. Sowohl Handwerker als auch Bauleiter, es gab so gut wie keine Bewerber. Mandy hatte zwar keinerlei Ausbildung für diese Branche, aber Harald Schmal traf diese Entscheidung wohl nicht unbedingt wegen ihrer fachlichen Kompetenz. Reden konnte sie und so dachte Harry, das reichte einmal für den Anfang. Dementsprechend wuselte Mandy seitdem auf den Baustellen und auf Besprechungen umher und machte sich überall mordswichtig. Sie betrachtete diese Stelle aber eigentlich sowieso nur als Zwischenstation zu ihrer kurz bevorstehenden Karriere. Die zugezogene Unterfilzbacherin war fest davon überzeugt, dass die Welt neben einer Daniela Katzenberger auch eine Mandy Honegger bräuchte. Das selbst ernannte It-Girl glaubte sehr an sich. Eine eigene

Talkshow oder zumindest eine Reality-Show im viel gesehenen Privatfernsehen war ihr großes angestrebtes Ziel. Mindestens aber eine Teilnahme bei einer Sänger-Casting-Show.

Nachdem Mandy ihren Leberkäs eingepackt hatte, stolzierte sie wieder aus der Metzgerei Aschenbrenner hinaus. »Alsö särvus ihr zwee Süß'n!«, trällerte sie noch im Hinausgehen. Wiederum powackelnd.

Der sächsische Dialekt war das eine, es konnte aber tatsächlich noch schlimmer kommen. Zum Beispiel, wenn man als Hardcore-Sächsin versuchte, Bayerisch zu reden. Ganz grausam!

Nachdem sich die Schiebetür hinter Mandy geschlossen hatte, schauten sich Maria und Bettina kurz schweigend an und brachen dann in lautes Gelächter aus.

Zu Hause beim Abendessen erzählte Bettina dann vom Auftritt der Sächsin in der Metzgerei und ließ dabei durchblicken, dass sie das Fräulein Honegger nicht unbedingt zum Kaffee einladen würde. Die restlichen weiblichen Scharnagls stimmten ihrer Mutter zu. Der kleine und der große Hansi jedoch konnten das so gar nicht verstehen. Hansi junior sei diese Sachsen-Sympathie verziehen, schließlich war er neunzehn Jahre alt. Das war eigentlich klar, dass man in dieser Lebensphase die Kontrolle über seine Hormone total verlor, wenn man einen wackelnden Po sah. Das konnte wohl auch kein bayerisches Sächsisch verhindern.

Aber Hansi senior war eigentlich schon erwachsen und müsste seine »alternden« Hormone unter Kontrolle haben. Trotz allem war er aber wohl doch nur ein Mann, da machte das manchmal keinen Unterschied, ob es ein 19-jähriger oder ein 46-jähriger war. Er erklärte, Mandy habe in seinen Augen eine sehr beeindruckende Persönlichkeit und sei durchaus sehr intelligent. Bettina fiel fast vom Stuhl, als sie Hansis Rede über die Schmal-Bauleiterin hörte. Außerdem sei Mandy auch auf einem Listenplatz zur Gemeinderatswahl bei den UFOs, erzählte ihr Mann so ganz nebenbei. Hansi würde künftig sicher gut mit ihr »zusammenarbeiten« und er freue sich schon darauf.

Den restlichen Abend sprach das Ehepaar Scharnagl kein Wort mehr miteinander.

Der neue Anbau an die nun umbenannte Seniorenresidenz wuchs und wuchs. Für den gelernten Maurer und Vollbluthandwerker Johann Scharnagl war das aber eigentlich viel zu flott, denn eine schnelle Bauweise war nicht unbedingt ein Qualitätsmerkmal für ein Gebäude. Der Geschäftsführer der Pflege GmbH Betreiberholding der künftigen Seniorenresidenz, Korbinian Glashauser, platzte fast vor Stolz, als er dem Bauausschuss der Gemeinde Unterfilzbach und den zuständigen Herrschaften aus dem örtlichen Bauamt die Baustelle präsentierte. Er lobte die Firma Beton Schmal mit Chef Harald Schmal über den »Schell'nkönig«.

Hansi war dazu auch eingeladen, weil Wiggerl sich krankgemeldet hatte. Entweder er hatte sich wieder mal eine »Männergrippe« eingefangen oder er war immer noch bockig wegen der Vogelhäuschen-Affäre, die für viel Gelächter und Spott im Dorf gesorgt hatte. Wiggerl war nämlich ziemlich wehleidig und noch mehr nachtragend.

Hansis Kollegen hatten dann beschlossen, er solle den Bauhofkapo vertreten. Für Hansi war das von vornherein klar gewesen – *wer sonst, wenn nicht er, der voraussichtlich zukünftige Gemeinderat und Volksheld von Unterfilzbach?* Und da er künftig die Geschicke Unterfilzbachs im neuen Gemeinderat mitbestimmen sollte, war es nur selbstverständlich, dass er auch über alles informiert sein musste, was im Ort so passierte. Die Kommunalwahl war zwar erst in zwei Monaten, aber Hansi ging fest davon aus, dass er sehr viele Stimmen bekommen würde. Seine ganz eigene gefühlte Noblesse wuchs so schnell wie der Bau der Residenz. Außerdem nahm er gerne Termine mit der Firma Beton Schmal wahr, denn die heiße Mandy war sicher auch dabei. Hansi bekam immer ziemlich große Augen, wenn er die blonde Sexbombe sah. Er hatte diese Tatsache zwar bei der gestrigen Diskussion mit Bettina abgestritten, aber insgeheim musste er sich schon eingestehen, dass seine Hormone Tango tanzten, sobald das Fräulein Honegger auftauchte.

Harald Schmal samt Mandy fuhren mit bullerndem Motor in einem weißen Porsche 718 Cayman S in das Baustellengelände ein, dass der Schneematsch nur so spritzte. Wie üblich kam die Geschäftsführung der Fa. Beton Schmal zu spät.

Mit pelzbesetzten, hochhackigen, schwarzen Wildleder-Stiletto-Stiefelchen entstieg Mandy dem nun mit Baustellendreck und Matsch bedeckten, inzwischen grau melierten Porsche. Es wirkte irgendwie, als wenn die Queen von England auf einem Staatsbesuch erwartet werden würde. Ein königlicher Handkuss hätte noch gefehlt. Mandy stand nun mit ihren hochhackigen Designer-Stiefelchen inmitten tiefem Baustellendreck und sah höchst unglücklich aus. Schnell wie der Blitz eilte ihr sofort Xaver Berger zu Hilfe und führte sie auf trockenes, festes Gelände. Am liebsten hätte sich Xaverl die Mandy wohl über die Schulter geschwungen, um sie über die ganze Baustelle zu tragen, dachte sich Hansi, während er dieses Geschehen mit ein klein wenig Argwohn beobachtete.

Xaver Berger, von allen Xaverl genannt, war als Bauhelfer bei der Firma Schmal angestellt. Er war noch nicht mal dreißig Jahre alt, aber wirkte eher wie ein Mann im gesetzten Alter. Man musste schon genau hinschauen, um zu erkennen, dass er eigentlich noch fast jugendlich war. Vielleicht lag es daran, dass Xaverl bei seinen Großeltern aufgewachsen war. Sein Vater war unbekannt und seine Mutter hatte ihn bereits als Kleinkind für einen anderen Mann verlassen und wohnte nun irgendwo im Rheinland. Xaverl hatte es im Leben bisher nicht so leicht gehabt. Oma und Opa Berger bewirtschafteten einen sehr kleinen und relativ unfortschrittlichen Bauernhof am Rande von Unterfilzbach. Dort war alles noch auf dem Stand von 1960, Plumpsklo inklusive. Xaverl war eher dem bildungsfernen Milieu zuzuordnen, konnte man sagen. Vielleicht wäre er gar nicht dumm gewesen, wer weiß das schon, aber das Leben hatte wohl andere Wege für ihn vorgesehen und er hatte die Hauptschule schon in der achten Klasse abgebrochen. Seither arbeitete er bei der Firma Schmal. Annis Vater hatte ihn nach seinem Schulabbruch eingestellt und es mit dem Jungen gut gemeint. Nachdem er mehr oder weniger ein bisserl ausgebeutet wurde, als er sich mit Aushilfsjobs bei der Metzgerei Aschenbrenner im Schlachthof und beim Dorfwirt in der Spülküche durchschlug, hatte ihm Annis Vater eine Festanstellung angeboten und ihn gut behandelt. Leider wendete sich das Blatt, als Harald Schmal die Firma übernahm. Nun wurde der arme Xaverl in der Firma meist belächelt, verspottet und vor allem noch mehr ausgenutzt. Er war irgendwie der Depp vom Dienst.

Dass Xaverl, zwar nicht der Hellste, aber auch ein Mann aus Fleisch und Blut und mit situationsbedingt unkontrollierbaren Hormonen war, erkannte man deutlich in Anwesenheit des Fräuleins Mandy, stellte Hansi bei der Beobachtung dieses Szenarios fest. Am liebsten hätte Xaverl Mandy wohl gleich noch von oben bis unten den ganzen Schneematsch abgeschleckt, so wie er sie anglotzte. Wie ein Maikäfer sein Kleeblatt. Gleich würde ihm der Sabber aus den Mundwinkeln tropfen, befürchtete Hansi. Widerlich! Wie man sich nur so anbiedern konnte!

»Servus Hansi«, wurde der Vertreter des Bauhofs von der Bauleiterin in ihrer wie immer überschwänglichen Art begrüßt. Bussi links, Bussi rechts.

»Mei Mandy, ja servus. Super schaust du wieder aus heute. Wie ein Filmstar. Da geht ja die Sonne auf«, antwortete Hansi gleich freudestrahlend und grinste über das ganze Gesicht, weil Mandy ihn als Ersten angesprochen hatte.

Aber dasselbe Spiel wiederholte sie dann bei jedem der anwesenden Herren. Hansis Freude wurde dadurch augenblicklich wieder gedämpft. Es waren ausschließlich Männer bei der Besprechung dabei und da war Mandy natürlich voll in ihrem Element. Wobei Korbinian Glashauser schon ein wenig genervt wirkte, denn er hasste Unpünktlichkeit und dieses Begrüßungsspektakel war jetzt eine weitere Verzögerung des Termins. Nachdem Harald Schmal und Korbinian Glashauser dann die versammelten wichtigen Herrschaften über die Baustelle geführt hatten, waren alle beeindruckt. Keiner regte sich über die schnelle Bauweise auf, zumindest nicht offiziell. Untereinander tuschelte man allerdings schon darüber. Aber wie das halt immer so war, öffentlich sagen mochten das die wenigsten.

Roman Groß, die graue Eminenz der Gemeindepolitik, flüsterte Bürgermeister Brunner ab und zu Geheimnisvolles zu. *Was werden die zwei wohl immer zu tuscheln haben?*, fragte sich Hansi ein wenig nachdenklich.

Roman Groß war der Filialleiter der Sparkasse – der einzigen Bank im Dorf – und ein vordergründig angesehener Bürger. Viele hatten aber schon am eigenen Leib erfahren müssen, wie »hinterfotzig und ausg'schamt«, also wie hinterhältig und skrupellos er sein konnte. Seine Macht in Sachen Kreditvergabe oder innerhalb seiner kommunalpolitischen Tätigkeit nutzte er schamlos aus, wie Hansi aus vielerlei Geschichten im Dorftratsch immer wieder gehörte hatte. Roman Groß war ein drahtiger, eher klein geratener Endvierziger. Eigentlich hatten kleine Männer ja grundsätzlich wohl auch ein kleineres Selbstbewusstsein, wusste Hansi aus Erfahrung. Nicht so aber Roman Groß. Da war eher sein Nachname Programm. Er war nicht nur in den Gemeinderat, sondern auch in den Pfarrgemeinderat gewählt worden. Hansi fragte sich zwar schon ab und zu, wer ihn denn wohl eigentlich gewählt hatte, aber er war halt ein braver Kirchgänger und sehr »katholisch«.

Hansi glaubte an Gott, keine Frage. Er war in Bayern aufgewachsen und christlich erzogen worden. Aber mit der Institution Kirche konnte er sich im Laufe seines Lebens immer weniger identifizieren. Hauptsächlich wegen der zahlreichen Skandale, die die katholische Kirche in den vergangenen Jahren geliefert hatte. Außerdem fand Hansi schon, dass Pfarrer auch eine Familie haben sollten. Wie sonst könnten sie denn da mitreden? Kindererziehung, Ehe, Partnerschaft – das war manchmal alles kein Zuckerschlecken und halt das wahre Leben. Da sollte man schon auch in der Realität erleben, wie der Hase läuft, bevor man seinen Schäflein in der Gemeinde Ratschläge in diese Richtung erteilte, fand Hansi.

Wenn die Kirche da ein wenig offener und zeitgemäßer wäre, würden sicher auch nicht so viele Gläubige »davonlaufen«, vermutete er. Das stimmte ihn schon manchmal ein wenig traurig, zu gern dachte er an seine Ministrantenzeit zurück und an den alten gutmütigen Pfarrer, dem die Lausbuben in der Kirche damals viele Streiche gespielt hatten. Der gute Messwein, den Hansi und seine Spezln seinerzeit dem Mesner ab und an einmal stibitzt hatten, war Hansi außerdem noch in lebhafter Erinnerung. Als Elfjähriger hatte er seinen ersten richtigen Rausch gehabt und war deshalb von seiner laut schimpfenden Mutter an seinem Ohrwaschel aus der Kirche abgeführt worden, weil er sich, Gott sei Dank noch vor der Frühmesse, in der Sakristei übergeben musste. Zuerst wollte sich Hansi noch auf den Weihrauch hinausreden, aber der Mesner kannte den kleinen Scharnagl damals schon nur zu gut und hatte die leere Messweinflasche im Ministrantenkammerl sofort entdeckt. Das hielt Hansi seinem damaligen Komplizen, dem Huberbauern, heute noch vor, denn der Huber Micherl hatte damals weit mehr als Hansi vom Messwein in sich hineingekippt, aber er vertrug einfach schon als Heranwachsender mehr Alkohol als Hansi. Bei diesen Kindheitserinnerungen wurde Hansi direkt sentimental.

Als Kind nimmt man Dinge so, wie man sie vorfindet oder vorgelebt bekommt, erst später, wenn man das Nachdenken lernt, hinterfragt man vieles. Die Kirche wäre an sich ja eine gute Sache, wenn jeder alles auch so umsetzten würde, wie es gepredigt wurde. Allerdings gab es dann manchmal auch Menschen, die das »Katholisch-Sein« wie einen selbst gebastelten Heiligenschein umhertrugen. Genau die lebten dann eben nicht die Nächstenliebe in den vielen sich bietenden kleinen Möglichkeiten des wahren Lebens. Und wenn doch, dann musste das auch jeder gleich erfahren. Für Hansi waren die Zehn Gebote eine wunderbare Orientierung im Leben, darin war alles Wichtige aufgelistet. Also eigentlich so, dass es jeder kapieren konnte. Aber ihm waren diese »Marketing-Christen« mit der eigenen Auslegung ihres christlichen Lebens einfach alle nicht geheuer.

Roman Groß hatte auch so einen »selbst gebastelten Heiligenschein«, er war der Prototyp von der Sorte Selbstdarsteller-Gutmensch. Außerdem mischte er irgendwie überall mit – im Unterfilzbacher Gemeindeleben. Das mochte Hansi auch nicht. Was Roman ebenfalls vielen Menschen nicht gerade sympathisch machte, war seine Funktion als Fastenprediger beim jährlichen »Derblecken« in Unterfilzbach. So eine Fastenpredigt hatte es schon in sich, das verlangte sehr viel Fingerspitzengefühl und Sensibilität vom Redner. So manch ein Unterfilzbacher nahm ihm die ein oder andere, teils auch noch schlecht recherchierte Geschichte übel. Man konnte meinen, er genoss auch hier seine gesellschaftliche »Macht«, die er jedes Jahr wieder aufs Neue beim Starkbierfest ausüben konnte.

Zu seiner Verteidigung musste man jedoch anmerken, dass Roman vielleicht genetisch ein wenig vorbelastet war, denn er war schließlich der Neffe von Berta Hinkhofer. Alles in allem war Roman in Hansis Augen aber nicht gerade eine vertrauenswürdige Person und dass dieser Roman nun ständig mit dem Bürgermeister tuschelte, passte Hansi gar nicht. Geheimnisse hatte Hansi noch nie gut gefunden. Dazu war er selbst viel zu ehrlich, er konnte ganz schlecht lügen, ohne dass es jemand bemerkte.

Nach der Führung durch den Rohbau der neuen Seniorenresidenz wurde ein regelmäßiger vierzehntägiger Baustellen-Jour-fix vereinbart, um die Baufortschritte gut beobachten zu können. Dann löste sich die illustre Runde auf. Harald und Mandy stiegen wieder in den Porsche und alle Männer gafften der gut gebauten Sächsin mit offenem Mund hinterher, als sie, wie üblich powackelnd, durch den Matsch Richtung Auto stöckelte.

Xaverl Berger stützte sie dabei. Einfach anbiedernd, der Xaverl, dachte Hansi, als er Mandy bei der Abfahrt noch nachwinkte.

KAPITEL 3

Fasching

Obwohl Unterfilzbach nicht im Rheinland lag, sondern im tiefsten Bayern, waren die Einheimischen begeisterte Faschingsfreunde. Zwar jeweils nur am finalen Faschingswochenende ab dem Unsinnigen Donnerstag, aber da ließen sie es dann richtig krachen. Am Unsinnigen Donnerstag, der ja auch der Tag des Weiberfaschings war, gab es für alle Unterfilzbacherinnen, ob jung oder alt, groß oder klein, dick oder dünn, hübsch oder greislig, absolut kein Halten mehr, sobald es fünf Uhr nachmittags wurde.

Die Frauenbundvorsitzende Berta Hinkhofer und ihre Vereinskameradinnen organisierten inzwischen schon traditionell jedes Jahr am Dorfplatz einen kleinen Umtrunk mit Sekt, Schnaps und je nach Temperatur auch Glühwein oder Jagatee. Der Frauenbund hatte sich deshalb sogar vor drei Jahren eine kleine Musikanlage gekauft. Der Enkel der Zweiten Vorsitzenden Resi Zelzer hatte die Damen dabei beraten. Christian, der ab und zu auch als DJ in der nächstgelegenen Disco in der Kreisstadt auflegte, hatte dann zu einem vollausgestatteten Profi-DJ-Mischpult geraten und dieses auch sofort bestellt. Aber keine der Damen aus der Vorstandschaft konnte es dann bedienen und sie tauschten es gegen eine handliche, transportable, leicht bedienbare Kompaktanlage mit CD-Player, Mikro und einem sehr leistungsstarken Akku ein.

Nach dem »Get-together« der Faschingsweiber am Dorfplatz zog die gesamte Meute, dann meist bereits singend und johlend, von Wirtshaus zu Wirtshaus innerhalb des Dorfes.

Bettina freute sich schon seit einiger Zeit darauf, endlich mal rauszukommen aus dem Alltagstrott. Sie nahm sich fest vor, es sich an diesem Abend so richtig gutgehen zu lassen. Maria und Bettina hatten sich dieses Jahr sogar extra Kostüme bestellt. In der Vergangenheit wurde schnell etwas zusammengesucht und ein Herzchen auf die Wange gemalt, fertig. Aber heuer hatten die beiden den Abend schon seit Längerem geplant. Maria, die sich momentan inmitten der Rettung ihrer Ehe befand, war genauso frustriert wie Bettina.

»Ach Bettina, ich weiß nicht, wie ich das noch hinbekommen soll. Ich mein, der Reiner ist ja ein ganz lieber Kerl, aber er geht mir halt inzwischen so dermaßen auf die Nerven. Allein schon, wie er isst. Und wie er sich die Zähne putzt. Ich kann da nix dafür, aber es nervt mich einfach nur noch. Außerdem steht halt immer noch die Geschichte mit unserer Verkäuferin, der Sandra – Gott selig –, im Raum. So eine Affäre ist halt auch nicht so leicht zu vergessen, auch wenn ich nicht mal wirklich eifersüchtig war. Aber es war einfach ein Vertrauensbruch«, klagte die Metzgereibesitzerin ihrer Freundin Bettina ihr Leid.

»Was ist denn mit der Ehetherapie? Hilft die nix?«, wollte Bettina wissen.

»Mei, was hilft da das Reden, wenn die Gefühle nimmer da sind? Vielleicht wär es anders, wenn der Sepp nicht wär. Oder auch nicht, ich weiß es nicht. Aber ich muss den ganzen Tag nur an ihn denken. Da ist halt einfach kein Platz mehr für Reiner. Und außerdem kannst du dir nicht vorstellen, wie das nervt, wenn Reiner sich seine Zehennägel schneidet.«

»Es könnt ja sein, Maria, dass ihr als Freunde besser miteinander auskommen würdet. Meinst nicht?«, überlegte Bettina jetzt laut.

Maria nippte nachdenklich an ihrem Sektglas, das Bettina ihr hingestellt hatte. Bei Scharnagls zu Hause trafen sich die beiden zum »Vorglühen«, dabei wollten sie sich von der künftigen Make-up-Artistin Isabelle schminken lassen.

»Ich weiß ja nicht, ob ich dem Reiner auch so auf die Nerven geh wie er mir. Vielleicht sollte ich ihn mal fragen?«

Ein wenig überrascht schaute Bettina ihre Freundin an. »Ja, was um alles in der Welt redet ihr denn in der Ehetherapie, wenn nicht über so was? Ich meine, das kostet ja bestimmt einen Haufen Geld.«

»Stimmt, billig ist das nicht gerade. Der Therapeut redet immer von Ritualen und positiven Listen, die wir schreiben sollen. Der ist aber glaub ich eh ein Depp. Die meisten Therapeuten haben doch vom richtigen Leben keine Ahnung«, schimpfte Maria.

Isabelle kam mit einem riesigen Schminkkoffer zur Tür hereingestöckelt. Eigentlich war das gar kein Koffer mehr, es war schon eher eine Truhe mit Rollen unten dran. Zur Not konnte man so was wahrscheinlich auch beim Camping als kleinen Bungalow benutzen, sagte Isas Schwester Indira immer. Indira hielt von der ganzen »Anmalerei« im Gesicht nicht viel.

Isa war als Teufelchen verkleidet und sah umwerfend aus. Stolz und auch ein wenig wehmütig schaute Bettina ihre älteste, wirklich hübsche Tochter an. Ihre normalerweise dunkelblonden Haare hatte sie mit einer Einmalfarbe dunkel getönt und einen wilden Lockenkopf daraus gemacht. Die zwei blinkenden Hörnchen, die sie aufgesetzt hatte, konnte man fast gar nicht mehr sehen vor lauter Mähne. Ein kurzes rotes Samtkleidchen zeigte ihre schöne Figur. Dazu trug sie hohe Overknee-Stiefel in Schwarz. Das Kostüm war zwar sexy, aber doch mit Stil. Isabelle war gerade einundzwanzig Jahre alt geworden und obwohl Bettina doch sehr mütterlich über ihre drei Kinder wachte, drückte sie bei diesen knappen Outfits inzwischen gerne mal ein Auge zu. »Genießt das Leben, Kinder!«, war momentan aus Bettinas Mund öfter zu hören.

Maria und Bettina hatten sich nach längerer Suche im Internet beide einen hautengen Leopardenanzug bestellt, mit Schwanz und Kapuze mit Ohren für die Haare. Beide konnten ihre Figur durchaus sehen lassen. Die Temperatur war allerdings mit minus fünf Grad recht schattig und sowohl Bettina als auch Maria trugen unter den Anzügen ihre dicke Skiunterwäsche. Aber trotzdem waren sie ein wirklich sehr elegantes, attraktives Duo.

Isabelle schminkte passend dazu das Augen-Make-up dunkel und schmal wie Katzenaugen. Maria bekam in ihre kinnlangen braunen Haare ebenfalls Locken eingedreht und Bettinas blonder Kurzhaarschnitt war zu einem noch wilderen Wuschelkopf geworden. Am aufregendsten waren aber die knallroten Lippen, die Isa ihrer Mutter und deren Freundin verpasste. Mit den Worten »Für Mitte vierzig einfach nur heiß!« schloss Isabelle ihr Werk ab und betrachtete ihr Stylingergebnis zufrieden.

Bei der ganzen Schminkerei und den lockeren Gesprächen zwischen den drei Frauen hatten sie gar nicht bemerkt, dass sie bereits eine ganze Flasche Sekt getrunken hatten. Dementsprechend beschwingt und gut gelaunt machte sich das Trio dann auf den Weg zum Dorfplatz. Dort war die Stimmung bereits recht ausgelassen. Ungefähr fünfzig Frauen tanzten und feierten schon das Leben und sich selbst. Aus der kompakten Frauenbund-Musikanlage tönte Andrea Berg und die anwesenden »Mädels« grölten und kreischten aus voller Kehle:

»Du hast mich tausend Mal belogen …« Hexen, Cowgirls, Cindys aus Marzahn, Indianerinnen und Piratinnen lagen sich in den Armen. Alle kannten sich und die Stimmung war hervorragend.

Verspätet näherte sich auch Mandy Honegger dem Event. Bettina sah sie schon aus der Ferne. Mandy trug ein ultrakurzes Polizistinnenkostüm mit einem prallen, sehr tiefen Ausschnitt und schwarzen Netzstrümpfen. An ihren pelzbesetzten Designer-Stiletto-Stiefelchen konnte man immer noch die Matschränder im teuren Wildleder erkennen. Bettina dachte sofort an die hochgradige Blasenentzündung, die Mandy wahrscheinlich morgen ausbrüten würde.

Der Bodenbelag am Dorfplatz bestand aus naturbelassenen kleinen Granitpflastersteinen, »Backerl«, wie man dazu in Bayern sagte. Im Prinzip war ja höchster Winter und die meisten Unterfilzbacherinnen waren recht praktisch veranlagt. Sie wollten beim Feiern weder erfrieren noch auf den Hintern fallen und auch nicht mit dem Absatz irgendwo stecken bleiben. Es hatten eigentlich alle an geeignetes Schuhwerk gedacht. Von Moonboots bis Bergschuhe war alles dabei. Nur Mandy wollte wohl um jeden Preis ihr sexy Polizistinnenkostüm perfektionieren und verzichtete nicht auf ihre 400-Euro-Stiefelchen mit extrem schmalem Pfennigabsatz. Das hatte zur Folge, dass ihre Fortbewegungsweise nicht mehr unbedingt elegant aussah. Bei jedem dritten Schritt blieb ihr Absatz zwischen den Pflastersteinen stecken und sie musste sich jedes Mal wieder aufs Neue befreien. Bettina schmunzelte. Maria stimmte gleich mit ein, als sie in dieselbe Richtung blickte und dabei diese Szenerie betrachtete. Neben einer amerikanischen Polizistenkappe und einer verspiegelten Pilotensonnenbrille hatte Mandy auch an Accessoires gedacht.

Ein aufblasbarer Schlagstock, eine Pistole, die wohl auch als Flachmann diente, und Handschellen waren an ihrem breiten Lackgürtel befestigt.

Mandy war nicht unbedingt »Everybody's Darling« in der Unterfilzbacher Frauenwelt, daher beachtete sie eigentlich keine der anwesenden Feiernden und sie stand ein wenig geknickt in der Gegend umher. Maria fasste sich bei dem fast traurigen Anblick ein Herz und reichte ihr eine Tasse heißen Jagatee. Ein wenig überrascht war Maria dann schon, als Mandy die Tasse mit einem Zug leerte. Vermutlich kannte man das Getränk in Sachsen nicht und Mandy dachte, es handelte sich »nur« um Tee, dabei war darin ein vierzigprozentiger Alkohol enthalten.

Nach dem vierten Jagatee wurde Mandy deutlich entspannter und sang ebenfalls mit dem Weiberfaschingschor die alt bekannten Evergreens. Sogar laufen konnte sie nun ohne größere Pflasterstein-Zwischenfälle.

Nach etwa einer Stunde auf dem Dorfplatz machten sich dann langsam kleine Grüppchen auf den Weg in das nächste Gasthaus. Maria und Bettina schlossen sich der Gruppe an, die die Huberbäuerin anführte. Die Huber Traudl war nämlich eine wirklich zünftige Frau und kam wie jedes Jahr mit ihrem roten Glitzerzylinder, einer roten Federboa und ihrer steirischen Harmonika zum Weiberfasching. Ab dem Zeitpunkt des Aufbruchs zum Zug durch die Unterfilzbacher Gastronomiebetriebe übernahm sie dann die musikalische Leitung und sang mit ihrer kraftvollen Wallküren-Stimme das gesamte »Best of«-Repertoire der bayerischen Stimmungs- und Sauflieder. Bettina war schon ziemlich beschwipst und vergaß ihre Sorgen und den Höhenflug ihres Mannes für den Moment vollkommen. Maria ging es ähnlich und die beiden stimmten beim Lied vom »Haberfeldtreiber« gemeinsam mit Traudl sogar einen Kanon an.

Die Endstation der Unterfilzbacher Wirtshauswanderung war – auch das alljährlich traditionell – der Dorfwirt. Herbert Wagner und seine Frau Barbara hatten das gemütliche Gasthaus liebevoll umgebaut und vor vier Jahren sogar um eine Eckkneipe erweitert, hinter deren Tresen meistens Barbara stand. Der Name »Babsis Bar« ließ das auch schon beim Eintreten vermuten. Im letzten Jahr hatte das Gastwirtpaar dann auch noch den altehrwürdigen Saal renoviert, der an das Gasthaus angrenzte. Endlich, dachten sich da viele Unterfilzbacher, denn der Erbauer des Saals war Herberts Urgroßvater und aus dieser Epoche waren auch das Ambiente und der technische Zustand.

Die Unterfilzbacher Laientheatergruppe machte wahre Luftsprünge, als der Saal mit richtiger Bühne und Theaterscheinwerfern eingeweiht wurde. Endlich keine Baustrahler mehr als Bühnenbeleuchtung! Nun mussten sie während der Vorstellungen nicht immer befürchten, dass sie von den Baustrahlern erblinden würden oder durch die »Bretter, die die Welt bedeuten« durchbrechen könnten. Traudl Huber war der Star der Theatergruppe. Sie hatte wirklich komödiantisches Talent und die Rolle der zünftigen Bauernmagd war ihr wie auf den Leib geschneidert. Die Huberbäuerin war ein großes, vollschlankes »Mädchen« und hatte einiges an Temperament zu bieten. Bei der Schlussvorstellung des letzten Stückes im alten Dorfwirt-Saal spielte sie sich so in Rage, dass sie tatsächlich bei einer Szene durch den Bühnenboden krachte, als sie mit dem Fuß aufstampfte. Das Publikum dachte, dies wäre im Stück so vorgesehen, und es gab »Standing Ovations«. Erst als der Krankenwagen kam und

Traudl mit einem angebrochenen Knöchel in das Krankenhaus abtransportiert wurde, war klar, dass diese Szene eher ein missglückter Stunt war.

Der Saal blieb aber heute noch geschlossen. Am Faschingssamstag sollte dann der große Feuerwehrball darin stattfinden. Hansi, Sepp und ein paar Feuerwehrkameraden waren gerade dabei, ihn festlich mit Luftballons, Glitzergirlanden, überdimensionalen Masken und Luftschlangen zu dekorieren. Dies geschah nicht ohne Hintergedanken, denn die Männer der Unterfilzbacher Feuerwehr wussten ganz genau, dass zu späterer Stunde eine größere Gruppe an beschwingten, lustigen und teils auch »willigen« Frauen in »Babsis Bar« eintreffen würde. Und da konnte man ja dann zufällig auch einmal kurz vorbeischauen.

Von Weitem hörte man sie schon, die stimmgewaltige Polonaise, angeführt von der Huber Traudl mit ihrer Steirischen, die vom Wirtshaus gegenüber in Richtung »Babsis Bar« zog.

»Auf der Bruck, trara, da liegt die Barbara …«, sang die Frauengruppe mit inzwischen nur noch zwanzig Teilnehmerinnen. Sie wurden schon von einer Handvoll Herren und der Chefin Barbara erwartet. Die meisten Frauen waren alle noch gut drauf, je nachdem, wie jede Einzelne auf gewisse Mengen Alkohol reagierte. Einigen konnte man aber schon eine gewisse sentimentale Phase ansehen. Es wurde getanzt, getrunken und gelacht oder auch geweint – je nachdem.

Die Herren legten sich ins Zeug, um die Frauen zu beeindrucken. Mit von der Partie war auch Harald Schmal, so was ließ er sich natürlich nicht entgehen. Er ließ seinen ganzen primitiven Charme spielen und gab eine Runde um die andere aus. Bettina stach ihm wohl heute besonders ins Auge und er versuchte Frau Scharnagl zu umgarnen.

»Hey Bettina, du schaust heute so verdammt gut aus!«, ging er gleich mal aufs Ganze. »Du bist wirklich eine wunderhübsche Frau, viel zu schade für den Scharnagl.«

»Ach Harry, du alter Charmeur. Übertreib halt nicht so«, ließ sich Bettina ein wenig beschämt beeindrucken.

»So eine Frau wie du, die müsste man behandeln wie eine Königin. So attraktiv, so sympathisch und so klug.«

Bettina musste sich eingestehen, dass es sich sogar ganz gut anfühlte, solche Komplimente zu bekommen. In ihrer momentanen seelischen Verfassung war sie dafür allerdings auch sehr anfällig. Bettina setzte sich zu Harald an die Bar. Sie war ganz froh, nun endlich einmal sitzen zu können. So ganz stabil war sie nicht mehr auf den Beinen und wenn sie dabei noch ein wenig angehimmelt wurde, war ihr das nicht unrecht.

Mandy blühte auf, als sie in die Bar kam und sich umsah. Jetzt, da der Männeranteil in ihren Augen wieder stimmte, lief sie zur Hochform auf. Sie flirtete und spielte mit ihren Reizen, dass Bettina und Maria nur so mit den Ohren schlackerten. Der oberste Knopf der Polizeiuniform war bereits abgerissen und darunter blitzte ein feuerroter Spitzen-BH hervor. Als Mandy auf dem Weg zur Toilette am Saaleingang vorbeikam und die jungen Burschen der Feuerwehr sah, musste sie hier natürlich gleich mal ein laszives »Hallo« in den Raum des Dorfwirtssaals werfen.

Was darauf folgte, war so, als wenn man einem Stier ein rotes Tuch vorgehalten hätte. Die testosterongeladenen Burschen stürzten sich geradezu auf Mandy, der dies sichtlich gefiel. Mandy und die Männer machten sich über eine Flasche Schnaps her und die Faschingspolizistin legte ab und zu einem attraktiven Jungfeuerwehrler ihre Handschellen an, bevor der sich durch das Trinken eines Stamperls Schnaps oder andere »Aufgaben« beim Spiel »Wahrheit oder Pflicht« wieder befreien konnte.

Wiggerl hatte alibimäßig der Feuerwehr auch ein wenig beim Dekorieren geholfen, allerdings war er nach vier aufgeblasenen Luftballons gleich so erschöpft und schwindlig, dass er sich aus gesundheitlichen Gründen nun in »Babsis Bar« zurückgezogen hatte. Dass Wiggerl sich schon wieder aus dem Staub gemacht hatte, sorgte bei den Feuerwehrkameraden nur für ein müdes Lächeln. »Typisch Wiggerl!«, war der Kommentar der meisten.

Auch Ashanti konnte es wohl nicht lassen und hielt heute Abend ein wenig Ausschau nach einer neuen Frau an seiner Seite. Wobei man bei Ashanti hier eher von einer Sponsorin sprechen musste. Im letzten Jahr hatte er sich an die Apothekerwitwe Elvira herangemacht, aber diese war nach einigen Wochen nur noch genervt gewesen und hatte ihn kurzerhand bald wieder vor die Tür gesetzt. Aber es gab vielleicht noch ein paar andere esoterikbegeisterte, wohlhabende, alleinstehende Damen, die Ashanti mit seiner Anwesenheit beglücken konnte. Er hatte für heute Abend keine Verkleidung gewählt, allerdings fiel er mit seinem Äußeren sowieso immer auf. Seine langen grauen struppigen Haare waren schon ein auffälliges Markenzeichen. Hansi hatte kürzlich ein Bild des Altachtundsechzigers Rainer Langhans gesehen und musste gleich zweimal hinschauen. Bis auf die Brille konnte man ihn wirklich für Ashantis Zwilling halten. Der im Moment nur dank Sepp nicht obdachlose Unterfilzbacher Esoterik-Guru hatte wohl von der Ehekrise der Aschenbrenners gehört und versuchte sein Glück heute zielstrebig bei Maria. Was bei dem beruflichen Hintergrund der Metzgereibesitzerin und dem bekennenden, manches Mal fast militanten Veganer Ashanti ein recht lustiger Annäherungsversuch werden konnte, zumindest für Außenstehende.

»Maria, darf ich dich vielleicht zu einem Getränk einladen?«

Absolut überrascht musste Maria gleich ein wenig kichern, aber sie ließ sich auf den Spaß ein. »Aber freilich, Loisl. Ich mag dann bitte ein Rüscherl. Trinkst auch eins mit mir?«, grinste Maria Ashanti an.

Die Bestellung wurde sofort aufgegeben. »Zwei Rüscherl bitte, Barbara.«

Nach dem zweiten Rüscherl bedauerte Maria aber schon wieder, sich auf ein Gespräch eingelassen zu haben, denn Ashanti konnte es einfach nicht lassen und wollte sie nun über den gefährlichen und gesundheitsschädlichen Fleischkonsum belehren. Nach den ersten Gegenargumenten, die Maria der Diskussion noch beisteuerte, hatte sie aber bald keine Lust mehr, den sehr eigenwilligen Theorien Ashantis zu widersprechen. Maria respektierte natürlich, wenn ein Mensch für sich entschieden hatte, kein Fleisch mehr zu essen, obwohl sie damit ihren Lebensunterhalt verdiente. Ihre beste Freundin Bettina war ja auch Teilzeit-Vegetarierin. Jeder, wie er meinte. Wobei sie und ihr Mann Reiner sehr auf Qualität achteten. Ihre Tiere bezogen sie nur aus regionaler, artgerechter Haltung. Das war vor allem Maria sehr wichtig. Aber die Gründe, die Ashanti anführte, waren schon sehr verwunderlich für Maria.

»Weißt du, Maria, Fleisch speichert ja Emotionen. Und das überträgt sich ganz selbstverständlich in der Nahrungskette auf den Endverbraucher. Stell dir mal vor, du isst Fleisch von einem sehr traurigen, depressiven Huhn, das eingequetscht in einer Massentierhaltung lebte. Dann wirst du selbstverständlich auch traurig. Wahrscheinlich bekommst du dann sogar früher oder später einmal Platzangst. Das möchtest du doch nicht. Außerdem verursacht Fleisch, vor allem Rindfleisch, eine ganz aggressive Aura. Hast du schon einmal etwas von Lichtnahrung gehört? Ich könnte dich dabei unterstützen. Das wäre bestimmt etwas für dich.«

»Oh Gott, Ashanti, du redest vielleicht einen Schmarrn. Ich geh jetzt erst mal zum Biesln«, machte Maria jetzt kurzen Prozess und ließ Ashanti einfach stehen.

Nach kurzer Überraschung stabilisierte sich aber Ashanti emotional schnell wieder und begab sich augenblicklich auf die Suche nach einem neuen »Opfer«. Die ledige Fannerl, wie sie im Dorf genannt wurde, hatte neben sich einen freien Platz, den Ashanti jetzt ansteuerte. Fannerl, also Franziska Straubmeier, 87 Jahre, ziemlich rüstig, aber eigentlich immer mit ihrem Rollator unterwegs, war für ihr Alter eine richtige Party-Queen. Doch im Grunde war sie schon auch eine recht schadenfreudige Dorfratschn. Wenn es in Unterfilzbach eine Rangliste gäbe, dann wäre sie die Nr. 2 direkt hinter Berta. Franziska saß neben der musizierenden Traudl, hatte sich ihre rote Federboa ausgeliehen und sang mit der zünftigen Großbäuerin, was die Kehle hergab.

Arme Fannerl – dachte sich Maria, als sie von der Toilette zurückkam.

Die Privatparty im Dorfwirtssaal hatte sich nun aufgelöst und das ausgelassene Grüppchen samt Mandy verlegte ihre Festivitäten auch in »Babsis Bar«. Wiggerl hatte Mandy heute wohl noch nicht gesehen und ihm fielen fast seine Augen heraus, als er die sehr aufreizende und mittlerweile durchaus angetrunkene Faschingspolizistin erblickte.

»Ja, das Fräulein Honegger. Da schau her. Ich hoffe, Sie haben eine gute Vollkasko-Versicherung. Sie haben mir nämlich gerade eine Beule in die Hose gemacht«, ließ Wiggerl seinen einzigartigen, bierlaunigen Charme spielen.

Mandy hatte das entweder überhört oder es gefiel ihr tatsächlich. Sie setzte sich zum Bauhofkapo an die Bar und legte ihm gleich mal die Handschellen an, die sie am anderen Ende an einer der goldenen Stangen, mit denen der Bartresen dekorativ verbaut war, zuschnappen ließ. Wiggerl gefiel das offensichtlich. Er gluckste fast ein wenig, als er dabei kicherte. Hansi beobachtete das Geschehen und wollte sich gar nicht ausmalen, welcher Film gerade in Wiggerls Kopfkino gezeigt wurde.

Die Hormone flogen nur so durch die Luft in »Babsis Bar«. Die restlichen anwesenden Frauen waren ausgelassen und ließen sich hofieren. Berta Hinkhofer war leider nicht bei bester Laune, denn sie wurde bisher noch von keinem Mann eingeladen oder in ein Gespräch verwickelt. Wenn man mal von Bertas Neffen Roman absah, mit dem sie über die eine oder andere Dame offensichtlich gerade lästerte. Aber Roman war bei solchen Anlässen eigentlich nur aus Recherchegründen anwesend. Seine bald stattfindende Fastenpredigt musste vorbereitet werden und solche ausufernden Feiern waren dafür natürlich das beste »Futter«.

Berta warf der ledigen Fannerl einen fast eifersüchtigen Blick zu. Von der Ferne aus betrachtet, war sie in ein interessantes Gespräch mit Ashanti verwickelt. In Wahrheit beschimpfte Fannerl Ashanti allerdings gerade ganz furchtbar, weil sie vor siebzehn Jahren trotz einer abgeschlossenen Hausratversicherung ein durch umgefallene Kerzen abgebranntes Sofa nicht ersetzt bekommen hatte. Aber in Anbetracht der Lautstärke in »Babsis Bar« sah es wie ein normales Gespräch aus.

Als Hansi seinen Blick in die Runde schweifen ließ, entdeckte er seine Frau neben Harald Schmal. Die beiden lachten und schäkerten. Es versetzte ihm direkt einen Stich ins Herz. *Was soll das!? Das ist mein Zuckerschoaserl! Bettina geht den blöden Schmal Harald gar nichts an. Und wie er sie schon ansieht!* Sofort hatte Hansi vor Aufregung ein paar Schweißperlen auf der Stirn.

»Bettina! Meinst du nicht, du solltest jetzt nach Hause gehen?«, sagte er mit einer großen Portion Überwindung zu seiner Frau, als er an die zwei herantrat.

Bettina sah Hansi nur mit einem verachtenden Blick an, warf ihren Kopf in den Rücken und drehte sich von Hansi weg.

»Hansi, ich glaub, deine wunderbare und durchaus kluge Frau weiß selber, wann sie heimgehen möchte«, triumphierte nun auch noch Harry in Hansis Richtung.

Das war zu viel! Mit einem Gefühl der tiefen Demütigung zog Hansi davon. Er verschanzte sich daraufhin in einer Ecke in der Bar und beobachtete den dubiosen Bauunternehmer und seine Ehefrau ganz genau mit Argusaugen. So manches Mal ballte er die Faust in seiner Hosentasche.

Zu später Stunde erschienen tatsächlich noch mal drei Nachzügler-Damen in »Babsis Bar«. Darunter war auch Wiggerls Frau Hilde. Auch Sepp tauchte nun endlich in der Dorfwirt-Eckkneipe auf, denn er hatte den Saal noch zu Ende dekoriert. So war er einfach, der Sepp, immer pflichtbewusst. Der Feuerwehrkommandant betrat die Bar über die Außentür und stellte dabei fest, dass die Straßen spiegelglatt waren. Er wunderte sich sehr, warum Wiggerl ihn und seine Kollegen nicht schon zum großen Notfall-Streukommando rekrutiert hatte.

»Hey Männer, habt's ihr eigentlich schon gesehen, dass es draußen fast wie auf der Eisstockbahn ist? Ich denke, wir sollten uns mal an die Arbeit machen«, rief Sepp in die Runde.

Die anwesenden Bauhofmänner erschraken direkt, standen aber gleich ohne zu zögern auf und machten sich zum Aufbruch bereit.

Wiggerl blieb sitzen. Hilde stand bei ihm und redete auf ihn ein, aber die Stimmung schien gut zu sein. Mandy hatte ihn schon verlassen.

»Geh jetzt, Wiggerl, willst du nicht auch mitkommen?«, fragte Sepp seinen Chef.

Der atmete nun schwer und kurz. Langsam bemerkte Hilde auch, dass wohl etwas nicht stimmte.

»Wiggerl!«, lachte jetzt Sepp laut los. »Du bist ja an die Bar gekettet! Hattest wohl ein kleines Tête-à-Tête mit der heißen Mandy? Die hat meinen Feuerwehrbuam vorhin auch allen die Handschellen angelegt, der flotte Feger. Vielleicht hättest du da Chancen. Na, dann musst du natürlich hierbleiben.«

Jetzt war klar, warum Wiggerl so nervös war. Mandy hatte sich aus dem Staub gemacht und Hilde stand vor ihm. Wie sollte er seiner Frau nun erklären, warum er mit Handschellen an die Bar gekettet war? Und warum zum Teufel musste Sepp das jetzt so laut herumschreien? Hildes Blick verfinsterte sich deutlich.

»Da bin ich aber jetzt sehr neugierig, Ludwig Hackl, wie du mir das erklären willst. Und jetzt mach sofort die Dinger weg! Das ist ja zum Schämen!«

Hilde stand mit verschränkten Armen vor ihm, klopfte mit ihrem linken Fuß auf und hatte einen Blick wie der Teufel im Gesicht. Die Bauhofkollegen standen rundum und konnten das Lachen kaum noch halten. Obwohl Hansi eigentlich zum Weinen gewesen wäre, lachte auch er ein wenig gedrückt mit seinen Kollegen.

Wiggerl sah sich verzweifelt nach Mandy um. »Fräulein Honegger!«, rief er mehrmals laut mit zitternder Stimme.

In »Babsis Bar« war inzwischen eine gespannte Stille eingekehrt. Traudl hatte aufgehört zu spielen, und auch sie versuchte von ihrer Eckbank aus mitzubekommen, was dort am Tresen passierte.

Mandy war nicht mehr da und hatte natürlich den Schlüssel für die Handschellen mitgenommen.

Inzwischen bildete sich eine kleine schaulustige Menschentraube um Wiggerl und Hilde. Der gutmütige Sepp konnte aber nun diesen peinlichen Anblick nicht mehr ertragen und holte aus dem Feuerwehrauto einen Bolzenschneider, um seinen Chef zu befreien.

Das Streuen in dieser Nacht war direkt lustig. Via Funk tauschten die Bauhofmänner die ganze Nacht Witze über Handschellen, Fesseln und Bolzenschneider aus. *Was hat Hilde mit Handschellen gemeinsam? – Immer gleich eingeschnappt!*

Lediglich zwei Bauhofmänner konnten nicht mitlachen. Wiggerl, weil er sich immer noch in Grund und Boden schämte, und natürlich der niedergeschlagene Hansi. Der arme Kerl war rasend vor Eifersucht. Er grübelte die ganze Zeit, wie er wohl seine Ehe retten konnte. Die schrecklichsten Bilder tauchten in seinen Gedanken auf. Was machte wohl Bettina im Moment gerade? War sie schon daheim? Oder war sie immer noch mit Harald Schmal unterwegs? Und er? Er musste nun arbeiten, die Straßen von Unterfilzbach sicher befahrbar machen und konnte nicht eingreifen. Hansi litt eindeutig an hochgradigem Liebeskummer!

Als Hansi nach getaner Arbeit am nächsten Morgen sein Eigenheim betrat, war es unerwartet ruhig im Haus. Die Uhr zeigte inzwischen kurz nach acht. Isabelle, Hansi junior und

Indira waren sicher schon alle außer Haus. Bettina schlief wohl noch. Hansi nahm sich einfach vor, so zu tun, als ob nichts gewesen wäre. Er würde sich zu Bettina ins Bett kuscheln und alles wäre wie früher. Ja genau, so wollte er es machen.

Er schlich sich in den ersten Stock und versuchte im Bad ganz leise seine Sachen auszuziehen. Aber dann traf es ihn wie der Blitz. Das Bett war leer! Wo war Bettina?

Panik überkam ihn. Er wählte hektisch ihre Nummer auf seinem Handy. Keine Antwort, Mailbox. Aber so schnell wollte er nicht aufgeben. Nach dem dritten Versuch hob dann auch jemand ab. Aber außer Rauschen, Musik und fernem Gelächter war nichts zu hören, dann wurde aufgelegt. Hansi versuchte es noch drei Mal. Aber nun war Bettinas Telefon ausgeschaltet.

Hansi wurde direkt schlecht. Wie ein Tiger schlich er im Haus umher. An schlafen war nicht zu denken. Sollte er vielleicht eine Vermisstenanzeige aufgeben? Vielleicht war Bettina gekidnappt worden?

Nachdem er seine Kinder kontaktiert hatte und die auch nicht wussten, wo sich ihre Mutter herumtrieb, sah er keine andere Möglichkeit mehr.

In der Polizeidienststelle in der Kreisstadt hob ein unfreundlicher Beamter ab: »Polizeiinspektion! Guten Morgen.«

Hansi schilderte aufgeregt seinen Fall. Er sprach von Kidnapping, Entführung, Fernsehausstrahlungen und Großfahndungen.

Der Polizist am anderen Ende hörte Hansi geduldig zu. Als Antwort bekam der besorgte Ehemann aber nur zu hören: »Ach so, mei. Ich würd sagen, wir warten erst mal bis Aschermittwoch und wenn sie dann noch nicht da ist, rufen's halt noch mal an. Pfiad Gott.« Und dann war der bayerische Beamte weg und ein verzweifelter Johann Scharnagl blieb zurück.

Er saß auf seinem Bett und war den Tränen nahe. Da hörte er einen Schlüssel an der Haustür. Hansi sprang auf und eilte die Treppe hinunter wie der Blitz.

Bettina stand vor ihm. Gut gelaunt und wohl immer noch ein bisschen beschwipst.

Aber Hansi platzte sofort heraus: »Sag einmal, wo kommst denn du jetzt her?« Mit verschränkten Armen und klopfendem Fuß stand er vor seiner Frau, genau wie Hilde gestern vor ihrem Wiggerl.

Vielleicht war das aber genau der falsche Empfang, den Hansi seiner wieder aufgetauchten Frau bereiten konnte, denn ihre Stimmung schlug sofort um.

»Johann Scharnagl, ich bin alt genug und lass mir ganz bestimmt nicht vorschreiben, wann ich mit vierundvierzig Jahren heimzukommen hab. Ich bin ja nicht dein Eigentum. So, ich geh jetzt duschen und dann leg ich mich hin. Dabei will ich übrigens nicht gestört werden«, sprach sie und rauschte an ihrem Mann vorbei in Richtung Schlafzimmer.

Hansi war deprimiert. Er versuchte noch ein paar Stunden auf dem Kanapee zu schlafen, was aber fast nicht möglich war bei seiner Verzweiflung.

Gegen Mittag machte er sich dann wieder auf, um in seinem »Snow Magic Hero 1000« noch mal eine Runde zu räumen und zu streuen. Er hoffte, das würde ihn ein wenig beruhigen.

Bettina hatte sich heute extra freigenommen. Sie genoss ausgiebig ihren Schlaf bis zum Nachmittag. Nach einem leckeren Entgiftungssmoothie aus Grünkohl, Brokkoli und Ingwer packte sie ihre Yogasachen und teilte Hansi nur kurz angebunden mit, sie würde nun zum Detox-Yoga gehen. Der Frauenbund hatte diesen Extrakurs bei Ashanti für seine Mitglieder speziell am »Tag danach« gebucht.

Bettina war schon seit Jahren eine erfahrene und praktizierende Yogini, natürlich ging sie dann auch nach so einem Tag zum Entgiftungsyoga, redete sich Hansi nun beruhigend selbst ein. Aber die Zweifel ließen ihn nicht los. Voller Trauer rief er bei seinem Freund Sepp an und sie verabredeten sich für heute Abend.

Es war Faschingsfreitag und die drei Scharnagl-Kinder waren ebenfalls alle unterwegs, zu Partys oder ins Kino. Hansi und Sepp saßen sich schweigend am Esstisch gegenüber. Lediglich drei flackernde Kerzen tauchten die Scharnagl-Küche in romantisches Licht. Vier Flaschen Bier pro Liebeskrankem hatte das schwermütige Duo schon geleert. Die Stimmung war tief betrübt. Aus der Stereoanlage dröhnte immer wieder dasselbe Lied in Dauerschleife. Howard Carpendale stand den beiden mit seinem Lied »Wie frei willst du sein?« moralisch wie ein guter Freund bei. Hansi war sich fast sicher, Howie hatte das Lied nur für ihn geschrieben:

»Du hast dir einen neuen Kreis gefunden
und du bist mit fremden Menschen viele Stunden.
Du fragst mich nicht, wie ich die Zeit verbringe
und wenn du gehst, sagst du mir nicht wohin.
Du willst dich selber finden, dich entfalten.
Du willst dein eig'nes Leben selbst gestalten.
Jetzt zählen für dich nur noch diese Dinge.
Wie hat dann ein Zusammensein noch Sinn?«

Zur selben Zeit atmete der Unterfilzbacher Frauenbund Verspannungen, vereinzelte Kopfschmerzen und so manches Promille, das gestern vielleicht zu viel war, bei Ashantis

Entspannungsteil im Entgiftungsyogakurs gemeinsam weg. Nach zwei Stunden indischer Musik, betörenden Räucherstäbchen, artistischen Drehungen, vereinzelt schmerzhaften Dehnungen und verschiedensten Atemtechniken – zu denen Ashanti seine »Mädels« angeleitet hatte – fühlten sich Bettina und Maria wie neugeboren.

»So, jetzt geht's mir wieder gut. Ich sag's dir, Maria, ich hab mich so über Hansi geärgert heut in der Früh. Es war so ein lustiger Abend gestern und das Weißwurstfrühstück beim Dorfwirt war auch wirklich unterhaltsam. Aber dann komm ich heim und Hansi zieht schon wieder eine solche Lätschen. Du müsstest mal sehen, was für ein griesgrämiges, grantiges Gesicht der machen kann. Dann ist mir der ganze Spaß gleich wieder vergangen. Er behandelt mich wie ein kleines Kind und vertraut mir kein bisserl. Ich will gar nicht wissen, was er gedacht hat, was ich denn wohl Großartiges angestellt haben könnt. Stell dir vor, Isabelle hat mir erzählt, dass er sogar bei der Polizei angerufen hat und eine Vermisstenanzeige aufgeben wollte«, machte sich Bettina sehr verärgert Luft.

»Aber das ist doch fast schon wieder süß, Bettina«, schmunzelte Maria, als sie sich ihre dicke Daunenjacke anzog und ihren Schal um ihren Hals schlang, sodass ihr Gesicht nur noch halb zu sehen war.

»Süß findest du das? Na weißt, ich kann schon auf mich selber aufpassen. Und wenn mich mein Mann nach über fünfundzwanzig Jahren immer noch nicht kennt, dann weiß ich nicht, wo da Vertrauen sein soll.« Bettina wirkte wirklich enttäuscht.

»Ja, da hast du auch wieder recht, aber der Hansi zeigt wenigstens, dass du ihm wichtig bist, wenn er sogar die Polizei anruft. Der Sepp tut so, als wenn alles in Ordnung wär. Als wenn er mich nicht kennen würde. Der kämpft nicht um mich, kein bisserl. Er muss doch spüren, dass die Beziehung zu Reiner nicht mehr zu retten ist. So was fühlt man doch!«, stimmte nun auch Maria in die Contra-Männer-Diskussion mit ein.

»Ja, stimmt, Maria. Männer sind manchmal echt so schwer von Begriff. Dabei sind wir Frauen doch eh so einfach zu verstehen.« Bei diesem Satz musste nun sogar Bettina selbst schmunzeln, als sie ihn aussprach, in Anbetracht der wohl ewig währenden Kommunikationsprobleme zwischen Männern und Frauen. »Weißt du was? Wir trinken jetzt noch eine Weinschorle in »Babsis Bar«. Soll sich der Scharnagl doch heute wieder Sorgen machen. Ist mir doch wurscht!«, sprach Bettina entschlossen und hakte sich bei Maria unter.

Beim Ausgang wartete allerdings Ashanti auf die zwei und wollte Maria wieder in ein Gespräch verwickeln.

»Oh, da kommen meine zwei Yogagöttinnen. Also, wenn ihr es keinem weitersagt, dann sag ich euch, dass ihr wirklich die begabtesten Yoginis seid. Eure Aura und das innere Licht und die Wärme spürt man schon von Weitem. Maria, wollen wir nicht unser durchaus interessantes Gespräch über ganzheitliche Ernährung noch weiter vertiefen?«, säuselte der selbsternannte Gesundheits-Guru.

»Ach nein, Loisl. Da, glaub ich, kommen wir nicht zusammen. Das passt schon so. Du bist halt so und ich bin halt anders«, lachte Maria ihn an.

Kichernd ließen ihn Maria und Bettina stehen. Ashanti blieb etwas verblüfft zurück. An Maria biss er sich wohl die Zähne aus.

Nachdem Bettina auch am Tag nach Weiberfasching wieder erst zu später Stunde nach Hause kam, war die Stimmung zwischen Hansi und ihr entsprechend kühl. Eiszeit – würde es eher treffen. Aber nichtsdestotrotz stand der Faschingshöhepunkt bevor und die Scharnagls würden natürlich auch daran teilnehmen. Das war schließlich eines der wichtigsten gesellschaftlichen Ereignisse in Unterfilzbach – der große Feuerwehrball im neuen Dorfwirtssaal. Isa sagte immer, das wäre »The Place to be«.

Das diesjährige Motto lautete *»Stars und Sternchen«*. Die Jugendfeuerwehr hatte dieses Thema ausgewählt. Alle konnten als ihre Idole oder berühmte Persönlichkeiten aus allen Bereichen der Showbranche, Kultur oder Geschichte kommen. Jeder nach seinem Geschmack. So war der Plan. Auf die legendäre Maskenprämierung freute sich schon die gesamte Feuerwehr, denn dieses Jahr würde das bestimmt eine Mordsgaudi werden.

Für Hansi war schon lange klar, welchen Star er verkörpern wollte. Natürlich Howard Carpendale. Jedoch hatte er sich blöderweise nicht frühzeitig um ein Kostüm gekümmert, lediglich im Geiste geplant. Er zog seinen alten Anzug an, der seinen letzten Einsatz bei Indiras Firmung gehabt hatte, also vor fünf Jahren. Es war Hansi unerklärlich, warum der gesamte Anzug so spannte. Ganz bestimmt war er beim Waschen eingegangen. Die Knöpfe am Hosenbund und erst recht am Jackett waren kurz vor der Selbstaufgabe, so sehr versuchten sie den feinen Zwirn über Hansis Bäuchlein zusammenzuhalten. Ein weiteres Problem sah Hansi, als er sein Spiegelbild betrachtete. Zwar hatte er nun einen Anzug an und die schmale schwarze Lederkrawatte, die noch ein Überbleibsel aus seiner Jugend in den Achtzigern war, locker um den Hals gebunden. So richtig nach Howie sah das Ganze jedoch noch nicht aus. Was für ein Glück, dass seine Tochter Isabelle auf diesem Gebiet ein Profi war. Er konsultierte also Isa mit seinem Wunsch, wie Howard Carpendale auszusehen. Mit dem schallenden Gelächter seiner Tochter als Antwort hatte er allerdings nicht gerechnet.

»Papa, du weißt aber schon, wie Howard aussieht, oder? Ich meine, vor allem obenrum. Der hat wirklich noch viele und vor allem ÜBERALL Haare am Kopf. Außerdem ist der blond gesträhnt.«

»Na, kannst du mir denn keine Strähnen machen?«, verstand Hansi Isas Reaktion überhaupt nicht.

»Und wo hinein soll ich diese Strähnen denn färben, bitte schön? Es wird dich jetzt vielleicht schockieren, Papa, aber du hast Haarausfall«, lachte die Starfriseuse aus *Karins Friseur Stüberl* ihren Vater aus.

»Mei, so schlimm ist es jetzt auch wieder nicht. Ein bisserl sind sie mir schon ausgefallen, aber du tust ja grad so, als ob ich plattert wäre«, war Hansi jetzt ein wenig bedrückt.

Er versuchte mit einem kleinen Handspiegel verzweifelt, seine angebliche Platte – oder eine Glatze, wie man außerhalb Bayerns sagen würde … also zum Beispiel in Sachsen – im großen Spiegel im Bad zu sehen. Mit verkniffenen Lippen musste Hansi aber dann einsehen, dass seine Tochter tatsächlich recht hatte. Seine frühere Haarpracht war nicht mehr so üppig, wie Hansi sie in Erinnerung hatte. Diese Erkenntnis traf ihn ziemlich hart und würde ihm wohl auch noch länger zu schaffen machen.

»Du brauchst eine Perücke, Papa«, hatte Isa nun die rettende Idee.

Hansi blickte seine Tochter skeptisch an. »Ich weiß nicht, Isa-Mäuschen, das sieht dann ja nicht natürlich aus. Außerdem hab ich keine Perücke und in zwei Stunden fängt der Ball an.«

»Ja, das ist blöd«, antwortete Isabelle überlegend. »Ich schau mal, was ich noch so rumliegen habe. Vielleicht find ich ja im Salon was Passendes.« Isa machte sich auf die Suche nach Howies Frisur.

Ganz im Gegensatz zu ihrem Mann hatte sich Bettina natürlich um ein Kostüm für den heutigen Ball gekümmert. Mit blonder Langhaarperücke, grünem Glitzeranzug mit sehr weitem Schlag an der Hose und dazu weißen Plateau-Lackstiefeln kam Frau Scharnagl ins Bad. Sie betrachtete ihren Mann, der gedankenverloren immer noch seinen stellenweise kahlen Hinterkopf im Handspiegel betrachtete.

»Was machst denn du da, Hansi?«, fragte sie verwundert.

»Ja mi leckst am Arsch, mein Schatz, du schaust ja super aus!«, war Hansi beeindruckt. Dabei musste er überraschenderweise zu ihr nach oben blicken, denn die Plateaustiefel machten Bettina glatt zehn Zentimeter größer. Ohne Schuhwerk war Hansi fünf Zentimeter größer als seine Frau, machte nun also ein Plus von fünf Zentimetern für Bettina. »Als was gehst du denn, mein Zuckerschoaserl?«, umschmeichelte der Bald-Howard seine Gattin.

»Erkennt man das nicht? Als Agnetha von ABBA. Maria geht als Anni-Frid. Sieht man doch«, antwortete Bettina kühl.

»Dann hätte ich ja als einer der Männer von ABBA gehen können. Warum hast du denn nichts gesagt, mein Zuckerschoaserl?«, war Hansi nun ein wenig enttäuscht.

»Wenn du mir vielleicht ab und zu einmal zuhören würdest, dann hättest du das auch mitbekommen. Ich habe dich vor drei Wochen sogar gefragt«, entgegnete »Agneta« nun teilnahmslos, als sie versuchte, sich einen dicken blauen Lidstrich zu ziehen.

Mit einem Siegerlächeln kam Isabelle wieder ins Familienbadezimmer hereingestürmt. »Papa, ich hab die Idee!«, triumphierte sie und hielt dabei eine blonde und sehr üppig gelockte Langhaarperücke in die Luft.

Hansi blickte die künstliche Lockenmähne skeptisch an. »Was willst du jetzt damit?«

»Das ist die Engelsperücke von Indira. Mit der hat sie letztes Weihnachten im Altenheim das Christkind gespielt. Hab ich im Keller gefunden. Die schneiden wir jetzt ab und frisieren sie zu Howie um. Super, oder?«, strahlte Isa ihren Vater an.

Bettina schmunzelte stumm in sich hinein, als sie weiter konzentriert und etwas ungeübt ihr Disco-Glitzer-Make-up auflegte.

Zwar war Hansi noch nicht von Isabelles Geistesblitz überzeugt, beobachtete sie aber trotzdem hoffnungsvoll, wie sie schnitt, glättete, kämmte und mit drei Rundbürsten gleichzeitig hantierte.

Nach einer halben Stunde war Isabelle fertig und sehr stolz auf sich und die Howie-Haare, die sie vor sich über einen Frisierkopf gestülpt hatte.

Als Bettina das Ergebnis sah, musste sie noch mehr schmunzeln, verließ dann aber wortlos das Badezimmer.

Nun drapierte Isa die frisch zweckentfremdete Christkindl-Haarpracht auf den Kopf ihres Vaters, besprühte ihn noch mit Tonnen von Haarspray und puderte sein Gesicht ein wenig ab. Fertig!

»Na ja, also für Unterfilzbach langt's«, sprach sie jetzt bei Betrachtung des fertigen Howie-Hansis und packte ihre zahlreichen Utensilien wieder in den Rollcontainer zurück.

Nun aber flott. Natürlich wollte Isabelle auch zum Ball der Bälle und musste sich noch als Marilyn Monroe zurechtmachen.

Ohne viel miteinander zu sprechen, fuhren Hansi und Bettina zum Feuerwehrball. Aus allen Richtungen strömten die Unterfilzbacher zum Dorfwirt. Alles, was Rang und Namen hatte, kam in den neu renovierten Saal. Zufälligerweise trafen die Scharnagls gemeinsam mit den Hackls ein, jedoch würdigte Wiggerl Hansi keines Blickes. *Oje,* dachte sich Hansi, *jetzt ist er aber richtig beleidigt.* Wenn Wiggerl einmal so richtig bockig war, dann konnte sich das einige Zeit hinziehen, wusste Hansi aus jahrelanger Erfahrung. Hansi sinnierte schon, dass er wohl bis Ostern wieder einmal kein Wort mit seinen Kollegen und ihm sprechen würde. Na, dann werden die nächsten Wochen zumindest recht ruhig im Bauhof, freute er sich aber gleichzeitig.

Bei genauerem Hinsehen fiel Hansi jetzt erst Wiggerls Kostümierung auf.

Typisch Wiggerl!

Nicht nur Hansi hatte einen inneren Höhenflug seit der legendären Mörderjagd im vergangenen Herbst – nein, auch Wiggerl fühlte sich seitdem wie ein Held. Wohl aus diesem Grund hatte er entschieden, sich heute als Superman zu verkleiden. Leider passte Wiggerls Figur nicht so hundertprozentig zum Kostüm. Allein schon, weil er mit seinen 1,65 Metern Körpergröße ständig an seinen blauen Leggins ziehen musste, denn die Beine waren einfach zu kurz dafür. Auch sein Wamperl war noch nicht ganz verschwunden, obwohl er letzten Sommer während seiner Midlife-Crisis sage und schreibe zehn Kilo abgenommen hatte.

Was sehr beachtlich war. Früher hatte Wiggerl eher die Figur von Dirk Bach – Gott selig. Aber Dirk Bach minus zehn Kilo macht halt immer noch keinen Superman. Wobei seine Frau Hilde, die eben keine Diät erfolgreich hinter sich gebracht hatte, in ihrem Superwoman-Kostüm wirklich zum Kugeln aussah. Das war figürlich mehr Cindy aus Marzahn als die sexy Frau eines Superhelden.

Das Motto war wirklich sehr gut gewählt, fand Hansi. Man konnte sich hier ein gutes Bild darüber machen, wie sich die einzelnen Faschingsgäste selbst sahen. Hansi setzte sich erst einmal nur hin und amüsierte sich über die Stars und Sternchen, die nach und nach zur Tür hereinkamen.

Roman Groß hatte seinen royal wirkenden Auftritt als Julius Cäsar. Mit goldenem Lorbeerkranz aus Plastik und weißer Römertunika betrat er den Saal und man konnte deutlich sehen, wie kaiserlich erhaben er sich fühlte. *Das tät ihm so passen* – dachte Hansi. Herrscher eines Weltreichs. Bei diesem Anblick verdrehte Hansi innerlich die Augen. Romans Frau Silke musste wohl oder übel als Kleopatra an seiner Seite antreten. Oder besser gesagt hinter ihm herlaufen. Zum ersten Mal fiel Hansi heute auf, dass Silke Groß immer drei Meter hinter ihrem Mann ging. Sie war auch mehr der Typ unscheinbares Mauerblümchen und befolgte vermutlich nur den Befehl ihres Mannes, sich in das Gewand einer verruchten ägyptischen Herrscherin – das im Übrigen höchst unbequem aussah – zu zwängen.

Hansi und Bettina saßen am Tisch der Feuerwehr und hatten immer noch eine sehr eingeschränkte Kommunikation. Sepp, dessen Verkleidung wie üblich recht spartanisch ausfiel, rannte etwas gestresst im Saal umher. Als Feuerwehrkommandant war er natürlich der Hauptorganisator des Balles und hatte alle Hände voll zu tun, bis alles in geordneten Bahnen lief. Sein »Kostüm« war lediglich ein weiß-blaues Ringelshirt und ein Partyhütchen aus Pappe. Aber Hansi wusste ja, wie es innen drin in Sepp aussah. Darüber hatten sie ja am gestrigen

Abend ausführlich geredet und sich in ihrer beider Selbstmitleid gesuhlt.

Die Stimmungsband begann zu spielen und sofort stürzten sich alle auf die Tanzfläche. Jetzt erst bemerkte Hansi auch Ashanti, der wirklich, tatsächlich und wahrhaftig als Kaiserin Sissi anwesend war. Man konnte es eigentlich gar nicht glauben. Das Kostüm, das Hansi als »Probeverkleidung« vor ein paar Wochen an Sepps Haustür schon einmal zu sehen bekommen hatte, hatte sich im Prinzip nicht verändert. Aber damit war Ashanti der totale »Hingucker«. Dieser Aufzug war vielleicht seinem Wunsch-Image als ausgeglichener und über den Dingen stehender Esoterik-Guru nicht ganz zuträglich, aber er war ja alt genug, um das selbst zu entscheiden.

Der attraktive Dr. Fuchs aus Oberfilzbach war ebenfalls anwesend und wohl als George Clooney gekommen. Eigentlich sah er aus wie immer, bis auf seinen Smoking. Die Ähnlichkeit war wirklich verblüffend. Alle Frauen schmachteten ihn an, das war im Prinzip auch wie immer. Etwas verspätet erschien auch Mandy Honegger auf dem Ball. Hansi ließ sich von Isabelle aufklären, dass sie wohl Daniela Katzenberger darstellen sollte. Dies sei angeblich so eine C-Prominente mit eigener Fernsehshow, wovon Hansi aber noch nie etwas gehört hatte. Sehr blond, sehr auffällig geschminkt, sehr freizügig figurbetont und dekolletiert – also im Prinzip war sogar Mandy ebenfalls wie immer.

Aus der Ferne beobachtete Hansi, wie sie verzweifelt versuchte, mit Dr. Fuchs Kontakt aufzunehmen, allerdings ließ der sie unbeachtet links liegen. Mandy wirkte recht verärgert über diese Reaktion beziehungsweise eben diese Ignoranz. So was war sie nicht gewohnt, zumindest nicht von Männern.

Hansi vermutete ein eher unharmonisches Beziehungsende bei den beiden.

Zu guter Letzt verschluckte sich Hansi fast an seinem Bier, als er Berta Hinkhofer als Engel zur Eingangstür hereinschweben sah. Mit riesigen Federflügeln und einem glitzernden Wallegewand. Der Heiligenschein war allerdings schon etwas verbogen. Sie hatte irgendwie das Motto des Abends falsch gedeutet. Oder sie sah sich selbst eben als engelsgleich.

Nach Beendigung seines analytischen Rundumblicks durch den Saal bemerkte Hansi, dass der Stuhl neben ihm leer war. Bettina war nicht mehr da. Er erspähte sie auf der Tanzfläche. Ein Berg von Muskeln verdeckte sie zwar, aber ihre Schlaghose und die langen blonden Haare der Perücke sah Hansi bei den Tanzbewegungen ab und zu dahinter hervorschwingen. Aha! Als hätte er es geahnt. Harald Schmal machte sich schon wieder an seine Frau heran. Hansis Augen verengten sich zu Schlitzen. Reflexartig ballte er wieder seine Faust. Als Popeye hatte sich der Muskelprotz verkleidet. Typisch! So ein Angeber, dachte Hansi. Seine Laune war augenblicklich in den Keller gerutscht.

Die Partyband gab alles. Die ganzen Faschingsklassiker der letzten Jahre wurden rauf und runter gespielt. Polonaise durch den Saal, zur Bar und wieder zurück. Die Stimmung war bombastisch. Nur die von Hansi nicht. Er saß weiterhin teilnahmslos auf seinem Platz und bestellte sich ein Bier nach dem anderen. Immer wieder fiel ihm auf, wie Julius Cäsar alias Roman Groß von Zeit zu Zeit etwas in sein Notizbüchlein schrieb. Was schrieb er da wohl immer auf? Sicher sammelte er wieder mal für seine Fastenpredigt, der hinterfotzige Kreditzinsen-Fuzzi, dachte sich Hansi. Da konnte einem seine arme Frau Silke direkt leidtun. Die saß, ähnlich wie Hansi, den ganzen Abend an ihrem Platz und sah nicht besonders glücklich aus.

Ein Höhepunkt des Abends stand nun kurz bevor: die Maskenprämierung! Spezielle Regeln für den Kostümwettbewerb gab es im Grunde nicht. Jeder Anwesende konnte gewählt werden. Beim Einlass verteilte die Jugendfeuerwehr Stimmzettel, auf denen das Kostüm und der Name des Nominierten eingetragen werden sollte. Diese wurden soeben eingesammelt und die Auswertung würde nun gleich bekannt gegeben werden.

Der doch recht frühe Zeitpunkt am Abend für diesen wichtigen Programmpunkt war bewusst gewählt worden. Denn momentan waren fast noch alle Ballgäste der Sprache mächtig und nur mäßig betrunken. In den vergangenen Jahren ereigneten sich bei den Preisübergaben manches Mal recht peinliche Szenen, wenn die Preisträger von der Bühne fielen oder nicht mehr wussten, als was sie sich eigentlich verkleidet hatten.

Der Feuerwehr-Jugendleiter Andi betrat die Bühne. Die Spannung stieg. Ein Tusch der Band sorgte für absolute Stille im Saal.

»Sodala, liebe Leut. Wir kommen nun wahrscheinlich zum absoluten Höhepunkt des Abends. Unsere Maskenprämierung. Wie ihr wisst, ist der erste Preis wie jedes Jahr eine halbe Sau. In bester Bio-Qualität aus regionaler, kontrollierter Viehzucht. Gestiftet von der Metzgerei Aschenbrenner. Wir bedanken uns bei den edlen Spendern und heben das Glas auf euch. Prost, Maria und Reiner.« Dabei hob Andi sein Bierglas, prostete den Aschenbrenners zu und trank es auf einen Zug aus. Der Großteil des Publikums tat es ihm gleich.

»Kommen wir nun zu den Platzierungen zwei bis vier. Diese Preisträger können sich heute Abend alle mit Freirüscherl in der Bar bei unserer Babsi trösten. Aber ihr seid ja auch Gewinner, wenn man bei so einem wichtigen Wettbewerb schon mal nominiert wird. Ha, ha, ha. Soooo, seid ihr auch schon gespannt?«, grinste er frech ins Publikum. »Der vierte Platz geht heuer an ...« – Pause, Tusch – »... Marilyn Monroe! Oder wie wir sie sonst kennen: unsere schneidige Scharnagl Isabelle. Applaus, bitte!«

Man hörte Isabelle irgendwo im Saal vor Freude quieken. Sie kam lasziv auf die Bühne gestöckelt und verteilte viele Handküsse in das Publikum, ganz wie Marilyn in ihren besten Zeiten. Aufgekratzt nahm sie ihren Gutschein für die Bar entgegen.

»Der dritte Platz geht dieses Jahr ...« – Pause, Tusch – »... geht an Donald Trump! Alias Oberlöschmeister Scharnagl Hansi. Hansi, alter Feuerwehrkamerad, komm auf die Bühne«, sprach der Moderator und winkte Hansi zu sich.

Allerdings fühlte sich Hansi gar nicht angesprochen. *Wer war denn heute als Donald Trump verkleidet?,* fragte er sich grübelnd. Sein Tischnachbar, der Huberbauer, rammte ihm zärtlich seinen Ellenbogen in die Rippen, um seine Aufmerksamkeit zu erlangen. Jetzt wurde ihm bewusst, dass er selbst gemeint war. Er, der ja heute absolut aussah wie das Ebenbild von Howard Carpendale. Das konnte er jetzt gerade noch gebrauchen. Er und Donald Trump! Das war ja die Höhe! Die gerade erst verflogene Wut stieg wieder hoch. Alle Blicke des Publikums waren auf Hansi gerichtet und Andi winkte immer noch wild auf der Bühne in Richtung des Drittplatzierten.

Jetzt explodierte Hansi. Er stand auf und schrie in Richtung Bühne: »Geh, leckt's mich doch am Arsch alle miteinander. Ich soll Donald Trump sein? Ich bin Howard Carpendale! Basta! Dass ihr es nur alle wisst. Als wenn man das nicht sehen würde. Sauft's eure Rüscherl selber.«

Man hätte eine Stecknadel fallen hören können, so still war es plötzlich im Saal. Nach etwa einer Minute brach dann aber tosendes Gelächter aus. Die Menge johlte. Hansi setzte sich wieder und fühlte sich hundeelend. Eine Mischung aus Scham, Trauer, Wut und Eifersucht machte sich in ihm breit. Gepaart mit den sieben Halben Bier, die er in den letzten zwei Stunden getrunken hatte, war das keine gute Mischung.

Ein wenig verlegen ergriff Andi wieder das Wort. »Ja, ähm. Dann machen wir mal weiter … Den zweiten Platz belegt dieses Jahr bei unserer Maskenprämierung …« – Pause, Tusch – »… die Hinkhofer Berta als …« – *Pause* – »… Erzengel Gabriel. Applaus, bitte!«

Berta nahm den Preis natürlich an und wollte es Isabelle nachmachen, auch sie verteilte Handküsse auf der Bühne. Allerdings erhielt sie dafür keine »Oh, là, là«-Pfiffe, sondern großes Gelächter. Das gefiel Berta natürlich wieder einmal gar nicht und sie verließ beleidigt die Bühne. Ein paar Federn aus ihren Flügeln flogen durch den Saal.

»Und nun wird es spannend, liebe Kameraden und Kameradinnen. Liebe Unterfilzbacher, wir kommen zum ersten Platz der Maskenprämierung in diesem Jahr auf unserem Feuerwehrball. Im Namen der Freiwilligen Feuerwehr Unterfilzbach darf ich bekanntgeben, dass die halbe Sau, also der erste Preis, an …« – Pause, Tusch – »… die Kaiserin Sissi geht! Oder wie wir ihn besser kennen: unseren Loisl Amberger. Für alle, die letztes Jahr in seinem Kamasutra-Kurs waren, auch bekannt als Ashanti! Einen ganz narrischen Applaus, bitte!«

Der Saal tobte, mit Ausnahme von Wiggerl. Insgeheim hatte er wohl mit dem Gewinn als *der* Superheld von Unterfilzbach gerechnet. Ashanti hingegen konnte sein Glück kaum fassen. Er sprang von seinem Tisch auf und warf dabei mit seinem Reifrock zwei Stühle gleichzeitig um. Er rauschte auf die Bühne zu, aber die Musiker wedelten schon wie wild mit den Händen. Sie hatten wohl Angst, er würde mit seinem Kostüm ihr gesamtes Equipment wegfegen. »Sissi« bekam von der Band Bühnenverbot und so musste der Gewinner der Maskenprämierung leider seine Dankesrede *vor* der Bühne halten. Nach zehn Minuten war der bekennende Veganer dann mit allen Danksagungen und seinem Vortrag über die positive Energie der Kaiserin Sissi, die ihn seiner Meinung nach hierher begleitet hatte, zum Ende gekommen. Er starrte etwas verwirrt auf das kleine Marzipanschwein, an dem der Gutschein für die halbe Sau von der Metzgerei Aschenbrenner befestigt war. Ashanti zog samt Reifrock und Marzipanschwein wieder von der Tanzfläche ab und endlich konnte die Band wieder zum Tanz aufspielen.

Nachdem die Tanzfläche wieder gefüllt war, setzte sich auch schließlich Sepp zu Hansi an den Tisch.

»Ach geh, Hansi. Jetzt reg dich doch nicht so auf. Das ist doch alles nur ein Spaß. Du bist heute so eine alte Zwiederwurzn. Und wegen Bettina musst du dir sicher keine Sorgen machen, sie liebt dich doch! Und wenn du ehrlich bist, weißt du das auch. Lass sie doch ein wenig flirten, das ist ja keine Todsünde. Sie würde doch niemals wirklich einen anderen Mann anschauen«, wollte Sepp seinen Freund ein wenig aufmuntern.

Hansi war jedoch, seinem Blick nach zu urteilen, nicht überzeugt von Sepps Theorie.

»Was soll *ich* denn sagen? Maria ist mit ihrem Mann da. Alles wieder gut in der Aschenbrenner-Ehe, so wie es aussieht. Lass die Weiber spinnen, wir gehen jetzt an die Bar.«

Mit einem kräftigen Ruck zog der Feuerwehrkommandant seinen Oberlöschmeister mit in »Babsis Bar«, zu der heute der direkte Durchgang vom Saal aus geöffnet war. Schließlich war Hansi nun in Besitz eines Gutscheins für Freirüscherl für den ganzen Abend, den ihm Sepp doch mitgebracht hatte.

In der Bar warf Sepp dann einer weiblichen Jugendgruppe einen scharfen Blick zu, als er sah, wie sie hochprozentige Spirituosen auf Ex in sich hineinkippten. Die Mädelsrunde, bestehend aus Indira, ihrer besten Freundin Antonia, Marias Tochter Sophie und Vanessa, der Tochter von Günter, seinem Bauhofkollegen, machten gerade ihre erste Rüscherlverkostung. Vanessa sah inzwischen wirklich gut aus, stellte Sepp überrascht fest. Früher war Vanessa etwas mollig gewesen, aber immer schon ein hübsches Ding. Sie hatte einiges abgenommen in den letzten Monaten. Das war aber noch lange kein Grund, dass sich die teilweise noch nicht mal sechzehnjährigen Damen nun hier sinnlos betrinken würden, fand der Kommandant. Er hatte schließlich die Verantwortung für den Abend und wies Babsi an der Bar gleich einmal ernst darauf hin.

Ein paar Minuten später kam Ashanti in etwas lädierter Sissi-Robe mit Maria im Schlepptau in die Bar hereingerauscht. Nun hatte eigentlich kein weiterer Gast mehr Platz, denn das ausladende Kleid füllte den schmal geschnittenen länglichen Raum in der Breite vollends aus. Sepp hatte schon Angst um die Rettungswege, sollte plötzlich ein Feuer ausbrechen.

Die neu Eingetroffenen stellten sich zu Hansi und Sepp an den Stehtisch. Maria und Sepp war dieses Aufeinandertreffen sichtlich unangenehm, sie vermieden während des Gesprächs jeden Blickkontakt. Teile des Quartetts rund um den Stehtisch waren jedoch sowieso nicht mehr zu gepflegten Unterhaltungen fähig. Im Einzelnen waren das Ashanti und der heute sehr gebeutelte Hansi. Bei Ashanti war die Perücke bereits stark verrutscht und sein Diadem hing ihm, nur noch an einer künstlichen Haarlocke baumelnd, am Hinterkopf herunter. Sein Zustand hielt ihn aber nicht davon ab, weiterhin bei Maria auf »Angriff« zu gehen. Er suchte sogar Körperkontakt, soweit es sein Reifrock zuließ. Maria versuchte immer weiter von ihm wegzurutschen, allerdings drückte sie bereits ihren Rücken an die Wand. Sepp wurde etwas nervös. *Die Esoterik-Sissi soll bloß die Finger von meiner Maria lassen,* ging es ihm durch den Kopf. Das konnte er gar nicht ausstehen, wenn Frauen bedrängt wurden. Und dann auch noch *seine* Maria.

»Maria, ich sag dir, du bist mein Engel – Hicks –, wirst es schon noch sehen«, lallte Ashanti vor sich hin und kuschelte seinen Kopf an Marias Schulter.

Das war nun der Tropfen, der für Sepp das Fass zum Überlaufen brachte.

»So, Freunderl, du schleichst dich jetzt entweder heim oder lässt die Maria in Ruh. Hast du mich verstanden? Sonst kannst du heute noch dein Glump packen.«

Mit diesen Worten zog er Ashanti an der silber glitzernden Rüschenbordüre, die an Sissis Dekolleté befestigt war, aus der Bar. Ein dankbarer Blick aus Marias funkelnden graublauen Augen war Belohnung genug für Sepp. Für einen kurzen Moment stand die Welt um Maria und Sepp still. Nicht ahnend, dass Hansi gleich für einen weiteren kleinen Skandal sorgen würde.

Die Band spielte »Ti amo« von Howard Carpendale. Das war ein Zeichen von Howie, hatte Hansi sofort einen Geistesblitz. Er musste um seine Bettina kämpfen. Das fühlte er sofort beim ersten Takt. Außerdem stachelte ihn Sepps Kavalierstat vor zwei Minuten dazu an. *Frauen wollen erobert werden!* Genau! *Als richtiger Mann muss man Stärke zeigen!* Jawohl!

Hansi holte sich jetzt seine Bettina zurück. Fest entschlossen stolperte er aus der Bar, schnurstracks hinauf auf Bühne, schnappte sich das Mikrofon und sang lauthals mit. Dabei zeigte er mit ausgestrecktem Arm auf Bettina und Harald auf der Tanzfläche. Die anderen Tanzpaare waren etwas verunsichert.

»Ti amo, du sagtest ti amo. Das heißt isch lieb disch so. Was ist geblieben von deinem misch lieben?«

Wenn man es vorsichtig ausdrücken mochte, dann konnte man sagen, dass Hansi mehr Talent zum Schneeräumen hatte. Er war ein wirklich guter Handwerker, aber musikalisch war er absolut talentfrei. Sein Gesang war grausam. Indira, die als Amy Winehouse verkleidet war, schämte sich in Grund und Boden. Sie konnte das alles nicht mehr mit ansehen und zog ihren Vater von der Bühne. *Gott sei Dank!* – dachten sich die zwei anderen Scharnagl-Kinder und natürlich auch Bettina, die sich alle drei still vor sich hinschämten. Sie waren im ganzen Saal verteilt und atmeten, jeder für sich, erst einmal tief durch, als Indira dieser peinlichen Szene ein Ende setzte. Gott sei Dank hatte sie die Familienehre wieder einmal gerettet. Allerdings war Bettina insgeheim ein kleines bisserl gerührt, was sie aber vor Hansi niemals zugegeben hätte.

Nach dieser Aktion wurde Hansi von seiner jüngsten Tochter an die frische Luft gezerrt und Indira las ihm erst einmal ordentlich die Leviten. Sie war wirklich stockgrantig. Zwar war das in ihrem Alter wohl üblich, dass man seine eigenen Eltern oberpeinlich findet. Da war es fast egal, was man als Eltern tat oder auch nicht tat. Aber ein wenig hatte Hansi schon eingesehen, dass das vielleicht alles ein wenig zu viel des Guten war. Er versprach Indira, sich ab sofort zurückzuhalten. Seine Nüchternheit kehrte an der frischen Luft außerdem wieder.

Er setzte sich also brav zurück an seinen Tisch und schämte sich. Eigentlich hätte er auch heimgehen können, aber so weit kam es noch, dass Hansi dem großkopferten Harald Schmal freie Bahn bei seiner Frau ließe. Wo war eigentlich Haralds Frau Anita? Die wusste doch, dass sie ihren angetrauten Casanova bei so einem Anlass nicht allein lassen sollte. Das war ja gemeingefährlich für alle Unterfilzbacher Ehen. Das würde er seiner ehemaligen Schulkameradin Anni demnächst einmal sagen. Wahrscheinlich war sie wieder mal in Ischgl beim Skifahren oder beim Wellness in Bad Füssing. Er nahm sich vor, ruhig zu bleiben und einfach nur alles über sich ergehen zu lassen, vielleicht hatte Sepp ja recht und Bettina brauchte nur ein wenig Bestätigung als Frau.

Als sich Hansi zu vorgerückter Stunde von seinem Platz aus das Geschehen noch einmal so ansah, konnte er schon einen Vorher-Nachher-Vergleich anstellen. Zum Glück war er inzwischen wieder nüchtern geworden. Ganz im Gegensatz zu den meisten Ballbesuchern.

Die gute Mandy war außer angetrunken zusätzlich auch noch ziemlich giftig. Denn sie lieferte sich auf dem Flur vor der Toilette eine Mordsdiskussion mit einer jungen hübschen Dame, die wohl heute Abend für ihren Geschmack ein wenig zu oft mit Dr. Fuchs getanzt hatte. So kannte Hansi Mandy gar nicht. Aber unter Alkohol zeigte wohl jeder sein wahres Gesicht. Hansi lächelte sie sogar noch an, als er auf dem Weg zur Männertoilette den Streit mitbekam. Bisher konnte er sie mit seinem Charme immer bezirzen, aber diesmal kam in astreinem Sächsisch als Antwort nur: »Was gugscht'n so blöde?«

Aber holla, dachte sich Hansi, *so eine Schnepfe.*

Ja, wie froh wäre er jetzt, wenn seine Bettina wieder normal wäre. Vielleicht sollte er einfach mal versuchen, nett zu ihr zu sein. Er wollte sein Zuckerschoaserl suchen und mit ihr auch ein Tänzchen wagen. Leider fand er Bettina dann an der Bar. Natürlich mit Popeye. Er konnte nur Wortfetzen verstehen.

»Also wenn du mich lassen würdest, Betti, dann würde ich dir die Welt zu Füßen legen. Dein Mann muss das ja nicht erfahren«, flötete Harald, als er Bettina immer näher kam.

Das war zu viel für Hansi. Er wollte heim. Blöderweise hatte er so nicht mehr mitbekommen, wie auch Bettina dieses Bedrängen deutlich zu viel wurde und sie Popeye eine schallende Watschen verabreichte.

Der Feuerwehrball ging noch bis in die frühen Morgenstunden. Die Letzten verließen den Dorfwirt um halb sieben morgens und suchten sich noch eine Gaststätte, die zum Weißwurstfrühstück schon wieder offen hatte.

Ja, so waren sie, die Unterfilzbacher und wohl auch viele andere Bayern. Fasching gab es halt nicht nur im Rheinland.

KAPITEL 4

»Derblecken«

Hansi schlief schon, zumindest tat er angestrengt so als ob. Bettina schlich sich nach dem Feuerwehrball vorsichtig auf Zehenspitzen ins Schlafzimmer. Sie hatte inzwischen ein ziemlich schlechtes Gewissen, denn die Flirterei mit Harald Schmal war anfangs zwar ganz lustig, aber am Ende war der Kerl doch sehr aufdringlich geworden. Sie war richtig erleichtert, als sie ihn wieder los war. Außerdem war er eigentlich sowieso nicht Bettinas Typ. Sie konnte lange nicht einschlafen. Frau Scharnagl grübelte die restliche Nacht darüber, wie sie wohl wieder mit Herrn Scharnagl gut werden könnte. Sie wünschte sich, dass Hansi wieder ihr Bärle würde, und sie wollte wieder sein Zuckerschoaserl sein. Jedoch war nun Hansi beleidigt. Stockbeleidigt! Er wusste ja von der saftigen Watschen nichts, die seine Bettina dem dubiosen Bauunternehmer am Feuerwehrball in der Bar laut schallend serviert hatte.

Am darauffolgenden Faschingssonntag sprachen Bettina und Hansi kein Wort miteinander. Sie kommunizierten lediglich über die Kinder. Beim Frühstück beziehungsweise eher bei der Mittagsbrotzeit kamen alle Scharnagls wieder einmal in der Küche zusammen. Für Bettina war der Fasching ab heute beendet und sie begann mit einer Basenkur, wie jedes Jahr zur Fastenzeit. Sie schnippelte schon seit einer Stunde Gemüse wie Fenchel, Rote Beete oder Sellerie für den riesigen Topf voller entgiftender Gemüsesuppe. Alles Lebensmittel, die die Kinder und Hansi niemals freiwillig essen würden.

»Zu viel Alkohol wirft den Säure-Basen-Haushalt total durcheinander«, predigte sie noch, als sie außerdem gleichzeitig ihre

Brennnesselsuppe kochte und ihre Kinder darüber die Nase rümpften. Wie meistens, wenn bei den Scharnagls daheim wieder einmal die Essensgelüste in verschiedene Richtungen gingen.

Der Rest der Familie griff da eher auf Altbewährtes zurück. Brathering oder Rollmops mit Kartoffeln wurden von Bettinas Familie regelrecht verschlungen, während sie selbst ihre Brennnesselsuppe schlürfte.

»Mei, das war ja mal eine Party gestern … wenn uns nur der Papa nicht so dermaßen blamiert hätte«, begann Hansi junior das Gespräch.

»Ja, wenn Papa nicht so einen dermaßen peinlichen Auftritt hingelegt hätte, wäre es direkt lustig gewesen«, war auch Indira immer noch etwas grantig auf ihren Vater und ließ dies Hansi auch durch ihre Blicke spüren. So vielsagend vorwurfsvoll konnten wohl nur fünfzehnjährige Teenager ihre Eltern anschauen.

»Stimmt, nächstes Mal reißt du dich gefälligst zusammen, Papa«, blies nach ihren Geschwistern nun auch Isabelle in dasselbe Horn.

»Ihr habt's ja recht. Aber: Eure Mutter hat mich auch provoziert. Das könnt ihr ihr ausrichten. Sie ist schuld«, gab Hansi die beleidigte Leberwurst.

Bettina saß auch mit am Tisch und die Scharnagl-Kinder bemerkten jetzt, dass die Stimmung zwischen ihren Eltern nicht gerade romantisch war.

»Richtet eurem Vater bitte aus, dass er vielleicht dann nicht immer so eingebildet tun soll. Nur, weil er *mal* einen Mörder gefangen hat. Pfff! Da muss man sich ja anderweitig beschäftigen, bei seiner neuen Überheblichkeit«, wollte Bettina aber nun auch partout nicht nachgeben.

So ging es noch ein wenig hin und her. Bis Indira wieder einmal das Wort ergriff und ihren Eltern mitteilte, sie sollten doch bitte den Unterfilzbacher Kindergarten »Die Filzmäuse« aufsuchen, wenn sie schon so rumspannen wie Kleinkinder.

»Die Filzmäuse« war noch der beste Namensvorschlag für den vor Jahren neu erbauten Kindergarten gewesen, der dem Gemeinderat einfiel. »Die Filzläuse« zum Beispiel fanden nicht alle so passend. Blöderweise schlich sich genau hier manchmal ein Tippfehler in der Presse und in sonstigen Veröffentlichungen ein. Was bei der Elternschaft regelmäßig für großen Aufruhr sorgte.

Auf Indiras Vorschlag hin waren Hansi und Bettina sehr schweigsam und Bettina fragte sich wieder einmal, wer hier eigentlich wen erzog.

Nachdem Isabelle, Hansi junior und Indira noch die neuesten Skandale und Geschichten des gestrigen Abends ausgetauscht hatten, verteilten sich alle fünf Scharnagls querbeet im Haus und jeder suchte sich eine Beschäftigung. Keines der Kinder wollte zwischen die »Fronten« geraten und auch Hansi ging Bettina aus dem Weg, er war wirklich sehr übellaunig. Schmollend verzog er sich in seine Werkstatt im Keller und reparierte alle möglichen Möbelstücke, sortierte Schrauben und gruschelte hier und da ein wenig herum. Er wechselte sogar den Filter der Brauchwasserzisterne, was er seit circa einem Jahr immer auf *morgen* verschob.

Bettina gab sich erst einmal einem leidenschaftlichen Großputz hin. Dabei konnte sie sich so richtig auslassen, die ganze Wut und auch den Ärger über sich selbst und die allgemeine Gesamtsituation putzte sie sich förmlich aus dem Leib. Das ganze Haus in der Birkenstraße blitzte und funkelte. Überall roch es streng nach Essig. Essig war Bettinas umweltschonende

Geheimwaffe, wenn es um Urinstein, Kalk und eigentlich alle gröberen Verschmutzungen ging.

Anschließend ging sie wieder zum Faschings-Entgiftungsyoga, das allerdings heute ohne Ashanti stattfinden musste. Der Kursleiter hatte wohl gestern zu viel gefeiert. Die anwesenden Damen erzählten, dass Ashanti wohl unter den letzten Gästen beim Feuerwehrball gewesen war und er zuletzt um halb zwölf mittags gesehen wurde, als er sich in voller Sissi-Montur die Dorfstraße hochschleppte.

Aber Bettina war seit vielen Jahren eine inzwischen geübte, erfahrene Yogini. Sie tat ihr Bestes, um mit den anderen ein paar Übungen zur Entgiftung und Entspannung zu vollziehen. Es machte ihr sogar großen Spaß, den Kurs zu leiten, und die Teilnehmerinnen waren voll des Lobes. Vielleicht sollte sie sich wirklich zur Yogalehrerin ausbilden lassen. Das wäre doch ein Ziel und ein neues Wirkungsfeld, überlegte sie. Yoga war sowieso ihre Leidenschaft.

So verliefen der Faschingssonntag und auch der Rosenmontag, ohne dass das Ehepaar Scharnagl auch nur ein Wort miteinander gewechselt hatte.

Am Finaltag des Faschings, dem Faschingsdienstag, fand in Unterfilzbach traditionell der Faschingsumzug durch den Ort statt. Hansi war zur Straßensperrung eingeteilt und eigentlich war er ganz froh, dass er Bettina so aus dem Weg gehen konnte, denn er wusste nicht so recht, wie er mit der Situation umgehen sollte. Außerdem war er immer noch beleidigt.

Da die Kommunalwahl in Unterfilzbach bevorstand, war dies natürlich auch ein Thema beim Umzug. Vor allem an den doch recht scharfen politischen Botschaften auf den großen Pappschildern an den mit Luftballons und Luftschlangen dekorierten Umzugswägen wurde dies deutlich. Auch so wurde Politik beziehungsweise Wahlkampf gemacht, aber auf der Bürgerseite.

Hansi fiel auf, dass Bürgermeister Brunner und ein paar Gemeinderäte nicht ganz so gut dabei wegkamen. Vor allem Roman Groß war sogar bei drei der sieben Wägen als Thema gewählt worden. Als »Fädenzieher im Hintergrund«, hinterfotzig und eingebildet, wurde er bezeichnet. Hansi teilte zwar diese Meinung, aber wenn man das so schwarz auf weiß zu lesen bekam, war es doch recht hart. Der Bauhofangestellte war diesbezüglich etwas sensibel. Ein wenig erschrocken stellte er sich vor, wenn er einmal Thema bei so einer Aktion wäre. Schließlich sah er sich gedanklich schon als Stimmenkönig im nächsten Gemeinderat sitzen. Gut, dass er bisher noch kein Mandatsträger war. Hansi überlegte ernsthaft, ob das wirklich so eine gute Entscheidung war, sich für ein Amt im Gemeinderat zu bewerben. Denn wenn es unzufriedene Bürger gab – und die gab es immer –, dann konnte auch er nächstes Jahr auf so einem Plakat durch den Kakao gezogen werden. *Meine Bettina hat ja vielleicht doch recht, vielleicht ist das gar nichts für mich,* überkam es ihn jetzt plötzlich. Aber nun, eineinhalb Monate vor der Wahl, konnte er seine Kandidatur schlecht zurückziehen. Nach seinem gestrigen Auftritt musste er schließlich Rückgrat zeigen und wollte nicht noch mehr als Weichei dastehen. Er grübelte und spekulierte. Seine politikinteressierte Tochter Indira fiel ihm ein. Mit ihren fast sechzehn Jahren kannte sie sich wirklich überall aus. Sie setzte sich sehr engagiert für Probleme anderer ein, vielleicht sollte er einmal mit ihr reden. Mit ihr an seiner Seite würde er bestimmt auch die richtigen politischen Entscheidungen treffen können. Dann wäre er nicht allein. Und mit einer wissenden und intelligenten Person, die ihn unterstützte, war vielleicht alles halb so schlimm. Auch wenn er die intellektuelle Seite seines Nesthäkchens immer ein wenig skeptisch sah, im Augenblick war er sehr froh darüber und gerade im Moment unglaublich stolz auf sie.

Nachdem der Umzug beendet war, verräumten Hansi und sein Kollege Günter noch die Umleitungsschilder im Bauhoflager und sammelten den gröbsten Müll von den Straßen, an denen der Faschingszug entlanggeführt hatte. Anschließend hatten sie dienstfrei. Nur zu gerne ließ sich Hansi von Günter überreden, noch kurz beim Dorfwirt vorbeizuschauen. Denn dort klang der Fasching in Unterfilzbach jedes Jahr aus.

Die meisten Teilnehmer des Faschingszuges zogen direkt in das urige Dorfwirtshaus. Auf dem Parkplatz vor der Gaststätte standen die Mottowägen alle aufgereiht. Das meiste war aus dem Fuhrpark vom Huber Micherl, alias dem Huberbauern. Er war der größte Bauer im Ort und hatte ein Faible für große Traktoren, Hänger und eigentlich alle landwirtschaftlichen Gerätschaften. Die verlieh er dann meistens auch großzügig an die örtlichen Vereine für den Faschingsumzug.

Ausgelassene Stimmung erwartete die zwei Bauhofkollegen bereits in der großen Wirtsstube. Hansi wurde johlend empfangen. Das hatte wohl etwas mit seinem Auftreten beim Faschingsball zu tun. Er lächelte verlegen, schämte sich in Wirklichkeit aber in Grund und Boden. So manch ein blöder Spruch traf ihn sehr. Bei der momentanen Gesamtsituation blieb ihm nur ein Ausweg. Er nahm Babsis Vorschlag an, den Großteil der Freirüscherl, die er am Samstag nicht mehr eingelöst hatte, heute als Lokalrunde zu spendieren. Aus der einen Lokalrunde wurden dann sechs. Mit jedem Rüscherl ging es Hansi besser. Seine Sorgen traten in den Hintergrund.

In Bayern gab es von jeher den Brauch des »Faschingseingrabens«. Und Unterfilzbach wäre nicht Unterfilzbach gewesen, wenn die Einwohner diesen alten Brauch nicht auch praktiziert hätten. Im Prinzip wurde dabei sinngemäß der Fasching verabschiedet und quasi beerdigt, also eingegraben. Zeitlich fand dieses für Außenstehende seltsam anmutende Ritual immer am Abend des Faschingsdienstags statt. Man konnte meinen, das wäre vielleicht eine traurige Angelegenheit gewesen, das war es aber natürlich nicht. Der Huberbauer war dabei meistens federführender Initiator. Er war genauso zünftig wie seine angetraute Traudl, die zwei passten zusammen wie die Faust aufs Auge. Somit bekleidete der Huber Micherl fast immer die Rolle des Faschingspfarrers. Er beerdigte quasi den Fasching.

Wichtig war dann immer auch noch die Wahl des »Faschings«, also der Person, die ihn verkörpern sollte. In der Regel nahm man dafür die anwesende Person, die aktuell den höchsten Promillegehalt im Blut hatte. Der Huberbauer blickte suchend durch die Wirtsstube und seine Wahl fiel recht bald auf Hansi. Der Arme hatte wirklich einige Rüscherl zu viel konsumiert.

Vorbereitet, wie der Micherl war, hatte er auf einem seiner Traktoranhänger vor der Tür einen alten hölzernen Sautrog geladen. Ein Sautrog wurde bei einer Hofschlachtung genutzt, um die geschlachtete Sau gründlich mit kochendem Wasser abzubrühen – dementsprechend war auch die Duftnote. Nach dem Abbrühen der Schlachtsau, ließen sich die Schweineborsten auf der Haut besser entfernen, denn welcher Liebhaber der bayerischen Nationalgerichte mochte schon in einen saftigen Schweinshaxen oder einen deftigen Schweinebraten beißen und dann Borsten zwischen den Zähnen haben? Nein, nein, da waren die Bayern schon eigen.

Wenn man dieses landwirtschaftliche Hilfsmittel nicht kannte, hätte man beim Blick darauf vermuten können, es wäre die Hälfte eines Sarges gewesen. Was ganz praktisch war, denn so hatte der »Fasching« beim Eingraben darin bequem Platz. Am Faschingsdienstag um Mitternacht war der Fasching vorbei; der Aschermittwoch und somit die Fastenzeit begann. Dann war Schluss mit lustig. Das war auf der ganzen Welt so, auch in Unterfilzbach.

Zu fortgeschrittener Stunde rief der Huberbauer dann zum »Begräbnis« auf. Er hatte sich ein weißes Bettlaken umgehängt und einen schwarzen Hut aufgesetzt. Mit einer Klobürste und einem Eimer in der Hand stand er vor dem Sautrog. Hansi war inzwischen dermaßen angetrunken, dass er dem Geschehen regungslos zusah. Irgendwie hatte er noch nicht mitbekommen, dass er gleich ein Teil davon werden würde.

Die restlichen Gäste beim Dorfwirt lauschten den Worten des Faschingspfarrers: »Liebe Trauergemeinde, wir haben uns heute hier versammelt, um von einem lieben Freund Abschied zu nehmen – unserem Fasching. Du warst sehr gut zu uns und hast uns viele schöne Stunden und manch einen sauberen Rausch beschert, aber es wird Zeit, dich gehen zu lassen.«

Der Huberbauer nickte Herbert zu. Herbert, der Dorfwirt, der als Faschingsministrant fungierte, führte nun Hansi zum Sautrog und wies ihn an, sich hineinzulegen. Hansi lies alles über sich ergehen.

Der Prediger fuhr fort: »Wir schwören nun ab. Den schönen Stunden, den ausgelassenen Feiern und … dem Alkohol. Gemeinde! Auf geht's!«

Dieser Aufforderung folgten nun alle Gäste im Raum und schütteten ihre Getränkereste – auf gut Bayrisch ihre »Noagerl« – auf Hansi. Jeder gab zum Abschied dem »Fasching« noch trauernde Worte mit, gemeinsam mit seinem restlichen Bier, Schnaps oder was sich sonst noch Alkoholisches in den Gläsern befand. Dann wurde der »Fasching« im Sautrog noch einmal mit musikalischer Untermalung eines schwermütigen Trauermarsches im Kreis herumgetragen und dann war er sozusagen »beerdigt« und beendet, der Fasching in Unterfilzbach.

Hansi gab während dieses Rituals kein glückliches Bild ab, aber wer würde das in seiner Lage schon tun? Günter hatte Erbarmen mit dem armen Kerl und half ihm aus dem Sautrog. Getragen von der Trauerstimmung im Raum, verfiel Hansi nun in ein tiefes sentimentales Loch. Er wollte nur noch heim. Schluchzend stammelte Hansi etwas, was Günter leider nicht verstehen konnte: »Bettina … meine Bettina, warum bist du so grausam … *schluchz* …?«

Günter rief daraufhin bei Bettina zu Hause an und bat sie, ihren Mann beim Dorfwirt abzuholen. Natürlich kam Frau Scharnagl nach der dramatischen Schilderung der Situation am Telefon keine fünf Minuten später sehr besorgt im Gasthaus an. Als Bettina ihren über und über in Alkoholresten getränkten Mann erblickte, tat er ihr augenblicklich unglaublich leid.

Mein Bärle! Was ist denn nur mit ihm passiert? Sie war fast ein wenig erschrocken bei diesem Anblick.

Nachdem sie Hansi daheim endlich aus dem Auto manövriert hatte, steckte sie ihn erst einmal in die Dusche. Er stank wie ein ganzer Stall voll Affen, schlimmer noch als die Odelgrube beim Huberbauern, fand Bettina. Nach einer halbstündigen kalt-warmen Wechseldusche, die Bettina angeordnet hatte, kam Hansi langsam wieder zu sich. Bettina hatte ihm in der Zwischenzeit einen grünen Tee gekocht und schickte ihn in sein Bett.

Aber es war wohl an der Zeit, dass die beiden sich nun einmal ehrlich aussprechen würden. Das war nach dem heutigen Abend sowohl Bettina als auch Hansi klar geworden. Jedoch würde das heute wohl nix mehr werden. Dem »Fasching« war unendlich schlecht und er litt Höllenqualen in dieser Nacht, sowohl körperliche als auch seelische.

Auch beim Frühstück schwieg sich das Ehepaar Scharnagl noch an. Diesmal, weil Hansi gefühlt fast tödliche Kopfschmerzen hatte. Aber der laufende Tag des Aschermittwochs brachte schon so manches wieder ins Reine und nach Feierabend setzten sich die zwei gemeinsam in die Küche, als ob sie eine nicht ausgesprochene Verabredung gehabt hätten.

Zuerst schwiegen sie sich nur an. Nach etwa zehnminütigem stummem Verweilen am Küchentisch brach Bettina die Stille. »Es tut mir leid, Bärle!«

Hansi sah Bettina an und spürte dabei langsam wieder Leben in sich einkehren. »Mir auch, mein Zuckerschoaserl«, antwortete Hansi.

Endlich sprachen sie über all die Missverständnisse, ihre Kommunikationsschwierigkeiten. So wie früher. Ehrlich und ausführlich. Das war wohl bisher immer das Geheimnis ihrer gut funktionierenden Ehe gewesen. Sie beschlossen, dass sich dies nun auch nicht mehr ändern sollte. So saßen sie da, noch bis spät in der Nacht, und redeten, bevor sie beide erschöpft, aber sehr erleichtert ins Bett fielen. Sie hielten sich die ganze Nacht im Arm und waren einfach froh, den anderen zu haben.

Die Fastenzeit begann mit aller Konsequenz und Härte. Viele Ehemänner und so manch eine Ehefrau wurden von ihrem jeweiligen Partner auf Diät gesetzt, manche sahen es auch selbst ein. Überall im Ort wurde über Kalorien, Kochkurse, Rezepte und möglichst unanstrengende Sportarten diskutiert.

Auch Frau Scharnagl ordnete Diät an. Entschlacken und entgiften sollte sich ihr Bärle, natürlich auch seinen Säure-Basen-Haushalt ausgleichen nach seinem ungewöhnlich ausgiebigen Alkoholkonsum. Das schmeckte ihm allerdings nicht so gut, im wahrsten Sinne des Wortes. Bei Scharnagls gab es momentan Gerichte wie zum Beispiel gekeimte Kichererbsen-Tortilla mit gegrilltem Gemüse oder Pastinaken-Sellerie-Eintopf. Hansi sehnte das Ende der Fastenzeit schon nach zwei solcher Mittagsspeisen sehnlichst herbei.

Aber in Bayern war sogar die Fastenzeit einigermaßen erträglich. Währenddessen gab's nämlich hierzulande noch ein ganz besonderes »Zuckerl«. Denn die Bayern waren ja ausgefuchste Hund', wie man so schön sagte. Man konnte von diesem Volk ja behaupten, was man wollte, aber in manchen Fällen war Inkonsequenz wirklich eine ihrer großen Stärken. Zum Beispiel in der Fastenzeit. Fasten heißt den Körper entschlacken, entgiften, dem Körper Gutes tun – also auch zur Besinnung kommen. Frei werden von allen möglichen Giften, körperlich und auch seelisch. Da war es aus bayerischer Sicht nur logisch, dass man genau in der Fastenzeit ein Bier braute, das einen recht hohen Kaloriengehalt und auch einiges mehr an Alkohol in sich trug als herkömmliches Bier. Das würde wohl eher für den Geist und die Seele »entgiftend« sein, für den Körper weniger. Die Bayern waren halt schon immer in der Not erfinderisch und erst recht die bayerischen Mönche.

Auch so ein armer Paulaner-Mönch hatte vermutlich seinerzeit unter dem strengen Diätplan des Klosterkochs gelitten, wahrscheinlich fast so sehr wie Hansi unter dem von Bettina.

Und da ja das Fastenbrechen mit Flüssigem nicht verboten war, hatte er ruckzuck einfach mal das Starkbier erfunden. Allerdings hatte der brave Münchner Mönch dann doch Gewissensbisse und schickte dem Papst nach Rom einfach mal ein Probierfasserl.

Im 17. Jahrhundert waren die gängigen Transportmittel allerdings eher ruckelige Kutschen als Lkws mit integrierter Kühlung, somit war die Reise des Holzfasses recht unruhig, als es schaukelnd über die Alpen gebracht wurde. Auf der langen Reise über Stock und Stein wurde es zuerst recht durchgeschüttelt und dann auch noch unterschiedlichsten Temperaturen ausgesetzt, bis es endlich in der mediterranen Hitze Italiens ankam.

Jetzt konnte man sich vorstellen, wie das durchgeschüttelte, warme und abgestandene Starkbier aus dem Holzfass geschmeckt hat, als der Heilige Vater es probierte. Wahrscheinlich wird er in Italien da unten sowieso nur Wein getrunken haben und so ein Starkbier hat schon einen ganz besonderen Geschmack, manchmal sogar ein wenig »hantig«, also bitter, vor allem wenn man das nicht gewohnt war – so wie eben der Papst wahrscheinlich damals. Sicher wird er gedacht haben, so was Greisliges dürfen sie ruhig trinken, die armen bayerischen Mönche, und hat das Starkbier in der Fastenzeit dann erlaubt.

Heutzutage war das servierte Starkbier aber natürlich gekühlt und schmeckte deshalb um einiges besser als das Gesöff, das das Kirchenoberhaupt im Vatikan damals probeweise trinken musste. Dieses edle Getränk war mit fast acht Prozent Alkohol und einem höheren Malzgehalt sehr süffig – jedoch äußerst gefährlich, um nicht zu behaupten hinterfotzig. Vor allem, wenn man nach längerem Verweilen und mehrfachem Konsum eines solchen Gebräus an die frische Luft ging. Dann hatte man plötzlich einen Rausch und verstand gar nicht, wo der auf einmal so schnell hergekommen war.

Was zum Starkbier gehörte wie die Brezen zur Weißwurst oder das Leder zur Hosen war das »Derblecken«. Die Preußen sagten dazu Fastenpredigt, wahrscheinlich weil sie das leichter aussprechen konnten. »Derblecken« bedeutete frei übersetzt »sich über jemanden lustig machen«. Sprachlich abgeleitet wurde es vermutlich von »Zähne blecken«, also »Zähne zeigen«.

Vor ziemlich langer Zeit war es in bayerischen Wirtshäusern üblich, dass die musikalischen unter den Wirten ihre Stammgäste mit Gerüchten und Geschichten aus dem Dorftratsch begrüßten, gesungenerweise. Das konnte schon auch mal ein wenig »gschert«, also unsensibel, sein. Aber so waren sie halt, die Bayern, immer direkt und ehrlich, auch wenn's wehtat. Meist »derbleckten« die Wirte ihre Gäste in Form von gereimten »Gstanzln«. Am schönsten war das Ganze natürlich, wenn der Wirt auch passabel singen konnte. Bei einem »Gstanzl« handelte es sich wiederum um humorvolle musikalische, meist gereimte Vierzeiler mit der immer gleichen typischen Melodie, in denen sich eben gerne über andere lustig gemacht wurde.

Eine Fastenpredigt, so wie man sie heute kannte, wurde dann wohl zum ersten Mal auf dem weltbekannten Münchner Nockherberg daraus. Am Nockherberg in München war auch die ursprüngliche Wirkungsstätte der Paulaner-Mönche und eben auch des Erfinders des Starkbiers – Bruder Barnabas. Aus der Klosterbrauerei der Paulaner-Mönche wurde dann irgendwann die Paulaner-Brauerei. Und da eine privatwirtschaftliche Brauerei halt nicht ganz so sozial war wie eine Klosterbrauerei, haben sich die Brauereibesitzer dann irgendwann mal überlegt, wie sie bei einem Starkbieranstich noch mehr Leute anlocken konnten, die dann ihr Bier tranken. Also machten sie ein »Event« daraus, sie nannten es aber wahrscheinlich anders, damals im Jahre 1891.

Der Münchner Humorist und Volkssänger Jakob Geis musste sich wohl auch schon über die Obrigkeit in Bayern aufregen. Zwar war Bayern seinerzeit noch ein Königreich, aber auch darüber konnte man sich natürlich als Bürger aufregen. Da passte es ganz wunderbar, dass der Geis Jakob all die Dinge, die ihm nicht so gepasst hatten, dem Prinzregenten Luitpold auch einmal sagen durfte, eben auf dem Nockherberg beim Starkbieranstich 1891.

Wahrscheinlich hat er dann das »Derblecken« mit einer Predigt kombiniert, denn in der Kirche waren die Predigten zur Fastenzeit auch ein wenig mahnender als den Rest des Jahres über. Und vor einem Geistlichen hatte man damals auch noch mehr Respekt als heute. Der gewiefte Volkssänger verkleidete sich deshalb bei der Predigt als Bruder Barnabas und las den Monarchen und der feinen Gesellschaft in München gehörig die Leviten. Humorvoll subtil natürlich.

Auf jeden Fall ist dieses ganze Spektakel inzwischen eine Tradition geworden, oder wie Isabelle sagen würde: »Ein hipper Kult.« In vielen Orten Bayerns wurde inzwischen bei einer Fastenpredigt nicht nur der Landesregierung, sondern auch – oder eigentlich hauptsächlich – der kommunalpolitischen Führung die Meinung gesagt. Aber auch Menschen aus der örtlichen Gesellschaft blieben dabei nicht verschont.

Wie sollte es anders sein, auch in Unterfilzbach gab es diese Tradition … sowieso! So eine Gelegenheit konnte sich Berta Hinkhofer mit ihrem Frauenbund auf keinen Fall entgehen lassen, deshalb organisierten die Damen seit Jahren schon ein

Starkbierfest mit ordentlichem »Derblecken«. Wenn es darum ging, jemand anderem die Meinung zu sagen, war sie natürlich vorn dran, die Nummer eins der Unterfilzbacher Tratschweiber.

Fastenprediger war Bertas Neffe, Roman Groß, wahrscheinlich zwecks der familiären »Linientreue«. Sie ließ es sich auch nicht nehmen, ihn mit Informationen für diesen Zweck zu »füttern« und ihm da auch mal ein paar Textzeilen zuzuliefern. Dabei blühte sie geradezu auf. Auch Roman genoss es, wenn er sich als der mahnende, erhabene und rechtschaffene Mönch Bruder Barnabas aufspielen konnte. Eigentlich hätte man da schon ein kleines bisserl feinfühlig sein sollen, wenn man mahnte, allein schon aus Gründen der Glaubwürdigkeit. Denn der Spruch mit dem Glashaus und den Steinen hätte wohl auch bei einer Fastenpredigt berücksichtigt werden sollen.

Wenn es eine Stellenbeschreibung für einen Fastenprediger gegeben hätte, dann hätten seriöse Recherchequalitäten und ein Minimum an diplomatischem Gespür nicht fehlen dürfen. Denn so eine Fastenpredigt war ein wenig wie »Brot und Spiele« im alten Rom. Kurzum: Roman Groß war eigentlich für diesen Job denkbar ungeeignet.

Den Nichtbetroffenen gefiel das natürlich, denn Schadenfreude war bestimmt eine angeborene Eigenschaft des Menschen. Ungeschriebenes Gesetz bei einer Fastenpredigt war es außerdem, dass man *nicht* beleidigt sein durfte, zumindest durfte man es nicht zeigen. Was für die Zuschauer wiederum interessant war, waren die Reaktionen der Verspotteten. Aber ein bisserl Selbstironie hielt ja eigentlich ein jeder aus. Wiggerl und Berta vielleicht nicht ganz so viel, aber das restliche Unterfilzbach schon.

Bereits zwei Stunden vor Beginn standen die Besucher schon am Einlass beim Dorfwirtssaal, um sich ja auch die besten Plätze sichern zu können. Und das, obwohl es heute wie aus Kübeln goss. Die Wirtsleute Babsi und Herbert kredenzten bayerische Brotzeiten wie Wurstsalat, Obatzter oder sauer eingelegten Presssack. Nur kalte Speisen natürlich, denn es war ja Fastenzeit.

Damit das Fastenvolk auch ein wenig in Stimmung kam, spielten die »Filzbacher Spatzen« zünftig auf. Als Vorband sozusagen. Warm-up quasi! Ein wenig Ironie war in diesem Namen schon enthalten, denn anders, als man vermuten konnte, bestand dieses Trio nicht aus zarten Jünglingen, sondern aus drei gestandenen, kräftigen Mannsbildern, die schon ab und an mal einen versauten Witz unter der Gürtellinie zum Besten gaben. Alle drei brachten durchschnittlich jeweils zwei Zentner auf die Waage und man dachte an viele andere Tiere, aber sicher nicht an Spatzen, wenn man sie Schnupftabak schnupfend in ihren abgewetzten Lederhosen auf der Bühne sitzen sah. Eine »Boyband« im Unterfilzbach-Stil eben. Mit Steirischer, Klarinette und Trompete sangen und jodelten die Volksmusikanten aus voller Brust einige »Gstanzln«, quasi zum Aufwärmen für die Zuschauer, die nach Verspottung anderer lechzten. Sie knöpften sich vor allem den Fastenprediger selbst vor und »derbleckten« ihn. Das war schon überraschend, denn in den letzten Jahren war der Prediger selbst immer verschont geblieben. Obwohl es über Roman Groß ja eigentlich vieles zu berichten gab. Aber die Unterfilzbacher Boyband war heuer mutig:

Roman Groß hoaßt unser Fastenprediger,
koan dat's wundern, wenn er boid war wieder a Lediger.

Sei Weib hod wirklich nix zum locha,
muaß jed'n Dog an Depp'n fia ean mocha.

Auf gut Hochdeutsch hieß das in etwa so viel wie:

Roman Groß heißt unser Fastenprediger,
es wäre kein Wunder, wenn er bald wieder ledig wäre.
Seine Frau hat wirklich nichts zu lachen,
muss sich täglich für ihn zum Deppen machen.

Dass er vom Bankgeheimnis nicht ganz so viel hielt, stieß den »Filzbacher Spatzen« außerdem ziemlich auf:

Ois Bänker, Roman, soit'st du wissen,
wos a Bankgeheimnis is!
Aber du sogst nur »drauf is g'schissn«.
Roman! S'Fegfeier is dir g'wiss.

Auf gut Hochdeutsch:

Als Banker, Roman, solltest du wissen,
was ein Bankgeheimnis ist!
Aber du sagst nur »das ist mir scheißegal«.
Roman! So kommst du sicher in die Hölle.

Roman war außerdem nicht gerade ein sozialer und beliebter Chef in der Bankfiliale. Wen wunderte es da, dass sich dies im Dorf schon herumgesprochen hatte:

Deine Kolleg'n sand froh,
wenns't in Urlaub oft gehst.

Wenns't no grod amoi
in Korea unt' blei'm tät'st.

Mit'm Kim Jong-un könns't z'ammakemma,
ihr ward's scho di richtig'n zwoa.
Kanntas't d'Berta a no mitnemma,
dann warst ned so alloa.

Auf gut Hochdeutsch:

Deine Kollegen freuen sich,
wenn du oft in den Urlaub fährst,
wenn du doch nur gleich
in Korea bleiben würdest.

Zu Kim Jong-un würdest du gut passen,
ihr wärt die richtigen zwei.
Du könntest auch die Berta mitnehmen,
dann wärst du nicht so allein.

So käsig, wie Berta jetzt gerade wurde, hatten die drei Sänger diese »Gstanzln« wohl nicht mit der Chef-Organisatorin abgesprochen, zumindest nicht inhaltlich. Eine himmelschreiende Unverschämtheit! Das geht natürlich nicht, dachte Berta. Regelrecht geduckt beobachtete sie das Publikum aus den Augenwinkeln. Die Menschen pfiffen, klatschten und standen sogar auf zum Applaudieren. Vermutlich war dies das letzte Starkbierfest, bei dem der Frauenbund die »Filzbacher Spatzen« engagiert hatte. Deren Besetzung, bestehend aus Anton, Kilian und Helmut, lachte sich schief, als sie die Wut in Bertas Augen sahen. Im tosenden Applaus ging Helmuts

Ansage an Berta etwas unter: »Wer austeilt, muss auch einstecken können, gell, Berta.«

Roman Groß saß hinter der Bühne und auch er explodierte fast vor Wut, ähnlich wie seine Tante. Natürlich hatte auch er alles mitangehört. Er, der doch immer alles für die Gesellschaft tat, der sich sozial in der Kirche engagierte, der in der Bank immer jeden unterstütze. Ausgerechnet er, der immer ein offenes Ohr für seine Mitarbeiter hatte. Wie konnten die drei Deppen da nur so gemeine »Gstanzln« schreiben. Roman verstand die Welt nicht mehr.

Vermutlich spürten diejenigen Unterfilzbacher, die sich in den vergangenen Jahren durch die bösen Sprüche von Roman verletzt gefühlt hatten, gerade in diesem Moment ein großes, warmes Gefühl der Genugtuung in der Magengegend.

Aber nun kam der Auftritt des Unterfilzbacher Fastenpredigers. Er hatte ja dennoch auch seine Fans, obwohl er sehr polarisierte, fand Hansi. Trotz allem empfing ihn großer Applaus, als er in Mönchskutte auf die Bühne kam und sich auf ein kleines Schamerl hinter das Rednerpult stellte, das als Kanzel dekoriert war. Ein Schamerl war ein kleiner Hocker, und den brauchte der Roman unbedingt, er war ja nicht so groß. Nomen war hier nicht Omen. Ansonsten hätte man ihn hinter dem Pult gar nicht gesehen.

Gespannt wartete das Publikum im Saal auf seine Rede. Er schaute sich erst einmal um und genoss die Furcht in manchen Augenpaaren, die er da unter sich sah.

»Liebe Fastengemeinde …«, begann er.

Und dann ging's gleich los. Bisher hatte Roman Hansi in seinen Fastenpredigten eigentlich nicht wirklich beachtet, er war wohl zu unwichtig, zu unscheinbar. Er kam höchstens bei ein paar Bauhofgeschichten einmal am Rande vor. Aber nun, da er nach seiner Heldentat im Herbst zum »Mörderfänger« geworden und somit zu ein wenig Bewunderung gekommen war, konnte Roman diesen Scharnagl natürlich nicht unerwähnt lassen. Erschwerend kam auch noch hinzu, dass Hansi leider mit Berta im letzten Jahr ein paarmal kleinere Auseinandersetzungen gehabt hatte. Sicher hatte die Hinkhoferin darauf bestanden, dass hier einiges ins rechte Licht gerückt wurde. Irgendwie war Hansi dadurch zu Bertas Lieblingsfeind mutiert.

Da war die Geschichte, als Hansi die Ortseingangstafel von Unterfilzbach im Auftrag des Bürgermeisters mit Leuchtfarbe streichen musste. Wiggerl hatte dafür wieder einmal mehr Zeit eingeplant, als Hansi wirklich benötigte, und weil Hansi so langweilig war, strich er das Schild gleich öfter. Die Leuchtfarbe hatte dadurch ihre Wirkung aber auch vervielfacht und Berta durch die unglaubliche Blendkraft der Leuchtfarbe ihren Kleinwagen eines Nachts frontal gegen einen Baum gesetzt. Und Hansi war natürlich schuld gewesen, aus Sicht des Fastenpredigers.

Eine weitere Passage über Hansi kam gleich im Anschluss. Die legendäre »Trachtenschlacht« zwischen ihm und Berta im Recyclinghof. Die zwei hatten sich so dermaßen gestritten, dass sie sich mit Dirndln und Trachtenröcken aus dem Altkleidercontainer beworfen hatten. Aber das war eine lange und ganz andere Geschichte …

Hansi bekam an diesem Abend zum ersten Mal einen Einblick darin, was es hieß, in der Öffentlichkeit zu stehen. Es gefiel ihm nicht.

Dann kam Bettina dran, oder vielmehr das ganze Verkäuferinnen-Team aus dem KaufGut. Roman holte Luft: »Im

KaufGut wird jetzt das Gehalt anderweitig noch ein wenig aufgebessert. Die Damen berechnen jetzt in der Käseabteilung einen Busenaufschlag.«

Der Saal schrie vor Lachen, denn alle wussten, dass Rosi gemeint war. Käsefachverkäuferin Rosi hatte sich ihre Brüste vergrößern lassen, von Körbchengröße C auf F. Jedoch waren die zwei F nun so groß, dass sie immer auf der Käsewaage auflagen, wenn die Käsefachfrau den Emmentaler und den Gouda für die Kundschaft abwog. Der Käse kostete somit immer grundsätzlich um 400 Gramm mehr. Das war Rosis Busenbonus. Eine aufmerksame Kundin, die nicht genannt werden wollte – *Berta H. aus U.* –, hatte diesen Skandal bemerkt und augenblicklich der Marktleitung gemeldet. Belustigt lachten alle Anwesenden und die Stimmung heizte sich auf.

Dass das Verkaufs-Team so manches Mal mit der Beschilderung im Supermarkt seine Probleme hatte, wusste der Fastenprediger außerdem zu berichten.

»Im letzten Sommer gab's Ananas im KaufGut im Angebot. Stellt's euch vor, da gab es eine Ananas für 1,50 € und zwei »Ananässe« für 2,00 €«, erzählte Roman amüsiert.

Bei einem der wöchentlichen Donnerstags-Aktionsangebote, bei denen es im KaufGut bei entsprechend interessanter Produktpalette manchmal ordentlich rund ging und die Kundinnen um begehrte Waren regelrecht kämpften, gab es vergangenen März alles für den Frühjahrsputz. Die putzwütige Hausfrau konnte Wischmops, Fensterleder, Staubwedel und viele weitere nützliche Accessoires erwerben. Die KaufGut-Damen schrieben wie immer mit ihrem speziellen Großformatdrucker im Supermarktbüro große Plakate für den anstehenden Aktionstag. Allerdings hatte sich dabei ein Tippfehler eingeschlichen und aus einem Bodensauger wurde ein »Hodensauger«. Das war an diesem Tag das TOP-Angebot und sie schoben es in alle Angebots-Preisschilder-Rahmen, ohne den fehlerhaften Druck zu bemerken, dreizehn an der Zahl. Wiederum lachte das Publikum und alle Verkäuferinnen aus dem KaufGut-Team, die im Saal verteilt saßen, sahen sich beschämt, aber dennoch belustigt an.

Mit Esoterik konnte Roman auch nicht so viel anfangen, was ja nicht überraschend war für einen erzkonservativen Kirchenmann. Im Jahr davor war ganz Unterfilzbach im Kamasutra-Fieber gewesen, ausgelöst durch die Kurse zu diesem Thema von Ashanti in der Zweigstelle der VHS. Alle waren Feuer und Flamme gewesen für den ehemaligen Alois mit neuem indischem Künstlernamen.

»Ja, der Ashanti hat's euch allen angetan. Alle, die daheim ihre Frau nicht mehr auf Touren gebracht haben, sind in seinen Kurs gerannt.«

Und da kippte die Stimmung plötzlich. Viele Kamasutra-Erfahrene sahen betreten zu Boden oder wurden rot im Gesicht. Nun war die Frage, ob Roman mit seiner Feststellung ins Schwarze getroffen hatte oder ob ihnen das Thema grundsätzlich peinlich war? Wobei Kamasutra ja eigentlich nun salonfähig war. Schließlich war sogar die halbe Feuerwehr bei den Kursen letztes Jahr dabei gewesen.

»Aber dann hat er sich entzaubert, euer Erotik-Esoterik-Gott. Die Elvira hat es aufgedeckt, dass er nicht mal in einen Flieger steigen kann, ohne sich vor Angst in die Hose zu biesln. Was wollt ihr denn von so einem lernen? Die innere Mitte?«, polterte Bruder Barnabas von seinem Schamerl hinter der Kanzel in den Saal hinunter. Langsam wurde es immer stiller.

»Jetzt sucht er wieder eine neue *Alte*, die ihn aushält. Der Ashanti sollte vielleicht mal etwas arbeiten. Aber eines kann ich dir raten, Ashanti, als Friseur wirst du nicht viele Kunden bekommen, bei deinen Zotteln.«

WUMS! Ashanti stand am Tresen und starrte regungslos zur Bühne hinauf. Auch das Publikum war doch sehr überrascht von der Schärfe, die plötzlich in Romans Rede zum Vorschein kam. Ashanti war zwar ein Lebemann und ging den Unterfilzbachern von Zeit zu Zeit gehörig auf die Nerven, aber sie hatten ihn fast schon ein wenig lieb gewonnen. Er war irgendwie zu ihrem Maskottchen geworden.

Aber Roman war noch lange nicht fertig.

»Aber ich wüsste eine Frau für dich, Ashanti. Eine wunderhübsche sogar. Sie wäre im besten Alter, mit ein bisserl Geld auf der Seite. Und du weißt, ich kann das aus sicherer Quelle sagen.« Der Bankfilialleiter schmunzelte überlegen. »Die wäre genau die Richtige für dich, Alois. Sie hat nur einen Fehler: Wenn sie den Mund aufmacht, da vergeht dir als Mann alles. Denn Sächsisch hältst nicht mal du aus, Ashanti. Da kannst du noch so viel meditieren.«

Roman lachte fast ein wenig diabolisch über seine eigenen Witze. Er war aber so ziemlich der Einzige, der noch lachte, sogar Berta war das Ganze nicht mehr geheuer. Man sah ihr an, wie sehr sie mit sich haderte. Sollte sie eingreifen oder nicht?

»Na, Mandy? Wie wär's mit dem Ashanti?«

Roman sah in Mandys Richtung, die neben Harald Schmal und seiner Frau saß. Mandy war augenblicklich zur Tomate mutiert.

»Der Loisl ist nicht so anspruchsvoll wie der Dr. Fuchs, da brauchst du keine Angst haben, dass der dich wieder rausschmeißt. Aber nein, der Ashanti hat ja gar nichts, wo er dich rauswerfen könnte. Der wär dir sicher, Mandy. Den nimmst!

Dann bist du zwar nicht Frau Doktor, aber besser als gar kein Mann ist der Ashanti allemal. Was Besseres wirst wohl nicht mehr bekommen. Oder vielleicht …?«

Roman sah sich im Saal um und erblickte Xaverl neben Ashanti am Tresen.

»Der Berger Xaverl wär auch noch frei. Der haut dir bestimmt auch nicht ab. Dann wärst du sogar fast eine Großbäuerin. 1950 wären die Leut' bestimmt noch neidisch auf den Bergerhof gewesen. So musst du das machen, Mandy. Der Xaverl wär wie gemacht für dich, den würd' auch dein komischer Dialekt nicht stören.«

Xaver strahlte bis über beide Ohrwascheln. Was natürlich der Fastenprediger sofort bemerkte.

»Gell, Xaverl, die Mandy tät dir schmecken.« Er lachte den armen Bauhelfer förmlich aus.

Mandy war den Tränen nahe. Ob vor Wut oder vor Scham wusste man nicht so genau. Sie konzentrierte sich angestrengt und versuchte die Fassung zu bewahren, während alle Augenpaare im Saal auf sie gerichtet waren. Es wurde ihr aber dann doch zu viel und sie verließ wortlos den Dorfwirtssaal.

Xaverl nutzte seine Chance sofort und eilte ihr nach, um sie – wahrscheinlich ganz Gentleman – zu trösten. Ein dezentes Gelächter war im Raum zu hören, als Xaverl die Tür hinter sich schloss.

»Vielleicht müsst ihr die sexy Mandy aber dann mit dem Schmal Harald teilen, Ashanti. Du und der Xaverl. Der Baumogul nimmt nämlich alles, was bei drei nicht auf den Bäumen ist. Gell, Harry? Prost.«

Und wieder lachte Roman. Dabei prostete er dem Ehepaar Schmal mit seinem Bierkrug zu. Anni saß sehr gefasst neben ihrem Mann, der jedoch stand kurz vor einem Wutausbruch.

»Wobei, alle Weiber mögen ihn ja auch wieder nicht, den unwiderstehlichen Harald Schmal. Da kannst du deine Muskeln noch so oft unters Solarium legen, Harry. Die Scharnagl Betti wirst du nicht rumkriegen. Die mag nur ihren langweiligen Bauhof-Hansi.«

Langsam aber sicher war jedem im Raum bewusst, dass sich dieses Jahr dort auf der Bühne eine andere Fastenpredigt als die Jahre zuvor abspielte. Groß war schon immer ziemlich gut im Austeilen gewesen, aber heute überschritt er deutlich eine Grenze. Und das Schlimmste kam erst noch.

»Ja, unsere Unterfilzbacher Jugend, da sitzt sie. Schau, schau.«

Roman drehte sich zu einem Tisch an der linken Seite des Saals, an dem ein paar Jugendliche saßen, darunter auch Indira mit ihren Freundinnen Antonia und Vanessa. Vanessa war Auszubildende in der Bankfiliale, die Roman Groß leitete. Sie war erst vor ein paar Wochen von einer stationären Therapie für Magersucht zurückgekommen. Früher war Vanessa ein wenig fülliger gewesen – oder vollschlank, wie man so schön sagte –, aber ein hübsches, süßes Mädchen. Irgendwas musste dann geschehen sein, denn Vanessa magerte innerhalb von ein paar Monaten total ab, bis ihre Eltern sich nicht mehr zu helfen wussten und sie auf »Kur« schickten. Vanessas Vater Günter hatte das alles sehr mitgenommen. Lange hatten Günter und seine Frau versucht, ein Kind zu bekommen, bis endlich Vanessa kam. Sie war ihr ganzer Stolz. Hansi hatte das alles mitbekommen, denn Günter war ja einer seiner Lieblingskollegen. Ein zünftiger Kerl.

Roman wendete sich an Vanessa.

»In der Bankfiliale herrscht im Übrigen das beste Betriebsklima im ganzen Ort, da können die »Wamperten

Spatzen« singen, was sie wollen. Apropos wampert. Schaut Sie euch an, die junge, schlanke, neue Vanessa. Wenn ich ihr nicht gesagt hätte, dass sie vielleicht mal ein wenig abspecken sollte, weil allein ihr Schatten schon mindestens hundert Kilo schwer war, dann wär sie heute immer noch eine Tonne. Die Kunden hatten ja fast Angst vor dem Koloss.«

Die arme Vanessa, die mit ihren sechzehn Jahren bereits eine kurze, aber intensive Leidensgeschichte hinter sich hatte, brach sofort in Tränen aus und stürzte aus dem Saal. Günter und seine Frau Sabine waren absolut geschockt. Natürlich folgten sie ihrer Tochter auf der Stelle.

Kein Mensch im Raum lachte oder klatschte mehr. Romans Frau Silke saß ebenfalls regungslos in der ersten Reihe, sie traute sich nicht mal mehr, jemanden anzuschauen. Berta wollte in Grund und Boden versinken und winkte Roman wie wild vom Bühnenaufgang zu. Der aber hatte das Zeichen zum Abbruch nicht verstanden. Oder auch nicht verstehen wollen.

»So, liebe Leut', jetzt schaut's euch nur um. Jeder von euch hat Dreck am Stecken. Und ich wüsste noch viel mehr. Aber ich mach jetzt Schluss, sonst könnt's alle nicht mehr schlafen. Vielleicht gibt's dann im nächsten Jahr noch mehr Geschichten.

Eines muss ich euch aber noch mit auf den Weg geben. Bald ist ja die Bürgermeisterwahl bei uns im Dorf. Jetzt überlegt's euch, wo das noch hinführen soll mit unserem Unterfilzbach, wenn auch noch ein dahergelaufener Bio-Bauer aus der Stadt Bürgermeister werden will. Hoffentlich seid's ihr so g'scheid und wählt zumindest richtig, dann werden wir vielleicht wieder ein sittsames Dorf. Darauf trink ma!

Bis zum nächsten Jahr. Euer Bruder Barnabas.«

Roman nahm einen kräftigen Schluck aus seinem Bierkrug, stieg von seinem Schamerl und verschwand hinter der Bühne.

Nur sehr vereinzelt hörte man ein zögerliches, unsicheres Applaudieren. Die Stimmung im Saal war sehr verhalten und alles andere als ausgelassen. Die Besucher redeten aufgeregt an ihren Tischen miteinander, gestikulierten und schüttelten die Köpfe. Aber so zünftig und lustig wie in den letzten Jahren war es auf keinen Fall. Da konnte auch das süffige Starkbier vom Filzer-Bräu, der Filzator, nichts daran ändern. Recht zügig leerte sich der Saal beim Dorfwirt, das war auch all die Jahre noch nie da gewesen, dass es kein gemütliches Beisammensein mehr gab. Sichtlich nachdenklich gingen die Unterfilzbacher nach Hause. Berta wusste nicht, ob sie lachen oder weinen sollte. So eine Blamage!

Über diesen Abend würden die Dorfbewohner noch viel zu diskutieren haben. Was war bloß in Roman gefahren? War seine »Zornrede« nur durch die »Gstanzln« der »Filzbacher Spatzen« ausgelöst worden? Wieso hatte er sich nicht unter Kontrolle? Viele Fragen, die diese denkwürdige Fastenpredigt hinterließ.

Auch die Scharnagls gingen mit vielen Unklarheiten nach Hause. Wobei sich Hansi sogar ein wenig freute, dass er im Gegensatz zu vielen anderen noch recht glimpflich davongekommen war.

KAPITEL 5

Floating Hansi

»Mein Gott, ist das nicht furchtbar peinlich? Jetzt sagt's ihr doch auch mal was zu ihnen! Das hält man ja nicht aus. Wenn das Getue jemand mitbekommt, meine Freunde oder so, das ist ja nur noch zum Schämen«, stöhnte Indira etwas pubertätshysterisch und verdrehte dabei die Augen, wie so oft in letzter Zeit.

»Mei, lass sie doch, das ist doch voll süß«, antwortete Isabelle.

Der einzige Scharnagl-Sohn verstand die ganze Aufregung überhaupt nicht. Hansi junior störte das Geturtel nicht wirklich. »Gönn ihnen halt mal was, Indi. Oder bist vielleicht nur neidisch?« Er grinste seine kleine Schwester an.

Seit sich das Ehepaar Scharnagl wieder versöhnt hatte, schwebten sie auf Wolke sieben. Vielleicht war es sogar schon Wolke acht. Der Zusammenhang zwischen Eltern, Teenagern und Peinlichkeit war ja hinlänglich bekannt. Jetzt konnte man sich vorstellen, wie sich das jugendliche Fremdschämen steigerte, wenn die Erzeuger des jeweiligen Teenagers sich selbst wie schwer verliebte Heranwachsende aufführten.

An diesem Sonntagmorgen nach der skandalösen Fastenpredigt von Roman Groß waren Hansi und Bettina gemeinsam im Bad verschwunden. Das war inzwischen über eine Stunde her. Aus dem Familienbadezimmer drang seitdem nur Gekicher und Gelächter, was die Scharnagl-Kinder beim Frühstück in der Küche recht gut mit anhören konnten. Indira blieben die Bissen ihrer Semmel mit dem politisch korrekten Reformhaus-Nuss-Nougat-Aufstrich jedes Mal direkt im Hals stecken, wenn wieder ganz kurz und unerwartet die Geräusche des fröhlichen elterlichen Miteinanders bis in die Küche vordrangen. Isabelle und Hansi junior schmunzelten hingegen nur.

Das Paar im zweiten Frühling wollte heute in ein Wellnesshotel ganz in der Nähe aufbrechen. Sie hatten das private Day Spa gebucht. Indira fand die Bestätigung für dieses Arrangement auf der Küchenablage. Voller Entsetzen las sie, was ihre Eltern heute so alles vorhatten. Es schüttelte sie direkt ein wenig, als sie sich das alles vorstellen musste, ohne es zu wollen.

»Das Romantik-Packerl für Frischverliebte« stand auf dem Buchungsbeleg. Indira war fassungslos, als sie weiterlas:

Pärchen-Ganzkörpermassage
mit aromatisch betörenden Liebesölen
– für die absolute Entspannung –

***

Rosenblätter-Fußbad
mit anschließender Fußreflexzonenmassage
zur Anregung der erogenen Zonen

***

Entspannen und Relaxen
mit Champagner und frischen Früchten
in unserer Kuschelhöhle für Verliebte

***

Floating-Venusmuschelbad für zwei
»Schweben« sie schwerelos unter dem Sternenhimmel

***

5-Gänge-Candlelight-Dinner
in unserem Romantikrestaurant

Pfeifend kam Hansi in die Küche. Indira stellte gerade ihren Frühstücksteller in den Geschirrspüler.

»Was habt ihr euch jetzt so lange gewaschen, wenn ihr gleich wieder mit glitschigem Öl eingerieben werdet?« Dabei zeichnete sie bei »gewaschen« mit ihren Zeige- und Mittelfingern Gänsefüßchen in die Luft.

»Warum? Wir waren nur ganz normal beim Duschen, wie jeden Tag. Stört es dich jetzt schon, wenn wir lachen? Indira, warum bist du denn heute schon wieder so grantig? Herrschaftszeiten, diese Pubertät darf aber jetzt endlich mal vorbeigehen.« Hansi war sichtlich von Indiras Polemik etwas genervt.

Bettina kam nun auch in die Küche, gebückt und eine riesige Sporttasche am Boden hinter sich herschleifend. Dabei hatte sie einen recht verschlissenen Bademantel über ihre Schulter geschwungen. Sie stellte die Sporttasche ab und hielt dieses abgewetzte Frottee-Etwas nun vielsagend in die Höhe.

»Mei, Bärle, der ist aber nicht mehr der Schönste«, begann Bettina nun eine Styling-Diskussion.

Hansi, Indira und Bettina betrachteten dieses dunkelrot-blau-grün gestreifte Stückchen Stoff, durch das die Sonne schon an ziemlich vielen Stellen durchscheinen konnte.

»Bestimmt die Motten«, urteilte Indira kurz und knapp.

»Sei mir nicht bös, Bärle, aber mit dem Ding kannst du da jetzt unmöglich im Spa auftauchen, das ist ja peinlich«, stellte Bettina mahnend fest.

»Ach Mama, meinst du, den Bademantel hat der Papa heute lang an? Bei dem, was ihr alles vorhabt, wird er eher im Adamskostüm unterwegs sein.« Das Scharnagl-Nesthäkchen rümpfte die Nase. »Und übrigens, Mama, du bist doch immer so eine Gesundheitsfanatikerin. Hast du denn überhaupt eine Ahnung, was da so alles für Keime rumschwimmen in so einer Floating-Muschel? Ich hab da mal eine Dokumentation gesehen. Da hat man bei der Wasseranalyse Sperma, Blut und sogar Enterokokken gefunden. Wirklich alles, was die menschliche Mikrobiologie so zu bieten hat, schwimmt da rum. Pfui Deife! Ich möcht da nicht rein in diese Brühe.«

Bettina und Hansi sahen sich nur wortlos an und verdrehten gleichzeitig die Augen, als Indira an ihnen vorbeirauschte. Aber in diesem Punkt waren sie sich einig: Ihre Tochter musste das schon aushalten. Zu schön war es für Hansi und Bettina, wieder verliebt zu sein. Wie damals vor über fünfundzwanzig Jahren. Beide fühlten sich jung und berauscht voneinander und das auch noch im beginnenden bayerischen Frühling.

Bettina schnappte sich noch schnell einen Bademantel ihres Sohnes, der an der Badezimmertür am Haken hing. Den stopfte sie flink in die Scharnagl'sche Wellnesstasche und schon waren sie unterwegs zum romantischen Liebessonntag in einem Vier-Sterne-Superior-Hotel.

Die Zweisamkeit genossen sie sehr, jedoch sorgte Hansis »Bademantel« schon ein wenig für Aufsehen im edlen Wellnessbereich. Leider hatte Bettina nicht mehr daran gedacht, dass dieses Kleidungsstück ein Teil der Faschingskostümierung ihres Sohnes war. Hansi junior hatte sich dieses Jahr am Feuerwehrball als der verstorbene Playboy-Gründer Hugh Hefner verkleidet. Bekanntermaßen trug der Hefner Hugh – Gott selig – seine Lebzeit lang immer einen dunkelroten Bademantel. So einen hatte sich der Scharnagl-Spross auch organisiert, neben einer Kapitänsmütze und einer Pfeife. Nur stand auf diesem Exemplar außerdem noch groß »Sexy Motherfucker« am Rücken zu lesen. Mit neunzehn Jahren und entsprechendem Testosteron im jugendlichen Blut fand man so etwas sehr lustig. Auch wenn es Hansi ein wenig peinlich war, als das weibliche Wellnesspersonal hinter ihm herpfiff, amüsierten sich Bettina und er schließlich doch darüber. Vor allem wussten sie nun endlich, was »Motherfucker« eigentlich bedeutete. Die Masseurin hatte die Scharnagls lachend aufgeklärt.

Die aufsehenerregende Fastenpredigt von vor ein paar Tagen war selbstverständlich in aller Unterfilzbacher Munde. Wo man auch hinkam, überall sprachen die Leute über Roman Groß und seinen verbalen Rundumschlag. Bei der Bauhofbrotzeit wurde dieses Thema natürlich auch behandelt. Günter war hierbei wie überhaupt schon die letzten Tage sehr still und in sich gekehrt, fand Hansi. Seine Frau Sabine und er machten sich wirklich Sorgen um ihre Tochter Vanessa. Gerade wäre sie seelisch wieder einigermaßen auf der Höhe gewesen und nun drohte sie wieder in ein tiefes Loch zu fallen, nachdem sie der Fastenprediger so bloßgestellt hatte. Aber so wirklich ausführlich redete Günter nicht darüber.

Sepp hatte erzählt, dass auch Ashanti fix und fertig mit den Nerven sei. Er meditiere quasi durchgehend rund um die Uhr, um seinen »inneren Frieden« wiederzufinden. Das hatte zumindest für Sepp einen Vorteil; sein hoffentlich nur vorübergehender Mitbewohner redete seither nicht mehr ständig so g'scheid daher, was Sepp sehr begrüßte. Sogar der eigentlich ausgeglichene und geduldige Sepp stieß manchmal sehr an seine Grenzen mit dem Alleswisser und Dauerredner Ashanti in seiner neuen Männer-WG. Wobei er insgeheim auch langsam zugeben musste, dass sich tatsächlich ein paar gute Gespräche zwischen den zwei völlig unterschiedlichen

Männern entwickelt hatten. Das erzählte Sepp aber nur seinem besten Freund Hansi, und auch diesem nur unter dem Siegel der Verschwiegenheit. Aber Ashanti hatte anscheinend doch ein Gespür für Zwischenmenschliches, denn er sprach den offensichtlich Verliebten nach dem Feuerwehrball direkt auf Maria an. Nach anfänglicher Sepp-typischer Sturheit ließ sich der ansonsten verschlossene Herr Müller sogar auf ein Gespräch in Sachen Gefühle ein. Und so wie es aussah, fand es der Müller Sepp inzwischen sogar recht befreiend, sich emotional zu öffnen. Ashanti ermutigte ihn, um Maria zu kämpfen. Noch vor ein paar Wochen hätte der Pragmatiker Müller mit Ashantis Weisheiten absolut nichts anfangen können, etwa mit Sätzen wie: »Du musst dich auf eine gemeinsame Ebene mit ihr in der Liebe heben. Spür die Schwingungen und die Seelen, wie sie in Gleichklang atmen.«

Da gingen ihm anfangs oft Gedanken durch den Kopf wie: *Der Ashanti läuft echt absolut nicht mehr rund!*

Aber mittlerweile schien er sich wohl ein wenig esoterisch »einzugrooven«. Am Ende war diese Esoterik sogar ansteckend, befürchtete Hansi kurzzeitig. Denn als Sepp und er letztens im Schweiße ihres Angesichts dabei waren, die schweren, zum Teil noch eingefrorenen Gullydeckel in der Dorfstraße zu kontrollieren und den Kanal unterhalb durchzuspülen, bekam es Hansi ein wenig mit der Angst zu tun. Das war wirklich eine harte Aufgabe, die ihnen Wiggerl an diesem tristen nebligen Tag aufgetragen hatte. Es war wohl der letzte Versuch des Winters, noch einmal zurückzukommen. Ende März war eine Temperatur von nur drei Grad Plus und Nebel wirklich deprimierend und vor allem denkbar ungünstig für diesen Job. Beide hatten Wiggerl an diesem Tag schon bestimmt zwanzigmal verflucht und Hansi sehnte sich bereits nach seinem

Kanapee, seinem Holzofen und einer Feierabendhalbe. Plötzlich ließ Sepp den Gullydeckel, den er gerade in der Hand hatte, liegen, stand auf und starrte gefühlt fünf Minuten in die Luft. Hansi hatte ganz kurz den Verdacht, sein Freund hätte vielleicht gerade einen Schlaganfall. Aber auf einmal sprach Sepp dann, ohne Hansi dabei anzusehen.

»Wie sagte schon der Dalai Lama? Die schwierigsten Aufgaben in unserem Leben sind die beste Gelegenheit, innere Stärke zu entwickeln.«

Dann kniete er sich wieder in den Dreck der Dorfstraßen-Kanalisation und die beiden mühten sich weiter ab, um die Unterfilzbacher »Unterwelt« zumindest ein wenig sauberer zu machen.

An einem zarten Frühlingsdonnerstag war Indiras Freundin Antonia wieder einmal bei den Scharnagls zu Besuch. Was jetzt absolut keine Seltenheit war, denn zeitweise bekam man das Gefühl, die beiden Teenager wären siamesische Zwillinge. Und wenn sie nicht gerade zusammenhockten, dann telefonierten sie oder schrieben sich Nachrichten. Jedoch hatte Antonia an diesem Abend bei Bettinas ayurvedischer Kartoffelsuppe, die sie ihrer Familie samt dem Gast kredenzte, schon Merkwürdiges aus ihrem Ausbildungsbetrieb zu berichten.

Roman Groß war wohl die ganze Woche nicht in der Bankfiliale zum Dienst erschienen – unentschuldigt. Er legte eigentlich großen Wert auf fristgerecht und penibel ausgefüllte Urlaubsscheine seiner Mitarbeiter, der alte Tüpferlscheißer. So manch einem Kollegen hatte er aus einem formal nicht richtig beschrifteten Antrag schon einen Strick gedreht. Aber er selbst schien dies nicht so eng zu sehen, er war ja schließlich der Chef. Die Belegschaft war zwar nicht unbedingt unglücklich darüber, dass sich ihr Filialleiter ein paar Tage Auszeit gönnte, aber nach drei Tagen ohne Lebenszeichen sollten sie der ganzen Sache vielleicht doch einmal nachgehen, auch wenn das Betriebsklima ohne Roman täglich besser wurde.

»Wobei es schon komisch ist, finde ich«, überlegte Bettina nun schlürfend. »Ich habe auch Silke seit ein paar Tagen nicht mehr im KaufGut beim Einkaufen gesehen. Normalerweise kommt sie jeden Dienstag und jeden Freitag und kauft exakt immer für denselben Betrag ein. Ich frag mich sowieso, wie sie das bloß macht?«

»Wir wundern uns auch. Denn der Chef hat sonst zumindest immer mal angerufen und uns mitgeteilt, wann er wieder da wäre«, erzählte Antonia. »Unser stellvertretender Filialleiter hat auch schon versucht, Roman anzurufen. Aber das Handy ist aus und zu Hause geht keiner ans Telefon, seine Frau auch nicht. Er hat es dann in der Zentrale gemeldet, aber die wissen wohl auch nix«, berichtete die Bank-Azubine weiter.

»Vielleicht sind sie halt einfach in den Urlaub gefahren?«, warf Isabelle in das Gespräch ein.

Dies schien für alle eine plausible Erklärung zu sein und Hansi kommentierte dies nur mit: »Ja, das könnt auch sein.« Jedoch fing er trotzdem langsam an, über die sehr seltsame Sache intensiver nachzudenken.

Am darauffolgenden Freitag war Bettina dann entsprechend überrascht, als Silke Groß vor ihr an der Kasse stand und das Förderband über und über mit Waren beladen hatte.

»Ja servus, Silke. Heut machst aber einen Großeinkauf, da schau her«, versuchte die neugierige Kassiererin ihre Kundin in ein Gespräch zu verwickeln. »Ihr seid wohl ein paar Tage in Urlaub gewesen, gell?«, begann Bettina sie auszufragen.

»Nein, wieso?«, antwortete Silke ein wenig verwundert.

»Na, normalerweise kommst du ja immer dienstags und da dachte ich, nach der Rede von deinem Mann wolltet ihr euch vielleicht ein paar Tage Erholung gönnen. Die Fastenpredigt war ja schon recht scharf.«

Aber Silke war heute im Gegensatz zu ihrem normalen Verhalten sehr auskunftsfreudig. »Nein, nein. Ich war daheim. Die Kinder müssen ja auch in die Schule. Aber wo Roman ist, kann ich dir auch nicht sagen, Bettina. Er ist nach dem Starkbierfest nicht nach Hause gekommen. Aber wundern tut's mich nicht, ich würde mich auch schämen an seiner Stelle. Das ist ja nicht das erste Mal, dass er einfach verschwindet und mir nicht mal Bescheid gibt. Ich glaub aber, er hat gemerkt, dass er eindeutig übertrieben hat, und jetzt traut er sich nicht mehr unter die Leut. Aber weißt, ich hab dadurch auch gemerkt, dass ich diesen Menschen einfach nicht mehr dapack. Wenn er wieder auftaucht, werd ich mich wohl von ihm trennen. Das ist sowieso längst überfällig.«

Puuuh, bei so viel Offenheit musste Bettina das gerade Gehörte erst einmal sacken lassen. »Das tut mir leid, Silke, dann wünsch ich dir alles Gute.« Mehr konnte die Kassiererin dazu nicht sagen.

Über dieses Gespräch grübelte Bettina noch den ganzen Tag nach, auch weil Silke regelrecht erleichtert wirkte. Normalerweise war sie eher der Typ verschüchtertes Frauchen. Sie tat Bettina manchmal direkt leid. Was man so hörte – was aber keinen überraschte –, war Roman ein ziemliches Ekelpaket als Ehemann und Vater. Er kontrollierte wohl jeden Schritt seiner Frau und seiner Kinder. Das Haushaltsgeld war bis auf den Cent abgezählt und Silke musste darüber Buch führen. Aus Bettinas Sicht war der Trennungsentschluss absolut nachvollziehbar. Es war ihr sowieso immer wieder ein Rätsel, wie manche Frauen sich behandeln ließen. Man konnte natürlich in keine Beziehung hineinschauen, jedoch wurden ab und zu rückblickend nach Trennungen so manche Dramen bekannt. Einige Frauen ließen sich schlagen, blieben aber dennoch bei ihren Männern und verteidigten sie dann sogar noch. Aber es kam auch in Einzelfällen vor, dass ihnen der Kragen platzte und sie ihrer angestauten Wut freien Lauf ließen. Konnte man ja auch manchmal in den reißerischen Zeitungen lesen, von Mord und Totschlag zwischen Ehepaaren. *Vielleicht,* dachte Bettina, *hatte Silke nach jahrelanger Demütigung auch einfach die Nase voll.* Dieses Thema beschäftigte sie noch ein paar Tage sehr intensiv.

Das Verschwinden von Roman Groß hatte sich natürlich sofort im Dorf herumgetratscht. Die wildesten Geschichten waren in Umlauf. Roman hätte sich mit drei Millionen veruntreuten Euros aus der Bank ins Ausland abgesetzt. Manche behaupteten auch, er wäre entführt worden, von der polnischen Mafia. Nach Polen unternahm der erzkatholische Roman des Öfteren eine Kulturreise, zu den früheren Wirkungsstätten von Papst Johannes Paul II. Davon erzählte er gern und oft, ob man es hören wollte oder nicht. Wahrscheinlich wollte er da in der Öffentlichkeit als Vorzeigekatholik noch mehr punkten.

Die wahnwitzigste Theorie hatte Hansi am Bauhof gehört. Roman wäre ins Kloster gegangen, um Buße zu tun für die Fastenpredigt. Dieses Gerücht war direkt ein wenig skurril, wenn man sich Roman in Mönchskutte vorstellte, wie er Bruder Barnabas um Vergebung bat. »So ein Schmarrn!«, hatte Hansi nur kurz und knapp dieses Gerücht kommentiert.

Wobei es schon sehr seltsam war das Ganze, und irgendwie stieg langsam, aber sicher wieder das gewisse »Miss-Marple-Gefühl« in Hansi hoch. So wie damals, als er die polizeiliche Unfalltheorie zum Leichenfund der Metzgereiverkäuferin Sandra angezweifelt hatte. Das ließ ihm damals alles keine Ruhe und er grübelte und recherchierte, bis er tatsächlich den Mörder gefunden hatte. Der mutige Hansi kam langsam wieder in Fahrt. Er sammelte schon unbewusst Hinweise und Informationen, es war ihm wohl von Gott gegeben – Hansi Scharnagl, der Meisterdetektiv vom Bauhof war wieder da.

Als Roman auch in der darauffolgenden Woche nicht aufgetaucht war, meldete ihn seine Frau schließlich dann doch bei der Polizei als vermisst.

So intensiv der »verschwundene Roman« in Unterfilzbach auch thematisiert wurde, langsam kam auch der Kommunalwahlkampf um das Bürgermeisteramt in Fahrt, und darüber musste man sich selbstverständlich auch austauschen. Und zwar, nachdem der aktuelle Amtsinhaber Matthias Brunner mit einem wirklich bemerkenswerten Wahlplakat für Furore gesorgt hatte. Sein Wahlkampfteam und er selbst waren doch ein wenig ins Grübeln gekommen, denn so ganz ohne Inhalte und bei so einem hoch engagierten Gegenkandidaten war wohl selbst mit der allmächtigen KUK-Partei ein Wahlsieg nicht selbstverständlich. Es fiel auf, dass die Partei ohne Roman Groß irgendwie führungslos war. Meistens gab er die Richtung vor, oder er sagte dem Bürgermeister, welche Richtung er vorgeben sollte. Deshalb wurde nun in recht chaotischen und aufgeregten Brainstormings des KUK-Ortsverbandes im Dorfwirt-Separee, dem Filzer-Stüberl, nach Plänen, Zielen und Strategien gesucht. Nach stundenlanger Sitzung war dann auch endlich ein ihrer Meinung nach durchschlagender Wahlslogan gefunden:

Ihr Bürgermeister Matthias Brunner – eine ehrliche Haut!

Das sollte die Bürger überzeugen. Bei der Diskussion um das dazu passende Foto gingen die Meinungen aber schon wieder auseinander. Einige sprachen sich für ein Familienfoto mit Ehefrau und Kindern aus, andere fanden ein Solo-Porträtfoto des Kandidaten besser. Die jungen Konservativen witzelten, dass auch ein Nacktfoto Eindruck machen könnte. Beim letzten Ausflug des KUK-Ortsverbandes nach Ischgl zum Skiwochenende entstand sogar ein ebensolches, fast zumindest. Bei ausgelassener Stimmung wurde Matthias Brunner, lediglich mit Stringtanga bekleidet, tanzend in einer österreichischen Bar auf dem Tisch fotografiert. Bei den Parteiausflügen ging es halt hoch her. Wer regiert, muss schließlich auch einen entsprechenden Ausgleich schaffen, fanden die Parteifreunde. So war das immer schon. Die Zeit drängte sehr und durch Abstimmung entschieden sich die Anwesenden mehrheitlich für ein Familienfoto für das Plakat.

Und ab hier war rückblickend nicht mehr ganz klar, was dann genau passiert war. Denn letztendlich erhielt die Druckerei einen Auftrag mit dem besagten Stringtanga-Foto. Darüber sollte laut Auftrag in großen Lettern zu lesen sein: *Ihr Bürgermeister Matthias Brunner – eine ehrliche Haut!*

Das Einzige, was sonst noch auf dem Plakat vorgesehen war, war das Logo der KUK. Es wurde vonseiten der Druckerei nicht mehr lange nachgefragt, denn die Wahl rückte näher und ein sehr sportlicher Liefertermin wurde bei der Bestellung mit aufgegeben. Also druckte man die Plakate in der bestellten

Stückzahl und beeilte sich, um den Termin gerade noch einhalten zu können. Am Abend der Auslieferung plakatierten dann ein paar hoch motivierte junge Wahlkampfhelfer auch sofort ganz Unterfilzbach von oben bis unten damit zu. Der nackte Matthias Brunner war überall. Von beinahe jeder Straßenlaterne, von allen Plakatwänden und sonstigen plakatierbaren Flächen lachte er vergnügt verschwitzt in lasziver Pose, so wie Gott ihn geschaffen hatte, auf seine Bürger hernieder.

Berta Hinkhofer war entsetzt! Erst dachte sie, es handle sich dabei um ein Plakat der gegnerischen Seite. Denn sie hatte da ja bekanntermaßen manchmal ihre Schwierigkeiten, die NaturPuristen, also die Parteimitglieder der Öko-Partei, der der Herausforderer Florian Ganserer angehörte, von der Gemeinschaft der Freikörperkultur-Naturisten zu unterscheiden.

Beim täglichen Brotzeitritual pünktlich um halb zehn Uhr im Bauhof-Brotzeitstüberl waren selbstverständlich der Bürgermeister und sein Stringtanga Gesprächsthema, wie auch überall sonst im Dorf.

»Also der Brunner ist ja jetzt auch nicht so attraktiv, wie er immer tut. Da kann ich ja direkt noch mithalten. Der ist bestimmt auch nicht leichter als ich«, spöttelte Wiggerl. Seit seiner letzten Sommerdiät, bei der er sage und schreibe zehn Kilo durch Kohlsuppe und Sauerkraut abgespeckt hatte, besaß er ein sehr hohes eigenes körperliches Attraktivitätsgefühl.

»Ja, nur dass der Brunner halt mindestens einen halben Meter größer ist als du, Wiggerl. Außerdem hat er keine solche Wamp'n. Das ist ein kleiner Unterschied«, konterte Sepp staubtrocken gegen seinen Chef. Blitzschnell richteten sich alle Augenpaare von Sepps Kollegen gleichzeitig und mahnend auf ihn. Damit wollten sie Sepp wohl eindringlich wortlos die

Botschaft übermitteln: *Spinnst du, du Depp! Sei bloß still! Kein falsches Wort zu Wiggerl!*

Denn endlich hatte sich Wiggerl nach der »Vogelhäuschen-Affäre« und der Aktion, bei der er von Mandy an »Babsis Bar« gekettet worden war, wieder beruhigt. Langsam fing er wieder an, mit seinen Männern zu kommunizieren, da wollte keiner eine erneute Schmollphase ihres Chefs riskieren. Zumindest für den Moment.

Die letzten Wochen hatte es nur schriftlichen Verkehr zwischen dem Bauhofkapo und seinen Mitarbeitern gegeben. Anfangs sogar nur handschriftlich. Allerdings hatte Wiggerl eine recht schwer zu lesende Handschrift und dies führte dann manchmal zu nicht ordnungsgemäß ausgeführten Arbeitsaufträgen mit schwerwiegenden Folgen. Dass ein Missverständnis um einen Neuanstrich eines eisernen Eingangstors verhindert wurde, war nur Sepps scharfem Verstand zu verdanken gewesen. Denn Wiggerls Gekritzel las sich, als ob er das Tor von »Friedrich Hof« streichen sollte. Tatsächlich gab es im Ort die alte Hof-Villa mit einem schmucken Eisentor, die ein recht grantiger Pensionär namens Friedrich Hof bewohnte. Aber das machte für Sepp wenig Sinn und so kombinierte er messerscharf, dass es sich wohl um das »Friedhofs-Tor« handeln musste, das zu streichen war.

Auch dass sie nicht die »Fannerl« vor dem Rathaus aufhängen sollten, sondern die »Fahnderl«, was eine bayerische Verniedlichung von »Fahnen« bedeutete, war Hansi, der den Auftrag erhalten hatte, sehr bald bewusst geworden.

Günter und Martin fragten allerdings nicht mehr weiter nach, als sie lasen, sie sollten im Buchenweg schon mal anfangen, die mobilen Verkehrsberuhigungen, also die kleinen Hindernisschwellen aus Kunststoff, zu verlegen. Sie hatten sich nur ein wenig gewundert, warum der Verkehr genau im Buchenweg beruhigt werden sollte, wahrscheinlich wegen des Altenheims, das dort angesiedelt war. Jedoch war ja der Buchenweg eigentlich sowieso schon eine recht ruhige, abgelegene Straße. Blöd fanden Günter und Martin aber dann schon, dass die Unterfilzbacher Silberperlen augenscheinlich ihre Mühen hatten, die Hindernisschwellen mit ihren Rollatoren und Gehhilfen zu überwinden. Sehr seniorenfreundlich fanden sie das nicht gerade. Aufgeklärt hatte sich dieser Fehler dann, als die ledige Fannerl, ihres Zeichens baldige Neubewohnerin in der Seniorenresidenz Zum ewigen Licht, persönlich samt Rollator beim Bürgermeister vorsprach und sich wutentbrannt darüber beschwerte. Es stellte sich heraus, dass Wiggerl eigentlich auch Bachweg und nicht Buchenweg geschrieben hatte. Jedoch las sogar der Bürgermeister aus diesen Hieroglyphen eindeutig Buchenweg heraus, als es in Anwesenheit aller Beteiligten zur Sichtung des »Beweismittels« kam. Günter und Martin war das sehr peinlich, darum waren alle froh, als ihnen Wiggerl endlich wieder auf Fragen antwortete. Sie wollten deshalb erst einmal nichts riskieren.

Jedenfalls lachte ganz Unterfilzbach über die neue Freizügigkeit ihres amtierenden Bürgermeisters. In *»Karins Friseur Stüberl«* hatte Matthias Brunner schon den Beinamen »Der bewegte Mann« erhalten, denn das Wahlplakat erinnerte die Friseurinnen sehr an das Kinoplakat mit Til Schweiger zum gleichnamigen Film. Vielleicht konnte Brunner damit dann zumindest die homosexuellen Wähler in Unterfilzbach überzeugen. Aber damit war wieder einmal bewiesen, so ein Wahlkampf steigerte wirklich die Kreativität der Politiker. Das musste man als Bürger schon zugeben.

Neben den beiden Bürgermeisteranwärtern kämpfte auch eine einzige Gemeinderatskandidatin sehr engagiert ihren ganz eigenen Wahlkampf um jede einzelne Wählerstimme: Berta Hinkhofer. Sie lud zum Beispiel alle Unterfilzbacher Damen auf ein »Frauenfrühstück« zum Dorfwirt ein, das hatte sie sicherlich eine ganze Stange Geld gekostet, denn wenn es etwas zu essen gab, da konnten die Dorfbewohnerinnen schon ordentlich zulangen. Nachdem sie ihr Wahlprogramm vorgestellt hatte, verteilte sie sogar noch Fünf-Euro-Gutscheine für den »Fußpflegesalon Hannelore Kurz«, bei Einheimischen besser bekannt als die »Hornhaut-Hanni«. Auch diese Geschenke rissen ihr die interessierten Damen regelrecht aus der Hand. Berta war sich sicher, dieses Mal würde sie die Stimmenkönigin im Gemeinderat werden.

Auch der ökologische Bürgermeisterkontrahent verteilte kleine Geschenke an die wahlberechtigten Unterfilzbacher. Als gutgemeinte nette Geste drückte Florian Ganserer neben seinem kurz zusammengefassten Wahlprogramm auf einem Flyer aus Recyclingpapier den Wählern kleine Tütchen mit der Aufschrift »Der Samen soll dir Glück bringen« in die Hand. Bürger mit landwirtschaftlichem Hintergrund – von denen gab es im ländlichen Unterfilzbach noch sehr viele – verstanden dies aber auf den ersten Blick gleich einmal falsch. Denn sie hatten sofort den Besamungstechniker für ihre Kühe und Schweine im Kopf und erschraken ein wenig. Erst beim zweiten Blick sahen sie, dass in der Tüte ein paar Samen für Glücksklee waren.

Die Eröffnung des neu entstandenen Traktes für betreutes Wohnen in der Seniorenresidenz *Zum ewigen Licht* rückte immer näher. Im Prinzip wäre alles schon so weit gewesen, um eröffnet zu werden, wenn nicht der von der Firma Beton Schmal zugesagte Termin wieder und wieder verschoben worden wäre. Was jetzt eigentlich mehr die Regel auf Baustellen war als die Ausnahme. Die Baumaßnahmen waren aber noch nicht vollständig abgeschlossen. Dies und jenes musste noch erledigt werden, deshalb huschten überall im Gebäudetrakt Installateure, Schreiner, Maler, Elektriker und Schlosser durch die Gegend. Ein Gewusel, das seinesgleichen suchte. Aber die Brotzeiten waren überaus zünftig. Kein Wunder bei so vielen Handwerkern auf einem Haufen.

Trotz noch nicht abgeschlossener Baustelle hatte der neue Bereich schon eine Bewohnerin. Zum zugesagten Einzugsdatum stand die ledige Fannerl, bürgerlich benannt und katholisch getauft auf den Namen Franziska Straubmeier, mit ihrem Hab und Gut vor der Tür und zog ein. Sie ließ sich von der Heimleitung absolut nicht davon abbringen, bis zur kompletten Fertigstellung zu warten. Alle Argumente – wie die nicht angeschlossene Heizung oder die noch nicht vollständig intakte Wasserversorgung – ließen sie kalt. Anfangs wunderten sich alle, warum die ledige Fannerl sich das überhaupt leisten konnte. Sie war früher in einer Bäckerei als Verkäuferin angestellt gewesen, davon wurde man in der Regel nicht unbedingt wohlhabend. Viele verheiratete Frauen mutmaßten, dass dies der Beweis dafür war, dass die Ehemänner über die Ehezeit hinweg wohl das meiste Geld verbrauchten, denn die ledige Fannerl hatte schließlich nun genügend Vermögen für einen luxuriösen Lebensabend, und das musste sie ja irgendwo eingespart haben. Vielleicht eben, weil sie unverheiratet und kinderlos war.

Aber schon bald stellte sich heraus, dass die schlaue Franziska an der Börse spekuliert hatte und sich so ein hübsches

Sümmchen beiseitelegen konnte. Grundsätzlich war sie immer recht sparsam gewesen, um nicht zu sagen »knickert«, auch das war wohl ein Grund für ihren Altersreichtum. Anscheinend hatte sie nun beschlossen, den Rest ihres Lebens zu genießen. Mit 87 Jahren war das eigentlich auch genau der richtige Zeitpunkt dafür.

So bezog sie also das größte, luxuriöseste, aber eben nur halb fertige Appartement im »ewigen Licht«. Sie hatte quasi die »Präsidenten-Suite« gebucht. Zwar im Moment noch ohne Heizung und funktionierende Toilette, aber das war ihr egal, denn ihre Wohnung hatte sie fristgerecht gekündigt. Sie wäre ohnehin obdachlos gewesen, da machten ihr die Baumängel nicht viel aus. Zu ihrer einzigen Schwester wollte sie sicher nicht ziehen. Angeblich hatten sich die beiden Schwestern Fannerl und Finnerl, eine getaufte Josefine, heftig gestritten, weil die Fannerl der Finnerl wohl einen falschen Börsentipp gegeben hatte. Finnerl hatte darauf ihre gesamte Lebensversicherung gesetzt und dann war die Aktie in den Keller gestürzt. Deshalb konnte Fannerls Schwester nun nicht mit in die Seniorenresidenz ziehen, wie sie ursprünglich geplant hatte. Aber auf Asyl konnte Fannerl bei Finnerl nun auch nicht mehr hoffen, denn sie sprachen seitdem kein Wort mehr miteinander.

Fannerl wohnte ihren Lebtag lang schon immer allein, deshalb machte es ihr auch nichts aus, dass die Rundum-sorglos-Betreuung in der Seniorenresidenz im Moment noch nicht vorhanden war. Und tagsüber hatte sie nun ja die knackigen Schlosser und Schreiner, mit denen sie über schweinische Witze lachen konnte, als Unterhaltungsprogramm. Nun saß Fannerl jeden Tag inmitten der Baustelle und beobachtete das Geschehen. Andere Rentner gingen dafür in den Park zum Entenfüttern.

Das Personal für den neuen Altenheimbereich wurde gerade gesucht, interviewt und eingestellt, sofern es unter den wenigen Bewerbern auch einmal passable Fachkräfte gab. Pflegekräfte waren in der heutigen Zeit sehr rar. Bei dem mickrigen Gehalt sowie der schweißtreibenden und Geduld erfordernden Arbeit war das natürlich auch kein Wunder. Deshalb tat sich der Geschäftsführer der Betreiberfirma, Korbinian Glashauser, recht schwer, entsprechend qualifiziertes Personal zu finden, obwohl er der Stellenausschreibung dann als letzten Trumpf doch noch eine übertarifliche Bezahlung hinzufügte. Aber sogar die Stelle als Bereichsleiter für das betreute Wohnen war noch vakant. Korbinian Glashauser stellte inzwischen alles ein, was er nur annähernd für geeignet empfand. Die Appartements waren alle vergeben und viele Senioren fragten beinahe schon täglich nach, wann sie endlich einziehen konnten. Die Bauverzögerung kam Korbinian als Ausrede da gerade recht, aber er musste nun dringend Personal finden. Zeitungsanzeigen, Jobportale, Mundpropaganda und Aushänge in Geschäften oder öffentlichen Stellen, Kopfgeld, Headhunter – er versuchte es mit allen Mitteln.

Am heutigen Nachmittag war wieder einmal ein Termin für eine offene Vorstellungsrunde angesetzt. Die Zahl der wartenden Interessenten war recht überschaubar, entsprechend enttäuscht war der Glashauser Korbinian, als er gerade einmal vier Bewerber begrüßen konnte und sie einlud, sich vom Kuchenbüfett zu bedienen. Nach den Gesprächen mit zwei osteuropäischen Altenpflegehelferinnen, die allerdings leider der deutschen Sprache nur fast bis gar nicht mächtig waren, fiel seine Motivation regelrecht in den Keller. Wie sollten denn die jungen Damen, die zwar qualifiziert gewesen wären, aber nichts verstanden, mit den ausschließlich bayerischen

Senioren kommunizieren? Jeder Nichtbayer wusste, wie schwer es sein konnte, einen Bayern zu verstehen, wenn der nicht verstanden werden wollte.

Bei der dritten Bewerberin des Nachmittags war Korbinian dann hoffnungsvoll, geradezu euphorisch. Eine ehemalige Krankenschwester, Mitte fünfzig. Sie hörte auf den Namen Renate Saller. Leider war sie gebürtige Oberfilzbacherin, doch das war auch schon das einzige Manko dieser Dame. Glashauser war erst vor kurzem in den Ort gezogen, aber er hatte schnell mitbekommen, dass es eine tiefe Feindschaft zwischen Ober- und Unterfilzbach gab. Vielleicht würde es Probleme geben, wenn eine Oberfilzbacher Pflegekraft einen Unterfilzbacher Senioren betreute, aber auf solche Spinnereien konnte er jetzt keine Rücksicht nehmen. Ansonsten war Frau Saller nett, kräftig, erfahren und resolut, also genau richtig für Bewohner vom Typ »ledige Fannerl«.

Heimleiter Glashauser stellte also Frau Saller ein und freute sich wie ein Schnitzel, weil er eine zuverlässige Fachkraft ergattert hatte. Gott sei Dank hatte er bereits ein paar Pflegekräfte rekrutiert und somit wuchs das Team stetig. Zwar sehr langsam und ihm fehlten noch bestimmt mindestens drei Betreuer, aber er gab nicht auf.

Der letzte Interessent kam nun in das Besprechungszimmer und Glashauser staunte nicht schlecht, als er einen sehr eigenwillig gekleideten Mann mit grauem Pferdeschwanz begrüßte.

»Guten Tag, Sie sind der Herr …?«, begann Glashauser fragend das Gespräch und reichte seinem Gegenüber die Hand zur Begrüßung.

»Namaste. Mein Name ist Ashanti«, antwortete der Unterfilzbacher Esoterik-Guru, faltete dabei seine Hände vor dem Mund und verbeugte sich.

»Ähm, darf ich Ihren vollständigen Namen erfahren? Wissen's, in so eine Personalakte müsste ich schon Vor- und Zunamen hineinschreiben.«

»Dann schreiben Sie Ashanti Alois Amberger, wenn es denn sein muss«, kam die Antwort ein wenig verwundert.

»Gut, Herr Amberger, auf welche Stelle wollen Sie sich denn bewerben?«

»Die Bereichsleitung für die Abteilung Betreutes Wohnen würde mir sehr zusagen. Die wahrgenommenen Schwingungen zu dieser Aufgabe sind sehr gut.«

Ein wenig komisch kam Glashauser der Kauz vor ihm schon vor, in seiner hellen Leinenhose und seinem Leibchen über dem gestreiften Flatterhemd, deshalb wollte er aber noch nicht ablehnend sein. Er wollte gern die Qualifikation gründlich prüfen.

»Aha, haben Sie Ihre Zeugnisse dabei? Wo haben Sie denn zuletzt ein Heim oder einen Bereich dieser Art geleitet?«

»Bisher noch gar nicht. Aber wissen Sie, ich mag Menschen, gute Menschen, das können auch alte Menschen sein. Und wenn man die Liebe zu den Alten spürt, dann kann man sich auch ihrer annehmen. Ich denke, ich bin geeignet für diese Position.«

»Ja, aber, Herr Amberger, in der heutigen Zeit reicht die Liebe zu den Menschen nicht aus. Sie müssen über die ganzen Abläufe und vor allem rechtlichen Bestimmungen Bescheid wissen. Natürlich ist auch eine fundierte fachliche pflegerische Ausbildung notwendig. Haben Sie da etwas vorzuweisen?«, setzte der Heimleiter das Gespräch professionell fort. Obwohl er nun schon ziemlich sicher sagen konnte, dass der Herr Amberger für die Position wohl nicht infrage kam.

»Oh, ich habe eine Reihe von Ausbildungen. Zum Beispiel als Chakren-Yogalehrer sowie als Kamasutra- und

Tantra-Übungsleiter. Außerdem habe ich einen Fernkurs zum Experten für Lichtnahrung absolviert und vor kurzem auch noch für angewandtes positives Denken. Das sind nur einige meiner Kenntnisse, Herr Glasmeier.« Ashanti fühlte sich von seinem Gesprächspartner deutlich unterschätzt und das ließ er sich auch anmerken. Deshalb versuchte er es nun mit seinen für ihn selbst absolut überzeugenden Argumenten. »Wissen Sie, Herr Glasmeier …«

»GlasHAUSER.«

»Wissen Sie, Herr GlasHAUSER, es ist doch so, Sie suchen einen Menschen mit Einfühlungsvermögen, Führungspotenzial, geistiger Offenheit, Charisma, Ausstrahlung, Überzeugungskraft, sonnenstrahlendem Karma und vor allem Liebe. Das alles kann ich bieten. So etwas wie mich bekommen Sie nicht mehr. Also greifen Sie zu. Wer sonst könnte wieder Freude und Erleuchtung in das Leben der alten Menschen hier bringen? Sie verzaubern und sie führen, zu höheren Sphären, in die sie sowieso auch bald gelangen werden. Das ist doch eine super Vorbereitung auf das Nirwana. Da kann man allerhand machen. Was glauben Sie, was man hier für eine positive Energie hereinbringen könnte? Sie werden sehen, alle werden sich um einen Wohnplatz hier streiten, wenn das erst einmal bekannt wird, wie ich diesen Bereich führen werde.«

Glashauser traute seinen Ohren nicht. Er starrte Ashanti bei seinem Vortrag nur wortlos und ungläubig an. »Also, Herr Ashanti, ich suche eigentlich jemanden, der sich auskennt. Der auch mal mit anpackt, wenn es sein muss. Der die medizinischen Pflegefälle richtig betreut, mit den Kranken- und Pflegekassen zusammenarbeitet, die Abrechnungen ordnungsgemäß an die Buchhaltung weitergibt, Medikamentenlisten überwacht, Dienstpläne schreibt und sein Team freundlich und fachlich führen kann. Das suche ich! Für Kamasutra-Kurse wird hier wohl kein potenzielles Publikum zu finden sein.« Glashauser war nun schon ein wenig ungehalten.

»Sagen Sie das nicht. Sexualität, und vor allem hochintensive Sexualität nach den Lehren des Kamasutra, ist besonders im hohen Alter sehr ausgleichend.«

Auf Korbinian Glashausers Stirn bildeten sich bereits vereinzelt ein paar Schweißperlen. Er war eigentlich ein gutmütiger Mensch, deshalb schaffte er es auch nicht, das Gespräch zu beenden und Ashanti einfach rauszuschmeißen. In diesem Moment war er absolut ratlos.

Es folgten weitere Kurzvorträge von Ashanti Alois Amberger zu seiner eigenen Person. Sage und schreibe eineinhalb Stunden dauerte das Gespräch nun schon. Gott sei Dank war er der letzte Bewerber. Nicht auszudenken, wenn Glashauser nun wegen dieses Kasperls vor ihm eine patente Altenpflegerin durch die Lappen gegangen wäre. Das wäre fatal für die Personalstruktur gewesen, spekulierte der Altenheimchef so vor sich hin. Geduldig ließ der Heimleiter Ashantis Monologe über sich ergehen und hoffte nur, dass es bald vorbei sein möge.

Nach zwei Stunden war dann endlich das Vorstellungsgespräch beendet. Schließlich hatte Glashauser aus lauter Verzweiflung Ashanti den Job des Hausmeisters angeboten, was dieser anfänglich ablehnte, aber durch die dazugehörige freie Hausmeisterwohnung dann letztendlich doch zu überzeugen war. Ashanti hatte Korbinian schon so mürbe geredet, dass ihm nun jeder Job recht war, den Ashanti hier ausüben würde. Er sollte einfach nur aufhören zu referieren. *Ein paar Glühbirnen reindrehen und ein wenig Schneeschaufeln wird der langhaarige Alois wohl können,* dachte sich Glashauser und bot ihm den Job in einer Art Kurzschlussreaktion an.

Ashanti sagte zu und freute sich. Der Heimleiter wusste allerdings nicht, dass Ashanti zwei linke Hände hatte. Für was so ein Hausmeister den ganzen Tag alles zuständig war, wusste wiederum Ashanti nicht unbedingt. Aber das Wort »Meister« in seiner Berufsbezeichnung zu haben, das gefiel dem Vollblut-Esoteriker sehr gut.

Von Roman Groß fehlte nach wie vor jede Spur. Er war wie vom Erdboden verschluckt. Die bisherigen Fahndungsversuche der Polizei hatten nicht einen einzigen Hinweis ergeben. Radio- und Fernsehaufrufe, Zeitungsberichte sowie eine polizeiliche Suchaktion: alles ohne Erfolg. Nun sollte Roman angeblich beim Nordic Walking auf einem Feldweg Richtung Hochschachten gesichtet worden sein. Das war allerdings keine richtige Zeugenaussage, sondern nur die Vermutung vom Weininger Alfred. Alfred war ein passionierter Jäger in seinen Siebzigern, er saß fast täglich auf seinem Hochsitz und hielt nach Damwild Ausschau. Eventuell konnte es sein, dass Alfred Roman durch sein Fernglas gesehen hatte.

Der Pfarrgemeinderat rief daraufhin zur eigenen großen Suchaktion für ihr verschwundenes Ratsmitglied auf. Anschließend sollte es eine gemeinsame Brotzeit im Pfarrhof geben, das zog immer. In aller Herrgottsfrüh trafen sich dann auch circa zwanzig Freiwillige und durchkämmten ein relativ großes Gebiet rund um Unterfilzbach. Genau zwei Wochen wurde Roman Groß nun vermisst. Langsam glaubte keiner mehr an einen Kurzurlaub.

Hansi grübelte schon länger über diese Sache nach. Auch Sepp und er beteiligten sich an der Suchaktion. Mit Stöcken, wie man es aus Kriminalfilmen kannte, stocherten die zwei durch Wiesen, Felder und Waldstücke. Ob es dafür eigens gefertigte Suchstöcke gab, wusste Hansi jetzt nicht so genau, er hatte einfach mal seine Skistöcke mitgenommen.

»Glaubst du, dass er sich abgesetzt hat?«, fragte Sepp.

»Hm, pffff. Ich weiß nicht. Vielleicht, vielleicht auch nicht«, orakelte Hansi ohne Aussage.

»Mei Hansi, du wieder. Was glaubst du denn? Was ist deine Vermutung?«, lachte Sepp seinen Freund aus.

»Eigentlich könnte es schon sein, dass er wirklich Geld unterschlagen hat, so wie die Leut' reden. Das trau ich ihm schon zu und er sitzt – oder saß – ja quasi an der Quelle. Und dann muss er ja fast untertauchen. Denn da kann er schlecht hierbleiben. Ist ja logisch. Aber fehlt denn Geld? Hat das überhaupt schon mal einer nachgezählt in der Bank?« Hansi sah Sepp fragend an.

»Ja woher soll jetzt ich das wissen, du Depp?«, grantelte Sepp zurück.

»Weißt du, wer komisch ist? Der Günter. Ist dir nicht aufgefallen, dass er seit der Fastenpredigt fast keine fünf Wörter mehr spricht? Das war ja früher auch nicht so. Außerdem finde ich es schon sehr eigenartig, dass Romans Frau eine ganze Woche wartet, bis sie die Polizei anruft. Und direkt traurig schaut die Silke seitdem auch nicht aus«, ließ Hansi nun Sepp an seinen offenen Grübeleien teilhaben.

»Ja stimmt, jetzt wo du es sagst. Weißt du, was ich gehört hab? Harry Schmal soll kurz vor der Pleite stehen. Aber nicht, weil seine Baufirma nicht läuft, sondern weil er alles im Casino verspielt hat. Er hat dafür wohl immer wieder Kredite bei Roman beantragt. Der hat sie ihm auch gewährt. Deshalb soll es auch vor ein paar Wochen eine Schlägerei mit Roman in der Bank gegeben haben, weil er dem Schmal wohl den Geldhahn zugedreht hat«, informierte Sepp nun auch Hansi über seinen Wissensstand.

Beide gingen ein paar Minuten schweigend weiter. Sowohl bei Hansi als auch bei Sepp schossen die Gedanken nun in alle Richtungen. Nach etwa zehn Minuten schloss dann Hansi seinen Denkprozess mit einer Erkenntnis.

»Das heißt, dass es eine ganze Reihe von Leuten bei uns im Dorf gäbe, die mit Roman gerne ein Hühnchen rupfen würden. Wenn es sogar der eine oder die andere nicht schon getan hat. Weißt was, Sepp? Wir zwei! Wir werden da wieder ein wenig die Augen offenhalten. Das werden wir schon herausbekommen, was mit dem *unglaublich beliebten* Fastenprediger passiert ist.«

Hansi fühlte sich nun wie auserkoren. Er hatte wieder eine Aufgabe, einen Fall. Anscheinend hatte er Talent für so was, davon war er überzeugt. Hoch motiviert und sehr aufmerksam suchten sie weiter ihr Waldstück ab, bevor sie zur Brotzeit in den Pfarrhof zurückgingen.

Trotz des eigentlich traurigen Anlasses war die Stimmung dabei recht zünftig. Der Pfarrgemeinderat ließ sich auch nicht lumpen, sie hatten nur die besten Delikatessen von der Metzgerei Aschenbrenner geordert. Presssack rot und weiß, ein Traum von einem Geselchten, Sülzen, so zart und saftig, dass man dabei direkt schnurren musste, und sogar ein Topf voll des legendären Lüngerls wurde angeboten. Sepp und Hansi hörten allen Anwesenden aufmerksam zu, blöd nur, dass Hansi nichts mitschreiben konnte. Das wäre wohl zu auffällig gewesen. Er hoffte nur, dass sein desolates Kurzzeitgedächtnis herhielt, bis er es in sein kleines schwarzes Büchlein schreiben konnte.

Mandy Honegger half bei der Suchaktion auch mit. Hansi vermutete, dass sie sich wohl ein wenig ins Dorfleben eingliedern wollte, denn früher war sie bei solchen Anlässen nie anzutreffen gewesen. Oder sie hatte ein gutes Herz und wollte einfach helfen, Roman zu finden. Hansi war anfänglich ein wenig enttäuscht, dass sie nicht so überschwänglich auf ihn zukam wie normalerweise. Sie fühlte sich vielleicht noch ein wenig unwohl unter den ganzen Einheimischen, denn sie war im Gegensatz zu sonstigen Gegebenheiten auffällig zurückhaltend. *Wobei sie den Pfarrer natürlich schlecht auf Teufel komm raus anflirten konnte,* dachte sich Hansi. Der Hobbydetektiv kombinierte daraus, dass Mandy wohl ziemlich katholisch sein musste und deshalb in den gesegneten Hallen des Pfarrhofs ein demütiges Benehmen für angebrachter hielt.

Als Sepp nach Hause kam, packte Ashanti gerade seine Sachen zusammen. Sepp freute sich in letzter Zeit regelrecht, wenn er nach Hause kam, es war ein schönes Gefühl, wenn dort noch jemand anderes war außer sein Kater Willy. Jemand, mit dem er reden konnte. Das waren alles ganz neue Erfahrungen für den Eigenbrötler Sepp. Ein wenig geschockt stieg er über die Kisten und Jutetaschen, die sich im Hausflur türmten.

»Was ist jetzt hier los? Ashanti? Was machst du denn?«, rief Sepp, als er sich seinen Weg in die Küche bahnte.

»Namaste, Sepp. Du kannst dich freuen: Du bist mich los. Ich habe eine Wohnung. Eine ganz neue sogar«, strahlte Ashanti seinen WG-Kollegen an.

Als Sepp dies hörte, machte sich sofort Enttäuschung in ihm breit. Noch vor zwei Wochen hatte er täglich überlegt, wie er Ashanti so schnell wie möglich wieder loswerden konnte. Und nun war es so weit und er war tatsächlich traurig.

»Ja, aber … aber warum? Warum so schnell?«, stotterte Sepp.

»Ich habe ein Jobangebot bekommen. Und da ist auch eine

Dienstwohnung dabei, die haben sie mir regelrecht aufgedrängt. Sie wollten mich halt unbedingt haben. Freust du dich nicht? Jetzt hast du dein Reich wieder für dich allein«, redete Ashanti in einem Atemzug, während er gleichzeitig verschiedene Leinenhemden in eine Jutetasche stopfte.

»Mei, weißt, Ashanti, jetzt hätt ich mich direkt schon an dich gewöhnt. Und wenn wir über die Maria geredet haben … ähm … also das hat gutgetan.«

Dabei atmete Sepp sehr tief aus. Gerade so, als wenn er erleichtert gewesen wäre, dass er diesen Satz endlich ausgesprochen hatte.

»Ach komm, Sepp, ich bin ja nicht aus der Welt. Wir können uns ja mal wieder auf einen Aloe-Vera-Drink treffen. Und dann kannst du mir dein Herz ausschütten.« Dabei tätschelte Ashanti Sepp großmütig auf die Schulter.

Dabei dachte Sepp noch darüber nach, dass sie eigentlich nie Aloe Vera getrunken hatten. Ashanti hatte ihm immer sein Bier weggetrunken. Und auch noch das gekühlte aus dem Kühlschrank, das hatte Sepp anfangs immer recht geärgert. So war das nämlich gewesen.

Und schon war er weg, der ehemalige Versicherungsvertreter mit dem gewissen Karma. Sepp stand nun allein im Hausflur und vermisste Ashanti jetzt schon. Die Küche roch noch nach seinen Räucherstäbchen. Er setzte sich hin und machte sich eine Flasche Aloe-Vera-Getränkemischung auf, die Ashanti im Kühlschrank vergessen hatte.

KAPITEL 6

Parkplatzwahlkampf

Sepps Handy klingelte. Es war eine Unterfilzbacher Nummer, die er allerdings nicht kannte. Sicher war das wieder irgendein Bürger, der sich bei ihm beschweren wollte, weil entweder das Wasser nicht warm wurde, ein Baum geschnitten werden sollte, der die Aussicht behinderte, oder eine Straßenbeleuchtung nicht hell genug war. Der Bauhof war ja irgendwie für alles zuständig. In letzter Zeit riefen die Unterfilzbacher meistens Sepp an, wenn sie ein Anliegen hatten. Sie wussten genau, wie gutmütig und hilfsbereit er war.

Bei Wiggerl hingegen mündete jede noch so kleine Frage immer gleich in ein mittelschweres Drama. Manchmal verglichen Sepp und Hansi ihren Chef mit Indira. Die Sechzehnjährige machte aus Kleinigkeiten auch immer gleich ein Riesending, wie es halt für pubertierende Damen so üblich war. Vielleicht war Wiggerl ja auch immer noch in der Pubertät hängengeblieben, witzelten die Kollegen. Wobei der Bauhofkapo fast noch schlimmer war als ein herkömmliches »Pubertier«. Er war außerdem leicht paranoid, das konnte man schon so behaupten. Erst vor ein paar Tagen war dies wieder bei einem Zwischenfall deutlich geworden, erinnerte sich Sepp.

Letzten Donnerstag waren Sepp und Hansi damit beauftragt worden, den Unterfilzbacher Spielplatz im Dorfpark für die neue Spielsaison herzurichten. Es wurde gestrichen und abgehobelt, alles sollte wieder schön und einladend aussehen. Hackschnitzel wurden rund um die Spielgeräte verteilt, das sollte die Verletzungsgefahr ein wenig eindämmen. Das Duo freute sich über so einen angenehmen Arbeitsauftrag und so war die Stimmung schon recht ausgelassen, als sie morgens vom Bauhof aufbrachen. Männer werden wohl immer Kinder bleiben, sagte Bettina so manches Mal. Frau Scharnagl wusste genau, wovon sie sprach, denn sie war mit einem großen Kindskopf verheiratet. Gut, dass sie bei diesem Spielplatzereignis nicht dabei war, denn sie hätte sich in ihrer These bestätigt gefühlt.

Hansi war gerade damit beschäftigt, die Schaukel an der Halterung des Gestells zu befestigen, als er Sepp dabei beobachtete, wie er die frisch aufgebaute Wippe testete. Da musste Hansi natürlich dabei sein und unterbrach seine momentane Tätigkeit der Schaukelaufhängung spontan, denn für eine realistische Prüfung der Wippe mussten sie ja zu zweit sein. Hansi und Sepp machten sich einen Spaß und wippten wie damals vor vierzig Jahren, was das Zeug hielt. Dabei war es Hansi recht schnell ein wenig peinlich, denn er war eindeutig schwerer als der drahtige Sepp, das konnte man auch bei dieser Spielerei nicht mehr leugnen. Gut, dass niemand sie sah, denn die »großen Jungs« hatten offensichtlich eine Mordsgaudi.

Just in diesem Moment kam Wiggerl zu einer Arbeitskontrolle vorbei. Er sah seine Männer, recht auffällig durch ihre kommunalorangenen Uniformen, wie sie die höchste Freude auf dem Spielgerät hatten. Hansi und Sepp amüsierten sich laut lachend dabei, wie sie gegenseitig versuchten, den jeweils anderen mit kräftigen Abwärtswippen in der Luft auszuheben. Kurz überlegte der Bauhofchef noch, ob er zu etwas mehr Ernsthaftigkeit bei der Arbeit aufrufen sollte. Jedoch konnte er bei diesem spaßigen Anblick wohl nicht anders und wollte vermutlich auch dazugehören zu den Spielplatzbuben, die so eine Gaudi zusammen hatten. Wer weiß, ob da nicht eine böse Erinnerung aus Wiggerls Kindheit mit hineinspielte? Jedenfalls schnappte sich der fast Sechzigjährige die Schaukel und nahm Anlauf.

Grundsätzlich musste ja so eine Edelstahlkette bei einer Spielplatzschaukel sehr viel aushalten, die TÜV-Vorschriften dafür waren zurecht sehr streng. Das hätte sicher auch die Unterfilzbacher Schaukel getan, wäre sie nur richtig in der Halterung eingeschnappt gewesen. Aber Hansi war ja noch nicht ganz fertig mit dem Aufbau. Wiggerl flog also in hohem Bogen über die am Boden verteilten Hackschnitzel, die die Stürze der Kinder dämpfen sollten. Aufgrund seines Gewichts war natürlich die Fliehkraft höher als die eines Achtjährigen. Der Bauhofkapo landete auf der harten Wiese. Rums!

Hansi und Sepp konnten reflexartig nicht anders und lachten aus voller Brust. Oje! Man konnte Wiggerl sicher in ganz Unterfilzbach hören. Irgendwie konnte er nämlich leider nicht über sich selbst lachen, sondern schimpfte und zeterte lautstark. Über absichtlich manipulierte Spielgeräte, Mobbing am Arbeitsplatz, Sicherheitsrisiken und ganz gemeine Kollegen. Die Männer versuchten sich zusammenzureißen, so gut es ging.

Nachdem Wiggerl stockbeleidigt abgezogen war, tat es den Spielplatzkameraden fast ein wenig leid und sie beschlossen, sich nach Dienstende hochoffiziell zu entschuldigen. Leider war der Bauhofleiter Hackl sehr nachtragend. Die darauffolgenden Tage war er sehr kühl zu Hansi und Sepp. Außerdem fing er seit diesem Vorfall augenblicklich theatralisch an zu hinken, sobald einer der beiden in der Nähe war. *Sie sollten nur ein recht schlechtes Gewissen haben,* dachte sich Wiggerl.

Sepp schmunzelte, als er sich gerade gedanklich an dieses Szenario erinnerte. Sein Telefon vibrierte immer noch hartnäckig. Mit einem kleinen Seufzer hob er ab.

»Müller.«

»Namaste, mein Freund. Duuuhhhhuuu? Sepp, magst' nicht schnell auf einen Grünen Tee vorbeikommen?«, bat Ashanti ganz unschuldig am anderen Ende der Leitung mit zitternder Stimme.

»Also jetzt is' echt grad schlecht, Ashanti. Ich kann ja während der Arbeit keinen Tee trinken. Und schon gar keinen grünen.«

»Sepp!«, kam nun ein schluchzendes Weinen aus dem Telefon.

»Oje, was ist denn los? Du bist ja total fertig.« Sepp machte sich kurz Sorgen um seinen ehemaligen Mitbewohner. Vor einer Woche war Ashanti ausgezogen und Sepp musste tatsächlich zugeben, dass er ihm fehlte. So verwunderlich das auch war.

»Ich hab nur versucht, einen Nagel in die Wand zu schlagen, weil der Heimleiter meinte, ein Hausmeister sollte doch mal ein paar Bilder aufhängen. Das hab ich versucht, aber ich hab da heut kein Karma dafür. Vielleicht hast du ein besseres?« Ashanti war seine Verzweiflung deutlich anzumerken.

»Ich hab schon gehört, dass du als Hausmeister in der Residenz arbeitest. Wie kommst du denn zu dem Job?« Sepp lachte Ashanti nun fast ein wenig aus.

»Wie meinst du das jetzt? Glaubst du vielleicht, ich kann das nicht? Ich kann das sehr wohl, mein Freund, nur heut ist halt die Schwingung meines Chakras nicht so, wie sie sein soll.«

Sepp schmunzelte in sein Telefon. Nach einer Minute Gesprächspause, die sich für Ashanti endlos anfühlen musste, kam ein wirklich herzerweichender Hilferuf.

»Sepp, bitte komm! Hilf mir! Ich halt das nicht mehr aus, alles voller Schmutz, alles fällt ab. Und der Glasmeier ist total negativ aufgeladen. Da liegt so eine Aggression in der Luft, das ist nicht gut für das Vital-Klima.«

Ashanti war wirklich niedergeschlagen und der gutmütige Sepp ließ sich bei einer derartigen Verzweiflung sehr schnell erweichen. »Also, ich hab in einer Stunde frei, dann kann ich kommen.«

»Gut, wenn es anders nicht geht.« Der handwerklich unbegabte Hausmeister der Seniorenresidenz war nun erleichtert. Es nahte zumindest Rettung.

Als Sepp im Altenheim ankam, traute er seinen Augen kaum. Am Ort des Geschehens, also dort, wo das Bild einmal hängen sollte, war das totale Chaos ausgebrochen. Zumindest, soweit Sepp auf den ersten Blick erkennen konnte, denn es war ziemlich dunkel, bis auf drei funzelige Lichter. Ashanti stand vor einer Wand, ließ die Schultern hängen und wirkte sehr verloren. Seine grauen Haare hatte er in eine leichte Wollmütze gehüllt, wie sie eher ein zwanzigjähriger Halbstarker dem aktuellen Modetrend entsprechend tragen würde. Ansonsten war er heute nicht in Leinengewänder gekleidet. Er hatte sich einen nagelneuen Blaumann zugelegt, der allerdings schon von oben bis unten staubig war. So stand er da, mit einer Stirnlampe über der Wollmütze, und versuchte immer noch, einen Nagel in die Wand zu bekommen. Der Flur, der das Altenheim mit dem Neubau verband, war fensterlos, und deshalb war ohne Beleuchtung im Moment nicht so sehr viel zu sehen. Aus der Ferne wirkte Ashanti fast wie ein Grubenarbeiter, der gerade aus dem Bergwerksstollen kam.

So wie Sepp die Situation blitzschnell analysierte, hatte der Altenheimhausmeister wohl genau eine Stromleitung mit dem Nagel getroffen. Dadurch war der FI-Schutzschalter rausgeflogen. Aber Ashanti war grundsätzlich ein hartnäckiger Typ und hatte nicht aufgegeben, wie es hier aussah. Sepp vermutete, dass er ziemlich viele Nägel in die Ziegelwand geschlagen haben musste, denn überall bröckelte der frische Putz ab.

Der Bauhofangestellte Müller hingegen war ein wirklich begabter Handwerker, da war so eine dilettantische Arbeit auf der Baustelle natürlich ein Graus für seine Augen. Außerdem war er intelligent und geduldig. Viele kannten ihn nur als Rasenmäher oder Schneepflugfahrer, aber in Sepp steckte viel mehr. Er hatte sogar ein paar Semester Maschinenbau und Chemie studiert. Er konnte wirklich alles reparieren und war äußerst begabt in technischen Dingen.

Der Unterfilzbacher Daniel Düsentrieb näherte sich einem laut diskutierenden Trio im Halbdunkeln. Der Altenheimchef Glashauser stand mit einer Taschenlampe vor Ashanti und schimpfte, wie blöd und ungeschickt er doch wäre. Bauunternehmer Harald Schmal, mit Handytaschenlampe, beschimpfte Glashauser, dass seine Leute auf keinen Fall einen frischen Putz aufziehen würden und schon gar nicht auf Kosten seiner Baufirma. Wenn, dann nur alles auf Regiestunden. Ashanti selbst sagte eigentlich nicht viel. Was einer kleinen Sensation gleichkam, denn eigentlich redete Ashanti bekanntermaßen immer, viel und sehr g'scheid daher.

»Herr Amberger, das gibt's doch nicht. Wie können Sie nur mit einem einzigen Bild so einen Saustall veranstalten? Die Wand müssen wir neu verputzen, das ist Ihnen schon klar? Wieso haben Sie mir nicht gesagt, dass sie so gar kein Handwerker sind?«

Glashauser konnte es selbst nicht mehr fassen, dass er Ashanti tatsächlich als Hausmeister eingestellt hatte. Wahrscheinlich hätte er als Bereichsleiter für Betreutes Wohnen weniger Schaden angerichtet.

»Servus«, warf Sepp zur Begrüßung in die Runde.

»Sepp, endlich bist du da.« Ashanti fiel seinem Freund regelrecht um den Hals.

»Servus Sepp, kennt ihr euch näher?«, belächelte Harald Schmal süffisant diese Begrüßungsszene.

»Herr Müller, kann ich was für Sie tun?« Glashauser wunderte sich über Sepps Anwesenheit.

»Ich wollte mal nach dem Rechten sehen, wie es Ashanti in seinem neuen Job so geht.«

Dabei konnte sich Sepp ein Lächeln aber nicht verkneifen. In diesem Augenblick ging das Licht wieder an. Der Elektriker hatte die Hauptsicherung wieder eingeschaltet. Das komplette Ausmaß der Katastrophe wurde nun sichtbar. Ashanti hatte ganze Arbeit geleistet, es sah aus, als hätte jemand eine Mordswut auf die frisch verputzte Wand gehabt und wäre mit dem Hammer Amok gelaufen.

»Ja, du lieber Himmel. Herr Amberger! Sie bringen das jetzt sofort in Ordnung, egal wie. Und morgen sprechen wir uns!«

Glashauser war wirklich wütend. Morgen sollten die neuen betreuten Senioren einziehen. Er rauschte davon. Wahrscheinlich, um Ashanti nicht an die Gurgel zu gehen. Harald Schmal wandte sich an Sepp und lachte dabei höhnisch.

»Na, da kannst du ja jetzt deinem Guru zur Hand gehen, vielleicht darfst dann mal beim Kamasutra zuschauen.«

Normalerweise hätte Sepp diese kleine Gehässigkeit einfach ignoriert, aber heute war ihm nicht danach.

»Ja, ja, Harald, ich vermute mal, dass du dich mit so was bestens auskennst. Roman hatte vielleicht gar nicht so unrecht bei der Fastenpredigt. Du nimmst alles, was nicht bei drei auf den Bäumen ist. Stimmt das denn? Bist du so anspruchslos? Schau dich an, du bist ja die Midlife Crisis in Person. Da braucht man das für sein Ego, oder? Aber wenn du jetzt kein Geld auch nimmer hast, dann bekommst du wahrscheinlich auch bald keine Weiber mehr. Blöd, gell, dass der Roman jetzt nimmer da ist.«

Harald war überrascht. Das war eine ganz neue Seite am stillen Sepp – er wehrte sich. Ashanti hatte ihm schon ein paar Mal gepredigt, sich nicht immer alles gefallen zu lassen, er solle doch kämpfen. Diese Art »Gesprächstherapie« aus alten WG-Tagen schien nun Früchte zu tragen. Kurz musste der Bauunternehmer überlegen, wie und was er jetzt antworten sollte.

»Na lieber so, als wenn ich immer nur die schöne Metzgersgattin anschmachten muss. Die lässt dich eh nicht ran, Sepp, da kannst du lange warten. Und dieses ganze Getratsche über meine *angeblichen* Kredite kannst du gleich wieder vergessen. Alles erstunken und erlogen.« Harry lachte laut, was sich sehr gekünstelt anhörte.

»Is scho recht, Harry, irgendwann wirst auch du mal feststellen, dass es nicht nur ums Äußere und Geld geht. Schau dich an mit deinen Goldkettchen, du Solarium-Opfer. Du bist eher eine Witzfigur als ein seriöser Geschäftsmann, das gehört schon lange mal gesagt. Und wenn ich mir die Frauen schon kaufen muss, dann brauch ich gleich gar keine. Der Roman hat wirklich recht gehabt.« Sepp holte Luft. Alles war regelrecht aus ihm herausgeplatzt. Aber es fühlte sich gut an.

»Der Roman, die blöde Sau! Geschieht ihm ganz recht …«, wütete Schmal sofort los, hörte aber plötzlich mitten im Satz auf. Er wirkte direkt erschrocken über sich selbst. »Ach, leck mich doch am Arsch. Du besserer Müllmann, du!« Mit diesen Worten drehte er sich um und ging in Richtung Ausgang. Eigentlich rannte er mehr.

»Hey, super, ganz fantastisch! Sepp, ich bin so stolz auf dich«, jubelte Ashanti und fiel Sepp schon wieder um den Hals.

Das war für Sepp aber eindeutig zu viel an Körperkontakt und er schob Ashanti sanft, aber bestimmt zurück. Er musste das eigenartige Verhalten des Bauunternehmers erst einmal sacken lassen. *Was war das denn jetzt für ein Auftritt?*, dachte er. *Was hat er denn mit »geschieht ihm ganz recht« nur gemeint? Weiß er vielleicht, wo Roman ist?*, grübelte er weiter.

Ashanti riss ihn aus seinen Gedanken. »Mei, Sepp, siehst du, man muss die Energie in sich nutzen. Und Wut ist auch Energie. Lass es raus. Das hat sich bestimmt gut angefühlt, oder?«

»Ja, das hat jetzt wirklich gutgetan. Aber schau dir mal die Sauerei an, da haben wir jetzt einiges zu tun, Herr Amberger. Ich glaub echt, ich spinn! Und du willst als Hausmeister arbeiten? Die arme Wand hat dir doch gar nix getan.« Sepp lachte nun wieder regelrecht befreit aus vollem Herzen. »Hast du Putz, Quirl und ein Wand'l da?«, fragte er voller Tatendrang.

Leider wusste Ashanti nicht genau, von was sein Freund da redete. »Für was brauchen wir jetzt einen Quirl und ein Wand'l?«

»Ja, für den Putz natürlich. Der Glashauser hat doch gesagt, das muss bis morgen erledigt werden. Ich helf dir, aber wir brauchen Material.«

Ashanti war sichtlich erleichtert, dass er nun fachkundige Unterstützung bekam. »Ähm, nein, ich hab so was nicht.«

»Mei oh mei. Gut, dann fahr ich jetzt schnell heim und hol, was wir brauchen. Aber Folie hast du? Wir müssen den

Teppich abdecken. Das machst du jetzt und ich komm gleich wieder.«

»Ja, das bekomm ich hin. Die Energie ist hier so kraftvoll nach deiner Entladung. Das unterstützt mich.«

Bis tief in die Nacht verputzte das ungleiche Duo nun die geschundene Wand. Der Putz war jetzt sogar sorgfältiger und feiner gearbeitet als vorher. Ashanti befolgte Sepps Anweisungen und war ansonsten recht kleinlaut. Nachdem die beiden das Ergebnis betrachtet hatten, bekam der »Handwerkerlehrling« aber gleich wieder einen Höhenflug.

»Schau, so schlecht bin ich gar nicht. Die Wand hab ich super hinbekommen«, prahlte Ashanti.

»Ich glaub, du musst dir das mit dem Hausmeisterposten noch mal überlegen. Sei mir nicht bös, aber das ist nix für dich.« Sepp meinte es nur gut mit Ashanti.

»Aber die Wohnung, Sepp! Wo soll ich denn hin, wenn ich die Wohnung nicht mehr hab? Die gehört doch zum Job. Ich fühl mich da sehr wohl, die Energie darin ist gut«, war Ashanti traurig.

»Dann musst halt mit dem Glashauser reden, der ist ja eigentlich ganz in Ordnung. Da findet sich schon eine Lösung.«

Mit einer Feierabendhalbe, die sich die zwei Verputzer von den Handwerkern der Baustelle aus dem Baucontainer gestohlen hatten, klang der Arbeitseinsatz in der gemütlichen »energiegeladenen« Hausmeisterwohnung aus.

Am nächsten Tag reisten die neuen Bewohner im »ewigen Licht« an. Die Frühlingssonne lachte und die Stimmung bei den Ankömmlingen war durchweg gut. An der Zahl neunzehn rüstige Senioren mit dem nötigen Kleingeld für einen angenehmen Lebensabend trudelten nach und nach in der Wohnanlage ein. Eine illustre Truppe, die da künftig unter einem Dach wohnte. Die ledige Fannerl saß vor der Residenz auf der Hausbank und beäugte ihre neuen Mitbewohner ganz genau. Sie war innerlich ebenfalls aufgeregt, aber so ganz konnte sie ihren mürrischen Blick nicht abstellen. Das kleine Weiberl auf der Bank bemühte sich zumindest, mit einem »Grüß Gott« eine Art Nette-Fannerl-Begrüßung hinzubekommen.

Ashanti hingegen empfing alle sehr freundlich und überschwänglich, was Glashauser aus den Augenwinkeln beobachtete. Er konnte wirklich gut mit den »Silberperlen« umgehen, teilweise flirtete er sogar mit den »betagten Mädels«. Das schien diesen sehr zu gefallen, teilweise erröteten die Ü70-Damen sogar ein wenig. Die esoterische Ruhe und die trotz allem einnehmende Art, die Ashanti ausstrahlte, wenn er nicht gerade wieder in Hysterie verfiel, war anscheinend auch sehr wohltuend für ältere Menschen.

Beim Krisengespräch am Nachmittag zwischen dem Heimleiter und dem Noch-Hausmeister trug Ashanti in gewohnt eloquenter Weise einen Vorschlag an seinen Chef heran, der allerdings ursprünglich Sepps Idee gewesen war. Gutes Pflegepersonal war ja bekanntermaßen schlecht zu bekommen und um die Nachtschichten rissen sich die Pflegerinnen auch nicht unbedingt. Aber beim Betreuten Wohnen waren die Senioren noch einigermaßen fit, es waren also keine Pflegefälle dabei, die kompliziert medizinisch versorgt werden mussten. Darum bot Ashanti an, fünf Nächte in der Woche die Rufbereitschaft für die Bewohner im neuen Trakt zu übernehmen, dafür wollte er in der Wohnung bleiben. Zudem würde er beim Freizeitangebot der Residenz »Esoterische Weiterbildung und Selbsterfahrung« anbieten, außerdem im Winter Schnee schaufeln und im Sommer Rasen mähen. Selbstverständlich nach einer fachlich fundierten Ausbildung von Sepp, darauf bestand auch der Heimleiter. Der designierte Rasenmäher- und Schneeschaufel-Ausbilder sah darin zwar eine schwierige Aufgabe auf sich zukommen, aber Sepp war Optimist in diesen Dingen. Das würde er Ashanti schon beibringen. Die schwierigeren – technischen – hausmeisterlichen Tätigkeiten konnte der Hausmeisterservice eines Spezls von Sepp übernehmen.

Glashauser fand die Idee gar nicht schlecht, somit war Ashanti auf 450-Euro-Basis eingestellt und durfte in der Wohnung bleiben. Er war wie im Himmel. Noch am selben Tag bestellte er Visitenkarten im Internet.

Ashanti
Senior Life Coach
Chakra-Yogalehrer
Kamasutra-/Tantra-Übungsleiter
Experte für Lichtnahrung
Positive Thinking Guide
– auch für Privatsitzungen buchbar –
*Weitere Infos und Kontakt unter **www.ashanti.uf***

Endlich stand nun auch die Bürgermeister- und Gemeinderatswahl vor der Tür. Für die wahlberechtigten Unterfilzbacher war der Wahlkampf in den letzten Wochen fast ein bisserl anstrengend geworden. Die zwei Bürgermeisterkandidaten waren im Dorf allgegenwärtig und versuchten in Einzeldiskussionen noch die eine oder andere Wählerstimme zu gewinnen. Amtsinhaber Brunner hatte der Kampfgeist gepackt, leider fehlte es ihm ein wenig an kreativen Ideen, vor allem auch, weil er auf seinen wichtigsten Ratgeber Roman Groß verzichten musste. Die beiden hatten eine sehr »besondere Beziehung«, die viele Bürger nicht durchschauten. Immer hingen sie zusammen, ständig tuschelten sie. Groß ging in Brunners Amtszimmer im Rathaus ein und aus. Sicher wusste der Bankangestellte auch über alle Amtsgeschäfte des Bürgermeisters Bescheid, da waren sich die Unterfilzbacher sicher. Überhaupt kamen die haarsträubendsten Gerüchte und Thematiken über die Verbindung der beiden Männer zur Sprache. War es einfach eine innige Männerfreundschaft? War es sogar mehr als Freundschaft? Aber der katholische Roman? Nein, das war eher unrealistisch. Machten die beiden vielleicht zusammen krumme Geschäfte? Der Fantasie waren keine Grenzen gesetzt.

Aber nun war Brunner auf sich allein gestellt. Ob nur vorübergehend oder doch für immer, das wusste keiner. Den Wahlkampf musste er jetzt wohl oder übel allein kämpfen. Und so heftete er sich einfach aus mangelnden Alternativen an die Fersen seines Herausforderers Florian Ganserer. Das bedeutete aber, dass es beide nur noch im Doppelpack gab, denn eine direkte Konkurrenz trieb den männlichen Ehrgeiz zu ungeahntem Einsatz. Schneller, höher, weiter. Jeder wollte immer der Erste am Wähler sein, es ging um jede Stimme.

Vor allem beim Einkauf im örtlichen Supermarkt standen sowohl Ganserer als auch Brunner in der Woche vor der Wahl täglich von früh bis spät auf dem Parkplatz und stürzten sich regelrecht auf die Kunden. Beide hatten die Einfahrt immer im Blick und rannten sogar auf die Autos zu, wenn ein Pkw um die Kurve bog. Sofort bekamen die Wähler Flyer, Kugelschreiber, Jutetaschen, Kleeblattsamen oder Feuerzeuge in die

Hand gedrückt, ob sie wollten oder nicht. Das führte sogar so weit, dass sich die Unterfilzbacher genötigt fühlten, in Oberfilzbach einzukaufen. Wenn man bedachte, welch lange, fast schon traditionelle Feindschaft zwischen den beiden Dörfern und ihren Bewohnern herrschte, war es recht beachtlich, was für Opfer die Unterfilzbacher auf sich nahmen, um diesem »Hahnenkampf« aus dem Weg zu gehen.

Auch Bettina war unglaublich genervt. Die ganze Woche hatte sich der fast schon filmreife Wahlkampf direkt vor ihrem Arbeitsplatz abgespielt. Aber die KaufGut-Mitarbeiterinnen mussten halt zur Arbeit, da half alles nichts. Sogar an den Umsätzen im Supermarkt konnte man ablesen, wie ungern die Unterfilzbacher im Moment einkauften.

»Gott sei Dank is heut schon Samstag, morgen is endlich diese blöde Wahl. Dann hat der Zirkus ein Ende. Wenn der Brunner und der Ganserer heute wieder beide an meiner Autotür stehen, wenn ich noch nicht mal ausgestiegen bin, und sich streiten, wer denn die Tür aufmachen darf, dann fahr ich wieder heim und meld mich krank«, schimpfte Frau Scharnagl beim Frühstück.

»Ja, das glaub ich dir, mein Zuckerschoaserl«, sagte das Bärle halbinteressiert, während er in der Filzbacher Rundschau die Todesanzeigen studierte.

Hansi hatte den politischen Supermarkt-Wettstreit noch nicht mitbekommen, er ging ja auch nicht einkaufen. Aber sogar vor dem Stammtisch machten die Kontrahenten nicht halt. Und der Stammtisch war Hansi wirklich heilig.

»Stell dir vor, gestern beim Stammtisch sind die beiden auch aufgetaucht«, seufzte er und verdrehte dabei die Augen. »Da kann man nicht mal mehr in Ruhe schafkopfen. Der Brunner saß an unserem Tisch und hat die ganze Zeit auf uns eingeredet, dabei müssen wir uns doch konzentrieren. Beim Schach wird das ja auch respektiert. Das ist ja fast schon Missachtung bayerischer Wirtshauskultur. Wird Zeit, dass endlich gewählt wird. Ich bin wirklich gespannt, wer gewinnt. Die Leut sagen, es ist alles offen. Aber sie sagen auch, dass der Brunner sehr unsicher ist, seit der Roman verschwunden ist. Is aber klar, jetzt hat er keinen mehr, der ihm sagt, was er zu tun hat. Jetzt muss er selber mal denken«, stimmte Hansi in Bettinas Missfallen über die heiße Endphase des Wahlkampfs mit ein.

»Das ist schon der Wahnsinn, gell. Wo ist der nur, der Roman? Man kann doch nicht einfach so ohne jegliche Spur verschwinden«, rätselte Bettina, als sie sich noch eine Tasse Kaffee einschenkte.

»Der Walter aus der Bank hat gestern beim Stammtisch erzählt – obwohl er es ja eigentlich gar nicht dürfte –, dass sie schon seine Kreditkartenabrechnung und die Kontoauszüge an die Polizei ausliefern mussten. Aber da ist seit seinem Verschwinden nichts mehr drauf zu lesen, keine Bewegungen. Entweder hat er wirklich irgendwo Geld mitgehen lassen, oder …« Hansi hörte auf zu lesen, legte die Zeitung vor sich ab und stockte.

»Oder?«, fragte Bettina.

»Oder er ist gar nicht verschwunden, sondern … tot«, sprach Hansi aus, was ihm jetzt klar wurde. Roman konnte ja auch umgebracht worden sein! Das war dem Meisterdetektiv Scharnagl bisher noch gar nicht in den Sinn gekommen.

»Wie meinst jetzt *tot,* Bärle?«, musste Bettina das Unglaubliche wiederholen.

Hansi schaute seine Frau fragend an. *Was bitte hat sie da jetzt nicht verstanden?,* überlegte er. »Ja, tot halt! Ermordet, abgemurkst, umgebracht, hingemetzelt, abgeschlachtet.« Diese Worte unterstrich Hansi noch mit einem furchterregenden Gesichtsausdruck und dazu passenden Gesten.

»Mei, also Hansi, weißt … musst du immer so brutal sein?« Bettina war empört.

Aber Bettinas Empörung wurde circa zwanzig Minuten später noch mehr auf die Spitze getrieben, als sie in den Supermarktparkplatz einbog. Am heutigen Samstag vor der Kommunalwahl in Unterfilzbach standen tatsächlich gleich drei wählbare Kandidaten auf dem Parkplatz. Sie spurteten allesamt augenblicklich los, als sie Bettinas Auto sahen. Die altbekannten Parkplatzbelagerer Brunner und Ganserer sowie – heute als Spezialwahlkämpferin – Berta Hinkhofer, schließlich wollte sie auf Nummer sicher gehen, um auch wirklich in den Gemeinderat einziehen zu können.

Berta konnte nicht mehr ganz so schnell laufen wie ihre »Wahlkampfkollegen«, aber sie strengte sich an. Das Rennen machte natürlich der junge Florian Ganserer. Er schaffte es als Erster, die Tür von Bettinas rotem japanischen Kleinwagen zu öffnen. Die Kassiererin, die ja eigentlich nur zur Arbeit wollte, stellte den Motor ab, schloss die Augen und schlug ihre Stirn auf das Lenkrad.

Das darf doch alles nicht wahr sein, ging ihr nur durch den Kopf.

Endlich war der Wahlsonntag gekommen. Unterfilzbach atmete auf. Die Scharnagls mussten in das Rathaus zum Wählen. Dies verbanden sie gleich einmal mit einem ausgiebigen Besuch beim Dorfwirt, der gegenüber dem Wahllokal dafür strategisch günstig gelegen war. Einmal im Monat boten die

Wirtsleute Weißwurst-Brunch mit Musik an. Zwar war der normale Brunch-Zyklus jeden ersten Sonntag im Monat, aber die Kommunalwahl war ein willkommener Anlass, um einen Sondertermin einzuschieben. Der geschäftstüchtige Dorfwirt Herbert dachte sich, dass sicher viele Wähler nach der Abstimmung im Rathaus hungrig aus der Wahlkabine kamen, und so war heute »Bürgermeister-Weißwurst-Brunch« angesagt. Wie erwartet nahmen die Dorfbewohner dieses Angebot sehr gern wahr. Denn für einen zünftigen Dorfratsch bei deftigen Weißwürsten, frischen Brezen und süßem Senf waren die Unterfilzbacher immer offen.

Was die jeweils wahlberechtigten Scharnagls gewählt hatten, wollten sie der neugierigen Indira partout nicht sagen. Indira war, recht untypisch für ihr Alter, politisch sehr interessiert. Sie freute sich darauf, als Coach ihres Vaters bei seinen politischen Aktivitäten im Gemeinderat quasi aus dem Hintergrund mitwirken zu können. *Hoffentlich wurde er auch gewählt,* ging es ihr immer wieder durch den Kopf. Dass natürlich alle Familienmitglieder Hansi für den Gemeinderat angekreuzt hatten, verstand sich von selbst.

Matthias Brunner und Florian Ganserer waren auch beim Brunch vertreten, beide sichtlich nervös. Sie hofften wohl, ihre eigene Hochrechnung durch bierlaunige Befragungen durchführen zu können. Aber natürlich sagte auch ihnen keiner der Anwesenden, was oder wen sie gewählt hatten. Matthias tröstete sich mit ein, zwei Weißbier, um die lange Zeit bis zur Ergebnisverkündung zu überstehen. Das beruhigte seine Nerven.

Die Spannung stieg und ganz Unterfilzbach wartete auf die Stimmenauszählung. Viele gingen deshalb vom Brunch zu Kaffee und Kuchen und anschließend direkt zur abendlichen

Brotzeit über, um dann gestärkt im Rathaus gegenüber zu erfahren, wer denn nun ihr neuer Bürgermeister werden würde.

Gegen 18.30 Uhr füllte sich die Eingangshalle der Gemeindeverwaltung immer mehr. Die Nervosität stieg, alle Kandidaten – sowohl für das Amt des Ortsvorstehers als auch für den Gemeinderat – waren gekommen. Endlich kam der etwas schüchterne Verwaltungsangestellte Jürgen Pongratz aus dem Obergeschoss und hatte die Auszählungslisten in der Hand. Aufgeregt und mit leiser Stimme verkündete er: »Liebe Unterfilzbacher und -bacherinnen. Ihr habt gewählt. Und wir haben ausgezählt. Ich darf euch nun bekanntgeben …«

»Jetzt sag's halt endlich!«, kam ein Zwischenruf aus der Menge.

Alle Anwesenden blickten auf die ungeduldige Störenfriedin. Berta Hinkhofer konnte wohl die Spannung nicht mehr aushalten. Jetzt schämte sie sich aber dafür, denn Gelächter und Getuschel war in der Rathaus-Eingangshalle zu hören.

Pongratz fuhr fort: »Wir haben einen neuen Bürgermeister …«

Weiter kam er dann gar nicht, denn sofort ging ein Raunen durch die Menge, gefolgt von heftigen Diskussionen. Florian Ganserer riss die Arme hoch und stieß einen Jubelschrei aus. Brunner verfiel augenblicklich in Schockstarre. Berta Hinkhofer wurde kreidebleich. Der Verwaltungsangestellte Pongratz wedelte aufgeregt mit den Armen, wurde aber nicht wirklich bemerkt. Erst als er auf einen Tisch stieg und laut auf zwei Fingern pfiff, kehrte wieder Ruhe ein.

»Also ihr müsst mich schon ausreden lassen. Dass wir heute einen neuen Bürgermeister bekommen, war ja klar. Aber wer es ist, wisst ihr immer noch nicht. Also jetzt bitte Ruhe, Herrschaftszeiten! 48,5 Prozent der Stimmen konnte Florian

Ganserer von der Partei NaturPuristen für sich gewinnen. Das heißt, mit 51,5 Prozent ist Matthias Brunner von der Katholischen Union der Konservativen unser alter und neuer Bürgermeister. Die Ergebnisse für die Gemeinderäte hänge ich hier drüben an der Tafel aus.«

Erleichtert sprang Jürgen Pongratz wieder von seinem Rednertisch. Berta Hinkhofer folgte ihm auf dem Fuße, um die Gemeinderatsliste sofort sehen zu können. Ob die Richtigstellung des Wahlergebnisses nun positiv oder negativ in der Bevölkerung aufgenommen wurde, war nicht so ganz klar. Wieder brachen heftige Diskussionen aus. Florian Ganserer war nach dem Adrenalinstoß vor fünf Minuten seine Enttäuschung anzumerken. Wobei das Ergebnis schon beachtlich war. Niemand hätte noch vor drei Monaten mit einem derart knappen Ausgang für den absoluten Außenseiter gerechnet. Florian konnte trotz der Niederlage auch einen Erfolg verbuchen. Er war der absolute Stimmenkönig für den Gemeinderat, für den er ebenfalls kandidiert hatte. Zumindest konnte er in dieses Gremium nun seine nachhaltig unkonventionellen Ideen einbringen. Und schließlich war er ja noch jung, in sechs Jahren wurde wieder gewählt.

Die zweitmeisten Stimmen erhielt tatsächlich Johann Scharnagl, genannt Hansi. Er hatte vor lauter Aufregung ganz vergessen, sich sein eigenes Ergebnis anzuschauen – aber Indira selbstverständlich nicht. Sie hatte sich direkt neben Berta postiert. Das Scharnagl-Nesthäkchen freute sich sehr für ihren Vater, aber noch mehr darüber, dass sie nun die Möglichkeit erhielt, mit gerade sechzehn Jahren schon indirekt politisch aktiv zu sein.

Ein niederschmetterndes Ergebnis hatte allerdings Frau Hinkhofer erzielt. Leider war sie auf dem vorletzten Listenplatz der KUK gelandet, sogar der verschwundene und in Ungnade gefallene Roman Groß hatte noch mehr Stimmen erhalten. Es müssten nun sage und schreibe fünf Kandidaten vor ihr zurücktreten, wegziehen, schwanger werden oder sterben, dann käme Berta als Nachrückerin in das politische Dorfgremium. Einzig und allein Mandy Honegger bekam noch weniger Stimmen als Berta.

Das Fräulein Hinkhofer verstand die Welt nicht mehr. So sehr hatte sie sich angestrengt, sie wollte für ihre Wähler und ihre Ziele kämpfen. Aber die Wähler wollten sie nicht wählen oder hatten andere Ziele als Berta. Sie war über Wochen zu jedem nett gewesen und hatte alle überfreundlich gegrüßt. Das war gar keine leichte Aufgabe für sie gewesen. Was hatte sie nur falsch gemacht? Tieftraurig und ratlos schlurfte Berta nach Hause.

Der alte und neue Bürgermeister war nun auch wieder ein wenig zu sich gekommen und stieg auf den Tisch, den Pongratz vorhin verlassen hatte. *Das Volk will sicher eine Rede hören,* dachte er. Man *sah* ihm an, wie ihn der Wahlkampf und die nervliche Achterbahnfahrt mitgenommen hatten. Ganz nebenbei *hörte* man ihm aber auch an, wie sehr ihn die acht Weißbier, mit denen er beim Dorfwirt seinen Durst und seine Anspannung gelöscht hatte, mitgenommen hatten. Aber er fühlte sich gut und sein Selbstbewusstsein explodierte nun wieder, nach dem kurzen panischen Zusammenbruch durch die anfänglich falsch interpretierte Verkündung von Pongratz.

»Liebe Unterfilzbacherinnen« – *Pause* – »liebe Bürger und Unterfilzbacher. Ich kann nur noch eines sagen: Danke!« – *Pause* – »Ich freue mich, dass ich dableiben darf. In unserem schönen Rathaus«, sprach er zum Volk, rieb sich eine kleine

Träne aus den Augen und fuhr fort: »Ich verspreche, euch nicht zu enttäuschen.« – *Leichtes Schluchzen* – »Mit ganzer Kraft werde ich wieder euer König, ähm … Bürgermeister sein. Zur Feier des Tages lade ich euch dann noch zum Dorfwirt auf ein Freibier ein, aber nur die, die mich gewählt haben.«

Brunner bemühte sich sehr, deutlich zu sprechen, aber bei einigen Redepassagen konnte man meinen, er lallte. Sein Versprecher fiel ihm selbst gar nicht auf. Natürlich aber einigen Mitgliedern der Opposition.

Der Wahlsonntag klang somit genau dort aus, wo er für die meisten begonnen hatte, nämlich beim Dorfwirt. Freibier zog halt immer, und erst recht in Unterfilzbach. So ganz ging Brunners Rechnung allerdings nicht auf, denn wenn man sich die Freibiertrinker ansah, beziehungsweise durchzählte, dann hätte er nach Adam Riese ein Wahlergebnis von 93 Prozent haben müssen.

Die Filzbacher Rundschau berichtete natürlich über den Wahlkrimi aus Unterfilzbach. Einige Insiderinformationen waren im Bericht zu lesen. Da gab es wohl mehrere geheime Spitzel, die der schreibenden Außenredakteurin Katharina Weichel etwas von Brunners acht Weißbieren geflüstert hatten. Seinen »König-Versprecher« hatte die aufmerksame Reporterin natürlich live mitbekommen. Die Überschrift am nächsten Tag lautete dementsprechend:

Wahlsieger »König« Brunner –
Größenwahn oder Alkoholproblem?

Das war schon ein wirklich investigativer Journalismus, der da in der Lokalredaktion betrieben wurde. Mit derart

»fundierter« Berichterstattung machte das Blatt oft Furore. Ein großes Schmunzeln zog über Hansis Gesicht, als er den Artikel las. Matthias Brunner kam nicht wirklich gut dabei weg. Seit letztem Sommer herrschte eisige Stimmung zwischen der Lokalredaktion und Bürgermeister Brunner. Ein Zwischenfall beim Seniorennachmittag auf dem Filzer Goldfest, der ebenfalls von Frau Weichel ein wenig aufgebauscht dargestellt wurde, war der Auslöser gewesen. Und wie das so zwischen Politik und Journalismus üblich war, ließen sich dies die verfeindeten Lager auch gegenseitig spüren. Brunners Vorbild in Sachen Pressearbeit war seit kurzem Donald Trump, er fühlte sich von der Presse nicht ernst genommen. Er gab der Filzbacher Rundschau nun seit einem Jahr keine Interviews mehr, denn er war immer noch beleidigt, seit über seinem Bild groß und fett die Schlagzeile geprangt hatte:

Das Schweinshaxen-Drama am Volksfest

Hansi freute sich schon auf die Leserbriefe, die es von treuen Parteifreunden in den nächsten Tagen hageln würde.

Hansi war vielseitig interessiert und die tägliche Zeitungslektüre ein fester Bestandteil seines Tagesablaufes. Lesen bildet nämlich, predigte Indira immer. Sie versuchte stets ihre Familie zu motivieren, mehr zu lesen. Ob sie damit die Filzbacher Rundschau meinte, war aber fraglich. Doch Papa Scharnagl hatte ein gutes Gewissen diesbezüglich und war sehr beruhigt, denn er las konsequent und täglich die lokale Zeitung, also bildete er sich.

Indira schnappte sich meistens gleich den Bayernteil und die Politik, wie auch heute beim gemeinsamen Frühstück. Hansi studierte als Erstes immer die Todesanzeigen. Warum er das so machte, konnte er eigentlich gar nicht genau sagen. Aber alle Menschen, die er kannte, mit Ausnahme seiner jüngsten Tochter, fingen mit den Todesanzeigen auf der letzten Seite an. Das war immer schon so gewesen, selbst Hansis Eltern handhabten das in dieser Chronologie. Es war quasi eine Familientradition. Dann blätterte er weiter zur Rubrik Heimatsport, gefolgt vom Regionalteil aus seinem Dorf. Nachdem er sich bei der heutigen Frühstückslektüre über den Artikel zur Bürgermeisterwahl amüsiert und ein wenig aufgeregt hatte, überflog Hansi die weiteren Berichte aus Unterfilzbach.

Ja da schau her, freute er sich, als er auf einen interessanten Artikel stieß. Wieder ging es um eine Wahl. Wie sagte man so schön? *Nach der Wahl ist vor der Wahl,* dachte er sich noch, als ihm ein sehr tiefgründiger und anspruchsvoller Bericht ins Auge stach.

Die neue Miss Dirndl wird gesucht – jetzt bewerben!

Darunter war ein halbseitiges Bild der amtierenden Miss Dirndl, Conny I., abgebildet. Eine sehr hübsche Erscheinung in einem sehr freizügigen Dirndl, *vor allem obenrum,* fiel Hansi auf. Seine volle Aufmerksamkeit bekam der Artikel durch das sehr üppige Dekolleté von Conny I. Die neue Miss-Dirndl-Wahl sollte in zwei Wochen in Unterfilzbach stattfinden. Eine Trachtenmodenmanufaktur aus einer Kleinstadt ganz in der Nähe war der Veranstalter der jährlichen Wahl. Zufällig war der Chef der Trachtenfirma mit Herbert, dem Dorfwirt, zur Schule gegangen. Wahrscheinlich hatte Herbert seinem alten Schulfreund vom neuen Dorfwirtssaal so vorgeschwärmt, dass der Wahlort nun nach Unterfilzbach verlegt worden war.

Oder die stark angestiegenen Mieten für die Filzer-Halle in der Kreisstadt waren ausschlaggebend gewesen. Man wusste es nicht genau.

Isabelle kam in die Küche und war wie immer in Eile. Sie schnappte sich schnell eine Breze aus dem Brotkorb, den Hansi für seine Weißwürste schon liebevoll angerichtet hatte, und überflog dabei die Zeitung.

»Hey, ja super. Da gibt's 500 Euro Preisgeld und zwei Dirndl zu gewinnen. Da könnt ich mich ja anmelden«, sagte die schöne Scharnagl-Erstgeborene spontan.

»Isa! Das ist doch nicht dein Ernst? Bei so einer sexistischen Veranstaltung willst du mitwirken? Für was kämpfen die Frauen nun seit Jahrhunderten, bitt'schön? Damit du dich wie eine Kuh beim Viehhändler zur Schau stellen kannst und deine Hupen rausdruckst?« Indira war augenscheinlich aufgebracht.

»Ach geh, du Spaßbremse. Was ist denn schon dabei, wenn man zeigt, was man zu bieten hat? Jetzt stell dich ned immer so an wie a alte Klosterschwester«, konterte Isabelle ganz trocken und verließ die Küche in Richtung Make-up-Artist-Weiterbildung.

»Da hätt deine Schwester bestimmt Chancen. Und 500 Euro könnt sie sicher auch brauchen.« Hansi fand Isas Idee gar nicht mal schlecht. Außerdem fiel ihm noch ein weiteres überzeugendes Argument dazu ein. »Da steht auch noch, dass die Kandidatinnen Freikarten für ihre Begleiter bekommen. Also ich finde, sie sollte sich da bewerben.«

Hansi hatte sich heute freigenommen, denn sein Zuckerschoaserl hatte Geburtstag. Er wollte sie heute mit einem romantischen Abendessen in einem teuren Restaurant verwöhnen.

Sushi fand Bettina ganz wunderbar, Hansi leider eher weniger. Aber er wollte sich überwinden, seiner Frau zuliebe. In Fichtenberg hatte ein angesagtes Sushi-Restaurant eröffnet, davon schwärmte Bettina sehr. »Harumis Happy Sushi« hörte sich zumindest nett an.

Letztes Jahr war seine angedachte Geburtstagsüberraschung nicht ganz gelungen gewesen und dies wollte Hansi heute wiedergutmachen. Auch wenn er eigentlich immer noch nicht ganz verstand, warum sich Bettina letztes Jahr so aufgeregt hatte. Er hatte es ja nur gut gemeint. Bettina war seit längerer Zeit schon eine wirklich leidenschaftliche Yogini. Für Hansi war Yoga ganz normaler Sport, denn so genau wusste er nicht, was die Damen da im Kurs bei Ashanti eigentlich machten. Aber Bettina jammerte ab und zu ein wenig über Muskelkater. Und so dachte er sich halt, sie würde gern Sport machen. *Da könnte ich ihr doch eine Zehnerkarte für ein Fitnessstudio schenken,* war sein Gedankengang. Die Fitnesstrainerin erklärte Hansi beim Beratungsgespräch, das bei Frauen der Kurs »Weg mit dem Speck« sehr gut ankam. Also befolgte er ihren Rat und erstand einen Gutschein für eine zehnmalige Teilnahme daran.

Die Freude bei der Geschenkübergabe war dann nur von kurzer Dauer, denn Bettina nahm diesen Gutschein sehr persönlich. Hansi konnte sich noch ganz genau an ihre Worte erinnern: »Was soll denn *das* jetzt heißen, bitt'schön? Find'st du mich zu dick? Soll *ich* meinen Speck wegtrainieren? Das sagt ja genau der Richtige! Hast du dich schon mal angeschaut? Das hättest du mir lieber mal vorsichtig sagen können, dass ich viel zu fett bin. Du musst mir nicht gleich einen Gutschein kaufen, wenn du dazu zu feig bist. Ha, dass du immer so gemein bist, Hansi …«

Er würde in diesem Leben wohl doch kein Frauenversteher mehr werden, sinnierte er. Aber heute wollte er es richtig machen. Schon morgens brachte er seinem Zuckerschoaserl Kaffee ans Bett. Dazu noch ein Spiegelei in Herzform. Darüber freute sich Frau Scharnagl sehr. Sie war direkt gerührt.

Den ganzen Tag über hatte er aufgeräumt. Wenn Bettina von der Arbeit kommen würde, dann wäre Hansi schon geschniegelt und gestriegelt und sie konnten zu dieser »Sushi Harumi« aufbrechen. Vorsichtshalber machte Hansi aber noch eine Brotzeit daheim, denn er hatte große Bedenken, dass er von diesen asiatischen Rollen mit kaltem Fisch und Reis satt werden würde.

Als Bettina nach Hause kam, war sie leider ziemlich gestresst. Weil die Unterfilzbacher ihr Kaufverhalten im Supermarkt in letzter Zeit aus bekannten Gründen auf das Mindeste reduziert hatten, war heute ziemlich viel los gewesen. Die Filiale des KaufGut war förmlich leergekauft worden. Nicht mal ein Ratsch ging heute an der Kasse, denn die Schlange schien schier unendlich zu sein.

Aber wenn Hansi schon so eine schöne Überraschung für sie hatte, dann ließ sich das Geburtstagskind natürlich gern ausführen. Und dann auch noch Sushi! *Supi*, dachte Bettina erfreut. Die Jubilarin schmiss sich schnell noch in ihr neues Kleid und die beiden machten sich auf den Weg in das kleine Grenzörtchen Fichtenberg, dreizehn Kilometer hinter Unterfilzbach.

Viel wurde dort nicht geboten: ein altes miefiges Dorfwirtshaus, ein kleiner Dorfladen und eben das angesagte Sushi-Restaurant. Der Parkplatz des In-Lokals war zum Bersten voll. Was den Fahrer im Opel Astra aus Unterfilzbach sehr erstaunte und spontan überforderte. *Die kommen wirklich alle wegen dem Sushi?*, dachte Hansi überrascht. Er hatte bisher dieses Sushi-Zeugs noch nie gegessen, aber Sepp sagte, das wären so kleine hergeschnittene Rouladen mit kaltem Fisch oder Meeresfrüchten, die mit »bappertem«, also klebrigem Reis in Seetang zusammengerollt wurden. Und Meerrettich hat der Sepp auch noch erwähnt, den aß man da anscheinend dazu. Aber gut, heute war Bettinas Tag und vielleicht gäbe es ja auch so was wie ein Brathering-Sushi. Brathering liebte Hansi nämlich. Gott sei Dank hatte er sich daheim noch schnell ein paar Käsekrainer warmgemacht, für alle Fälle.

Wirklich groß war »Harumis Happy Sushi« nicht, früher war es ein Geschäft für Jägerbedarf gewesen. Das wusste Hansi noch aus Kindertagen. Die Hirschgeweihe an der Tür und in den geschnitzten Deckenbalken waren noch Überbleibsel aus dieser Zeit. Das fand Hansi recht lustig, denn das asiatische Personal, der kalte Fisch und die Hirschgeweihe passten irgendwie so gar nicht zusammen. Hansi sah sich ein wenig um, als sie an der Tür warteten. Ein paar bekannte Gesichter waren am heutigen Abend ebenfalls Gäste im Restaurant.

Der schöne Dr. Fuchs saß gut gelaunt an einem Tisch mit einer dunkelhaarigen Schönheit, da hatte wohl die Sachsen-Mandy keine Chance mehr. *Oje,* dachte sich Hansi erschrocken, als er dem Arzt dabei zusah, wie er sich mit zwei Essstäbchen einen Happen in den Mund schob. Hansi war natürlich bis gerade eben davon überzeugt gewesen, es gäbe hier wenigstens Besteck. Jetzt war er sich sicher, er würde hier heute ganz bestimmt nicht satt werden.

Ein kleiner Japaner kam hektisch auf sie zu. »Konnichiwa, haben Sie Reservierung? Welche Name bitte?«, rief ihnen der gestresste Kellner entgegen.

»Ähm, Reservierung? Wie meinen Sie das jetzt?«, stotterte Hansi.

»Jetzt sag bloß, du hast nicht reserviert?« Bettina befürchtete das Schlimmste.

»Nein, wir haben leider keine Reservierung. Aber wir sind nur zu zweit und beide sehr schlank. Uns reicht ein kleiner Tisch«, versuchte Hansi das Mandelauge zu überzeugen.

»Tut mir leid, kein Platz mehr. Bitte Herr! Immer reservieren. Schöne Abend. Wiedersehen.« Damit ließ er die Scharnagls stehen.

Bettina war stockgrantig. Wieder einmal ein Geburtstag, den ihr Gatte verbockt hatte. »Du bist echt ein Depp, Scharnagl!«, warf sie Hansi an den Kopf und verließ das angesagte Japaner-Wirtshaus mit Hirschgeweihen.

Gebückt folgte Hansi dem enttäuschten Geburtstagskind. Mit Engelszungen redete er auf seine Frau ein und entschuldigte sich hundertmal, um sie zu besänftigen. Es tat ihm ehrlich leid, aber nie im Leben wäre er darauf gekommen, in so einem Restaurant reservieren zu müssen.

Hansi schlug vor, im Fichtenberger Dorfwirtshaus noch eine Kleinigkeit zu essen. Irgendwie musste er den Abend ja retten. In Gottes Namen ließ sich Bettina dazu überreden, denn sie hatte Hunger.

Leider war die Fichtenberger Dorfwirtschaft mit Namen »Heilig Geist Stüberl« ganz und gar nicht angesagt, nicht wirklich »trendy«. Das konnte sogar Hansi verstehen, denn es wirkte alles sehr schmuddelig und dunkel. Lediglich zwei Besucher saßen am Stammtisch, oder eigentlich nur einer, der andere schlief mit dem Kopf auf der Tischplatte. Den Alkoholgehalt der beiden Stammtischbrüder schätze Hansi spontan auf circa zwei Promille – pro Mann.

Die Scharnagls setzten sich in eine Nische und warfen einen Blick in die übersichtliche Speisekarte mit gerade mal vier Gerichten: Sülze, Wiener, Schnitzel und Gulasch. Bettina bestellte die Sülze in der Hoffnung, dass sie von einer Metzgerei zugekauft worden war. Denn die Köchin, die sie durch einen offenen Türspalt in der Küche sahen, hatte eine blutverschmierte Schürze umgebunden. Sogar Hansi, der in solchen Dingen hartgesotten war, verging der Appetit ein wenig. Da bestellte Bettinas Ehemann lieber auch die Sülze. Also zweimal Sülze und zwei Radler als Geburtstagsmenü anstelle von Maki-Sushi.

Überraschenderweise war die Sülze sehr angenehm im Geschmack und die Scharnagls unterhielten sich recht gut und angeregt. Hansi war beruhigt. Da öffnete sich die Tür zur Wirtsstube knarrend und zwei bekannte Gesichter betraten den Gastraum: Mandy Honegger in Begleitung von Xaverl Berger.

Den Scharnagls blieb der Mund offen stehen. Die eingebildete Mandy und der Dorfdepp Xaverl? Was war denn da los? Xaverl war augenscheinlich unglaublich stolz, mit Mandy unterwegs zu sein. Er strahlte über das ganze Gesicht. Fräulein Honegger genoss die Begleitung von Xaverl nicht so sehr, dem Gesichtsausdruck nach zu urteilen. Das ungleiche Paar sah die Scharnagls nicht, denn es war ziemlich schummrig im »Heilig Geist Stüberl«.

Hansi und Bettina waren gerade dabei, die Rechnung zu bezahlen, als die zwei neuen Gäste hereinkamen. Neugierig, wie Hansi halt war, konnte er es sich natürlich nicht verkneifen, beim Aufbruch noch ein paar Worte an seine Mitbürger aus Unterfilzbach zu richten.

»Ja Mandy! Xaverl! Ihr zwei? Hier?«

Mandy erschrak sich so sehr, dass sie ihre frische Halbe Bier über ihre gesamte Hose verschüttete, als sie Hansis Stimme hörte. Augenblicklich wurde sie feuerrot im Gesicht. Man konnte meinen, sie schämte sich in Grund und Boden.

»Ähm, ja. Hansi, grüß disch«, antwortete sie verlegen in astreinem Sächsisch.

»Ihr müsst die Sülze probieren, die kann man essen«, wollte Bettina dem Gespräch etwas Unverfängliches beisteuern.

»Ja, Hansi, da schaust, gell?« Xaverl leuchtete förmlich vor Stolz und Freude.

Bettina war die Situation sehr unangenehm, es schien, als wollten die beiden nicht zusammen gesehen werden. Zumindest Mandy wollte das ganz offensichtlich nicht, davon war Bettina überzeugt. Xaverl wohl eher schon.

»Dann wünschen wir euch noch einen schönen Abend.« Mit diesen Worten zog Bettina ihren Hansi in Richtung Ausgang und die Scharnagls fuhren nach Hause.

Diese Begegnung warf natürlich viele Fragen auf, die dem investigativen Bauhofdetektiv gleich durch den Kopf schossen: Warum war die schöne Mandy mit Xaverl unterwegs? Sie war eigentlich eher auf der Suche nach einem finanzkräftigen, am besten noch gut aussehenden Akademiker, quasi einem Single mit Niveau. Warum dann Xaverl? Nahm sie sich die Worte von Roman bei der Fastenpredigt so zu Herzen, dass sie nun mit dem Erstbesten anbandelte? Aber sie hätte bestimmt noch andere Männer haben können als ausgerechnet Xaverl.

Dass die scharfe Mandy dem Xaverl gefiel, war klar. Er hatte noch nie eine Freundin gehabt, soweit Hansi sich erinnern konnte. Er freute sich schon, mit *irgendeinem* Menschen weiblichen Geschlechts im Gespräch zu sein. Wahrscheinlich wäre er sogar stolz gewesen, wenn er mit der Hinkhofer Berta eine Sülze hätte essen dürfen.

Mandy und Xaverl waren Arbeitskollegen, okay. Aber nach einem Plausch unter Arbeitskollegen sah das nicht aus. Und warum gingen sie in diese Spelunke nach Fichtenberg? Sie hätten ja auch genauso gut in Unterfilzbach zum Dorfwirt gehen können. Wollten sie vielleicht, dass sie keiner sieht?

Hansi nahm sich vor, seine Begegnung im »Heilig Geist Stüberl« morgen gleich mit Sepp zu besprechen. *Der Wirtshausname passt ja zur Situation,* schmunzelte Hansi innerlich.

Bei Bettina wollte er heute nur noch Süßholz raspeln, nicht dass die Stimmung gleich wieder kippte. Schließlich war Hansi ja inzwischen ein erfahrener Ehemann. Als solcher wusste er nach fast fünfundzwanzig Ehejahren ganz genau, wann er bei bestimmten Gesprächsthemen in angespannten Situationen lieber vorsichtig sein sollte, also meistens jedenfalls. Heute konnte er sich sicher keinen Kommunikationsfehler mehr erlauben.

KAPITEL 7

Miss Dirndl

Die Frühlingssonne lachte, die ersten warmen Tage waren gekommen. Auch wenn es sogar im April manchmal noch ein paar Schneeflocken auf Unterfilzbach herunterschneien konnte, das Schlimmste hatten die fleißigen Schneeräumer vom Bauhof-Winterdienst überstanden. Bei den ersten Schneeflocken, die ab und zu schon im Oktober oder November fielen, war Hansi anfangs immer recht genervt, denn er wusste, viele kurze und eiskalte Nächte standen ihm bevor. Aber dann gewöhnte er sich recht schnell wieder an den Winter, vor allem an sein geliebtes kommunales Räum- und Streufahrzeug mit dem beeindruckenden Modellnamen »Snow Magic Hero 1000«. Hansi konnte mit Stolz behaupten, den größten Dienstwagen in ganz Unterfilzbach zu fahren.

Der »Hero 1000« war wirklich das Beste, was man im Moment auf dem Winterdienstfahrzeugmarkt bekommen konnte – also fast jedenfalls. Denn in der Nachbargemeinde Fichtenberg hatten sie sich den neuen »Snow Magic Hero 2000« angeschafft, das Nachfolgemodell. Da war Hansi schon manchmal ein wenig neidisch, um nicht zu sagen neiderfüllt. Aber er hatte inzwischen gehört, dass die neue Version gar nicht so viel besser war und manches nicht so gut funktionieren würde wie beim 1000er Hero. Da konnte der Scharnagl seine Schadenfreude nicht ganz unterdrücken.

Sein Arbeitsgerät wurde von November bis März quasi zu seinem Wohnzimmer. Er hatte es sich richtig häuslich eingerichtet. Neben seiner Massagesitzauflage, die fast durchgehend seinen Rücken massierte oder schüttelte, hatte er beispielsweise in der Mittelkonsole noch eine kleine Kühlschrankbox, die wahlweise auch als Wärmebox dienen konnte. Falls er zwischendurch mal unbedingt ein »Züngerl to go« von der Metzgerei Aschenbrenner benötigte, aber nicht gleich essen konnte, blieb es darin gut warm. Denn wenn man mal ehrlich war, gab es nix greisligeres als ein kaltes Lüngerl. Manchmal wurde ihm der eine Zigarettenanzünder, an den man diese Art von technischen Geräten anstecken konnte, zu wenig. Aber es gab leider bisher noch keine Mehrfach-Zigarettenanzünder. Oder doch? Das musste er direkt einmal im Internet recherchieren beziehungsweise von Indira recherchieren lassen.

Außerdem hatte er immer ein paar frische Socken sowie eine Zweitgarnitur an Handschuhen und Mütze dabei. Man konnte schließlich nie wissen. Ein kleines Notfallproviantpaket mit ein paar Süßigkeiten und einer Stange Hartwurst durfte natürlich auch nicht fehlen, das war eigentlich sogar das Wichtigste. Denn er wollte auf keinen Fall in Unterzucker fallen, das war für den Gourmet Scharnagl eine Horrorvorstellung. Bettina packte ihm zwar zusätzlich an jedem Vortag noch eine kleine »Pause« ein. Die war aber dann immer sehr gesund, so wie daheim das Essen halt auch. Deswegen war die Stange Hartwurst wirklich notwendig!

Ganz wichtig war natürlich auch noch seine Lieblingsmusik. Seine geliebte Helene-Fischer-CD lief letzten Winter in Dauerschleife. Diesen Winter war aber die neu erstandene Best-of-CD von Howard Carpendale seine bevorzugte Begleitmusik. Der Soundtrack dieses Räumwinters sozusagen.

»Samstagnacht« oder »Nachts wenn alles schläft« wurde von Howard bestimmt für genau solche Anlässe geschrieben, dachte Hansi oft, wenn er so durch die dunkle Nacht und romantisches Schneegestöber fuhr. Dann war Hansi in einer anderen Welt. So fühlte sich für ihn Freiheit an. Nur er, der Schnee, der Snow Magic Hero und Howie. Lauthals sang er die größten Carpendale-Hits mit. Die Straßen von Unterfilzbach gehörten nur ihnen beiden, Hansi und Howie. Einfach ein super Team.

Penibel achtete er auch darauf, dass ja kein anderer Kollege sein Fahrzeug fuhr, da war Hansi eigen. Er hatte dafür extra freiwillig die größte Räumroute übernommen. Der Winter war aber nun vorbei und der Snow Magic Hero ging in die wohlverdiente Sommerpause in der Bauhofmaschinenhalle.

So genervt Hansi am Anfang des Winters immer war, genauso wehmütig war er, wenn der Winter zu Ende ging. Aber der Frühling kam mit großen Schritten, und wenn die Vögel morgens schon zum Sonnenschein zwitscherten, freute er sich auch auf diese Jahreszeit, denn dann war es bis zur Grillsaison nicht mehr weit. Grillen auf seinem Hightech-Gasgrill war für Hansi das Größte.

Heute Morgen hatte Wiggerl einen recht erfreulichen Arbeitsauftrag für Hansi. Ein neuer Wanderweg rund um Unterfilzbach wurde konzipiert und von hoher Stelle gefördert. Da sagten die Unterfilzbacher nicht nein. Zum einen war es ja in Unterfilzbach und drumherum wunderschön, und zum anderen war eine Förderung ja eine erfreuliche Angelegenheit für die kommunale Haushaltskasse. Eine super Sache, denn es gab nicht nur Wege zum Wandern, sondern zwischendurch auch mal einen kleinen Spielplatz, besondere Sitzmöglichkeiten oder sogar ein beeindruckendes Kunstwerk. Auch »Kraftplätze« gab es dort wohl, aber Hansi wusste nicht genau, was damit gemeint war. Das Ganze war also mehr ein Erlebnispfad und sorgte für Abwechslung. Der einzige Haken daran war, dass der neue Wanderweg ein Gemeinschaftsprojekt zwischen Unter- und Oberfilzbach war. Aber wenn der Gemeinderat dagegen gestimmt hätte, wäre die Förderung gestrichen worden. Tja, da sprang man als Gemeinderat auch mal über seinen Schatten, trotz der jahrhundertelangen Feindschaft der beiden Dörfer.

Hansi war jetzt nicht unbedingt ein begeisterter Wanderer, höchstens ein Teilzeit-Spaziergänger. Deshalb war er auch nicht so wahnsinnig ortskundig in den Wäldern rund um sein Heimatdorf. Allerdings war der Wanderweg letzte Woche in der Filzerbacher Rundschau vorgestellt worden, und daher war er informiert. Die Bilder und die Beschreibung des Themenwanderwegs »Filzer Goldgräber Steig« beeindruckten Hansi sehr.

Gott sei Dank war er mit Günter zu diesem Arbeitsauftrag eingeteilt worden, denn Günter kannte sich bestens aus. Er wusste über jeden Weg, jeden Hügel, wahrscheinlich auch über jeden Stein und jeden Baum Bescheid. Zusammen mit seinen Hunden Lilly und Rosi war Günter stundenlang in den Wäldern unterwegs. Sommer wie Winter. Wenn es Bauhofarbeiten in den Wäldern gab, zum Beispiel eine Brücke, die repariert werden musste, ein paar umgestürzte Bäume oder eben einen neuen Wanderweg, der angelegt wurde, dann war Günter der richtige Mann dafür.

Seit Wochen schon wurde gemeinsam mit ein paar Waldarbeitern vom Forstamt, dem Wanderweg-Designer aus einer eigens dafür engagierten »Outdoor-Event-Agentur«, Günter und ein paar seiner Kollegen an der neuen Attraktion gebaut. Und heute waren Hansi und Günter beauftragt, die neuen Wegmarkierungen für den »Filzer Goldgräber Steig« zu montieren. Da konnte Hansi diese Besonderheit auch einmal erkunden. Dann war das geförderte Projekt fertig und konnte in ein paar Tagen von einigen großkopferten Politikern eingeweiht werden.

Ein paar alte Schilder aus früheren Tagen, die sicher für Verwirrung sorgen würden, hatten Sepp und Günter letzte Woche schon abmontiert. Deshalb war Hansi froh, dass er Günter dabeihatte, denn er allein würde die Beschilderung sicher nicht auf die Reihe bekommen. Auf den kleinen wendigen Unimog hatten sie ihre Schilder und das Werkzeug geladen und knatterten nun die alte Forststraße entlang. Die Pfosten waren auch bereits gesetzt worden, Gott sei Dank. Es fehlten also nur noch die Schilder.

Hansi war immer wieder erstaunt, wie schön es doch in seiner Heimat war. Jedes Mal, wenn er mit Günter unterwegs war, nahm er sich vor, öfter in den Wald zu gehen. Leider war er dann doch nicht immer motiviert genug, wenn das Wetter gerade passte. Aber diesen neuen Wanderweg wollte er sicher einmal mit Bettina abwandern. Fest vorgenommen!

Ohne Wanderkarte und GPS-Gerät montierten die beiden Schild um Schild an die Metallstangen. Hansi schlackerte wirklich mit den Ohren, wie gut Günter sich auskannte.

»Hierher kommt der Linkspfeil mit 10 Kilometer nach Unterfilzbach. Hansi, g'lang mir das mal her«, ordnete Günter an und Hansi gehorchte.

So lief das Ganze recht zügig und sie hatten bis zur Brotzeit schon ein Viertel des Weges beschildert. Deshalb machten sie auch pünktlich um halb zehn, wie es halt am Bauhof so üblich war, gemütlich Brotzeit. Vorausschauend hatten sie dafür noch vier Schinken-Käse-Semmeln und ein paar scharfe Knacker eingekauft. Sie suchten sich ein schönes Plätzchen auf einem kleinen Berg mit einer fantastischen Aussicht über den Bayerischen Wald. Letzte Schneereste konnte man hier und da in der Ferne noch erkennen, aber die Kraft der Natur ließ schon vereinzelt saftiges Gras sprießen. Auch die Bäume zeigten erste zarte Blätter. *Wirklich schee is bei uns dahoam,* dachte Hansi.

Auf ihrem Brotzeitplatzerl war eine große Bank aufgestellt. Eine sogenannte Baumelbank, die dem Benutzer das Gefühl geben sollte, er wäre als Kind auf einer Erwachsenenbank und konnte die Füße baumeln lassen. Das war wirklich ein entzückender Anblick, wie Günter und Hansi in ihren Latzhosen auf der Bank saßen, ihre Tupperboxen auspackten und mit den Füßen baumelten. Hatte fast etwas von Spielplatzbuben. Eine besondere Stimmung, die Hansi sehr ruhig und nachdenklich werden ließ. Seine Gedanken schweiften ab und endeten, wie so oft in letzter Zeit, beim vermissten Roman Groß.

»Du, Günter? Kannst du dir erklären, wo der Roman wohl hin ist?«, fragte Hansi nachdenklich.

Günter antwortete nicht gleich. Erst nach etwa einer halben Minute sagte er mit ernster Stimme: »Also mir fehlt er nicht. Er war kein guter Mensch.«

Es war hinlänglich bekannt, dass der Filialleiter der Bank in vielerlei Hinsicht umstritten war. Jedoch redete Günter fast so, als ob es Roman gar nicht mehr geben würde. Bisher war ja immer noch nicht klar, ob er verschwunden, untergetaucht oder ob ihm etwas zugestoßen war.

»Meinst du, er ist nicht mehr am Leben?«, bohrte Hansi nach.

Wieder schwieg sein Kollege eine Zeit lang. »Was weiß denn ich, Hansi. Aber ich kann dir sagen, es ist mir auch wurscht. Von mir aus ist er in den Filzbach gefallen und ersoffen.«

Das ist schon hart, dachte Hansi. Auch wenn Roman nicht unbedingt Hansis Freund war, ein Unglück wünschte man eigentlich keinem. Gerade fiel ihm wieder ein, dass Günters Tochter eine Ausbildung in der Bank begonnen hatte. Allerdings hatte sie diese unterbrochen, weil sie, dem Dorfklatsch nach, krank wurde und in eine Spezialklinik kam.

»Ist es wegen Vanessa?«, fragte Hansi jetzt vorsichtig.

Indira war ungefähr im selben Alter wie Vanessa. Sie hatten den gleichen Freundeskreis und daher wusste Hansi, dass Vanessa an Magersucht erkrankt war. Antonia, Indiras beste Freundin, arbeitete gemeinsam mit Vanessa in der Bank. Antonia wohnte ja zeitweise quasi schon fast bei den Scharnagls, deshalb bekam das auch Hansi mit, wie schlecht Vanessa behandelt worden war. Roman hatte wohl in Vanessa sein Lieblingsopfer gefunden. Vor allem über ihre Figur musste sich das arme Mädchen die schlimmsten Witze von ihrem Chef anhören. Obwohl Hansi fand, dass Vanessa ein bildhübsches Mädchen war.

»Weißt du, Hansi, wenn man Kinder hat, dann will man immer, dass es ihnen gut geht. Das weißt du ja, wie das ist, du bist doch auch Vater. Wenn dein Kind traurig ist, dann leidest du mindestens genauso. Vanessa war ein so fröhliches Mädchen. Sie hat so viel g'lacht und war ein wahrer Sonnenschein. Bis sie dann diese Lehre angefangen hat.« Günters Augen verengten sich und seine Stimme klang unendlich traurig.

»Was ist denn da passiert? Indira hat mal was angedeutet, aber genau wusste sie es auch nicht«, versuchte Hansi seinen Freund zum Reden zu animieren. Sicher würde es ihm guttun, wenn er sich einmal alles von der Seele redete. Bettina sagte immer, alle Sorgen müssen raus, sonst fressen sie die Seele auf.

Lange blickte Günter ins Leere. Seit der skandalösen Fastenpredigt vor fast zwei Monaten war Günter sehr still geworden. So kannten ihn seine Kollegen gar nicht. Er war früher sehr ausgeglichen gewesen und konnte sogar richtig zünftig sein. Aber irgendwas war mit ihm passiert.

»Sabine und ich haben so lange versucht, ein Kind zu bekommen. So viele Tiefschläge haben wir über die Jahre durchgemacht, aber wir haben uns das so sehr gewünscht. Und dann kam Vanessa. Es war wie ein Wunder. Sie war so schön, so gesund und so fröhlich. Wir waren eine richtig glückliche Familie. Vanessa war gut in der Schule, hatte Freunde und auch viele Hobbys. Gut, sie war nicht unbedingt die Schlankeste. Sabine umsorgte sie immer sehr gut. Aber das war ja egal, Hauptsache gesund und glücklich. Für mich war sie das hübscheste Kind der Welt«, erzählte Günter. Seine Augen füllten sich dabei mit Tränen und ein tiefer Seufzer unterbrach seine Erzählung. »Dann fing sie ihre Lehre an. Wir dachten uns, das ist ein solider Beruf, das passt. Außerdem war es ja ein Glücksfall, dass sie eine gute Lehrstelle direkt in unserem Dorf bekommen hat. Aber dieser Groß, der Depp …« Wieder musste Günter unterbrechen. Die Tränen liefen ihm übers Gesicht.

Hansi tat sein Freund so leid, auch er musste schon mit den Tränen kämpfen. Denn empathisch war er schon, der Scharnagl, vor allem, wenn es um Kinder ging. Außerdem war Hansi sehr nah am Wasser gebaut.

Günter holte tief Luft. »Roman hat sich immer lustig gemacht über Vanessa. Sie musste sich die schlimmsten Sprüche über ihren Körper anhören. Von Anfang an. Für ein Mädchen in der Pubertät ist das die Hölle. Sie war so euphorisch, als sie ihren ersten Arbeitstag hatte, das weiß ich noch ganz genau. Dann wurde sie aber immer stiller, von Tag zu Tag. Lange hat sie nicht mit uns darüber geredet, erst als wir gemerkt haben, wie sehr unsere Kleine in kurzer Zeit abgenommen hat. Sie hat quasi gar nichts mehr gegessen. Das ging alles so schnell. Innerhalb von drei Monaten war sie nur noch Haut und Knochen und wurde immer trauriger. Weißt du, wie das ist, Hansi? Du siehst dein Kind, wie es regelrecht verschwindet, und kannst nix tun. Das war die Hölle. Wir wussten nicht mehr, was wir machen sollten. Die einzige Rettung war eine Spezialklinik, in der sie behandelt wurde. Sie lernte wieder zu essen, ihren Körper zu akzeptieren, und langsam ging es bergauf. Sie fühlte sich sogar stark genug, um bald wieder in der Bank zu arbeiten. Wobei ich das eigentlich nicht gut fand. Sie sollte ihm nicht mehr ausgeliefert sein, diesem Deppen. Aber Vanessa war fest entschlossen, nach der Reha wieder anzufangen. Deshalb ist sie auch mit zum Starkbierfest gegangen, als sie auf Heimatbesuch da war. Und dann kam diese Fastenpredigt von diesem Arschloch. Verstehst du, Hansi!? Ich muss sie doch beschützen. Sie ist ja mein Kind! Ich bin doch ihr Vater. Väter beschützen!« Günter brach nun völlig zusammen. Er weinte bitterlich. Das gestandene Mannsbild kauerte sich auf der »Baumelbank« zusammen und schluchzte herzergreifend.

Oh Gott! Was hatte Hansi da angerichtet? Er wollte doch nur, dass sich Günter einmal so richtig aussprechen konnte. Hansi dachte wirklich, es würde ihm guttun. Aber nun hatte Günter offensichtlich einen Nervenzusammenbruch. Hansi legte den Arm um seinen Kollegen. Er wusste sonst nicht, was er tun sollte. Was sollte er sagen? Wie konnte er ihn trösten?

Günter zitterte richtig. So saßen sie da noch eine ziemlich lange Zeit und schwiegen beide traurig vor sich hin. Irgendwann sah Hansi auf die Uhr und war erschrocken, dass es schon so spät war.

»Oh leck! Günter, es ist schon fast zwölf Uhr. Wir müssen weitermachen. Der Wiggerl flippt aus. Am Montag ist doch die Begehung. Da kommen die hohen Herren samt Minister und schauen den Weg an.« Hansi geriet regelrecht in Panik.

»Oh, Kruzifix. Ja, Hansi, du hast recht«, erschrak nun auch Günter, der immer noch nicht ganz erholt wirkte.

Zurück beim Unimog fiel Hansi auf, dass es Günter gar nicht gut ging. Er war ein wenig wie in Trance. Das Gespräch hatte ihn sehr mitgenommen. Hansi hatte ein verdammt schlechtes Gewissen. Leider war dann mit dem Unterfilzbacher Wandergott nichts mehr anzufangen. Er war sich bei keinem Schild mehr sicher, ob es auch an der richtigen Stelle angebracht wurde. Günter war alles egal.

Hansi versuchte sich zu konzentrieren. Im Gegensatz zu Günter war er aber leider eben kein ortskundiger Waldkönig. Ihre Arbeit, also das weitere Markieren des neuen Wanderweges, gestaltete sich recht chaotisch.

»Günter, welches Schild kommt hierher?«, fragte Hansi vorsichtig bei jeder Halterungsstange.

Aber der arme, verzweifelte Günter antwortete in fünf von sechs Fällen nur mit: »Ich weiß ned, Hansi. Häng hin, was du meinst.«

Hansi rotierte. *Er* sollte das jetzt wissen? Langsam kam er echt ins Schwitzen. Woher sollte der Spaziergänger Scharnagl wissen, wie viele Kilometer es von hier nun zur nächsten Berghütte waren? Und vor allem, in welche Richtung man laufen musste?

Verdammt, verdammt!

Irgendwann hatten sie dann endlich alle Schilder aufgehängt. Zumindest war keines mehr auf der Unimog-Ladefläche. Hansi hatte ein ganz schlechtes Gefühl. Sie waren über der Zeit, es war bereits zehn Minuten nach Feierabend. Wiggerl funkte schon über den Bauhoffunk wie ein Verrückter.

»Günter, Hansi?« *Rauschen.* »Wo seid's ihr denn?«, hörte man ihren Chef alle zwei Minuten. Sie hatten nicht geantwortet, denn Günter wollte auf keinen Fall, dass sein Zusammenbruch publik wurde.

Dann fing Wiggerl auch noch zu fluchen an. »Herrschaftszeiten, Kruzifix noch a mal. Jetzt geht's doch endlich mal ans Funkgerät.« *Rauschen.* »Oder is euch was passiert? Haaaallooooo«, dröhnte es mit einem Pfeifen aus dem Funkgerät.

Als Nächstes würde Wiggerl mit Sicherheit gleich die Bergwacht verständigen, da konnte Hansi nicht mehr anders und antwortete lieber vorher. »Wiggerl, passt schon. Alles gut. Wir kommen jetzt zum Bauhof. Wir sind schon fertig. Mach halt ned immer so ein Drama«, beruhigte er seinen Chef.

In dieser Nacht schlief Hansi ganz schlecht. Der arme Günter ging ihm nicht mehr aus dem Kopf. Aber wer konnte es ihm verdenken? Jeder, der Kinder hatte, konnte diese Wut und diese Traurigkeit verstehen. Aber dann kam ihm ein Gedanke, der ihn noch mehr aufwühlte. Konnte am Ende Günter etwas mit Romans Verschwinden zu tun haben? Wäre sein Freund zu so etwas fähig? Verzweifelt genug wäre er vielleicht sogar gewesen. Vielleicht war er deswegen so verändert?

Dann kam ihm plötzlich noch mal ein ganz anderer Gedanke in den Sinn. Ob auch wirklich jedes Schild am richtigen Pfosten hing? An Schlaf war wirklich nicht mehr zu denken!

Am nächsten Morgen war Hansi wie gerädert. Er war sowieso eher ein Morgenmuffel. Und ohne Schlaf erst recht. Gott sei Dank war heute Freitag, ein kleiner Trost für den schlecht gelaunten Hansi. Beim morgendlichen Blick in den Spiegel stellte er zu allem Übel auch noch fest, dass sich seine ehemalige Haarpracht wirklich täglich mehr verabschiedete. Das war schon eine schwere Erkenntnis für sein Männerego. Graue Haare sollen ja sexy wirken, hatte er letztens beim Zahnarzt in einer Frauenzeitschrift gelesen. Aber eine Glatze? Ob das sexy war?

Ein paar Resthaare hatte er ja noch. Eigentlich ja einen ganzen Kreis voll. Einen Haarkranz, sozusagen. Vielleicht konnte man damit ja noch was anfangen, grübelte er. Irgendwie anders kämmen oder so? Vielleicht sollte er einmal Isabelle fragen? Aber heute war keine Zeit, um darüber nachzudenken, er war spät dran, sehr spät sogar.

Es war der Tag des großen »Einwinterns«. Alle Wintergerätschaften wurden sauber gemacht, gewartet oder repariert und dann im Lager und in der Fahrzeughalle eingelagert. Solche Tage mochte Hansi eigentlich, denn da waren fast alle Kollegen beisammen und sie hatten meistens »a rechte Gaudi und a Boiz«, was so viel bedeutete, wie eine Menge zu lachen. Aber Hansi war heute schlecht gelaunt, trotz der anstehenden Gruppenarbeit.

»He, Hansi«, empfing ihn Martin schon, als er seine Stempelkarte in die Zeituhr steckte. »Dei Große is aber wirklich a scharf's Luder, a so a Matz«, rief Martin seinem Kollegen zu und wedelte dabei mit der Filzbacher Rundschau.

Hansi verstand nicht, was er damit sagen wollte, es war ihm auch in diesem Moment ziemlich egal. Erst als er bei der Brotzeit die heutige Zeitung durchblätterte, weil er sie zu Hause aus Zeitgründen nicht mehr lesen konnte, fielen ihm fast die Augen heraus. Die Kandidatinnen der Miss-Dirndl-Wahl wurden vorgestellt. Hansis Tochter Isabelle strahlte ihn mit einem unglaublich aufreizenden Lächeln und einem noch unglaublicheren Dekolleté aus dem Lokalteil an. In einer schon fast anrüchigen Pose wurde sie da abgebildet und das konnte heute der ganze Landkreis sehen. Das Bild war sehr lasziv gestellt. Mit gespreizten Beinen, ihre Ellbogen auf ihren Oberschenkel gestützt und mit nach vorn gebeugtem Oberkörper saß sie auf einem kleinen Felsen und hielt ihr Dekolleté in die Kamera. Man befürchtete – oder hoffte, je nachdem –, dass die Knöpfe der Dirndlbluse nicht mehr lange halten würden. Gut, dass wenigsten ihr Dirndlrock über ihre Oberschenkel hing, dann war wenigstens untenrum nicht so viel Haut zu sehen. Aber das war eher subtile Erotik, ärgerte sich Hansi ein wenig. Er wollte sich gar nicht vorstellen, welches Kopfkino bei manchen Männern bei diesem Anblick seiner Tochter losging. Den Redakteuren gefiel das Bild wohl auch am besten, denn die weiteren Kandidatinnen waren unterhalb in nur kleinen Porträtbildchen abgelichtet. Für die Augen eines Vaters war das eindeutig zu sexy, seine Tochter so zu sehen.

Isabelle hatte sich also für die Wahl beworben. Aha. Darüber hatten sie nicht mehr gesprochen, aber sie war ja alt genug. Und sehr spontan. Zu Recht war Hansi stolz auf seine hübsche Tochter, aber musste es denn gleich so aufreizend sein? Seinen Kollegen gefiel das Bild offensichtlich sehr gut, aber Isabelle war ja schließlich auch nicht ihre Tochter. Wer weiß, wie Hansi an ihrer Stelle gedacht hätte.

Neben der hübschen Scharnagl-Erstgeborenen war noch eine weitere Bewerberin aus Unterfilzbach im Finale dabei: Mandy Honegger. Hübsch war auch sie, keine Frage. Aber ob eine Sächsin für das Amt einer Miss Dirndl geeignet war? Jedenfalls schien es eine spannende Wahl zu werden. Hansi wollte natürlich am morgigen Samstag beim Dorfwirt mit dabei sein.

Hansis Laune besserte sich langsam, obwohl ihn die blöden Sprüche seiner Kollegen über seine sexy Tochter innerlich beben ließen. Aus dem alten Radio dröhnten Schlager, die Sonne lachte und die Männer erzählten sich den neuesten Klatsch aus dem Dorf und die schmutzigsten Witze vom Stammtisch. Nur einer war wieder sehr leise und still: Günter.

Hansi wusste nicht, ob er mit ihm noch mal über den gestrigen Tag sprechen sollte. Vielleicht wollte Günter jetzt ja seine Ruhe vor ihm haben. Er versuchte sich seinem Kollegen gegenüber ganz normal zu verhalten, ab und zu lächelte er ihm aufmunternd zu. Durch Zufall trafen Hansi und Günter im Zuge des »bauhöflichen Frühjahrsputzes« einmal allein in der Werkstatt aufeinander. Anscheinend hatte Günter auf diese Gelegenheit gewartet, denn er sprach Hansi gleich an.

»He, *gsst,* Hansi, du, das von gestern, gell … da sags't zu keinem was. Das muss keiner wissen. Gell, Hansi?«, flüsterte Günter ein wenig nervös.

Aber Hansi beruhigte seinen Kollegen natürlich gleich. »Ja freilich, Günter, is eh klar. Da kannst dich auf mich verlassen.«

Daraufhin wurde Günter ein wenig lockerer, das freute Hansi, denn er konnte wirklich mitfühlen.

Tags drauf stand auch schon das große Finale der Miss-Dirndl-Wahl an. Die gesamte Familie Scharnagl war natürlich gespannt und betrat die »Eventlocation«, wie Indira es nannte. Ihr Vater schimpfte wieder einmal über diese neudeutschen Wörter und gebrauchte eher die Bezeichnung Dorfwirtssaal.

Hansi hatte sich heute, dem Anlass entsprechend, extra in seine alte Lederhose gezwängt, die er von seinem Großvater – Gott selig – vererbt bekommen hatte. Gut, dass sie sich bei längerem Tragen immer ein wenig dehnte, denn sonst könnte er das frische Spanferkel nicht essen, das der rührige Dorfwirt Herbert auf der Speisekarte anbot. Dazu musste er aber noch ungefähr eine Stunde warten, dann war die Hose hoffentlich um eine Portion dieses köstlichen Gerichts weiter. Hansi hatte nämlich schon einen Mordshunger.

Isabelle hatte sich spontan auf den letzten Drücker noch zur Wahl angemeldet, kam prompt in die engere Auswahl und hatte natürlich für ihre Familie und Freunde Karten besorgt. Sie war sehr unaufgeregt, regelrecht cool. Bettina fragte sich schon, ob sie auch den nötigen Ehrgeiz für diesen Contest mitbrachte. Aber ihre einzigen Beweggründe waren die 500 Euro Preisgeld und die zwei Luxusdesignerdirndl für die Gewinnerin. So war Isabelle, sie wusste, wie sie auf andere wirkte, da brauchte sie keine Bestätigung durch eine Miss-Wahl. Außerdem war sie ja quasi im »Aufbaustudium« zur Make-up-Artistin, da konnte sie jeden Cent gebrauchen.

Ganz anders war dagegen Mandy Honegger. Obwohl sie versuchte, siegessicher aufzutreten, wirkte sie recht angespannt. Seit Hansi diese eigenartige Begegnung mit Mandy und Xaverl letztens in Fichtenberg hatte, beobachtete er die Sächsin immer ein wenig genauer. Dieses Aufeinandertreffen vor ein paar Tagen war doch zu seltsam gewesen.

Der Saal beim Dorfwirt war gesteckt voll. Dicht an dicht gedrängt saß oder stand das bunt gemischte Publikum. Aus halb Niederbayern waren sie angereist. Das Interesse war offensichtlich riesig. Die Motivation nach jeweiligem Geschlecht wohl aber unterschiedlich. Die Frauen kamen vermutlich vordergründig wegen der neuen Dirndlkollektion, die Männer wahrscheinlich wegen der Dirndlblusen beziehungsweise deren Inhalten.

Bettina beobachtete das wuselige Treiben vor Ort belustigt. Einige der Finalistinnen hatten ihren eigenen Fanclub mitgebracht. Mit Bannern und Plakaten zeigten sie, für welche Kandidatin ihr Herz schlug. Auch die Freunde und Arbeitskolleginnen von Isabelle standen dem in nichts nach, sie machten sich einen Spaß daraus. Auf einem großen ehemaligen Bettlaken stand in großen Lettern und mit unzähligen Krönchen dekoriert:

Fast so berühmt wie der Turm von Pisa
Miss Dirndl wird nur unsere schöne Isa

Sie hatten wohl schon ein wenig vorgefeiert, denn die Truppe war in bester Laune und grölte bereits Siegeshymnen auf ihre Favoritin. Fast erinnerte Bettina der »Fanblock« ein wenig an die Fußballspiele des TSV Unterfilzbach.

Als Vorband spielten wieder einmal die »Filzbacher Spatzen«. Die drei waren einfach immer ein Garant für gute Stimmung, man konnte sie zu fast jedem Event mit bajuwarischem Hintergrund als »Anheizer« einsetzen.

Die gespannte Aufregung im Saal stieg langsam. Gleich musste es losgehen. Fünf junge hübsche Damen waren in die engere Auswahl gekommen. Natürlich kam keine davon allein zu dem wichtigen Ereignis, außer vielleicht Mandy. Sie hatte irgendwie niemanden, der sie unterstützte. Lediglich Xaverl war im Publikum. *Vielleicht ist er ihre Begleitung?,* überlegte Bettina, als sie ihn erblickte. Ein paar aufgeregte Freundinnen, Schwestern, Freunde, Mütter und sonstige Begleiter der Finalistinnen huschten durch den Raum. Sie brachten ihren zu betreuenden Kandidatinnen noch schnell neue laufmaschenfreie Strumpfhosen, Haarnadeln oder Baldrian. Auch Isabelle hatte eine mitfiebernde Mutter dabei. Bettina schaute natürlich vorher auch noch mal schnell in der Garderobe vorbei, um ihrer Tochter Mut zuzusprechen. Jedoch stellte sie rasch fest, dass Isabelle das gar nicht nötig hatte. Isa saß ziemlich locker in der Umkleide hinter der Bühne und öffnete gerade eine Flasche Prosecco, als Bettina in das doch recht kleine Kammerl kam.

»Mei Mama, servus. Magst auch ein Glaserl?«, rief sie Bettina beschwingt zu.

»Aber Isa, du kannst dich doch jetzt nicht vorher betrinken? Du musst ja noch ein paar Aufgaben bewältigen«, sorgte sich Mama Scharnagl.

»Ach geh. Des passt schon. Ich wollt ja nur meine Kolleginnen ein bisserl beruhigen. Schau dir das mal an, wie die hier alle hysterisch durch die Gegend hüpfen. Prost Mädels! Trinkt's mal was zum chillen.« Isabelle lachte tiefenentspannt.

Und wirklich, ein Gegacker war das in der Umkleide wie bei den Hühnern vom Huberbauern. Die restlichen vier Kandidatinnen föhnten, schminkten und zupften an sich herum, was das Zeug hielt.

»Ja grüüüüüß disch, Beddiina. Schön, dass ihr och n'übergemacht hobt«, schallte es vom Schminkspiegel zu Bettina herüber.

Ah ja, da schau her. Die Mandy. Die eingebildete Sumpfschnepfe, dachte sich Frau Scharnagl und lächelte ihr freundlich zu.

Beim Wettbewerb bekamen die Kandidatinnen verschiedene Aufgaben gestellt. Dazu mussten sie jeweils in einem anderen Dirndlmodell aus der neuen Frühjahrskollektion auf die Bühne. Der Chef der Trachtenfabrik, Eduard Mies, hatte ihnen dafür die schönsten und teuersten Stücke in die

Garderobe gehängt. Bettina fiel zum ersten Mal auf, dass der Name des Labels eigentlich gar nicht so glücklich gewählt war. Sicher hatte der Mies Edi keinen so guten Marketingspezialisten erwischt, denn unter »MiesE Trachten« stellte man sich vielleicht beim ersten Hören nicht gerade die allerschönsten Dirndl vor. Aber was wusste sie schon von Marketing, dachte sich Bettina und vergaß den Gedanken schnell wieder. Sie drückte ihre Tochter noch einmal aufmunternd und sagte dabei: »Also mein Scheisserl, ich wünsch dir ganz viel Glück!«

»MAMA! Bitte nicht in der Öffentlichkeit.« Die coole Isa war jetzt doch ein wenig peinlich berührt, denn die anderen Finalistinnen hörten natürlich die mütterlichen Worte und lächelten hämisch.

Daraufhin ging Bettina wieder zurück in den Saal, denn jetzt fing das Spektakel gleich an.

Die »Filzbacher Spatzen« spielten einen lauten Tusch und Eduard Mies betrat die Bühne. Er ließ es sich nicht nehmen und moderierte den Abend gleich selbst, der Chef höchstpersönlich. Man sah ihm bei seinem Hechtsprung auf die Bühne sofort an, dass er bis in die Haarspitzen motiviert war.

»Servus miteinand' und a sakrisches Griaß euch Gott hier im schönen Dorfwirtssaal beim Herbert und der Babsi. I g'frei mi narrisch!«

Hansi und Bettina sahen sich wortlos an und lachten beide laut los. Der Mies Edi war einfach zu komisch da oben. Wie Karl Moik beim Musikantenstadl in seinen besten Zeiten. Absolut übertrieben, ganz untypisch niederbayerisch, aber sehr unterhaltsam. Mit einem sehr gekünstelten Bayerisch stellte er die Jury vor und drehte sich mit vollem Körpereinsatz schwungvoll über die Bühne.

Der besagten Jury gehörten zwei Unterfilzbacher A-Prominente an: Bürgermeister Brunner und Pfarrer Birnböck. Außerdem komplettierte das Gremium die Chefdesignerin der Firma »MiesE Trachten«, Carmen Rodriguez. Wie der Name schon vermuten ließ, war Señora Rodriguez eine waschechte Spanierin, die bayerische Dirndl designte. *Na prima,* dachte sich Hansi. Ein schönes Trio, wie sie da alle drei auf der Bühne saßen. Der Abend versprach recht lustig zu werden.

Die Kandidatinnen wurden vom beschwingten Moderator auf die Bühne gerufen. Für diesen Durchgang hatten sie ein leichtes Sommerdirndl angezogen. Diese Modelle trägt man ohne Bluse, erklärte Carmen Rodriguez. Entsprechend üppig und freizügig kamen auch die fünf Dekolletés zur Geltung. Es sollte eine luftige Alternative zum Sommerkleid sein, referierte die Chefdesignerin. Tosender Applaus erfüllte den Saal.

Geh leck! So saubere Deandl in den Dirndln, dachte sich Hansi, was so viel bedeutete wie *Der Wahnsinn, was für hübsche Mädchen doch in den Dirndlkleidern stecken.* Neben den bekannten Gesichtern – seiner Tochter Isa mit der Startnummer drei und Mandy als Startnummer eins – entdeckte Hansi auch eine dunkelhaarige Schönheit, die er irgendwoher kannte. Er wusste nur nicht woher. Die Kandidatin mit der Zwei musste er schon irgendwo einmal gesehen haben, grübelte der Bauhofangestellte in der zu engen Lederhose. Es machte Hansi immer fuchsteufelswild, wenn er etwas ganz genau wusste, sich aber ums Verrecken nicht daran erinnern konnte.

Bei der ersten Aufgabe sollten die fünf Damen jeweils vier gefüllte Maßkrüge über die Bühne tragen, was gar nicht so leicht war. Denn ein Maßkrug wog in leerem Zustand schon einmal ein Kilo und dreihundert Gramm, dazu noch ein Liter

Bier und alles zusammen dann mal vier. Da war ordentliches Gewicht zu schleppen. Dabei sollten die Damen natürlich auch noch entzückend lächeln und entspannt aussehen.

So manch einer Kandidatin war die Anstrengung – vielleicht auch die Aufregung – schon an den Schweißflecken unter den Achseln anzusehen. Für die leichten luftigen Sommerdirndl war das irgendwie keine gute Werbung. Denn schwitzen konnte man im Sommer durchaus manchmal, auch im Sommerdirndl. Außerdem schwappten die gut gefüllten Bierkrüge bei mancher Bewerberin über das Sommerdirndl-Dekolleté. Hansi junior witzelte dabei, ob heute vielleicht auch die »Miss Wet Dirndl« gekürt wurde. Mandy war ziemlich biergebadet nach dem ersten Durchgang, dieser Titel wäre ihr sicher gewesen. Isabelle meisterte die Sache hingegen gut und Familie Scharnagl samt Isa-Fanclub jubelte.

Als Nächstes folgte ein Wissensquiz im traditionellen Dirndl. Frau Rodriguez hatte, sehr zu Hansis Entsetzen, diese Kollektion »Good Old Bavarian Style« getauft. Das Quiz selbst, fand Hansi, war eine richtig gute Sache. Denn dabei wurde wirklich Wert auf Fachwissen gelegt. So was sollte eine »Miss Dirndl« schon draufhaben. Er konnte sich nämlich immer furchtbar aufregen, wenn die Ausländer – inklusive der Preußen – eine Tracht als eine Art Kostüm oder Verkleidung verstanden. Besonders schlimm fand es Hansi, wenn sich die »Unwissenden« mit diesen »Pornodirndl« oder den »Plastiklederhosen« für das Oktoberfest oder sonstige Volksfeste eindeckten. Eine richtige Tracht war viel mehr und ein stilvolles Auftreten sollte damit schon gewährleistet sein. Damit setzte der echte Bayer ja auch quasi ein Statement.

Man konnte zum Beispiel sehen, woher der jeweilige Trachtenträger kam. Jede Region Bayerns hatte ihre typischen

Merkmale. Wenn der Trachtler beispielsweise eine Tegernseer- oder eine Gäubodentracht trug – zack, wusste man Bescheid. Vorausgesetzt, man wusste, wie eine Gäubodentracht aussah.

Oder das sensible Thema Gamsbart. Da stellte es Hansi ja immer die Haare auf – früher zumindest, als er noch genügend hatte –, wenn er Leute mit Gamsbart sah, die gar nichts darüber wussten. Einen Gamsbart würde ein Niederbayer niemals tragen, denn in Niederbayern gibt es keine Gams. Das lag daran, dass es da auch keine Alpen oder anderes Hochgebirge gab, was ja der natürliche Lebensraum der Gämse ist. Den niederbayerischen Trachtenhut zierte vielleicht mal die Feder eines Erpels oder die eines Eichelhähers, die gab es in Niederbayern, aber sicher keine Gams.

Hansi war ein stolzer Bayer, der zu seinen Wurzeln stand. Bis zu einem gewissen Grad war er modisch tolerant, aber das hatte auch seine Grenzen. Regelmäßig zur beginnenden Volksfestsaison gab es im Hause Scharnagl recht hitzige Diskussionen darüber, dass man auf keinen Fall Turnschuhe zum Dirndl anziehen könne. Indira war da absolut anderer Meinung. Bettina lachte inzwischen darüber, aber so war er halt, ihr Bärle. Traditionsbewusst und zumindest beim Thema Tracht sehr konservativ.

Nach einem Pausenjodler der »Filzbacher Spatzen« betraten die Miss-Dirndl-Anwärterinnen wieder die Bühne. Wenigstens waren die Dirndl aus der Reihe »Good Old Bavaria« ohne Mords-Glitzerzeugs und in angenehmen Farben gehalten, stellte Hansi beruhigt fest. Der »MiesE«-Moderator erklärte äußerst ausführlich und gewohnt beschwingt die Regeln des Wissensquiz. Mandy wurde plötzlich recht blass. Dadurch vermutete Bettina, dass sie sich wohl nicht gut vorbereitet hatte. Obwohl Isabelle erzählt hatte, dass diese Aufgabe den

Teilnehmerinnen als einzige bekannt war. Somit hätten sie sich vorbereiten können.

Es wurden drei Fragen zum Thema Tracht gestellt und die schnellste Antwort bekam einen Punkt. Showmaster Mies räusperte sich, bevor er loslegte.

»Also, meine Damen, seids g'schickt? Frage Nummer eins: Wo muss die Schleife der Dirndlschürze gebunden sein, damit man erkennt, ob's ihr noch einen Mann sucht's?«

»Links!«, rief Isa wie aus der Pistole geschossen.

Applaus.

»Ja super. Ganz sauber. Hervorragend«, freute sich der Trachtenchef. »Dann mach ma gleich weiter. Achtung, aufgemerkt! Frage Numero due: Welcher sagenumwobene bayerische König wurde auch der Trachtenkönig genannt? Ein kleiner Tipp: Er unterstützte die allerersten Trachtenvereine in Bayern. Na, wisst ihr's?«

Mandy hatte offensichtlich überhaupt keine Ahnung, von was der Moderator sprach. Die anderen Kandidatinnen überlegten angestrengt.

»Sagenumwoben? Dann kann das ja nur König Ludwig II. gewesen sein. Stimmt's?«, sprach nun Kandidatin zwei. Hansi rätselte erneut, woher er diese Dame kannte. *Zefix!*

»Jawoi! Sauber, sag i. Ganz, ganz wunderbar«, jubelte Edi Mies wiederholt. »Unser Kini hat damals die ersten Trachtenvereine in Bayern unterstützt und auch selber manchmal eine Krachlederne getragen.« Erneut applaudierte das Publikum.

»Dann pack mas, auf geht's zur letzten Frage. Also auf'passt die Damen! Frage Nummer drei: Was versteht man unter dem Begriff *Froschgoscherl?*«

Man konnte förmlich die »rauchenden Köpfe« auf der Bühne sehen.

»Ah, ich weiß'«, freute sich Isabelle. »Meine Oma hat mir das mal erklärt. Das sind die kleinen Rüscherl um den Ausschnitt an der Brust am Dirndl.« Dabei streckte Isa ihren Busen nach vorn zum Publikum, zur besseren Veranschaulichung.

Edi war begeistert. »Jawohl! Also du bist ja ganz a G'scheide mit ganz hervorragenden Froschgoscherln.«

Isabelle heimste also bei diesem Spiel zwei Punkte ein. Natürlich waren die Besucher überwiegend aus Unterfilzbach und sie johlten über den Erfolg ihrer Lokalmatadorin.

Die arme Mandy war nun leider nicht mehr so siegessicher in ihrem Auftreten. Entweder ärgerte sie sich über sich selbst oder sie war wütend, weil sie sich als Sächsin benachteiligt fühlte, analysierte Hansi ihren Gesichtsausdruck.

Die Finalistinnen verließen die Bühne mit der Aufgabe für den nächsten und letzten Durchgang. Sie sollten innerhalb von zwanzig Minuten einen kleinen Werbeslogan für die Firma »MiesE Tracht« schreiben. Auf Bayerisch selbstverständlich. Außerdem mussten sie sich noch in die Brautdirndl werfen und sich als Braut zurechtmachen. Dementsprechend hektisch stöckelten die Damen in Richtung Garderobenkammerl. Gefolgt von den zwei Herren aus der Jury, die diese Kreativaufgabe überwachen sollten. Man dachte sich wohl, einen Pfarrer konnte man getrost in eine Damengarderobe schicken. Den Bürgermeister hatte man bei dieser Überlegung aber anscheinend außer Acht gelassen. Sichtlich erfreut machten sich Bürgermeister Brunner und Pfarrer Birnböck auf zur Umkleide. Der überschwängliche Edi erklärte noch mal, dass dies nun die wichtigste Aufgabe wäre. Jetzt gehe es um die Krone. Gewertet würden nun Kreativität, Persönlichkeit, Ausstrahlung und natürlich das Aussehen. Jetzt konnten die Damen das Ruder noch herumreißen und um den Titel kämpfen.

Die schneidigen Männer der »Filzbacher Spatzen« kamen wieder ins Rampenlicht, um die Umziehpause mit bayerischem Liedgut zu füllen.

In der Garderobe ging es hektisch zu. Gleichzeitig wurde ausgezogen, angezogen, frisiert und neu geschminkt. Außerdem dichteten und reimten die Fast-Missen wie wild. Der pure Stress für die Damen. Bürgermeister und Pfarrer überwachten diese Aufgabe sehr gewissenhaft. Beide standen mit einem überbreiten Grinsen in der Garderobe und beobachteten mit großen Augen das geschäftige Treiben rund um sie herum. Es durfte keiner sonst in die Umkleide, da ja keiner beim bayerischen Werbeslogan helfen sollte.

Nach zwanzig Minuten war die Zeit abgelaufen und die zwei Überwachungsjuroren scheuchten die Damen wieder zum Bühnenaufgang. Ein obligatorischer Tusch kündigte die »Trachten-Bräute« an.

Das Bühnenlicht wurde dunkel. Trommelwirbel ertönte. Dies war nun eindeutig als Höhepunkt der Show zu erkennen. Nach und nach stöckelten die Kandidatinnen auf die Bühne und das Licht wurde wieder hell. Alle Farben, die die neue Lichtanlage hergab, brachte Dorfwirt Herbert zum Einsatz. Er war hinter der Bühne und drehte aufgeregt an allen Schaltern der Lichtanlage gleichzeitig. Ein Ereignis!

Mit dunkler Stimme ergriff der Showmaster wieder das Wort.

»So, meine lieben Damen und Herren im Saal. Jetzt ist der Höhepunkt des Abends gekommen. Unsere *MiesE Trachten Brautmoden Line.* Jetzt schaut's euch mal diese Wahnsinns-Dirndl an. Sind das nicht alles Augenweiden? Sagt's a mal selber. Ein Traum. Da lässt man sich ja gleich noch mal scheiden, wenn man so ein Dirndl heiraten kann. Oder?«

Eine Kandidatin nach der anderen führte stolz ihr Brautdirndl vor und ein beeindrucktes Raunen ging durch die Reihen der Zuschauer. Nachdem sich alle Finalistinnen nach Startnummern postiert hatten, sollte die letzte Aufgabe starten. Edi Mies holte Luft.

»So, Startnummer eins, jetzt geht's um die Wurscht. Zuerst bitte ich dich, einmal ein paar Worte zu dir selber zu sagen und warum genau du die Richtige für das Amt der *Miss Dirndl* bist. Also, los geht's, du hast zwanzig Sekunden Zeit.« Beschwingt hielt er Mandy das Mikro unter die Nase.

»Särrwus, isch bin die Mändy. Isch bin achdundreissch und isch gomm aus Underfilsbach. Nischt gebürrdig, aber isch fühle misch sehr bayrisch, wie daheme hald. Und isch bin die Rischtsche für diesen Job, weil isch enfach Karissma hob. So ene Ausstrahlung, wie isch se hob, find ma ned glei. Newoahr, liabe Leid?«, sprach die hübsche Wahl-Unterfilzbacherin in einem Dialektmischmasch aus Sächsisch-Bayerisch zum Publikum. Dabei lächelte sie bis über beide Ohren und war augenscheinlich sehr von ihren Qualitäten überzeugt.

Schlagartig wurde es still im Saal. Da die Kandidatinnen bisher fast nichts bis gar nichts gesprochen hatten, fiel es noch nicht so sehr auf, dass Mandy der bayerischen Sprache nicht so mächtig war. Natürlich wussten die Unterfilzbacher von Mandys ostdeutschem Migrationshintergrund, aber es waren ja auch viele Nicht-Unterfilzbacher im Saal. Das Publikum war wie in eine Art Schockstarre gefallen. Viele Augen starrten die sächsische Kandidatin mit der Nummer eins ungläubig an. Mit so was rechnete man in solchen Momenten nicht. Auch Hansi war überrascht, obwohl er Mandy ja schon länger kannte. Das passte alles irgendwie überhaupt nicht zusammen.

Moderator Mies musste nun irgendwie diese peinliche Situation überbrücken. Allerdings brauchte auch er ein paar Sekunden, nachdem er Mandy kurzzeitig mit offenem Mund angestarrt hatte, um sich von der Hörüberraschung zu erholen. Er klatschte wie wild und freute sich gekünstelt überschwänglich, als wenn es ganz normal wäre, dass eine hübsche Sächsin in Bayern Miss Dirndl werden wollte.

»Sodala. Liebe Mandy. Sehr schön. Ähm, hast du uns denn auch einen Werbeslogan gedichtet? Die Menschen müssen die Qualität und die Liebe zur Tracht und zu Bayern förmlich spüren können«, plapperte der arme Edi unüberlegt daher.

Vereinzelt konnte man Gelächter im Saal hören.

»Na freilsch. Hört's amal zua«, freute sich Kandidatin Nummer eins.

»Die Dirndl von MiesE Trachten sind schön und bayerisch,
da fühl isch misch immer so schön weiblisch.«

Erwartungsvoll blickte Mandy ins Publikum.

Stille.

Höflichkeitshalber klatschten einige Besucher. Viele waren das aber nicht. Hansi vermutete, dass sie vielleicht nicht gleich verstanden hatten, was Mandy eigentlich gesagt hatte. Denn das Reimen war wohl nicht so ganz ihr Talent.

Der Showmaster applaudierte nun auch verlegen. Der arme Edi mühte sich ab, Kandidatin eins nun »hinter« sich zu bringen. Seine ganze überschwängliche Lockerheit war verflogen. Inzwischen war er schon schweißgebadet. Mit einem kurzen »Danke« drehte er Mandy den Rücken zu und wandte sich an die nächste Bewerberin. Hansi rätselte nach wie vor, woher er sie kannte.

»Startnummer zwei, du bist nun dran. Wer bist du und warum bist du die neue Miss Dirndl?«

»Servus miteinander, mein Name ist Elisabeth, aber alle nennen mich Lissi. Ich bin achtundzwanzig Jahre alt und Arzthelferin aus Fichtenberg. Ich bin die künftige Miss Dirndl, weil ich ordentlich Holz vor der Hütt'n hab und das braucht man, um eine Dirndlbluse auch ausfüllen zu können. Außerdem sollte man sehr gut Bayerisch sprechen können, wenn man so ein wichtiges Amt der bayerischen Kultur bekleidet.«

Dabei warf Lissi Mandy einen verachtenden Blick zu. Natürlich registrierte Mandy das sofort und warf einen mindestens genauso verachtenden Blick zurück. Lissi fuhr mit ihrer Vorstellung fort.

»Außerdem bin ich schon seit Kindesbeinen im Trachtenverein in Fichtenberg und ein richtiges bayerisches Vollblutweib.«

Um dies zu unterstreichen, wirbelte sie gekonnt ihre dunkle Wallemähne herum und setzte einen lasziven Marilyn-Monroe-Blick auf.

Tosender Applaus. Jubelgesänge. Es waren wohl auch ein paar Fichtenberger aus dem Nachbarort angereist, mutmaßte Hansi.

»So, Lissi. Wunderbar, sehr schön. Hervorragend. Wirklich ganz entzückend«, jubilierte Mies wieder einmal. »Also Lissi, hast du dir auch etwas für uns als Werbeslogan ausspekuliert?«

»Aber freilich.« Dabei holte sie einen Zettel aus ihrer Dirndlbluse, spitzte ihre feuerroten Lippen und las vor:

»Leidl i sog's eich, i woaß ja scho längst,
mei Mann, der wird sicher zum wilden Hengst,
wenn i ei'steck mein' großen Busen
in die MiesE Dirndl Blus'n.«

Der Saal bebte. Alles johlte und pfiff. Vor allem das männliche Publikum wurde wahrlich zu applaudierenden Hengsten.

Nachdem sich alle ein wenig beruhigt hatten, kam auch der sehr beeindruckte Trachtenchef wieder zu Wort.

»Ja, Lissi. Wunderbar. Ganz, ganz toll. So kreativ. Wirklich sehr gut. Hervorragend«, ließ er eine seiner üblichen Lobeshymnen vom Stapel. »Aber jetzt sag einmal, liebe Lissi. Hast du denn auch wirklich so einen Hengst, ähm, ich meine einen Mann?«

Lissis Gesichtsfarbe wurde der ihres Lippenstifts sehr ähnlich. »Ähm, ja. Also mein Mann ist er ja noch nicht, aber vielleicht bald. Da unten sitzt er, da hinten bei der Tür. Der attraktive Mann, der aussieht wie George Clooney«, sprach sie und warf dem allseits angehimmelten Dr. Frank Fuchs eine Kusshand zu.

Alle Augen richteten sich auf den Arzt aus Oberfilzbach. Mandys Ex. Nun fiel auch Hansi wieder ein, woher er die schöne Lissi kannte. War sie nicht letztens im angesagten Sushi-Restaurant in Fichtenberg gewesen? Da hatte er sie doch mit Dr. Fuchs gesehen. Ja genau, jetzt ging Herrn Scharnagl ein Lichtlein auf.

Mit ein paar anerkennenden Pfiffen und Applaus würdigte das Publikum die nun offizielle Beziehung von Dr. Fuchs und Kandidatin zwei.

»Auuuuuuu!«, hallte es wie aus dem Nichts durch den Saal.

Markerschütternd kreischte eine Frauenstimme plötzlich schmerzverzehrt.

Alle Anwesenden versuchten zu lokalisieren, wo diese Schreie herkamen. Bis sie registrierten, dass sich auf der Bühne eine feine Rauferei zwischen zwei »Bräuten« entwickelt hatte. Mandy zerrte Lissi wie wild an den Haaren. Lissi versuchte sich zu wehren und riss Mandy das halbe Dirndl vom Leib. Die Stofffetzen, Brautkränze und Stöckelschuhe flogen nur so durch die Luft.

Der bisher sehr souveräne Moderator Edi war nun endgültig hoffnungslos überfordert und wollte schon die Flucht ergreifen. Aber er konnte ja bei seiner eigenen Miss-Wahl die Damen nicht einfach ihrem Schicksal überlassen. Blut lief bereits über die schneeweißen Dirndlgewänder. Lissi hatte eine blutige Nase, was man so in dem ganzen Tumult erkennen konnte. Zwischendurch hörte man wiederholt Hilfeschreie.

»Du willst menen Doktor haben? Isch zeisch dir scho, wer hier Frau Doktor wird, du alde Schlambe«, war auf Sächsisch zu vernehmen.

»Boah, geh leck. Der reinste Bitchfight«, rief Hansi junior und schien sichtlich begeistert.

Endlich fasste sich der Pfarrer ein Herz, nahm allen Mut zusammen und schritt ein. Sepp, der ebenfalls anwesend war, eilte ihm zu Hilfe. *Wie halt immer,* dachte Hansi. *Jetzt lässt der Müller Sepp wieder mal den Helden raushängen,* ärgerte sich Scharnagl insgeheim über seine eigene fehlende Zivilcourage.

Mit vereinten Kräften schafften es Sepp und der Pfarrer Birnböck, die beiden wild gewordenen Furien zu trennen. Außer Atem standen sich die »Bräute« nun gegenüber. Blutverschmiert, zerzaust und nur noch halb angezogen. Die Lokalreporterin der Filzbacher Rundschau fotografierte, was das Zeug hielt.

Mandy kam langsam wieder zu sich. Sie blickte in den Saal und schien erst jetzt zu realisieren, was da gerade passiert war. Mit einem Ruck riss sie sich aus Sepps Umklammerung und stürmte davon.

Großes Stimmengewirr war im Saal zu hören. Dr. Fuchs eilte zu seiner Lissi und leistete sofort Erste Hilfe. Nach etwa zehn Minuten Chaos schnappte sich der Veranstalter und Moderator Edi Mies das Mikrofon. Seine Stimmung war nun nicht mehr so euphorisch wie zuvor während des Abends. Seine zünftige Musikantenstadl-Laune war weg. Deutlich verunsichert stotterte er: »Ähm, meine Damen und Herren. Also, wir haben uns entschieden, aufgrund dieses Zwischenfalls die Wahl abzubrechen. Es tut mir wirklich leid. Sobald wir dies alles hier ein wenig verarbeitet und analysiert haben, werden wir eine Presseerklärung abgeben. Kommen Sie gut nach Hause. Auf Wiedersehen.«

Mit diesen Worten verließ er die Bühne. Damit fand wieder einmal ein ereignisreicher Abend im altehrwürdigen Dorfwirtssaal ein unerwartetes Ende.

KAPITEL 8

Geheimnisse

Die Aufregung war groß. Wiggerl war dem Nervenzusammenbruch nahe. Da saß er nun in seinem Büro und musste sich beschimpfen lassen. Dabei hatte alles so gut angefangen.

Der Tag der großen Einweihung des »Filzer Goldgräber Steigs« war endlich gekommen. Mit Blaskapelle, Weißwurstfrühstück und dem üblichen bayerischem Pipapo wurden die hohen Herren empfangen. Eine Abordnung von Regierungsbeamten, die bei der Förderung des neuen außergewöhnlichen Wanderwegs etwas zu sagen hatten, war extra nach Unterfilzbach gereist. Das Ganze sollte ein Pilotprojekt für ländliche Förderung in Sachen Freizeit und Naherholung werden. Klar, dass da alle mit auf das überregionale Pressefoto wollten.

Seit Tagen schon hatte Wiggerl seinen Männern Reinigungsarbeiten aufgetragen, denn der Treffpunkt des großen Empfangs war auf dem Bauhofgelände. Alles wurde aufs Penibelste ordentlich aufgeräumt und auf Hochglanz poliert – für Wiggerl bedeutete das natürlich Stress pur. Der Unterfilzbacher Bauhof lag etwas außerhalb, am Ortsrand in Waldnähe, ein idealer Ausgangspunkt, der »Filzer Goldgräber Steig« begann nämlich gleich nebenan.

Mit großen schwarzen Dienstlimousinen fuhren die hohen Herren, vereinzelt mit Ehefrauen, in das Bauhofgelände Unterfilzbach ein. Hansi schmunzelte über die unterschiedliche textile Ausrüstung der »Regierungswanderer«, als einer nach dem anderen aus den Oberklasseschlitten ausstieg. Man konnte genau sehen, wer des Öfteren einen Ausflug auf einen Berg unternahm und wessen »Wanderkarriere« schon einige

Jahre zurücklag. Von den topaktuellen, wind- und wasserfesten Hightech-Trekkingpants mit extrem hoher Wassersäule bis hin zur Cord-Kniebundhose aus der Herbstkollektion 1978 mit roten Wanderkniestrümpfen war alles vertreten. Ein wunderbarer Frühlingstag bot das passende Ambiente für das große Ereignis.

Nach der ersten Stärkung mit Kaffee, Kuchen, Weißwürsten, Weißbier und Brezen machte sich die insgesamt achtzehnköpfige Wandergruppe bereit für die Begehung. Neben den acht Regierungsbeamten waren auch die Bürgermeister aus Ober- und Unterfilzbach, einige Gemeinderatsmitglieder aus beiden Orten sowie natürlich einige Vertreter der Presse mit von der Partie. Die Ober- und Unterfilzbacher hatten heute trotz Dorffeindschaft stillschweigend eine Art Waffenstillstand vereinbart. Alle waren nett zueinander, es ging ja schließlich um eine beachtliche Menge Fördergelder.

Der Wanderwegdesigner mit Hipster-Naturburschen-Vollbart von der total angesagten »Outdoor-Event-Agentur« führte die Wandergruppe an und erklärte ausschweifend, was das Zeug hielt. Was genau dieser »Kraftplatz« beim Wanderer auslösen sollte, was er sich bei diesen Aussichtsplattformen gedacht hatte und welcher geschützte Vogel das Fällen dieser Bäume verhindert hatte, obwohl das Stückchen doch so passend für eine Meditationswanderung gewesen wäre.

Hansi fiel die ganze Zeit schon ein älteres Ehepaar mit Dackel auf. *Ein schönes Paar,* schmunzelte er in sich hinein, als er sie so aus der Ferne beobachtete. Beide waren geschätzt nicht größer als 1,65 Meter und figürlich ungefähr genauso breit wie hoch. Bei der Altersklasse tippte Hansi auf Ü60. Also war die üppige Beamtenpension wohl nicht mehr so weit weg, vermutete der Hobbydetektiv. Bürgermeister Brunner stellte

Hansi das Paar vor. Schließlich war er ja jetzt Gemeinderat, der Scharnagl.

»Hansi, darf ich vorstellen? Das ist Regierungsdirektor Dr. Peter Pichler und seine werte Gattin«, tat Brunner wichtig.

»Scharnagl, grüß Gott.«

»Angenehm, Dr. Pichler«, antworte der kleine runde rotbackige Mann und streckte Hansi seine verschwitzten Wurstlfinger zum Händedruck entgegen.

»Sie sind ja von hier, oder?«, wandte sich nun die »werte Gattin« an den Bauhofangestellten.

»Ja, freilich. Brauchen's was?« Hansi war gespannt, was sie denn wohl auf dem Herzen hatte.

»Wissen Sie, ich kann leider nicht an der Wanderung teilnehmen, mein Blutdruck ist heute nicht so optimal. Ich wäre sehr gern mitgegangen, wissen Sie, ich wandere sehr viel, eigentlich bin ich total sportlich. Aber heute, da würde ich die Gruppe nur aufhalten. Meinen Sie, Sie hätten hier irgendwo ein sonniges Plätzchen, an dem ich auf meinen Mann warten könnte? Oder gibt es in der Nähe ein nettes Café, das schöne Sahnetorten anbietet?«

Aha, der Bluthochruck, grinste Hansi innerlich, als er so auf die kleine dicke, schwer atmende Frau mit Stützstrümpfen heruntersah.

»Ja freilich, beim Dorfwirt bekommen Sie schon auch eine Tasse Kaffee und ab und zu hat er sogar auch einen Marmorkuchen da. Das ist halt ungefähr fünfzehn Minuten zu Fuß von hier.«

»Ach, so weit?«

Sie schien leicht entsetzt. »Und hier? Ich meine, könnte ich mich hier irgendwo hinsetzen? Vielleicht in die Sonne? Ich störe auch keinen.«

»Ja, von mir aus schon, ist bestimmt kein Problem«, versuchte sich Hansi in hochoffizieller Freundlichkeit und gebrochenem Hochdeutsch. Er zeigte mit dem Finger auf die alte Holzbank vor der Bauhofeingangstür. »Wir haben da drüben unsere Brotzeitbank für den Sommer, vor der Tür da vorne, sehen Sie? Da können Sie sich hinsetzen, wenn Sie wollen. Weil die ganzen Bierbänke hier, die räumen wir gleich wieder auf. Die Bank ist zwar ein wenig *deroffelt,* also ich meine, da schauen die Holzsplitter schon ein wenig raus. Aber Sie können sich bestimmt dem Wiggerl sein Hämorrhoidenkissen ausleihen.«

Wenig begeistert begutachtete die »werte Gattin« aus der Ferne den Freiluft-Mittags-Brotzeitplatz der Bauhofmänner. Aber die Alternative – also mitwandern auf dem »Filzer Goldgräber Steig« – schien ihr doch eine noch schlechtere Variante zu sein als die alte Holzbank. Somit stimmte sie zu.

Die Wandergruppe machte sich also kurz vor Mittag auf den Weg. Die Blaskapelle zog ab und die Bauhofmänner verräumten Bierbänke, Tische und die restlichen Hinterlassenschaften der feinen Promigesellschaft.

Günter brachte dann später nochmals eine kleine Stärkung für die Wandergruppe an eine Lichtung, die ungefähr auf halber Strecke lag. Hansi dachte sich noch, dass eigentlich mehr gegessen und fotografiert als gewandert wurde, aber Essen und Pressebilder waren halt doch wichtige Sachen, das durfte man nicht unterschätzen.

Am späten Nachmittag wurde die Gruppe wieder zurückerwartet. Gegen halb sechs Uhr trudelte die Delegation samt Begleitung auch wieder im Bauhof ein. Nach ein paar dankenden Schlussworten der Bürgermeister gesellte sich die »werte Gattin« auch wieder zur Menschenansammlung und stellte fest, dass jemand fehlte. Ihr werter Gatte.

»Stopp!«, rief sie kreischend.

Sofort richteten sich alle Augenpaare auf die kleine dicke Frau Pichler.

»Wo ist denn mein Peter? Und wo ist unser Hercules?«

Kurzes Stimmengewirr. Der Peter war nicht dabei. Ein paar Regierungskollegen fiel nun auf, dass sie Peter und seinen Dackel Hercules schon seit längerer Zeit nicht mehr gesehen hatten. Bürgermeister Brunner versuchte die wild diskutierenden Menschen zu beruhigen. Danach kam er wie von der Tarantel gestochen auf die Bauhofmänner zugeschossen.

»Das fehlte jetzt noch! Alles ist so gut gelaufen und jetzt so was. Los, auf was wartet ihr? Macht's doch was! Wiggerl, ruf die Bergwacht, wir müssen ihn suchen. Sepp, kannst du ein paar Feuerwehrler zusammentrommeln?« Bürgermeister Brunner geriet in Panik.

Hansi bekam sofort ein schlechtes Gewissen. Günters Nervenzusammenbruch und die chaotische Beschilderungsaktion fielen ihm wieder ein. *Oje, oh mein Gott, ich bin schuld!*, schoss es ihm durch den Kopf. Er schnappte sich Günter und zerrte ihn in den kleinen Unimog.

»Günter, wir sind schuld, wir haben nicht g'scheit beschildert. Der hat sich bestimmt deswegen verlaufen. Oh Gott, oh Gott, oh Gott! Wiggerl bringt uns um. Wir können uns die Kündigung schon mal abholen«, plapperte Hansi hysterisch.

Günter versuchte hingegen Ruhe zu bewahren.

»Geh Hansi, jetzt beruhig dich, den finden wir schon wieder. Ich nehm meine Hunde mit und dann fahren wir die Strecke ab.«

Eine ganze Horde an Bergwachtlern, Feuerwehrlern, alle restlichen Bauhofmitarbeiter und ein paar Freiwillige machten sich also auf die Suche nach Dr. Peter Pichler und seinem Hercules. Die gesamte »Blaulichtfraktion« freute sich. Endlich mal ein richtiger Einsatz! Sirenen heulten durch den Ort und so manch ein Unterfilzbacher fragte sich, ob denn wohl der Dritte Weltkrieg ausgebrochen war, so ein Remmidemmi wurde veranstaltet.

Frau Pichler hingegen saß in Wiggerls Büro, schimpfte, schluchzte und heulte dem Bauhofchef die Ohren voll.

»Ja wie konnte das denn passieren? Wieso können Sie denn da auf die Wanderer nicht richtig aufpassen?«, zeterte sie.

Wiggerl war ebenfalls aufgelöst. Ruhe bewahren war nicht unbedingt die große Stärke des Sicherheitsbeauftragten der Gemeinde Unterfilzbach. Anstatt die verzweifelte Ehefrau zu besänftigen, ging er zur Verteidigung über.

»Ja warum ist er denn nicht mit der Gruppe mitgegangen? Er hätte doch einfach nur nachgehen brauchen. Oder den Wegweisern folgen. Da ist er schon selber schuld. Wir können da nichts dafür. Ganz und gar nicht«, wies er alle Schuld von sich, wie er es automatisch immer tat.

»Schauen Sie mal auf die Uhr, es ist jetzt schon halb sieben. Wir müssen ja noch nach Hause fahren. Bald wird es dunkel.« Die zurückgelassene Ehefrau wollte sich partout nicht beruhigen.

Vermisste Person auf dem »Filzer Goldgräber Steig« in Unterfilzbach, war die Parole. Das würde ja eine ganz wunderbare Schlagzeile in der Zeitung werden, dachte Wiggerl. Schnappatmung setzte ein, seine Hände fingen an zu zittern. Wiggerl war fix und fertig mit den Nerven. Und dann sollte er sich jetzt noch um diese kleine böse g'schnappige Bissgurke Frau Pichler kümmern. Es war nicht der Tag von Bauhofchef Ludwig Hackl.

Nach geschlagenen zwei Stunden fanden Hansi und Günter Herrn Dr. Pichler endlich wohlbehalten und gesund wieder. Er saß auf der Baumelbank und redete sich selbst gut zu.

»Sie werden dich finden, Peter, bald kommt jemand. Keine Angst, alles wird gut«, hörte das Duo ihn stammeln, als sie sich langsam näherten.

Hercules lag vor ihm auf der Erde und wirkte im Vergleich zu seinem Herrchen deutlich entspannter. Hansi gab über den Feuerwehrfunk Entwarnung an alle Einsatzkräfte und ein riesengroßer Stein fiel ihm vom Herzen.

Zu dritt fuhren Hansi, Günter und Dr. Pichler im klapprigen Unimog zurück in den Bauhof. Ein wenig eng war es dabei schon, obwohl das Fahrzeug eigentlich vorn drei Sitzplätze hatte. Doch die körperlichen Rundungen von Dr. Peter Pichler kamen sitzend noch mehr zur Geltung als im Stehen, zudem saß Hercules auch noch auf seinem Schoß. Hansi traute sich nicht mehr zu atmen, Dr. Pichler traute sich nichts mehr zu sagen und Günter konzentrierte sich auf die dunkle Forststraße. Angespanntes Schweigen erfüllte das kommunalorange Arbeitsfahrzeug. Nur Günters Hunde Lilly und Rosi durchbrachen die Stille ab und zu mit einem kleinen Bellen von der Ladefläche des Fahrzeugs.

Zurück im Bauhof kam die »werte Gattin« sogleich auf ihren Angetrauten zugerannt und beschimpfte ihn aufs Übelste.

»Peter, schau mal auf die Uhr! Du bist wirklich zu blöd zum Wandern. Das gibt es ja gar nicht. Was hab ich da bloß geheiratet? Alle hätte ich sie haben können, alle! Und ich hab dich genommen. Dich! Wieso habe ich nicht auf meine Mutter gehört? Es ist jetzt schon nach neun! Du weißt schon, was heute für ein Tag ist?«

Peter wurde noch kleiner.

»Heute ist Montag! MONTAG, Peter, verstehst du! Du weißt, da kommt meine Sendung. Heute ist das große Bachelor-Finale. Und ich seh jetzt wahrscheinlich nicht mal mehr die Hälfte, wer weiß, ob ich überhaupt noch etwas sehe. Los, komm! Auf was wartest du? Lass uns heimfahren«, schimpfte sie und stapfte wütend mit ihren kurzen dicken Beinchen in Richtung Dienstlimousine.

»Meine Herren, das wird ein Nachspiel haben. Darauf können Sie sich verlassen«, sprach Dr. Pichler im strengen Beamtenton drohend zu Wiggerl, Hansi und Günter, bevor er seiner Frau demütig folgte.

Schweigend sahen sich die drei Bauhofmänner an. Hansi wendete den Blick allerdings gleich wieder ab und sah beschämt auf seine Fußspitzen. Wiggerl wusste offensichtlich noch nicht, warum Hansi und Günter voller Schuldgefühle waren und recht kleinlaut abrückten. Aber sie waren sich sicher, er würde noch drauf kommen, und dann könnten sie sich auf etwas gefasst machen. Hansi überlegte, ob er nun vielleicht erst einmal seine Überstunden vom Winter abbauen sollte. Da könnte er gut und gern mindestens zwei Wochen nicht arbeiten und somit bräuchte er keine Angst vor Wiggerls vorhersehbarem Wutausbruch haben.

Und so gönnte sich Hansi tatsächlich erst einmal ein paar Tage Auszeit vom Bauhof und vor allem vor Wiggerl. Schließlich hatte er daheim auch einiges zu tun. Was sich über den Winter bei ihm so angesammelt hatte, erklärte er seinem Chef, als er ihm den Überstundenzettel in die Hand drückte.

Bettina hatte schon seit ein paar Tagen ein ganz komisches Gefühl. Zwar war der Haussegen bei den Scharnagls wieder gerade gerückt und das Gefühl des »zweiten Frühlings« immer noch spürbar, aber etwas war seltsam. Das sagte Bettinas Bauchgefühl ganz deutlich. Ein paar Mal dachte sie schon, dass Hansi etwas vor ihr versteckte. Was war denn nur los mit ihrem Bärle?

Gedankenverloren bügelte Mama Scharnagl die Wäscheberge ihrer Familie, als Isabelle von ihrer Make-up-Weiterbildung nach Hause kam. Wie immer fiel die angehende Wimperntusche-Akrobatin als Erstes über den Kühlschrank her.

»Du, Isa-Mäuschen? Findest du nicht, der Papa ist irgendwie komisch in letzter Zeit?«, rief Bettina ihrer ältesten Tochter aus dem Wohnzimmer zu. Sie musste einfach mal eine andere Meinung hören, vielleicht klärte sich ja dann vieles auf.

»Wie meinst du *komisch,* Mama? Ist er das nicht immer?« Isabelle musste über die Frage schmunzeln.

»Mei, du wieder. Nein, aber ernsthaft? Ist dir was aufgefallen? Genau kann ich das gar nicht sagen, was ich so eigenartig finde. Ich bin jetzt schon zwei- oder dreimal ins Badezimmer gekommen und der Papa war ganz … ganz, ja direkt überrascht. Erschrocken könnte man auch sagen. Irgendwie, als ob er was verstecken würde.«

»Was soll er denn verstecken? Meinst, er hat eine andere? Und die versteckt sich dann im Bad? Geh, Mama, das glaubst du ja jetzt nicht wirklich, oder?« Isa lachte nun ihre Mutter direkt aus.

Das konnte Bettina gar nicht verstehen. Wieso hielt ihre Tochter das jetzt für unmöglich? Obwohl er natürlich kein anderes Weiberleut im Badezimmer vor ihr verstecken würde, das war Bettina schon klar.

»Na, warum denn nicht? Da wär er schließlich nicht der Erste. Und er schaut ja noch gut aus, dein Vater.« Dabei kniff sie die Augen zusammen und musterte ihren Mann in

Gedanken, als ob er vor ihr stehen würde. »Gut, seine Figur hat sich schon ein bisserl verändert im Gegensatz zu früher. Das Wamperl ist schon gewachsen, ziemlich sogar. Und älter ist er auch geworden, alles ein bisserl schwabbeliger. Und Haare hat er auch nicht mehr so viel, dafür werden sie jetzt langsam grau. Schlecht sehen tut er auch … hm … und der Sportlichste ist er auch nimmer. Aber wer weiß? Vielleicht gefällt das ja der einen oder anderen Frau. Die, die suchen, nehmen ja manchmal alles, was sie so bekommen können.«

»Mama! Das glaubst du ja jetzt wohl selber nicht. Den ganzen Tag geht es Zuckerschoaserl hin und Bärle her. So wie ihr zwei noch turtelt, das kenn ich bei keinem in eurem Alter.«

»He! Was soll das denn bitte heißen? *In eurem Alter!* So alt bin ich jetzt auch wieder nicht, Madame«, regte sich Bettina auf.

Sie nahm sich vor, künftig das Ganze einmal genauer zu beobachten. Ehefrauen konnten da wahre Stalker-Fähigkeiten entwickeln, das könnten Männer niemals in dieser weiblichen Hartnäckigkeit.

Zum heutigen Abendessen waren wieder einmal alle Scharnagls samt Indiras Anhang Antonia versammelt. Bettina freute sich, denn das kam in letzter Zeit eher selten vor. Zur Feier des Tages machte sie sogar einen Wurstsalat. Obwohl sich Bettina ja der gesunden, meist fleischlosen Küche verschrieben hatte, konnte sie auch ab und zu einmal über die Stränge schlagen. Die zum Wurstsalat benötigte Lyoner Wurst holte sie noch schnell bei ihrer Freundin Maria in der Metzgerei Aschenbrenner. Dabei verabredeten sich die zwei ganz spontan zu einem Gläschen Wein in Babsis Bar. Das hob Bettinas Stimmung gleich um mindestens drei Stufen. Ein Mädelsabend war genau das, was sie jetzt gebrauchen konnte. Aber zuerst gab es Wurstsalat. Mit ordentlich viel Zwiebeln und schön sauer angemacht, so mochten das die Scharnagls. Das aß sogar die gesundheitsbewusste Bettina mit Leidenschaft.

Günters Nervenzusammenbruch ging Hansi immer noch manchmal durch den Kopf und weil heute Antonia da war, konnte er ja gleich einmal seiner »Spur« ein wenig nachgehen. Er machte sich seine obligatorische Feierabendhalbe auf und schöpfte sich seinen Teller voller Wurstsalat, bevor er zum »Verhör« überging.

»Du, Antonia, wie ist das jetzt eigentlich in der Bank? Habt ihr schon was gehört vom Roman?«

»Nein, da weiß immer noch keiner was. Er ist einfach verschwunden. Die Polizei war zwar schon ein paar Mal da und hat sein Büro total auf den Kopf gestellt, aber es sagt uns eigentlich niemand was.«

»Das ist wirklich komisch, dass es so gar keine Spur gibt«, grübelte Hansi laut vor sich hin.

»Einmal haben sie uns befragt. Wie das damals mit dem Harald Schmal war«, fiel es Antonia jetzt wieder ein.

»Warum? Was war denn mit Harry?«, wollte Bettina wissen.

Hansi warf ihr gleich einen finsteren Blick zu, denn der Bauunternehmer war seit der Faschingsflirterei ein sehr sensibles Thema zwischen dem Ehepaar.

Antonia war überrascht. »Na, die Schlägerei damals. Ich dachte, das weiß eh jeder im Dorf?«

»Nein! Erzähl!«, forderten jetzt Hansi, Bettina, Hansi junior und Isabelle gleichzeitig im Chor.

Diese spontane Reaktion stieß bei Indira natürlich wieder einmal auf kein großes Verständnis. »Mei, furchtbar, Leute, ihr seid's echt so sensationsgeil!«

»Ahhh, Indira«, raunte Isabelle ihrer Schwester entgegen und verdrehte die Augen.

Antonia war ein wenig verunsichert, erzählte aber dennoch weiter. »Also, wir wissen es ja auch nicht ganz genau, aber wir vermuten ganz stark, dass der Chef dem Schmal immer wieder Kredite vermittelt hat. Eigentlich war das schon sehr untypisch für ihn, er war da eh immer so streng und hat ganz genau auf Sicherheiten und so bei der Kreditvergabe geachtet. Vor ungefähr drei Monaten war der Schmal im Büro vom Chef gewesen und es gab einen großen Streit, mit Schlägerei und allem drum und dran. Da ging's ab, das kann ich euch sagen. Da war endlich mal was los in der Bank.«

»Oida, echt? Geh leck«, entgegnete Isa kurz und knapp. Das war natürlich wieder eine 1-a-Tratschgeschichte, die Isa für *»Karins Friseur Stüberl«* gebrauchen konnte, in dem sie immer noch ab und zu samstags aushalf.

»Für was braucht denn der Harry das ganze Geld?«, bekundete Bettina nun weiteres Interesse an der Geschichte.

Nach Hansis Gesichtsausdruck zu urteilen, war das aber für seinen Geschmack eindeutig zu viel Interesse. Aber er wollte das natürlich auch selbst genauer wissen und so ermunterte auch er Antonia weiterzuerzählen, was sie dann auch tat.

»Mei, in seine Baufirma hat er es wahrscheinlich nicht gesteckt, glauben meine Kollegen. Irgendwer hat erzählt, dass der Schmal spielsüchtig sein soll.«

Für Hansi waren diese Informationen natürlich hochinteressant, was er mit einem knappen, aber deutlichen »Aha« zum Ausdruck brachte. Sofort spekulierte er wieder in alle Richtungen. Das hätte er eigentlich schon längst einmal alles ausführlich mit Sepp besprechen müssen, aber irgendwie sahen sich die Spezln in letzter Zeit nicht oft. Entweder Hansi baute

Überstunden vom Winterdienst ab oder Sepp bekam von Wiggerl andere Arbeitsaufträge. Sie kamen irgendwie nicht mehr so recht zusammen, dabei hätte es so viel zu bereden gegeben. Hoffentlich konnten sie bald wieder gemeinsam Rasen mähen. Das war auch eine angenehme Seite des Sommers, die Hansi gefiel. Das Rasenmähen. Eine schöne, leichte Arbeit und dabei wurden sie sogar noch braun. Mit den neuen technischen Gerätschaften, die der Gemeinderat letztes Jahr für den Bauhof hatte springen lassen, war das wirklich ein Klacks. Der »Graskiller 4.0« war ein super Gerät, und seit ihn Sepp auch noch »auffrisiert« hatte, waren sie immer gleich doppelt so schnell fertig. Aber es half nichts, sie mussten sich wahrscheinlich richtig verabreden zu einem konspirativen Treffen. *Vielleicht hat Sepp ja heute Abend schon Zeit,* überlegte Hansi.

Bei der Tischkonversation erzählte Hansi junior dann von seinen Beobachtungen aus der Fahrschule. Der Scharnagl-Sohn machte nämlich gerade den Motorradführerschein, sehr zum Leidwesen seiner Mutter. Aber er war schließlich schon neunzehn und somit mehr als volljährig, was er Bettina auch immer wieder predigte. Außerdem war er sowieso ein total vorsichtiger Fahrer, argumentierte er fortlaufend, wenn Bettina wieder zu große mütterliche Ängste äußerte.

»Wisst ihr, wer den Führerschein angefangen hat?«, spannte er seine Familie auf die Folter.

»Wer denn? Erzähl!«, fragte Isabelle schmatzend nach.

»Die Groß Silke. Komisch, gell? Hat die in ihrem Alter noch keinen Führerschein?«, wunderte sich der Scharnagl-Spross.

»Na, wahrscheinlich hat ihr das der Roman verboten. Das würde ja zu ihm passen, was man so hört. Er muss Silke ja schon sehr bevormundet haben. Die arme Frau«, meinte Bettina mitleidsvoll.

Auch Isabelle zeigte sogleich weibliche Solidarität. »Ja, und jetzt hat sie wahrscheinlich ein ganz neues Freiheitsgefühl, seit er weg ist. Da hast recht Mama, die arme Frau. Ich kann das schon verstehen, andererseits ... Augen auf bei der Partnerwahl. Ich finde aber, sie ist überhaupt richtig aufgeblüht in letzter Zeit. Vergangene Woche war sie im Salon und hat sich einen ganz pfiffigen Haarschnitt zugelegt. Fast ein bisserl wie du, Mama. Schaut echt gut aus.«

»Stimmt, so richtig traurig wirkt sie nicht. Eher im Gegenteil. Hab ich mir auch gedacht, als sie letztens zum Einkaufen kam«, berichtete Bettina.

Da Hansi sowieso gerade mit detektivischem Denken beschäftigt war, musste er das Verhalten von Romans Frau natürlich auch gleich analysieren. Vielleicht hatte ja Silke was mit dem Verschwinden ihres Mannes zu tun? Da konnte sich schon ein gewisser Hass aufstauen über die Jahre, wenn man von seinem Ehemann so unterdrückt wurde. So viele komische Verhaltensweisen hatte Hansi nun beobachtet seit dem dubiosen Verschwinden. Silke, Harry, Mandy und natürlich Günter. Alle waren verändert. Sogar der Bürgermeister war nicht mehr der Alte. Oder verrannte sich Hansi da in etwas? Er hatte das dringende Bedürfnis, mit jemandem über all seine Spekulationen zu sprechen. Es half nix, er musste seine Gedanken mit Sepp diskutieren, am besten gleich heute.

Gott sei Dank hatte Sepp abends nicht allzu viel vor, und so verabredeten sie sich beim Dorfwirt.

Hansi und Bettina zogen im Flur gleichzeitig ihre Jacken an und standen sich verwundert an der Haustür gegenüber.

»Wo gehst jetzt du hin?«, fragte Bettina ihren Mann.

»Ich geh mit'm Sepp noch schnell auf eine Halbe zum Dorfwirt.«

»Aha, na dann können wir ja gemeinsam gehen, ich treff mich mit Maria in Babsis Bar.«

Bettina war sofort wieder in die Hab-Acht-Stellung versetzt. *Warum hatte Hansi ihr jetzt nicht gesagt, dass er abends noch weggehen würde? Was steckte da dahinter?*

Sie wusste darum nicht so recht, was sie mit ihrem Mann während des fünfminütigen Fußmarsches reden sollte, denn die Gedanken um ein mögliches Geheimnis ließen sie nicht los.

Und so waren die Scharnagls mit ihren jeweils besten Freunden im gleichen Haus verabredet und besprachen ihre unterschiedlichen Probleme. Beim Männerabend war das Hauptthema natürlich die Recherche der zwei Hobbykommissare zum verschwundenen Roman. Nachdem Hansi Sepp auf seinen neuesten Wissensstand in Sachen Silke, Mandy, Günter und Harald gebracht hatte, wusste aber auch der Müller Sepp eine sensationelle Neuigkeit zu berichten.

»Mei Hansi, ich muss dir auch unbedingt etwas erzählen. Du kennst doch meinen Cousin, den Straubinger Manfred. Der ist ja Polizist und baut grad in Oberfilzbach, gell. Vorgestern hab ich ihm die Wände in seinem Haus verputzt. Stell dir vor, der wollte unbedingt einen Rauputz mit Muster haben. So einen *Waschelputz*, weißt schon, wie in den Achtzigern. Als wenn man das heute noch machen würde. Ts, ts, ts. Schaut wirklich furchtbar aus. Und so eine Arbeit war das …«

»Jetzt sag halt endlich! Oder willst du mir ernsthaft vom Waschlputz erzählen?« Hansi konnte seine Ungeduld kaum in Zaum halten.

»Ja, is ja gut, entspann dich halt a mal, Scharnagl. Also, der Manfred hat erzählt, dass sie neben Romans Büro natürlich auch sein Haus durchsucht haben. Und weißt du, was sie da gefunden haben?«

»SEPP!!!«

Sepp lachte. Er fand es eigentlich ganz lustig, wenn er seinen Freund ein wenig ärgern konnte. Hansi war der ungeduldigste Mensch, den er kannte.

»Sie haben Reiseunterlagen gefunden. Ich weiß nicht ganz genau was, aber ein Flugticket war wohl dabei. Genau für den Tag nach der Fastenpredigt. Ein Ticket nach Warschau. OHNE Rückflug.«

»Geh leck! Hau ab! Das könnte ja heißen, dass er doch *NUR* verschwunden ist. Abgetaucht quasi.« Hansi blieb der Mund offen stehen.

»Er ist aber wohl gar nicht geflogen, hat der Manfred gemeint. Sie haben das mit der Fluglinie gecheckt. Roman war nicht auf der Passagierliste«, klärte Sepp jetzt weiter auf.

»Ach so, hm. Das ist aber dann auch wieder saublöd. Dann wissen wir ja jetzt wieder nix Genaues.« Hansi verarbeitete diese sensationelle Information in einer kurzen Schweigeminute. »Ja, aber was wollte der Roman denn eigentlich in Polen? Wieder eine seiner christlichen Kulturreisen?«, fragte er nochmals nach.

Sepp prustete plötzlich los. Blöderweise wollte er gerade von seinem Bier trinken und verschluckte sich erst einmal ordentlich. Als er sich ausgehustet hatte, klärte er seinen Lachanfall auf.

»Ach ja, das hab ich jetzt vergessen. Manfred hat auch noch erzählt, dass er gar nicht in Sachen Kultur in Polen unterwegs war. Er hat früher schon keine Kulturreise gebucht gehabt und wollte jetzt wohl auch keine unternehmen. Seinen Computer haben sie nämlich auch durchforstet.«

»Ja, was denn dann?«

Sepp grinste Hansi nur an.

»Also weißt du, Müller, du bist manchmal ein richtiger Depp!« Langsam wurde »Herr Ungeduldig« richtig grantig, jetzt musste Sepp wohl ausführlicher werden.

»Es ist einfach zu schön, wenn du dich ärgerst, Scharnagl«, sprach Sepp und trank noch mal einen langsamen Genießerschluck von seinem Bier. »Also der Roman, gell, der war wohl eher auf dem polnisch-erotischen Gebiet unterwegs. Der Manfred hätte mir das eigentlich gar nicht erzählen dürfen, aber er fand es auch so unglaublich. Er kannte ihn ja auch, den Roman. Da hat er immer den Heiligen gespielt und den Moralapostel raushängen lassen. Dabei hatte er es faustdick hinter den Ohren.«

Man konnte Hansi förmlich beim Denken zuschauen, so sehr strengte er sich an. »Also dann hat er es quasi mit den polnischen Damen krachen lassen bei seinen angeblichen Kulturreisen? Oder wie meinst du das jetzt?«

»Ja, freilich. Da wird er sich schon die eine oder andere angelacht haben. Oder gleich bestellt, zum Tête-à-Tête. Wie man das halt so macht. Vielleicht gibt's da auch Kataloge zum Aussuchen«, fachsimpelte Sepp.

Langsam war nun auch bei Hansi der Groschen gefallen und er verstand, was Sepp ihm sagen wollte. »Ahhh! Schau dir den Groß an. Er, der katholische Lüstling.« Nun dachte Hansi aber gleich noch einen Schritt weiter. »Ja, Sepp! Wer weiß, mit welchen Leuten er da zu tun hatte. Ich mein, im polnischen Rotlichtmilieu wird man ja sicher auch nicht so zimperlich sein. Wenn das stimmt, dass er in der Bank einen

Haufen Geld unterschlagen hat … wer weiß, was er da sonst noch für G'schäfterl gemacht hat.«

Hansi wurde regelrecht euphorisch in Anbetracht so vieler neuer Hinweise. Aber die Euphorie war nur von kurzer Dauer, denn bei so zahlreichen Spuren wussten die Bauhofermittler gar nicht mehr, wo sie anfangen sollten. Beide waren regelrecht überfordert. Erst gab es absolut keine Hinweise und nun kam alles geballt auf sie zu. Außerdem wurde ihnen das Herz schwer, wenn sie an ihren Kollegen Günter dachten. Hoffentlich hatte er nichts mit Romans Verschwinden zu tun.

»Und was machen wir jetzt mit unserer Erkenntnis, Sepp? Wir können ja nicht nach Polen fahren und ihn suchen.« Hansi war ein wenig ratlos.

»Ja freilich nicht, vor allem wissen wir nicht, ob er wirklich in Polen ist. Aber wir halten die Augen und Ohren offen. Wie halt bisher auch. Irgendwann finden wir ihn schon«, versuchte Sepp seinen Freund zu beruhigen.

»Meinst du?«

»Ja freilich.«

Dabei tätschelte Sepp beruhigend Hansis Schulter und bestellte noch zwei Halbe Bier.

Zur gleichen Zeit, in ungefähr dreißig Metern Luftlinie Entfernung, diskutierten Bettina und Maria über ganz andere Themen.

»Ich sag's dir, Maria. Irgendwas stimmt mit Hansi nicht. Eigentlich ist er ja wie immer, aber ich bin jetzt schon ein paar Mal ins Badezimmer gekommen und er war zufällig auch drin, dann war er ganz komisch nervös. Was wird er da nur treiben?«, klagte Bettina bei ihrer Freundin über das verwunderliche Verhalten ihres Mannes.

»Hm. Nimmt er denn sein Handy mit? Also, ich mein, vielleicht schreibt er da heimlich Nachrichten an eine andere Frau?«, überlegte Maria laut vor sich hin.

Bettina wurde kreidebleich. »Meinst du wirklich?«

Aber Maria verwarf diesen spontanen Gedanken gleich wieder, denn sie kannte Hansi inzwischen schon recht gut. Ein heimliches »Gspusi« traute sie ihm nicht zu.

»Nein, eigentlich kann ich mir das nicht vorstellen. Geh, der Hansi hat doch eh nur Augen für dich. Vergiss das wieder, Bettina. Das war ein blöder Gedanke.«

Aber jetzt hatte Maria sozusagen die Büchse der Pandora für wilde Fremdgeh-Spekulationen geöffnet und Bettina wurde hysterisch.

»Den meisten traut man das nicht zu. Wie oft schon ist so eine Affäre aufgeflogen und man konnte es nicht glauben, dass genau diese Herren dazu fähig waren.«

Oje. Was hatte Maria da nur gedankenlos vor sich hingeplappert?

»BETTINA! Nur weil er ein- oder zweimal erschrocken g'schaut hat, musst du nicht gleich G'spenster sehen. Vielleicht war er am Klo und du hast ihn überrascht. Das wird ihm einfach unangenehm gewesen sein.«

Bettina versuchte sich gedanklich in die Situationen zurückzuversetzen. Sie kniff die Augen zusammen und überlegte.

»Nein, das glaub ich nicht. Wir sind ja schon so lange verheiratet, da ist einem Mann nix mehr peinlich. Der Klodeckel war unten. Und gerochen hab ich auch nix.«

»Da gibt's bestimmt eine ganz einfache Erklärung, Bettina. Jetzt mach dir keine Sorgen«, versuchte Maria ihr »Fehlverhalten« wieder auszubügeln.

Aber es war wohl zu spät. Bettinas Hirn lief auf Hochtouren.

»Weißt du, was mir auch gerade so auffällt? Er schaut sich ständig im Spiegel an. Egal, ob er an einer Fensterscheibe vorbeigeht oder im Flur vor dem großen Spiegel steht. Ständig muss er sich begutachten. Das spricht doch auch dafür. Er will für *sie* schön sein.«

»Warum fragst ihn nicht einfach?«, entgegnete Maria leicht genervt.

Insgeheim dachte sie darüber nach, ob Frauen eigentlich immer gleich so panisch reagierten? Sie verstand nicht ganz, warum sich Bettina jetzt so übertrieben in diesen Gedanken einer *anderen Frau* hineinsteigerte.

War sie selbst auch so?

Maria kam ins Grübeln. Um Himmels willen! Deshalb ist ihre Ehe wohl gescheitert, das hält man ja als Mann gar nicht aus, ging es ihr durch den Kopf.

Bettina riss sie aber schnell wieder aus ihren Gedanken.

»Ja spinnst du? Das würde mir Hansi sowieso nicht sagen«, antwortete sie entsetzt.

»Ach, weißt du, dass kannst du gar nicht wissen. Manchmal lernen sogar Männer, dass man ganz offen und ehrlich viel besser reden kann. Reiner und ich sind das beste Beispiel. Wir sind schon über fünfundzwanzig Jahre zusammen, aber erst jetzt haben wir es geschafft, wirklich ehrlich miteinander zu reden. Wir hatten in letzter Zeit sehr viele Gespräche. Alles, aber wirklich alles kam auf den Tisch.«

Bettina sah ihr Gegenüber an. Sofort breitete sich ein schlechtes Gewissen in ihr aus.

»Mei, Maria, entschuldige bitte, es tut mir leid. Ich nerv dich mit meinen wilden Spekulationen über meinen Scharnagl und du … du hast wirklich eine handfeste Ehekrise. Wie läuft's denn?«

Maria seufzte tief. »Hm, ich weiß gar nicht, wie ich das sagen soll. Es ist alles so komisch. Alles, wovon ich dachte, es wird sich nie ändern … das ändert sich gerade.« Maria hielt kurz inne und blickte ins Leere. »Irgendwie ist seit der aufgeflogenen Affäre meines Mannes damals ein großer Ruck durch unsere Ehe gegangen. Oder es ist, weil Sepp und ich letzten Sommer endlich miteinander geredet haben? Ich weiß es nicht, aber eigentlich ist es auch wurscht. Es ist gut so, wie es ist. Ich fühl mich, als wenn sich Fesseln lösen würden. Als wenn ich jetzt frei werden würde. Reiner und ich haben in den letzten Jahren fast gar nicht mehr wirklich miteinander geredet. Entweder es ging um die Metzgerei oder um die Kinder. Andere Themen hatten wir nimmer. Jeder hat sein Leben gelebt.«

»Das heißt, ihr habt euch jetzt wieder angenähert?«, freute sich Bettina.

»Hm, ja und nein. Die Ehetherapie war zwar total sinnlos, aber wir haben dadurch eben endlich angefangen zu reden. Zwar nicht in der Therapie, aber daheim. Du weißt ja, was ich von Therapeuten halte. Und mit dem Reden hat sich alles gelöst. Jeder hat erzählt, wie das damals war, als ich so schnell ungewollt schwanger wurde. Ich habe Rainer auch von Sepp erzählt.«

Erschrocken blickte Bettina sie an.

»Keine Sorge, alles ist gut. Reiner war damals auch überfordert. Er hatte die Metzgerei gerade übernommen, dann kam auch schon unser Emil zur Welt. Wir waren grad mal ein Jahr zusammen, als er geboren wurde. Eigentlich kannten wir uns gar nicht. Vor allem waren wir viel zu jung, fast selber noch Kinder.«

Eine ruhige Stimmung machte sich breit. Maria wirkte sehr entspannt, so hatte Bettina sie noch nie gesehen. Normalerweise war sie immer ein wenig hektisch und aufgedreht. Meistens war sie schwer beschäftigt mit der Metzgerei, mit ihrer unglücklichen Ehe oder gedanklich mit ihrer großen unerfüllten Liebe Sepp. Die Stimmung steckte auch Bettina an und sie vergaß für den Moment ihre Hirngespinste um ihren Mann.

»Und wie geht es jetzt weiter mit Reiner und dir?«, fragte Bettina gespannt.

»Ich kann es dir gar nicht genau sagen, aber ich glaub, wir werden uns jetzt wirklich trennen.«

Bettina wunderte sich, dass ihre Freundin fast lächelte, als sie diesen eigentlich traurigen Satz aussprach.

»Aber das ist gar nicht schlimm, es tut sogar gut. Wir haben festgestellt, dass wir zwar nur noch Freunde sind, dafür aber wirklich gute Freunde. Wir haben zwei gemeinsame wunderbare Kinder. In der Metzgerei haben wir auch immer gut zusammengearbeitet, deshalb wollen wir auch Geschäftspartner bleiben. Die Liebe ist halt verschwunden, vielleicht war es auch nie wirklich Liebe.«

Die meisten Trennungen, die Bettina in ihrem Umfeld mitbekommen hatte, waren alle mit Feindschaft, großen Enttäuschungen und Herzschmerzen einhergegangen. Sie war wirklich beeindruckt, wie Maria mit der Situation umging.

»Wissen es Emil und Sophia schon?«

»Ja, ich hab ganz offen mit ihnen gesprochen, ich denk, das ist das Beste. Sie sind ja keine kleinen Kinder mehr. Außerdem sehen sie, dass sich ihre Eltern jetzt besser verstehen als vorher. Ich werd mir eine Wohnung im Dorf suchen. Emil ist ja schon erwachsen und Sopherl kann sich aussuchen, wo sie wohnen möchte.«

»Du machst das toll, Maria. Wirklich, ich muss dich da echt bewundern«, zollte Bettina ihrer Freundin Respekt.

»Und was ist jetzt mit Sepp?«

Sofort hatte Maria ein Lächeln im Gesicht. Ihre Augen leuchteten und ihre Wangen wurden rosig. Wie ein Schulmädchen, das auf ihren Schwarm angesprochen wurde.

»Mei, der Sepp«, seufzte Maria liebevoll. Aber sogleich regte sich die offensichtlich verliebte Metzgereibesitzerin auch wieder auf. »Der ist wirklich ein Depp!«

Die Freundinnen stimmten gleichzeitig in ein herzhaftes Lachen ein. Babsi, die Barchefin, kam an den Tisch der beiden und brachte zwei Cocktails.

»Hier, ihr zwei Hübschen. Wollt ihr mal meinen neuesten Cocktail probieren? Ich hab ihn erst mal *Babsis Bombe* getauft. Der geht aufs Haus. Aber ihr müsst mir ehrlich sagen, wie er euch schmeckt.«

»Ja, aber dann musst du auch einen mittrinken, liebe Barbara«, kicherte Maria.

»Babsis Bombe« schmeckte den beiden Testtrinkerinnen vorzüglich und die Stimmung wurde ausgelassener.

»Ja, was ist jetzt mit Sepp? Weiß er schon, dass ihr nun getrennt seid?«, wollte Bettina nun zurück zum wichtigen Thema Männer kommen.

»Ach, der ist so ein Stoffel. Der kapiert echt gar nix.«

»Warum?«

»Er kommt jeden Tag in die Metzgerei, kauft sich seine Schnitzelsemmel und geht wieder. Meinst, er würd einmal was sagen? Also zu mir, du weißt schon, was Persönliches. Es ist ja süß, wie schüchtern er ist, aber andererseits auch zum Verzweifeln.«

»Dann musst du halt was sagen, das is doch klar beim Müller. Der is halt so. Kennst ihn doch«, nahm Bettina den Freund ihres Mannes jetzt in Schutz.

»In der Metzgerei is es ja blöd, die Angestellten und die Kunden müssen das ja nicht unbedingt gleich mitbekommen. Ich versuch ja eh, ihm immer Zeichen zu geben, aber der stellt sich an, das glaubst du gar nicht.«

Nachdem Maria zwei weitere »Bomben« bei Babsi bestellt hatte, fuhr sie fort: »Letzte Woche hab ich ihm auf eine Serviette ein Herz gemalt und dazu geschrieben: *Lass uns reden.* Dann sagt er glatt, er braucht keine Serviette, und nimmt sie nicht. Unglaublich, oder? Zwei Tage später hab ich es noch mal probiert. Stell dir vor, dann hat er sich mit der Serviette den Mund abgewischt und sie gleich in der Metzgerei weggeworfen.«

Wieder lachten die Freundinnen über die Unbeholfenheit des Herrn Müller.

»Aber heute hoffe ich wirklich, dass er meine Nachricht bekommen hat.«

»Hat er die Serviette heute mitgenommen?«

»Ich hab ihm einen kleinen Zettel in die Schnitzelsemmel gelegt«, schmunzelte Maria.

In diesem Moment kamen die beiden Männer aus der gegenüberliegenden Wirtsstube in Babsis Bar.

»Na, die Damen? Ihr habt's ja einen ordentlichen Durst«, kommentierte Sepp die zwei leeren und zwei vollen Gläser, die auf dem Tisch standen.

»Zuckerschoaserl, es ist schon spät. Komm, geh ma heim?«, meinte Hansi und gähnte theatralisch, um seine Forderung zu bekräftigen.

»Ja, gleich. Ich muss ja erst noch austrinken«, antwortete Bettina widerwillig.

Die Männer gesellten sich ebenfalls an den Tisch. Nach kurzem kulinarischen Small Talk über »Babsis Bombe« und die von der männlichen Fraktion soeben vertilgte feurige Gulaschsuppe trat aber nun, sehr zum Leidwesen Marias, erneut Sepps zwischenmenschliche Unbeholfenheit zutage.

»Weil wir grad vom Essen reden. Ich will mich da ja nicht einmischen, Maria, aber ihr solltet in eurer Metzgerei vielleicht besser auf die Hygiene achten«, sprach er mit ernster, aber wohlwollender Stimme.

»Warum?«, fragte Maria überrascht. Sie fühlte sich augenblicklich in ihrer Berufsehre gekränkt.

»Na, ich hab heut in meiner Schnitzelsemmel einen Papierfetzen gefunden. Fast hätt ich ihn gegessen, aber beim Kauen hab ich das dann noch rechtzeitig bemerkt und ihn gleich ausgespuckt.«

Bettina konnte sich vor Lachen nicht mehr halten. Marias Stimmung hingegen erlitt sofort einen deutlichen Einbruch und so fand der vielversprechende Abend in Babsis Bar ein abruptes Ende. Alle Teilnehmer der kleinen Gesellschaft machten sich recht bald auf den Weg nach Hause.

Am nächsten Tag las Hansi wie immer die Filzbacher Rundschau. Im Regionalteil Unterfilzbach war eine Presseerklärung der Firma »MiesE Trachten« abgedruckt.

Sehr geehrte Damen und Herren,
aufgrund der bedauerlichen Vorkommnisse bei unserer diesjährigen Wahl zur »Miss Dirndl« mussten wir den Contest vorzeitig abbrechen. Wir entschuldigen uns bei den anwesenden Zuschauern und allen Mitwirkenden aufrichtig und bedauern zutiefst, dass wir den Abend nicht wie geplant durchführen konnten.
Die Kosten für die bezahlten Eintrittskarten werden Ihnen nach Vorlage in unserer Firmenzentrale selbstverständlich

zurückerstattet. Außerdem erlauben wir uns, Ihnen zusätzlich zur Rückerstattung als kleine Wiedergutmachung ein Paar Trachtensocken aus der neuesten Kollektion »Röhrender Hirsch« zu schenken.
Gemeinsam mit der Jury und der Firmenleitung unseres Unternehmens haben wir entschieden, die Kandidatin, die bis zum Abbruch die meisten Punkte erzielt hatte, zur »Miss Dirndl« zu ernennen. Unsere »Miss Dirndl« ist somit Frau Isabelle Scharnagl. Wir wünschen Frau Scharnagl auf diesem Wege alles Gute für ihr Amt und freuen uns auf angenehme Zusammenarbeit.
Für die nächste Wahl im kommenden Jahr bemühen wir uns, solche Vorfälle bereits im Vorfeld zu unterbinden, und werden die Bewerberinnen auf Mark und Bein prüfen.

Mit freundlichen Grüßen
Ihr Eduard Mies
CEO MiesE Trachten

»Zuckerschoaserl!«, rief Hansi aus voller Kehle.

»Was schreist denn so? Ist was passiert?« Bettina kam aufgeregt aus dem Keller gerannt.

»Hast du gewusst, dass unsere Isa jetzt *Miss Dirndl* ist?«

»Wie kommst denn jetzt darauf?«, fragte Bettina verwundert.

»Na, da schau her!«, antwortete Hansi und hielt ihr die Zeitung unter die Nase.

Bettina las den Artikel und die Presseerklärung aufmerksam und schmunzelte dabei. »Schau dir die Isa an, jetzt ist sie die *Miss Dirndl.* Unser Mäuschen.«

In diesem Moment kam sie auch schon in die Küche gestürmt, die neue »*Miss Dirndl*«. Voller Hektik, wie jeden Morgen, schnappte sie sich eine Breze und suchte ihre Jacke.

»Isa, warum erzählst du uns nicht, dass du jetzt Miss Dirndl bist?«

»Ja, ähm, hab ich vergessen. Der Edi hat vor ein paar Tagen angerufen und gefragt, ob ich das Amt annehme. Ich muss jetzt auch schon los zum Fotoshooting, die neue Kollektion, ihr wisst schon. Ich bin spät dran. Servus.«

Und weg war sie.

»So, so. Der *Edi?*«, wiederholte Bettina übertrieben Isas Worte und verdrehte dabei die Augen.

Bettina hatte heute frei und plante wieder mal einen Großputz. Aber vorher konnte sie mit ihrem Mann noch in Ruhe eine Tasse Kaffee trinken. Hansi baute seine Überstunden ab, da konnte er ja auch ein paar Arbeiten rund um das Haus erledigen, überlegte Bettina. Diese wollte sie ihm nun beim Frühstück in Ruhe und in aller Verständlichkeit auftragen. Außerdem war ein kleiner Ratsch mit ihrem Bärle auch einmal wieder ganz nett. Dabei konnte sie genau beobachten, ob er sich vielleicht wieder einmal komisch verhalten würde.

»Und, bist schon aufgeregt, Bärle?«, grinste Bettina ihren Mann an.

»Warum? Wegen der Sitzung? Ach geh, das ist doch kein Grund, aufgeregt zu sein«, konterte Hansi cool.

Aber innerlich sah es ganz anders aus im neu gewählten Unterfilzbacher Gemeinderat Scharnagl. Heute Abend war die Vereidigung und dann sollte auch gleich die erste Sitzung abgehalten werden. Per E-Mail hatte Hansi einen ganzen Stapel Unterlagen vom Bürgermeister geschickt bekommen. Indira hatte ihm alles ausgedruckt und auf den Tisch geknallt.

Als Hansi die gefühlt hundert Blätter überflog, spürte er gleich, wie sich alles in ihm zusammenzog. Er rang regelrecht nach Luft. Da war die Rede von Ausschüssen, in die Hansi eintreten sollte, von Förderanträgen an die Landesregierung, vom Gemeindehaushalt und von noch ein paar Sachen, die ihn auf Anhieb absolut überforderten. Und das sollte Hansi nun alles mitentscheiden? *Das ist eine Mordsverantwortung,* dachte der neue Ratsherr. Er fühlte sich förmlich erdrückt von der Flut von Informationen, die er nun begutachten und dann seine Entscheidung fällen sollte.

Was war, wenn er einen Fehler machte? Wenn er wichtige Fakten übersah? Würden sie ihn dann auch beim Faschingszug mit ihren Spruchbändern an den Faschingswägen durch den Kakao ziehen? Warum hatte er sich das alles nur angetan? Warum hatte er nur nicht auf sein Zuckerschoaserl gehört? Hansi war verzweifelt.

Aber es half wohl alles nichts, da musste er jetzt durch. Er nahm sich vor, künftig mehr auf seine Frau zu hören, am Ende hatte sein Zuckerschoaserl doch immer wieder recht.

Diesen Vorsatz bereute Hansi aber augenblicklich wieder, als Bettina ihm die To-do-Liste für diese Woche überreichte. *Ja spinnt denn die,* dachte sich Hansi, *ich hab ja schließlich so was wie Urlaub. Da bekomm ich ja von Wiggerl nicht so viel Arbeit für eine Woche aufgebrummt wie von ihr,* ärgerte er sich.

Widerspruch war aber zwecklos, das wusste Hansi, und so beugte er sich dem strengen Regiment von seinem Zuckerschoaserl. Zuerst fuhr er das Auto in die Waschanlage, das war noch die angenehmste Aufgabe. Anschließend wollte er endlich die Winterreifen gegen die Sommerreifen austauschen. In der Waschanlage sah er dann den alten verbeulten weißen Golf von Xaverl Berger, der gerade einshampooniert wurde.

Hansi wunderte sich. *Warum fährt er denn diese alte Kiste überhaupt noch in die Waschanlage?* Noch mehr wunderte er sich, als Mandy Honegger aus dem Tankstellenverkaufsraum kam und eine Flasche weiße Lackpolitur in der Hand hielt.

»Ja servus, Mandy, bist auch beim Autowaschen?«

Mandy war sehr kleinlaut im Gegensatz zu früher. Aber nach ihrem Ausraster bei der Miss-Dirndl-Wahl wunderte das Hansi kein bisschen.

»Ja, ja. Muss ja sein«, antwortete Harald Schmals Assistentin kurz und knapp.

Das Waschprogramm war zu Ende, Mandy stieg tatsächlich in Xaverls alte Rostlaube und fuhr davon. Was machte denn Mandy nun mit Xaverls Auto? Überhaupt, was hatte Mandy in letzter Zeit so viel mit Xaverl zu tun? Erst waren sie gemeinsam beim Essen und nun fuhr sie sein Auto in die Waschanlage?

Hansi wusste keine Antwort auf diese Fragen, aber wie sagte sein Freund Sepp immer so schön: Augen offen halten und beobachten. Irgendwann würde sich schon alles aufklären. Sogar diese Verbindung, so seltsam sie auch war, dachte sich Hansi.

KAPITEL 9

Bruce Willis

»Nein Papa, jetzt lies das doch mal richtig. Warum verstehst du das denn nicht, Herrschaftszeiten? Das kapiert doch ein Fünfjähriger. Die Gemeinde kann es sich durchaus leisten, wenn die Kindergartengebühren für alleinerziehende Mütter gesenkt werden«, schimpfte Indira mit ihrem Vater. Offensichtlich hatte sie das Ungedulds-Gen von ihm geerbt.

Nachdem sich die erste Gemeinderatssitzung für Hansi wie die reinste Tortur angefühlt hatte, schloss er nun mit Indira eine Art Vertrag. Sie nannte es »Beratervertrag«. Sie würde ihm künftig die zahlreichen Unterlagen und Schriftstücke erklären, die er zur informativen Vorbereitung für die Gemeinderatssitzungen vom Bürgermeister bekam. Dafür erhielt sie einen Stundenlohn für die Zeit, die sie dazu brauchte, um das Ganze »hansigerecht« aufzubereiten. Das hieß im Klartext: Keine Fremdwörter mehr! Und wenn es nicht vermeidbar war, dann zumindest verständlich übersetzt. Außerdem sollte sie alles in allem das Wichtigste so kurz wie möglich zusammenfassen.

Hansi konnte sich durchaus stundenlang mit dem Regionalteil der Filzbacher Rundschau beschäftigen, aber das waren gerade einmal drei Zeitungsseiten und davon bestand mindestens die Hälfte aus Fotos. Er bekam aber sofort Übelkeitsgefühle bei Büchern oder längeren Texten, die ganz ohne Bilder auskamen. Zu viele Buchstaben auf einem Haufen waren Hansi ein Graus. Die Konzentration reichte da einfach nicht, meinte er. Er war und blieb eben ein Handwerker, und die lasen halt einfach nicht so viel, die arbeiteten mehr mit den

Händen oder machten technische Dinge, predigte er immer. Das war ein Naturgesetz. Er konnte quasi überhaupt nix dafür.

Bei den Vertragsverhandlungen hatte Indira außerdem ein gewisses Vetorecht vereinbart. Bei Abstimmungen zu Themen, die Indira sehr wichtig waren, musste Hansi so abstimmen, wie Indira es am besten fand. Aber seine eloquente Tochter hätte wohl alles von ihm verlangen können, Hauptsache, er war mit dem unverständlichen »Gemeinderatsglump« nicht alleine.

Zu allem Übel war Hansi in der letzten Sitzung auch noch einstimmig zum Seniorenbeauftragten gewählt worden. Im Unterfilzbacher Gemeinderat gab es für alles Mögliche sogenannte Beauftragte. Es gab einen Jugendbeauftragten, einen Friedhofsbeauftragten, einen Frauenbeauftragten, einen Wirtschaftsbeauftragten, einen Vereinsbeauftragten, einen Sportbeauftragten und so weiter. Hansi wusste auf die Schnelle nicht, wofür er sich »beauftragen« lassen sollte. Er hatte ja keine Ahnung, was dieses Amt beinhaltete. Komischerweise wollte keiner für die Senioren beauftragt werden, denn dieser Posten war bis zuletzt vakant. Da Hansi bis dahin immer noch für keinen Posten dieser Art bestimmt worden war, blieben ihm jetzt halt die Senioren.

Als er nachfragte, was denn nun genau seine Aufgaben wären, hieß es, er müsse sich einfach ein wenig um die Senioren kümmern. Also beispielsweise Fahrdienste zu den Volksfesten oder den Seniorenfasching organisieren. *Na prima. Ich Depp. Warum hab ich mich nicht als »Frauenbeauftragter« gemeldet?,* war Hansi grantig auf sich selbst.

Ausgerechnet der König Schoßi, dieser Schönling, war nun für die Frauen zuständig. Georg König, wie er in seinem

Personalausweis hieß, mochte es überhaupt nicht, wenn man ihn Schoßi nannte. Aber so war das halt in Bayern: Georg = Schoß, und ein kleiner Georg war halt dann ein Schoßi. Genau wie ein Josef ein Sepp ist und ein kleiner Josef eben ein Sepperl. Das war alles logisch und kulturell so manifestiert. Der König Schoßi allerdings wollte lieber »Tschortsch« gerufen werden. So wie Boy George, der Sänger der Achtzigerjahre-Band *Culture Club*. Überhaupt war er da ein Mordsfan von der Kapelle. Und Hansi vermutete, auch vom Boy George selbst. Weil der Unterfilzbacher »Tschortsch« war nämlich schwul. Was ja auch kein Problem war. Hansi mochte ihn.

Aber er empfand die ganze Beauftragungssache als nicht ganz fair. Weil im Prinzip sollte dieses Amt des Frauenbeauftragten ja idealerweise eine Frau übernehmen. Nun war es aber tatsächlich so gekommen, dass in den aktuellen Unterfilzbacher Gemeinderat keine einzige Frau gewählt worden war. Da dachten sich die Gemeinderäte, dann nehmen wir zumindest einen Schwulen als Frauenbeauftragten. Der kommt der ganzen Sache am nächsten. Und so war halt jetzt der König Schoßi/Tschortsch dafür zuständig, also für die Frauen. Für Hansi war das eigentlich gar nicht so logisch, dass jemand für die Frauen zuständig sein sollte, der ansonsten gar nicht so viel mit den Frauen anfangen konnte. Aber er war ja jetzt auch der Seniorenbeauftragte und eigentlich im Prinzip gefühlt fast noch ein Jugendlicher.

Seine erste Amtshandlung stand auch schon kurz bevor, denn endlich wurde nun offiziell die Erweiterung des neuen Wohntrakts in der Seniorenresidenz *Zum ewigen Licht* eingeweiht. Bürgermeister Brunner überreichte Hansi auch gleich nach seiner Wahl eine Einladung. Total perplex starrte er minutenlang darauf. Er konnte nicht fassen, dass der Seniorenbeauftragte der Gemeinde bei der Eröffnung eine Rede halten sollte. Kalter Schweiß stand ihm auf der Stirn, als er realisierte, dass dieser Beauftragte ja nun er selbst war. Er, Hansi Scharnagl, der Handwerker, sollte eine Rede halten. Daraufhin flehte er Indira förmlich an, ihm zu helfen.

Gott sei Dank waren es noch zwei Tage bis zur großen Einweihungsparty. Zum einen beruhigte das Hansi, zum anderen bekam er bei dem Gedanken auch gleichzeitig Angstzustände. Zwei Tage! Nur noch! Aber Bettina sorgte bis dahin für genügend Abwechslung, täglich erweiterte sie die To-do-Liste mit kreativen Ideen für seine Beschäftigung. Ihr Hintergedanke war allerdings ein anderer, als ihr Ehemann wohl vermutete. Bettina hoffte, Hansis freie Tage so mit genügend Tätigkeiten auszufüllen. Er sollte keine längeren unbeobachteten Freizeiten haben, in denen er sich mit der »fiktiven Geliebten« treffen konnte. Immer noch hatte sie diese Vorstellung im Kopf.

Heute schickte sie Hansi zum Friseur, das war zwar nicht ganz so schlimm wie die abschüssige Wildwuchswiese hinter dem Haus zu mulchen, aber zu Hansis Lieblingsbeschäftigungen zählte das auch nicht gerade. Isabelle war zwar eigentlich die zuständige Familienfriseuse, aber im Moment rauschte sie von einem Dirndl-Shooting zum nächsten Kurs in ihrer Make-up-Bildungsanstalt und hatte keine Zeit für das Styling ihrer Verwandten. Bettina fand schon seit Längerem, es wäre wirklich wieder einmal Zeit für einen Haarschnitt, denn je länger die Haare am verbleibenden Haarkranz auf Hansis Haupt waren, desto mehr kam die kleine mittige Glatze optisch zur Geltung.

Er hatte also brav einen Termin in *»Karins Friseur Stüberl«* vereinbart und fand es dort recht schnell sogar ganz lustig. Es waren ausschließlich weibliche Kundinnen und Friseurinnen anwesend. Hansi war der Hahn im Korb und fühlte sich großartig. Er lief regelrecht zur Hochform auf. Hansi, der Charmebolzen. Da ärgerte er sich auch gleich schon wieder, warum *er* nicht der Frauenbeauftragte war, sondern der Tschortsch. Kurz überlegte Hansi, wie er vielleicht die Beauftragungen tauschen konnte, quasi die Senioren gegen die Frauen, aber die passenden Argumente fehlten ihm noch. Das war eigentlich fast ein unmögliches Vorhaben, vermutete er. Allerdings, wenn man das hier so sah, wie er mit den Mädels konnte … ein Gekicher und Geschäker war das. Hansi trank Prosecco mit ihnen und erzählte seine besten Witze. Er war ja geradezu ein richtiger Frauenversteher, zumindest fühlte er sich im Moment so. Welcher Mann konnte das schon von sich behaupten? Gut, dass Bettina das in ihrem aktuellen mentalen Zustand nicht mitbekam.

Karin von *»Karins Friseur Stüberl«* war schon sehr lange eine alte Freundin von Hansi. Sie hatten bereits im Sandkasten miteinander gespielt und waren seit der ersten Klasse gemeinsam zur Schule gegangen. Deshalb betreute auch die Chefin höchstpersönlich Hansis schwindende Kopfhaare. Aber es kam, wie es kommen musste, sie wollte zuerst darüber reden. Er hatte es geahnt. Eigentlich war es klar vorhersehbar gewesen.

»Tja, Hansi. Was sollen wir denn da noch machen?«, fragte Karin mit einem mitleidigen Blick, den Hansi vom Spiegel aus gut beobachten konnte.

»Ach geh, Karin. So schlimm ist es doch auch wieder nicht. Schneid halt einfach was weg und fertig. Vielleicht wachsen sie ja wieder nach.«

Karin lachte laut. »Freilich, Hansi. Davon tät's dir träumen.« Dabei wuschelte sie durch Hansis Resthaare und schien zu überlegen. »Vielleicht sollten wir dir eine totale Glatze rasieren, so wie Bruce Willis. Das wär doch was, oder? Was meinst? Das ist doch heutzutage total sexy.«

Wer ist noch mal Bruce Willis?, versuchte sich Hansi zu erinnern. *Ist das nicht so ein Karate-Schauspieler?* Nein, so wollte Hansi bestimmt nicht aussehen. *Wie kann ich jetzt nur von diesem blöden Thema ablenken,* überlegte er angestrengt. Aber das Schicksal meinte es gut mit ihm, denn just in diesem Moment betrat Mandy Honegger den Friseursalon und zog sofort alle Aufmerksamkeit auf sich. Anscheinend hatte sie sich wieder von ihrem taktlosen und prekären Auftreten bei der Miss-Dirndl-Wahl erholt, denn sie war wieder ganz die Alte. Keine Spur mehr von kleinlaut.

»Hallösche, Hansi, na, wie geht's?«, flötete sie im Vorbeigehen.

Das Selbstbewusstsein war zurückgekehrt. Sie stöckelte gewohnt aufgebrezelt wie auf einem Laufsteg durch *»Karins Friseur Stüberl«*, als wenn alle auf sie gewartet hätten. Kurz nach ihrem Eintreffen war sie allerdings auch gleich schon wieder sehr aufgebracht, denn sie forderte eine Behandlung von der Starfriseuse des Salons, Isabelle. Karin erklärte ihr geduldig, dass Isabelle momentan nur aushilfsweise arbeitete, da sie eben eine Fortbildung machen würde. Was Mandy dann wiederum nicht so einfach hinnehmen wollte. Als Ausgleich wollte sie dann von der Chefin höchstselbst bedient werden. Das wäre ja wohl das Mindeste, meinte sie.

Die Antipathie war Karin förmlich ins Gesicht geschrieben, als sie ihr nicht mehr ganz so geduldig erklärte: »Also, Frau Honegger, sie haben vor zehn Minuten angerufen und am Telefon geheult, weil sie heute unbedingt noch einen Termin brauchen. Wir haben auch noch andere Kunden und die haben schon länger ihre Termine gebucht. Entweder Sie lassen sich jetzt von unserer Vroni bedienen oder Sie gehen wieder heim.«

Da schaute der potenzielle Bruce Willis des Salons mit offenem Mund überrascht die Chef-Friseurin an. *Das ist a mal eine Ansage, Respekt,* dachte sich Hansi.

Mit einer beleidigten Kopfdrehung wendete Mandy auf ihren High Heels in einem Zug, stakste klappernd in den Damenbereich und setzte sich mit finsterem Blick in einen Frisierstuhl.

Die gebuchte Friseuse Vroni war nun nicht unbedingt die Stilikone des Dorfes. Die Endvierzigerin mit Dauerwelle und Ponyspoiler war haartechnisch zwar voll im Trend – allerdings in dem von 1987. Aber sie war eine ganz liebe Person, erzählte Isa immer. Und so bemühte sie sich sehr, ihre neue Kundin zuvorkommend zu bedienen, aber irgendwie stimmte wohl die modische Styling-Chemie nicht hundertprozentig. Nachdem Mandy in einem wahren Wortschwall im Maschinengewehrtempo erklärt hatte, was sie denn nun gerne haben wollte, wirkte Vroni mit der Gesamtsituation und der Kundenanweisung sehr überfordert.

Von seinem Stuhl aus konnte Hansi das Kundengespräch sehr gut beobachten. Mandy schien Vronis Verzweiflung allerdings nicht zu bemerken und erzählte munter weiter aus ihrem wunderbaren glamourösen Leben. Vroni kam quasi nicht zu Wort, um noch mal ein paar Unklarheiten wegen der neuen Frisur zu klären.

Leider konnte der Mithörer im Herrenbereich nur Wortfetzen verstehen. Er ließ die beiden aber nicht aus den Augen. Da war die Rede von ihrem prominenten Starfriseur, der leider so kurzfristig keinen Termin mehr freihatte, obwohl sie doch Stammkundin war. Von einer Bewerbung bei einer

Castingshow. Dafür müsse sie morgen nach München fahren und wollte »superschick« sein. Aber Mandy würde die Jury mit ihrer Stimme sowieso überzeugen, meinte sie, egal welche Frisur sie hätte. Diese Ausstrahlung könnte sicher keiner toppen, beweihräucherte sie sich selbst. Falls die Teilnahme an der Castingshow wider Erwarten nicht klappen sollte, dann würde sie doch noch eines der zahlreichen Angebote vom Fernsehen annehmen. Denn langsam wurde es ihr in Unterfilzbach zu langweilig und sie machte hier sowieso nur einen Zwischenstopp, bevor nun ihre bevorstehende Karriere auf Hochtouren anliefe.

Vroni erlaubte sich nach Mandys Vortrag über ihre planmäßige berufliche Zukunft im Rampenlicht dann doch zu fragen, welche TV-Angebote das denn genau wären. Aber Fräulein Honegger beantwortete diese Frage ein wenig »verschnupft«, zickig könnte man auch sagen. Ob sie ihr denn nicht glauben würde? Sie solle sie doch mal anschauen, welches Engelsgesicht da vor ihr säße. Sie wäre ja schließlich keine Landpomeranze wie die Frauen in Unterfilzbach. Sie hatte schließlich Stil. Die arme Vroni stellte von da an keine weiteren Fragen mehr. Ab und an hörte man nur, wie Mandy verlauten ließ, dass der Föhn doch ein wenig heiß wäre. Hansi konnte genau beobachten, wie Vroni dabei ganz leicht lächelte, während sie ein sanftes »Entschuldigung« hauchte.

Nachdem sich die gute Mandy selbst genug dargestellt hatte, erzählte sie von ihrem Arbeitgeber Harry Schmal. *Aha, jetzt wird's interessant,* dachte Hansi und rutschte auf seinem Stuhl ganz nach vorn, um vielleicht noch mehr mitanhören zu können. Anscheinend wollte Harry nun groß expandieren. Das Altenheimgeschäft lief wohl so gut, dass sich die Fa. Beton Schmal überlegte, Altenheime in Serie zu bauen.

Natürlich nur in der Luxusausführung. Eh klar. Da wurde Hansi noch mal ganz besonders hellhörig, denn eigentlich war ja die Fa. Schmal recht knapp bei Kasse, hieß es. Er erinnerte sich an das Gespräch mit Antonia zurück. Wie konnte dann Harry an Expansion denken? Irgendwas wurde da gemauschelt! Roman und Harry machten sicher keine legalen Geschäfte. Da war sich Hansi jetzt sicher, aber das würde er schon noch herausfinden.

Karin lud Hansi nach getaner Arbeit noch auf eine Tasse Kaffee ein. Und weil seine heutige To-do-Liste nur noch Aufgaben beinhaltete, die der »Überstundenabbauer« nicht besonders prickelnd fand, ließ er sich gern von seiner alten Schulfreundin überreden. Zwischen Kaffee und Schokokeksen beobachteten Hansi und Karin aus der Ferne, wie Vroni Mandy mit aller Kunst des Friseurhandwerks bearbeitete. Die Teilnehmer des privaten Kaffeekränzchens am Stehtisch im Eingangsbereich ahnten Schlimmes. Karin war hin- und hergerissen, ob sie nicht doch eingreifen sollte. Aber das war es ihr nun wert. Sie ließ es eiskalt drauf ankommen – heimlich schmunzelnd.

Ding-Dong tönte die Salontür und die nächste Kundin stand mit ihrer vollen Präsenz im Entree. Berta Hinkhofer hatte sich zur Dauerwelle angemeldet. *Juchu!*, dachte sich Hansi ironischerweise.

»Ja, da komm ich ja grad richtig. Mei, Karin, bringst mir auch ein Tasserl Kaffee? Aber ganz heiß, gell! Ich bin ja sowieso die letzte Kundin, gell. Da pressiert's ja nicht so sehr«, sprach sie und biss herzhaft in einen Schokoladenkeks. »Na, Scharnagl? Seit wann gehst du denn zum Friseur? Du mit deinen fünf Haaren?«

Typisch Berta, immer nett und herzlich, dachte sich Hansi und verdrehte innerlich die Augen. »Ja, Berta, du mich auch«, konnte er es sich nach dieser Begrüßung nicht verkneifen.

Die beiden verband ja bekanntermaßen eine Art »Hass-Liebe« und Karin wusste das natürlich. Sie versuchte gleich auf ein anderes Thema zu lenken, damit es nicht wieder eskalierte.

»Was gibt's denn Neues, Berta?«

Das war für das Fräulein Hinkhofer eigentlich eine Frage, die man normalerweise gar nicht zu stellen brauchte. Die »Queen of Dorftratsch« erzählte so was sonst immer ungefragt.

»Ja woher soll ich denn das wissen? Wo käm denn ich hin? Da fragt ihr jetzt wirklich die Falsche«, zierte sich Berta heute allerdings.

Hansi wusste aber natürlich, dass Berta eine gute Quelle für Gerüchte und Informationen war. Deshalb konnte er sich diese Gelegenheit nicht entgehen lassen. Da musste er jetzt wohl oder übel durch, wenn er am neuesten Dorftratsch teilhaben wollte.

»Habt ihr gehört, dass Harry Schmal groß ins Altenheimgeschäft einsteigen will? Das ist doch komisch, oder? Ich dachte, er ist fast pleite?«, stellte Hansi einfach mal provokant in den Raum – in *»Karins Friseur Stüberl«* quasi. Innerlich lächelnd freute er sich, dass sein Plan sofort aufging.

»Geh, geh, geh. Der wird bald in gar nichts mehr investieren. Das sag ich euch. Hoch verschuldet und spielsüchtig ist der. Da ist nicht mehr viel mit Expansion. Und in Altenheime schon gar nicht«, wusste Berta zu berichten.

»Ist da was dran an dem Gerücht, dass er mit Roman krumme Geschäfte gemacht hat?«, wollte Karin wissen.

Berta war nun voll in ihrem Element. »Der Roman? Niemals! Dem Schmal trau ich alles zu, aber meinem lieben

Neffen ganz sicher nicht. Aber bei dem Schmal und seinen krummen G'schäfterln, da bin ich noch dran. Das bekomm ich schon noch raus«, antwortete sie ein wenig aufgeregt.

Was soll das jetzt bitte heißen? Hansi ärgerte sich insgeheim. Als wenn *sie* hier die Detektivin wäre, die alte Bissgurk'n. Bei diesem Gedanken lächelte er Berta besonders freundlich an.

»Wisst ihr denn schon, dass der Bürgermeister anscheinend auch Dreck am Stecken hat?«, schien sich die Hinkhoferin zu freuen. »Wenn das stimmt, dann beantrage ich aber Neuwahlen. Darauf könnt ihr euch verlassen. Ich wär einfach eine gute Bürgermeisterin gewesen, da könnt ihr sagen, was ihr wollt. Aber ihr werdet schon alle sehen, was ihr davon habt.«

Oje, da war aber ihre »Wahlniederlage« mit dem verpassten Einzug in den Gemeinderat noch nicht verwunden, stellte Hansi mit Genugtuung fest.

»Jedenfalls soll wohl auch der Brunner nicht ganz saubere G'schäfterl gemacht haben. Das soll alles mit dem sauteuren Wanderweg zu tun haben. Irgendwas mit *Beraterverträgen*, was ich so gehört hab. Vielleicht ist ihm ja der Roman draufgekommen und dann hat er ihn bedroht. Er hat vielleicht deshalb verschwinden müssen. Oder der Bürgermeister hat meinen armen Neffen vielleicht sogar gekidnappt? Könnt ja sein. Wir sind nämlich eine rechtschaffene Familie und der Roman hat ja schließlich meine Gene.«

»Ach geh, der Brunner? Der scheißt sich doch eh wegen allem gleich in die Hose. Das kann ich mir nicht vorstellen«, meinte Karin skeptisch.

Hansi schätzte Bürgermeister Brunner eigentlich genauso ein – wenig risikofreudig. Aber es gab sicher nichts, was es nicht gab, und Hansi musste schließlich jeder Spur nachgehen. Er, der *wahre* Derrick von Unterfilzbach.

»Was meinst du denn mit *Beraterverträgen,* Berta?«, überwand sich Hansi nun und zwang sich zu einem weiteren Lächeln, als er bei Berta nachfragte.

»Mei, Scharnagl, liest jetzt du keine Zeitung? So was gibt's doch heute ständig. Politiker bekommen Geld für irgendwas. Weil sie halt irgendwo mal g'scheid daherg'red haben. So was nennen sie dann *Beratung.* Meistens sind das auch noch Fördergelder aus irgendeinem Projekt. Und um das Ganze dann nicht direkt nach Schmiergeld oder Unterschlagung aussehen zu lassen, nennt man das heutzutage *Beraterhonorar.* Da hat er wohl jemand *beraten,* der hochgeschätzte Herr Bürgermeister, und dafür halt Geld bekommen. Ganz offiziell, aber doch geheim. Also mit mir als Bürgermeisterin hätt es das nicht gegeben. Das möchte ich hier und jetzt noch mal ganz klar betonen.«

Dabei klopfte sie mit ihrem Zeigefinger bei jedem Wort dermaßen stark auf den Stehtisch, dass der gefährlich wackelte und der Kaffee nur so aus den Tassen schwappte.

Höchst interessant, dachte sich Hansi. Dabei überlegte er auch noch, ob er sich das vielleicht doch nicht besser alles aufschreiben sollte. Die Sache mit den »Beraterverträgen« musste er dringend daheim gleich mit Indira besprechen. Sie konnte ihm das sicher »hansigerecht« erklären. Er verwarf diesen Gedanken mit dem Aufschreiben aber gleich wieder, denn das hätte wohl ein bisserl komisch ausgesehen, wenn er jetzt sein schwarzes Büchlein rausgeholt hätte. Und er wollte Berta keinerlei Angriffsfläche für Beleidigungen oder Belustigungen aller Art bieten.

»Aber Berta, der Brunner hätte doch nichts ohne den Roman gemacht. Das weiß ja wohl ein jeder. Der Roman war wie sein Schatten, als er noch da war, ständig haben die zwei miteinander getuschelt. Wenn das wirklich alles stimmen sollte, dann bin ich mir sicher, dass Roman das gewusst hat. Wahrscheinlich steckt er da auch mit drin und hat sich jetzt mit einem Haufen Geld aus dem Staub gemacht. Könnt ja auch sei, Berta, oder?«

Ha!, freute sich Hansi. Jetzt hatte er es Berta aber gegeben. Siegessicher und mit stolzgeschwellter Brust grinste er nun seine Erzrivalin an.

»Nein, sicher nicht. Wir sind eine ehrliche Familie, Scharnagl. Dass du es nur weißt. Karin, können wir jetzt endlich anfangen?«, fauchte sie und stapfte zu einem Frisierstuhl.

Karin grinste Hansi dabei vielsagend an und folgte ihr.

Hansi trank noch ganz gemütlich eine weitere Tasse Kaffee, ließ das soeben Gehörte wieder in seinem Gehirn sacken und rätselte, was es mit dem Bürgermeister und diesen Fördergeldern wohl auf sich hatte. *Warum ist denn dieser Gedanke eigentlich so unvorstellbar?,* dachte er. Vielleicht hatte der Brunner den Roman wirklich gekidnappt? Oder vielleicht sogar … noch mehr? *Gibt es eigentlich für Altenheime auch Fördergelder?,* schoss es Hansi durch den Kopf. Vielleicht hatte Harald Schmal da eine neue Geldquelle aufgetan und dabei vielleicht getrickst? Vielleicht hing ja auch alles zusammen?

Gedankenversunken verweilte der frisch frisierte Hansi noch im Schönheitszentrum von Unterfilzbach, denn sein letzter Arbeitsauftrag für heute wäre diese blöde steile Wildwuchswiese hinter dem Haus gewesen. Und die lockte ihn nicht wirklich.

»Ja, um Himmels willen!«

Ein kreischender Schrei erfüllte das Haarstudio. Mandy betrachtete das Endergebnis von Vronis Arbeit. Stolz hielt die

Friseuse den Spiegel an Mandys Hinterkopf, sodass die Kundin die ganze Pracht bewundern konnte.

»Sin' se wahnsinnsch? Was ham se mid menen Haarn gemocht? Isch seh ja aus wie en explodierda Wischmobb«, dröhnte es in Sächsisch aus der hinteren Reihe.

Hansi versuchte sich das Lachen zu verkneifen und musste Mandy stillschweigend recht geben. *Eindeutig Wischmopp!*

»Isch hob Ihn en janz andren Schteil erglärd, ne woahr? Isch seh ja jetz aus wie Sie! Wie os ener Folsche Dallas«, schrie Mandy.

»Ja, ähm, Entschuldigung. Ich habe ja versucht, noch mal nachzufragen, Sie haben immer genickt. Dann hab ich das halt nach diesen Anweisungen gemacht. So hab ich das verstanden«, stotterte die arme Vroni verstört.

Wie eine Hyäne sprang Mandy auf. Karin und Hansi mussten sich absolut konzentrieren, um bei diesem Anblick ernst zu bleiben. Mandy hatte blonde Blocksträhnen, eine Lockenmähne, die sie gefühlt zwanzig Zentimeter größer und auch breiter machte, so aufgeplustert war sie. Aber am besten war der Pony. Vroni hatte hier wirklich ihr Meisterstück geschaffen – wenn die Vorgabe ein hochtoupierter Spoilerpony im Stil der Achtzigerjahre war.

Mandy rannte Richtung Ausgang und warf Karin den Frisierumhang vor die Füße. Dabei schrie sie total hysterisch noch etwas Unverständliches mit »Anwalt«, »Schmerzensgeld« und »Verklagen«.

Karin und Hansi konnten sich vor Lachen kaum noch halten, als sich die Tür hinter Mandy schloss. Die Tränen liefen ihnen regelrecht über die Wangen.

Berta bekam das ganze Spektakel nicht mit, sie hätte sich sicher schwarzgeärgert, wenn sie das gewusst hätte. Unter der

Trockenhaube und tief versunken in ihre Klatschpresse hörte sie aber leider gar nichts.

Lediglich die arme Vroni heulte Rotz und Wasser. Aber ihre Chefin beruhigte sie und versprach ihr, alles zu regeln. Sie solle sich auf keinen Fall Sorgen machen. Zu guter Letzt bedankte sich Karin sogar bei ihrer Angestellten für dieses einmalige Erlebnis.

Zur gleichen Zeit war im schmucken Eigenheim der Familie Scharnagl Bettina wieder einmal mit hausfraulichen Tätigkeiten beschäftigt. Die schmutzigen Wäscheberge wurden einfach nicht kleiner, so sehr sie auch wusch und bügelte. Manchmal hatte sie den Verdacht, dass vielleicht noch ein ganzes Schullandheim heimlich seine Wäsche bei den Scharnagls ablud. Es war wirklich immer etwas im Wäschekorb. Manchmal kam sie sich vor wie in einem Hamsterrad. Sobald sie gesaugt hatte und sich umdrehte, war schon wieder alles voller Brösel und Dreck. Sie liebte ihre Familie, aber es gab Tage, da hätte sie am liebsten alle vier »Dreckbären« der Reihe nach an die Wand »geklatscht« oder die Kinder samt Hansi zur Adoption freigegeben. Natürlich nur gedanklich, versteht sich.

Für heute hatte sie sich wieder einmal die Grundreinigung des Badezimmers vorgenommen. Was es hieß, wenn ein Badezimmer von drei Jugendlichen, darunter ein »Pubertier«, benutzt wurde, konnten nur die wissen, die so was miterlebt hatten. Aber vorher wollte sie noch schnell eine Ladung Wäsche in die Maschine schmeißen. Routinemäßig kontrollierte sie alle Taschen der Kleidungsstücke. So etwas wie letztes Jahr würde ihr sicher nicht noch einmal passieren, schwor sie sich. Damals hatte Hansi junior in seiner Arbeitslatzhose ein paar abgeschnittene Mantelleitungskabelreste und Stromklemmen vergessen. Und dann war die ganze Waschmaschine hin. Das Zeug hatte sich dermaßen in der Trommel verhängt und den ganzen Dichtungsgummi aufgeschlitzt, dass eine Reparatur unmöglich war. Bettina hatte getobt. Der ganze Keller hatte unter Wasser gestanden. Es war zum Verzweifeln gewesen.

Seitdem kontrollierte sie aufs Gründlichste und predigte ihrer Familie immer und immer wieder, sie sollten doch die Taschen vorher ausleeren. Beim Griff in Hansis kommunalorange Hosentasche fühlte Bettina etwas Weiches. *Hat er etwa wieder seine angeschneuzten Taschentücher in der Hose vergessen?*, dachte sie sich. Welch ein Glück, dass sie das noch rechtzeitig gefunden hatte. Denn Papiertaschentücher hätte Bettina ebenfalls verfluchen können. Wenn diese Knäuel tatsächlich übersehen, mitgewaschen und auch noch mitgetrocknet wurden, dann … Milliarden klebender Fusseln, auf jedem Kleidungsstück, ganz schlimm!

Bettina zog das vermeintliche Taschentuch aus Hansis Hosentasche und musste erst einmal mit dem Fundstück ans Tageslicht gehen, denn sie konnte es gar nicht richtig identifizieren. Sie entwickelte das Stück Stoff und verspürte sofort einen Stich im Herzen. Das war tatsächlich eine Feinstrumpfhose. Farbe: Amber glänzend! Größe: 44/46.

Bettina musste sich setzen. Die wildesten Bilder schossen ihr durch den Kopf. Stürmische Liebesspiele zwischen einer unbekannten Schönheit und ihrem Hansi im blauen Familien-Opel-Astra-Kombi. Heimliche Telefonate zwischen Hansi und Mrs. X im Badezimmer. Liebes-SMS auf der Toilette. Der Strumpfhosengröße nach zu urteilen hatte die bisher fiktive Geliebte, die nun real zu werden drohte, allerdings eine eher vollschlanke Figur. *Steht Hansi jetzt auf mollig?*, ging es ihr durch den Kopf. *Oh Gott, oh Gott! Ich hab's gewusst, er hat eine andere, jetzt ist es bewiesen,* dachte Bettina. Was sollte sie jetzt tun?

Hansi war gerade beim Friseur. Sollte sie zum Salon fahren und ihm vor allen Kunden und Karin eine Riesenszene machen? Unbändige Wut und Zorn stiegen in ihr hoch. Deshalb entschloss sie sich, das zu tun, was sie immer tat, wenn sie wütend war: Sie putzte.

Alles riss sie aus den Schränken im Badezimmer, mit einer Zahnbürste rückte sie den Fliesenfugen zu Leibe. Sie schrubbte, was das Zeug hielt. Das Radio hatte sie auf die höchste Lautstärke aufgedreht. *Bayern 1* dröhnte durchs ganze Haus. So putzte sich Bettina zwei Stunden lang den ganzen Ärger aus dem Leib. Fast war sie fertig, das Schränkchen neben der Toilette war das letzte Möbelstück, das sie noch nicht auseinandergenommen hatte. Darin bewahrten die Scharnagls allen möglichen Krimskrams auf – oder ihren »Grusch«, wie man auf gut Bayerisch sagt. Jeder stopfte alles nur hinein, damit man es nicht aufräumen musste.

Es wurde sowieso wieder Zeit, das ganze Zeug zu »entmüllen«. Heftpflaster, Verbandszeug, alte Haarfarben von Isa, Tampons, Kleingeld, Zeitschriften, der Briefkastenschlüssel, den sie vor Wochen verzweifelt gesucht hatte, Faschingskostümreste, *Rohrfrei* und noch einiges andere. Ganz hinten im Eck war eine Plastiktüte. Sie war ganz fest in die Ecke gedrückt. *Was konnte da für eine Überraschung versteckt sein?* Bettina schickte ein kurzes Stoßgebet zum Himmel, dass es hoffentlich keine vergessene Wurstsemmel war. Auf alles machte sie sich gefasst und riss die Tüte auf. Darin waren Haare! Also eher ein Haarteil. Dunkelbraun und gelockt. Für eine Perücke war es zu klein. Aber als Haarteil für mehr Volumen konnte es gehen. Dieses »Ding« war bestimmt auch von Hansis Geliebter. Wem sollte es sonst gehören? Was würde sie denn noch alles finden? Herrschaftszeiten. Reichte es denn noch nicht?

Sie wühlte weiter im »Grusch-Kasterl« und entdeckte dabei ein weiteres Kleidungsstück, das sie bisher noch nicht zu Gesicht bekommen hatte. Hautfarben und glänzend. Das Knäuel fühlte sich an wie eine Altweiber-Unterhose ihrer Mutter. Sie faltete es auseinander und hielt es hoch. Was war das denn? Eine Miederhose, die bis zu den Oberschenkeln reichte? Bettina las auf dem Etikett: »Miss Samantha – Korselett«, Größe 52.

Sie sank völlig kraftlos auf den Badezimmerboden. Minutenlang konnte sie keinen klaren Gedanken fassen. *Hier? In unserem Badezimmer?* Das musste alles ein Albtraum sein! Sie wollte aufwachen. Jetzt! Ihre Gedanken rasten.

Ist die ominöse Dame gar schon bei uns daheim gewesen? Was hat sie, was ich nicht habe? Wie kann mir Hansi das nur antun? Was habe ich falsch gemacht? Bin ich keine gute Ehefrau? Bin ich nicht mehr hübsch, lustig, attraktiv genug? Bin ich ihm zu alt?

Größe 52??!!

Bettina war plötzlich wieder absolut klar bei Verstand. Sie musste noch mal auf das Etikett schauen. Wirklich! Da stand tatsächlich Größe 52. Das musste wohl auch stimmen, denn es war ein Riesenteil. War Hansis Geliebte am Ende eine »Marianne Sägebrecht«? Oder eine von den Jacob-Sisters? Nein, das konnte nicht sein. Vielleicht gab es eine andere Erklärung.

Bettina grübelte. Sie ging im Badezimmer auf und ab. Immer wieder sah sie die Strumpfhose, das Haarteil und das

Mieder-Korselett an. Was steckte nur dahinter? Plötzlich kam ihr ein Gedanke. Was war … wenn das alles gar keiner Frau gehörte? Was war … wenn das ein Mann anziehen würde? Die Größe könnte passen. Hansi war in letzter Zeit ziemlich eitel, ging ihr durch den Kopf. Ständig sah er seinen Haarkranz an und zupfte einzelne Strähnen zurecht. Seinen Bauch zog er auch grundsätzlich ein, wenn er an einem Spiegel vorbeiging.

Bettina hatte feuerrote Wangen. Ihr Hirn lief schon mit Überdrehungen. War das am Ende sogar Hansis Zeug? Sie hatte Angst, diesen Gedanken zu Ende zu denken. Kurz musste sie nach Luft schnappen.

Ja genau. So musste es sein. Jedes Mal, wenn Bettina ihn im Bad »erwischt« hatte, dann hatte er bestimmt diese Sachen angezogen. Deswegen war er so überrascht! Darum war er total nervös.

Bettina schüttelte es ein wenig, als sie sich Hansi mit Haarteil, Miederkorsage und Feinstrumpfhose vorstellte. Hatte ihr Mann immer schon diese Neigung gehabt? Und sie hatte in den ganzen fünfundzwanzig Jahren nichts gemerkt? Absolut gar nichts? Sie musste mit Hansi darüber reden. Da half alles nichts. So was konnte man nicht totschweigen. Bald würde er nach Hause kommen.

Bettina räumte im Bad alles an seinen Platz, setzte sich in die Küche und baute die Indizien vor sich auf. Nachdem eine ganze Tafel Vollmilch-Nuss-Schokolade das nervöse Zittern und die leichten Panikattacken nicht verschwinden ließen, veranlasste das die besorgte Ehefrau dazu, den guten Haselnussschnaps zu öffnen, den sie zu Weihnachten von Sepp geschenkt bekommen hatten. Den könnte sie jetzt einfach mal probieren. Das würde sie sicher beruhigen.

Gleich musste Hansi vom Friseur zurückkommen. Bettina legte sich ihre Worte zurecht. Immer wieder ging sie gedanklich den Gesprächsverlauf durch, den sie geplant hatte.

Howard Carpendale dröhnte durch den Opel Astra Kombi, als Hansi gut gelaunt in die Einfahrt im Birkenweg einbog. Noch immer musste er lachen, wenn er an Mandy dachte, als sie wie ein sächsischer Bonnie-Tyler-Verschnitt wutentbrannt davongerauscht war. Ein lustiger Nachmittag mit seiner alten Schulfreundin lag hinter ihm. Endlich hatte er wieder einmal ausgiebig mit Karin über die guten alten Zeiten ratschen können. Beim Blick auf die Uhr bekam Hansi ein schlechtes Gewissen, denn er hatte heute bis auf den Friseurbesuch nichts von Bettinas Liste erledigt. Da würde sein Zuckerschoaserl nicht begeistert sein, das war ihm klar. Ganze drei Stunden hatte er nun in *»Karins Friseur Stüberl«* zugebracht. Aber schließlich hatte er auch so was wie Urlaub. Da konnte er sich auch einmal einen schönen Nachmittag machen, redete er sich gedanklich gut zu.

Hansi schloss die Haustür auf und hoffte mit seiner guten Laune auch Bettina besänftigen zu können, falls sie gleich zu schimpfen beginnen sollte. Im Haus war alles ruhig. Die Kinder waren wohl noch nicht daheim. Es wäre ihm schon irgendwie lieber gewesen, es wäre irgendein Mitbewohner außer seiner Frau anwesend, denn dann könnte das wahrscheinliche »Donnerwetter« nicht so schlimm werden.

Als er in die Küche kam, sah er Bettina am Küchentisch sitzen. Sie hatte eine Flasche Schnaps vor sich stehen. Den guten Haselnussschnaps von Sepp, den er zu Weihnachten vorbeigebracht hatte. Die Flasche war nur noch halb voll. Das war kein gutes Zeichen. Er näherte sich nur zögerlich dem

Küchentisch. Bettina war regungslos. Allerdings sah er, dass sie geweint hatte. Auf dem Küchentisch lag eine Art Altweiber-Unterhose, eine Feinstrumpfhose und … sein »Geheimnis«.

»Hallo, mein Zuckerschoaserl«, versuchte Hansi erst einmal die Stimmung auszuloten.

Meistens konnte er Bettinas Stimmung rein aus der Begrüßung »ablesen«. Da war es schon ein großer Unterschied, ob sie nur »Hallo« sagte oder »Servus«. Die Stimmlage und die Betonung gaben dabei ebenfalls sehr viel über die emotionale Verfassung seiner Frau preis. Fünfundzwanzig Jahre Eheerfahrung lügen einfach nicht. Bettina sah ihn jedoch nur finster an und sagte kein Wort.

Hm, dachte sich Hansi. Das war nun eine neue Reaktion, die war ihm bisher so noch nicht untergekommen. Die ganzen fünfundzwanzig Jahre nicht.

Er setzte sich zu ihr und überlegte angespannt, ob er sie denn nun trösten sollte, schließlich liefen die Tränen in Strömen über ihre Wangen. Oder sollte er lieber in Deckung gehen? Krampfhaft versuchte er sich zu erinnern, ob er denn etwas Schlimmes angerichtet haben könnte. Aber eigentlich fiel ihm nichts Gravierendes ein. Da war lediglich seine heutige »Arbeitsverweigerung«. Wenn das aber nun der Anlass für Tränen und schlechte Laune war, hätte er das schon sehr ungerecht gefunden. Wenn sie deswegen schimpfen würde, würde er sicher Kontra geben. Man durfte sich auch als braver Ehemann nicht alles gefallen lassen, ermutigte er sich selbst. Oder war es wegen …?

»Hast du mir was zu sagen?«, kam es nun in einem weinerlichen Ton aus Bettinas Mund.

»Ähm, was meinst du, Zuckerschoaserl?«

Ihr Blick schweifte vielsagend zu den drei »Beweisstücken« auf dem Tisch. Okay, jetzt musste er ihr das wohl erklären.

»Hm, ja, Zuckerschoaserl. Wie soll ich das sagen?«, rang Hansi nach Worten. Dieses Thema war ihm sehr peinlich.

»Warum hast du darüber nicht mit mir geredet?«, versuchte nun Bettina ein vernünftiges Gespräch zu beginnen.

»Ja, weil ich nicht wusst, wie du reagierst. Ich hatte Angst, du lachst mich aus.«

»Seit wann machst du das schon?« Bettina bereitete sich auf die schlimmstmögliche Antwort vor.

»Noch nicht so lang, vielleicht drei, vier Wochen«, antwortete Hansi kleinlaut.

Ein wenig erleichtert atmete Bettina die Luft wieder aus, die sie soeben angehalten hatte. »Und … ähm … wie fühlst du dich dabei?«

»Ja, eigentlich schon gut, es gefällt mir sehr. Aber ich kann ja so nicht auf die Straße gehen.«

Erschrocken riss Bettina ihre Augen auf und sah ihren Mann an. *Er spielt ernsthaft mit dem Gedanken, in diesem Aufzug auf die Straße zu gehen?* Verstörende Bilder, wie Hansi in Feinstrumpfhose, Korselette und brauner Lockenpracht beim Dorfwirt am Stammtisch Schafkopf spielt, schossen ihr durch den Kopf. *Ich will aufwachen aus diesem Albtraum,* dachte Bettina nur. »Das meinst du jetzt nicht ernst, Hansi, oder?«

Ein wenig verwundert war Hansi schon, warum Bettina jetzt so geschockt war. War das denn wirklich so schlimm? »Na, so schlimm ist das ja jetzt auch wieder nicht. Ich wär ja schließlich nicht der Einzige. Der Weiderer Erwin traut sich ja auch. Und kein Mensch regt sich so auf wie du.«

»Der Weiderer Erwin?«, schrie Bettina ungläubig. »Gibt's da vielleicht sogar eine *Szene* für solche wie dich im Dorf?« Wieder musste sie nach Luft schnappen.

Hansi verstand die Welt nicht mehr.

Warum fand seine Frau es so schrecklich? Nur weil er einmal sehen wollte, wie so ein Toupet an ihm aussah? Er hatte ja auch nur ein ganz billiges gekauft. Letztens, als er im Baumarkt war, da dachte er sich, er hält mal kurz an und schaut sich die Perücken im Zweithaar-Studio »Mähnentraum« an, nur so zum Probieren.

»Was machst du eigentlich mit der Strumpfhose und der Oma-Unterhose da?«, musste Hansi jetzt einmal genauer nachfragen.

»Ja, das sollst du mir ja grad erklären«, wurde Bettina stutzig.

»Warum ich?«

»Ist denn das nicht deins?«

»Nein, nur das Toupet. Von was reden wir denn die ganze Zeit?« Jetzt wurde Hansi ein wenig grantig.

Langsam sah Bettina wieder einen Hoffnungsschimmer am gedanklichen Horizont. Oder log ihr Mann sie jetzt an? »Die Strumpfhose war in deiner Hosentasche und das Korselett hab ich in unserem *Grusch-Kasterl* im Bad gefunden. Von den Kindern wird das ja wohl nicht sein.«

Hansi überlegte angestrengt. Plötzlich fing er laut an zu lachen. »Bettina? Sag mal ganz ehrlich, was hast du dir jetzt genau zamspekuliert? Was soll ich dir hier erklären?«

»Ja, was soll ich schon gedacht haben? Dass du halt gerne Frauenkleider anziehst. Und Strumpfhosen. Dass du halt so eine Neigung hast für Frauensachen. Stimmt's nicht?«

»Mein Zuckerschoaserl, jetzt hör mir mal ganz genau zu. Letzte Woche ist uns in der Arbeit beim alten Unimog der Keilriemen gerissen. Gott sei Dank ist das auf der Dorfstraße passiert, da bin ich schnell in den Laden reingesprungen und hab eine Strumpfhose gekauft. Die allerbilligste. Die gab's sogar im Zweierpack. Eine ist jetzt im Unimog und die andere hab ich in die Hosentasche gestopft«, schmunzelte Hansi. »Du hast doch nicht ernsthaft gedacht, ich zieh so was an? Da bekomm ich ja die Hühnerhaut, wenn ich nur dran denk. Vor allem, wenn ich daran denk, was du da immer für Käsefüße davon hast, sei mir nicht bös, mein Schoaserl.«

»Und was ist dann das?« Bettina hielt ihm das Korselett unter die Nase. Langsam aber ahnte sie, dass sie sich wohl in etwas verrannt hatte. Ihr wurde plötzlich unglaublich heiß.

Hansi lachte wiederum. »Mei, das ist ja noch von unserer Weihnachtsfeier. Du weißt doch, dass die Martina vom Fundbüro im Rathaus immer die alten Fundsachen als Päckchen verpackt und verteilt. Letztes Jahr waren viele Sachen vom Dorfwirt dabei. Du glaubst ja gar nicht, was dem Herbert seine Gäste alles so vergessen. In Sepps Packerl waren sogar schwarze Strapse«, erzählte Hansi ausgelassen.

Bettina war erleichtert, schämte sich aber gleichzeitig in Grund und Boden. Zur Sicherheit musste sie aber noch einmal ganz genau nachfragen. »Also hast du kein Gspusi?«

»BETTINA! Nein, natürlich nicht!«

»Und du möchtest auch keine Frauenkleider anziehen?«

Lachend nahm Hansi seine Frau in den Arm und drückte ihr einen großen feuchten Schmatz auf den Mund.

»Gott sei Dank! Da bin ich aber jetzt wirklich froh. Ich dacht schon … Aber jetzt ist mir fast schlecht vor lauter Aufregung«, jammerte Bettina.

»Na entweder wegen der Aufregung oder wegen der halben Flasche Haselnussschnaps«, feixte das Bärle.

»Und deine Haare sind halt jetzt so, wie sie sind, ich lieb dich trotzdem. Komm ja nicht auf die Idee und setz dir das Dings da auf den Kopf!«, schimpfte Bettina gleich wieder.

»Du, Zuckerschoaserl? Kennst du eigentlich Bruce Willis?«

Der Frühling war nun endgültig angekommen und die Laune war allseits spürbar im Aufwind. Auch wenn Hansi jetzt wieder arbeiten musste und seine Überstunden nun leider aufgebraucht waren. So schlimm wie befürchtet war auch Wiggerls Standpauke wegen der ausgelösten Suchaktion bei der Wanderwegseröffnung gar nicht. Hansi und Günter ließen es einfach über sich ergehen und dann war alles wieder gut. Bisher kam auch keine der angedrohten »Konsequenzen« vom Regierungsbeamten Dr. Pichler an. Bestimmt hatte er sich nach dem Donnerwetter der »werten Gattin« gar nicht mehr getraut. Wenn Hansi das früher gewusst hätte, dann hätte er sich nicht so »in die Hosen geschissen« deswegen. Gott sei Dank! Der Bauhof hatte ihn somit wieder.

Bei Sonne und entsprechend angenehmen Arbeitsaufträgen wurde Hansi sein Glück mit seiner Arbeitsstelle wieder einmal bewusst. Schön war es, am Unterfilzbacher Bauhof zu arbeiten. Heute hatte sich Wiggerl eingebildet, dass Sepp und Hansi in der Kastanienstraße die flankierenden Bäume mit frischem Rindenmulch versorgen sollten, obwohl der ihrer Meinung nach noch völlig ausreichend vorhanden war. Wobei der Duft von saftigem Rindenmulch ja schon etwas Wunderbares war und ganz prima zum Frühling passte, fand Hansi.

Die Kastanienstraße war so etwas wie das »Nobelviertel« im Dorf. Links und rechts neben der Straße waren wirklich prächtige Kastanien gepflanzt, der Straßenname war hier eben Programm. Geradezu eine Allee war das, wohl die schönste Straße im ganzen Ort. Die Bäume waren jeweils mit Einzeilern aus Granitpflastersteinen großzügig eingefasst und der darauf liegende Rindenmulch hatte sich zwar seit letztem Jahr noch nicht wirklich zersetzt, aber wenn Wiggerl meinte, dann sollte er halt seinen Willen haben, in Gottes Namen.

Sepp und Hansi schaufelten schon seit ein paar Stunden, was das Zeug hielt, auch wenn sie pro Baum gar nicht so viel Platz für den frischen Mulch hatten. Als sie gerade auf Höhe des Hauses der Familie Groß angelangt waren, sahen sie Silke, wie sie im Garten vor sich hin werkelte.

»Servus Silke! Na, bist auch schon fleißig heute?«, sprach Hansi die Frau vom verschwundenen Roman an. Er war ja schließlich ein freundlicher Mensch.

Silke machte auch einen recht fröhlichen Eindruck. *Gut sieht sie aus, so frisch und fidel,* dachte sich Hansi. Seit ihr Mann »wo auch immer« war, wirkte sie wie ein anderer Mensch.

»Ja griaß eich. So ein schöner Tag, da macht das Werkeln im Garten gleich noch mal so viel Spaß, gell? Wollt's ihr vielleicht ein Tasserl Kaffee mit mir trinken? Oder seid's im Stress?«, fragte Silke freundlich.

Sepp und Hansi sahen sich an und mussten spontan loslachen. *Hat sie wirklich »Stress« gesagt?,* dachten sich beide gleichzeitig. »Ja, sehr gern, Silke, wenn es dir keine Umstände macht«, antwortete Sepp.

Die Bauhofmänner machten es sich bereits auf der Bank vor Silkes Haustür bequem, als sie mit einem großen Tablett um die Ecke bog, auf dem drei Tassen Kaffee und drei Stückchen Marmorkuchen angerichtet waren. Was gab es Schöneres, als eine »Hausbank-Halbe« – oder in diesem Falle einen »Hausbank-Kaffee« – in der Frühlingssonne zu trinken? Wenn es Hansi und Sepp nicht besser gewusst hätten, dann wäre man niemals auf die Idee gekommen, dass der Ehemann der Frau vor ihnen seit nun fast zwei Monaten wie vom Erdboden verschluckt war.

Sie sah wirklich nicht so aus, als wenn sie sehr darunter leiden würde.

Die Kaffeeklatschrunde ratschte über dies und jenes Gerücht aus dem Dorf, als wenn es das Normalste der Welt wäre. Hansi überlegte aber insgeheim angestrengt, wie er denn nun das Gespräch auf das Thema Roman bringen konnte. Dabei beobachtete das Trio unbewusst schon einige Zeit einen rostfleckigen alten blauen japanischen Kleinwagen mit polnischem Kennzeichen. Das unbekannte Fahrzeug fuhr nun bereits zum dritten Mal im Schneckentempo die Kastanienstraße entlang. Langsam näherte es sich nun wieder der Groß'schen Hauseinfahrt und hielt an.

Aus der Klapperkiste stieg eine platinblonde Enddreißigerin mit enger Jeans, Glitzerturnschuhen und auffälligem Make-up. Nachdem sich die Dame ein paarmal suchend umgesehen hatte, ging sie langsam auf die drei Kaffeetrinker zu.

»Gute Tag. Is hier Kastaniestraße 15?«, fragte sie höflich, aber in gebrochenem Deutsch.

»Ja, da sind Sie richtig. Kann ich etwas für Sie tun?«, antwortete Silke höflich und erhob sich von der Hausbank.

»Ich suchen Roman. Kenne Sie ihn?«

Ein wenig verwundert starrte Silke die unbekannte Frau vor sich an. Sie drehte sich fragend zu Sepp und Hansi um, aber die konnten auch nur mit den Schultern zucken.

»Ja, ich kenn ihn, was wollen Sie denn von ihm?« Frau Groß wurde nun ein wenig nervös.

»Ah, dann Sie bestimmt Schwester von Roman? Roman viel von Ihne erzählt.«

»Ähm, nein, ich bin nicht Romans Schwester. Er hat eigentlich auch gar keine Schwester, nur Brüder. Ich bin seine Ehefrau.«

Nun sah wiederum die Klapperkisten-Fahrerin Silke ein wenig verwundert an. Diese Information schien neu für sie zu sein. Sie wurde sogar schlagartig ein wenig blass um die Nase, fast so blass wie ihre Haare, quasi platinblass. So standen sich die beiden Frauen eine Zeit lang wortlos gegenüber und starrten sich an. Die Männer in Kommunalorange in der zweiten Reihe auf der Hausbank starrten wiederum die beiden Frauen vor sich an. So verharrten alle vier ein paar Minuten.

Die angespannte Stille wurde plötzlich unterbrochen, als aus der blauen Rostlaube ein wimmerndes Weinen gut hörbar zu ihnen durchdrang. Die Platinfrau drehte sich um und rannte zum Auto zurück. Sie beugte sich über den Rücksitz und drückte ein kleines Bündel an ihre Brust. Platin und Bündel kamen wieder zurück zum Hauseingang. Das Bündel war nun eindeutig als Kleinkind zu identifizieren. Vielleicht ein oder eineinhalb Jahre alt, schätzte Hansi.

»Wie könne Sie Romans Frau sein, wenn ich hab Kind mit ihm?«, stotterte die Unbekannte etwas ratlos und hielt Silke das brüllende Kind unter die Nase.

»Ja, das wüsste ich auch gern, gute Frau.«

Silke schien nun erst bewusst zu werden, was hier gerade passierte. Sie ging drei Schritte zurück und setzte sich wieder auf ihren Platz, wahrscheinlich wäre sie sonst in Ohnmacht gefallen, vermutete der Bauhofdetektiv. Silke tat Hansi richtig leid, er musste hier jetzt wohl eingreifen und der fassungslosen, offensichtlich betrogenen Ehefrau zur Seite stehen.

Er befragte die Mutter des Schreikindes daraufhin ausführlichst und bekam natürlich, wie er schon geahnt hatte, höchst interessante Informationen geliefert. Die junge Dame hieß Wanda Duda, war 36 Jahre alt und Polin. Sie hatte Roman vor gut drei Jahren in einer Diskothek in Warschau kennengelernt. Er hatte ihr wohl erzählt, er sei ein großer Geschäftsmann und in der ganzen Welt unterwegs. New York, Rio,

Tokio oder so ähnlich. *Dabei ist er in Wirklichkeit nur ein ganz einfacher Sparkassenlümmel aus der Provinz,* ging es Hansi durch den Kopf. Aber reichlich Geld musste er irgendwoher gehabt haben, denn er gab in Polen laut Wanda vor, er wäre Krösus persönlich. Ein absolut astreines Doppelleben, kombinierte der Unterfilzbacher Sherlock Holmes. Das waren also seine »Kulturreisen« auf den Spuren von Papst Johannes Paul II.

Nach mehrmaligen Besuchen bei Wanda in Warschau, die sichtbar und vor allem momentan gut hörbar Früchte getragen hatten, dachte sich die Gute wohl, das wäre was Ernstes zwischen den beiden. Sie erwartete nun seinen Umzug und eine gemeinsame Zukunft in Warschau. Sogar eine schicke Wohnung in der besseren Gegend der polnischen Hauptstadt hatten sie angemietet. Dort wollten sie als junge Familie künftig ein gemeinsames Leben führen – zumindest wollte das Wanda offensichtlich.

Aber Roman war zum vereinbarten Zeitpunkt nicht in Warschau angekommen. So, wie das Hansi bei Wanda erfragt hatte, wäre das genau der Tag nach der Fastenpredigt gewesen, also war das Flugticket, von dem Sepps Polizisten-Cousin erzählt hatte, als Start in ein neues Leben gedacht gewesen. Aber auch Wanda hatte seither kein Lebenszeichen mehr von Roman erhalten, deshalb machte sie sich nun auf die Suche nach dem Vater ihres Kindes und war jetzt im idyllischen Unterfilzbach gelandet. Sie hatte außerdem eine Mordswut auf ihn, denn der Vermieter der schicken Wohnung in der besseren Gegend saß ihr schon im Nacken wegen der Mietrückstände, die sie allein natürlich nicht bezahlen konnte. In ihrer beruflichen Tätigkeit als Teilzeit-Hellseherin und Kartenlegerin verdiente sie nicht so viel.

Silke hatte das »Verhör« natürlich mit angehört und war heilfroh, dass sie in diesem schweren Moment nicht allein war. Welch ein glücklicher Zufall, dass Hansi und Sepp genau heute vor ihrer Haustür zu tun hatten, dachte sie. Inzwischen hatte sie sich jedoch wieder ein wenig gefangen und bat Wanda samt brüllendem Kind in ihr Haus. Es gab wohl viel zu besprechen. Dankbar fiel Silke Hansi zum Abschied um den Hals.

»Mei bin ich froh, dass ihr da ward's. Ich weiß gar nicht, was ich sagen soll, das ist alles ein ganz furchtbarer Albtraum. Aber ich glaub, ich komm jetzt alleine klar, es hilft ja nix.«

Was für eine starke Frau, dachte sich Hansi Scharnagl, als er die zwei samt Kind in das Haus gehen sah.

»Das ist ja der Hammer, Sepp. Der Roman hatte ein 1-a-Doppelleben. Ja, ich werd narrisch.« Hansi konnte sich auf der Fahrt zurück zum Bauhof gar nicht beruhigen.

Sepp, der bisher nicht viel zu dem ganzen Vorfall gesagt hatte, kommunizierte nun zu Hansis Freude endlich auch wieder. »Vielleicht hat er es sich doch anders überlegt und wollte nicht schon wieder einen auf *heile Familie* machen. Überleg mal, Hansi, wenn er anscheinend einen Haufen Geld gehabt hat, dann kann er ja auch genauso gut woanders untergetaucht sein.«

Hansi überlegte. »Ja, stimmt, dann ist er schlicht und einfach abgehauen, vor beiden Frauen. Wie man sich denn in einem Menschen täuschen kann, gell? Ist schon irgendwie der Wahnsinn. Findest du nicht, Sepp?«

»Mei, es gibt solche und solche. Aber du hast schon recht, so was hätte dem katholischen Roman wirklich keiner zugetraut.«

»Aber woher hat er denn das viele Geld? Ich mein, so wie diese Wanda da geredet hat, muss das bestimmt mehr gewesen sein als das Gehalt von einem kleinen Bankfuzzi.«

Die beiden grübelten und spekulierten noch eine Zeit lang weiter. Aber sie waren sich sicher, dass sie das ganze Rätsel lösen würden. Das wäre doch gelacht!

KAPITEL 10

Thriller

Nun war es also soweit. Der Tag der großen Einweihung in der Seniorenresidenz *Zum ewigen Licht* war gekommen. Eine schlaflose Nacht lag hinter dem Seniorenbeauftragten der Gemeinde Unterfilzbach. Noch nie hatte Hansi eine richtige Rede vor richtigen Zuhörern gehalten. Er war einfach nicht der Typ »Politiker«. Er hasste es, im Mittelpunkt zu stehen. Zugegeben, die Bewunderung, die ihm nach seinem »Mörderfang« letztes Jahr entgegengebracht worden war, hatte ihm schon gefallen. Aber im Grunde genommen war das Ganze damals doch eher Zufall gewesen. Er hatte die ganze Aufmerksamkeit weder angestrebt noch gewollt.

Und nun sollte er also eine Rede halten. Obwohl er gar nicht gefragt worden war. So etwas gehörte aber wohl oder übel einfach zu den Aufgaben eines Gemeinderats. Wieder einmal bedauerte er in tiefer Demut, dass er nicht auf seine Bettina gehört hatte. Ganz fest nahm er sich vor, bei künftigen Entscheidungen Bettinas Meinung genau anzuhören und zu überlegen. Wenn er die Argumente für richtig empfinden sollte, dann würde er auch auf sie hören. Vielleicht.

Aber das half jetzt alles nichts, er musste da nun durch und vor Publikum reden. Ganz offiziell. Gott sei Dank hatte er ja Indira an seiner Seite beziehungsweise im Hintergrund. Harte Verhandlungen lagen wieder einmal hinter Vater und Tochter. Indira konnte ihre Forderungen – wie gewohnt – bedingungslos durchsetzen. Ein neues Handy samt Handyvertrag mit doppelt so viel Datenvolumen nannte sie bald ihr Eigen. Dafür legte sie sich aber auch richtig ins Zeug.

Ganze drei Seiten Redemanuskript hatte sie für ihren Vater vorbereitet.

»Ja sag einmal, spinnst du?« Hansi war geschockt, als ihm Indira alles fein säuberlich abgetippt überreichte.

»Papa, das ist deine erste Amtshandlung als Gemeinderat. Da musst du dich schon g'scheid präsentieren.«

»Ja, aber gleich sooo gut? Ich mein, hätt nicht auch nur eine Seite g'langt?« Hansi überflog Indiras Zeilen. »Und außerdem … Indira!«, wurde er nun ein wenig grantig. »Da sind ja scho wieder so viele Fremdwörter drin! Was ist denn ein *de…do… demografischer Wandel?* Herrschaftszeiten, ich hab dir doch gesagt, ganz einfach soll das werden. Damit das auch jeder versteht.«

»Du meinst wohl eher, damit *du* es auch verstehst.« Indira grinste ihren Vater an. »Es ist sowieso ganz zurückhaltend in puncto Fremdwörter, ich weiß gar nicht, was du hast. Jetzt scheiß dich nicht so ab. Und was ein *demografischer Wandel* ist, sollte ein Seniorenbeauftragter auf jeden Fall wissen, Herr Scharnagl«, wies die politische Beraterin den Neu-Gemeinderat zurecht.

Geduldig erklärte Indira ihrem Vater jeden Satz ganz genau. Sie kürzten aber gemeinsam die Rede dann doch noch mal auf eineinhalb Seiten zusammen. Hansi war beruhigt. Trotzdem übte er aufgeregt immer und immer wieder seinen Vortrag. Den ganzen Abend rannte er nervös mit seinen Unterlagen im Haus umher und hielt vor jedem Familienmitglied mehrfach seine Grußworte an die Senioren, zur Probe. Bettina und die Kinder waren schon förmlich auf der Flucht vor dem Rededebütanten.

Die richtige Kleiderwahl führte später erneut zu Diskussionen zwischen Hansi und seiner allwissenden Ehefrau. Bettina sprach sich sehr dafür aus, dass Hansi zumindest seinen Anzug anziehen sollte. Die Krawatte durfte er ihretwegen auch weglassen. Hansi erinnerte sich aber, dass sein Anzug recht knapp saß und er sich damit ganz bestimmt sehr unwohl fühlen würde, wenn er überhaupt noch den Hosenknopf schließen konnte. Regelrecht mit gefühlter Atemnot dachte er an den Faschingsball, bei dem er als Howard Carpendale seinen alten schwarzen Zweireiher das letzte Mal getragen hatte.

Trotz energischem Einspruch Bettinas kleidete sich Hansi schließlich in Jeans und kariertem Hemd. Das war sowieso sein Sonntagsgewand, das musste wirklich reichen, dachte er sich bockig. In der Regel sah man ihn fast nur mit Engelbert-Strauß-Arbeitshose und T-Shirt durch die Gegend laufen, wenn er nicht gerade seine Bauhof-Dienstlatzhose trug.

Mit einem mulmigen Gefühl vor lauter Lampenfieber suchte der Fahrer des blauen Opel Astra einen Parkplatz vor dem Altenheimanbau. Die Aufregung, seine Ungeduld und der nicht zu findende freie Parkplatz trieben ihn förmlich in den Wahnsinn. *Weil auch wieder jeder parkt, wie die Sau brunzt,* dachte sich Hansi zornig.

Eine Vielzahl an Eindrücken strömte aber gleich beim Betreten auf ihn ein, sodass seine Aufregung relativ schnell in den Hintergrund trat. Vorerst. In Hansis Nase drang sofort der typische Geruch der Residenz. Eine Duftmischung aus Desinfektionsmittel und noch ein paar anderen »Dingen« … das war nicht unbedingt gut für das Scharnagl'sche Wohlbefinden. Vor lauter Aufregung hatte der Debütredner beim Frühstück keinen Bissen hinuntergebracht – so was gab es selten –, außerdem hatte Hansi bei »menschlichen« Gerüchen einen sehr sensiblen Magen. Und dieser »Ewige-Licht-Duft« in Kombination mit dem leeren Hansi-Magen …

Gott sei Dank kam genau jetzt Metzgermeister Aschenbrenner mit einer riesigen Platte frisch aufgeschnittenem Geselchten zur Tür herein und eilte an Hansi vorbei. Gerade noch rechtzeitig kreuzte das Geselchte-Aroma seine Atmung. *Rettung in letzter Sekunde,* dachte Hansi.

Die Leitung der Seniorenresidenz hatte sich bei der Organisation des Events mächtig ins Zeug gelegt. Ein Mordsbüfett schleppten die Mitarbeiter der Metzgerei Aschenbrenner da an. Neben dem Geselchten wurden noch unzählige Platten mit Häppchen, Käsebretter, Fischdelikatessen und ein großer Kessel saures Lüngerl auf breiten Tischen mit weißen Tischdecken aufgebaut. *Das Lüngerl ist ganz praktisch für die Senioren, die mit einem festen Biss wahrscheinlich so ihre Probleme haben,* dachte sich Hansi. Denn die knusprigen Brezen und das kross gebackene Bauernbrot bargen wohl selbst für die beste Haftcreme große Risiken. So wie damals beim Eklat am Filzer Goldfest, als der Bürgermeister beim Seniorennachmittag Schweinshaxen bestellt hatte. *Das war vielleicht ein Drama gewesen,* erinnerte sich Hansi.

Die Eingangshalle, die gleichzeitig auch als großer lichtdurchfluteter Aufenthaltsraum der Residenz diente, war festlich mit grünen Festzeltgirlanden aus Plastik und weiß-blauen Bändern geschmückt. Die gesamte Regionalpresse inklusive Regionalfernsehen und Radio war angerückt. Umtriebige Reporter bauten Stative, Kameras und Mikrofone vor der kleinen Bühne auf, die eigens für den großen Tag angemietet worden war. Bestimmend, aber trotzdem freundlich scheuchte die resolute Oberpflegerin Renate ihre Pfleger und Pflegerinnen mit Tabletts voller Sektgläser durch die Gegend. So wie Hansi das sah, hatte Schwester Renate die ganze Sache hier fest im Griff.

Dann erblickte er Ashanti, der seit seiner erfolglosen Karriere als Hausmeister auf »Senior Life Coach« – mit mietfreier Hausmeisterwohnung – umgesattelt war. Er war nun sozusagen der Bespaßer der Bewohner. Der langhaarige »Senior Life Coach« saß also inmitten einer Gruppe Senioren-Ladys, die ihn allesamt mit großen Augen anhimmelten. Egal, was er auch sagte, seine weibliche Fangemeinde dankte es ihm mit bewunderndem herzlichen Lachen. Sogar die ledige Fannerl kicherte wie ein pausbackiger Teenager. Anscheinend trug sie ihm seine fehlende Unterstützung beim Versicherungsschaden vor siebzehn Jahren nun endlich nicht mehr länger nach.

Hansi beobachtete die illustre Runde ein paar Minuten aus der Ferne und schmunzelte bei dem geradezu rührenden Anblick. Die betagten Mädels »fraßen« Ashanti offensichtlich förmlich aus der Hand. Die Stimmung war so hormonell aufgeheizt, dass Hansi direkt den dritten, vierten oder gar fünften Frühling, der hier wohl bei mancher Bewohnerin angebrochen war, fühlen konnte.

Nachdem er sich ein wenig umgesehen hatte, stand Hansi etwas orientierungslos in der Gegend herum, bis er das hochrangige Trio in der Ecke entdeckte. Bürgermeister Brunner, Bauträgerchef Schmal und der Heimleiter Glashauser standen höchst wichtig ein wenig abseits und tuschelten geheimnisvoll. Als sich der Seniorenbeauftragte der Gruppe näherte, verstummte das Gespräch jedoch augenblicklich.

»Ja servus Hansi. Schön, dass du gekommen bist«, begrüßte ihn der Bürgermeister freundlich.

»Servus miteinander«, warf Hansi in die Runde.

»Na, Scharnagl? Hast heut das beste von deinen Karohemden aus dem Schrank geholt?«, spottete Harald Schmal hochnäsig.

Der Baufirmenchef trug zwar einen sündteuren Designeranzug, der allerdings an ihm dranhing wie ein Kartoffelsack. Auch sonst sah er sehr mitgenommen aus. Anscheinend hatte er wohl schon einige Zeit sein Stammsolarium nicht mehr besucht. Zum ersten Mal seit Langem ähnelte seine Gesichtsfarbe wieder der eines Mitteleuropäers. Er hatte gut und gerne zehn Kilo abgenommen, mutmaßte Hansi. Ob denn an den zahlreichen Gerüchten, die sich um den Bauunternehmer rankten, etwas dran war? So angeschlagen, wie Schmal aussah, konnte man das sehr wohl meinen. So eine Firmenpleite, mutmaßliche Spielsucht und was sonst noch so alles getuschelt wurde, war halt auch für das stärkste Nervenkostüm zu viel, sinnierte Hansi.

Plötzlich schoss dem Hobbyermittler auch wieder die Schlägerei mit Roman Groß in der Bankfiliale durch den Kopf, von der Indiras Freundin Antonia erzählt hatte. Irgendwas mussten die beiden Wichtigtuer gemeinsam ausgeheckt haben, worüber sie sich dann in die Haare gekriegt hatten. Er musste da nochmals in verschiedene Richtungen recherchieren, nahm er sich vor. Harald Schmal war sicher einiges zuzutrauen, dachte sich Hansi, als er den erblassten Bauunternehmer mit zusammengekniffenen Augen musterte. Und die Indizien, dass Schmal und Groß keine Freunde mehr waren, verdichteten sich für den Bauhofdetektiv nach und nach immer mehr.

Vom vermissten Roman fehlte immer noch jede Spur. Zwar gab es nun die neue Erkenntnis, dass Roman ein dubioses polnisches Doppelleben geführt hatte, aber wo er war, wusste immer noch keiner. Natürlich machte die Ankunft von »Platin-Wanda« sofort die Runde im Dorf, eh klar. So was hatte ihm wirklich keiner zugetraut. Wer weiß, welche Geheimnisse er sonst noch hatte?

Auch bei seinen beiden Frauen, Silke, der ersten, und Wanda, der zweiten, war immer noch kein Lebenszeichen vom Vermissten angekommen. Es war wie eine Ironie des Schicksals, dass sich Silke und Wanda trotz des geteilten Manns recht gut zu verstehen schienen. Erst gestern hatten Sepp und Hansi während einer eiligen Dienstfahrt zur Metzgerei Aschenbrenner die beiden mit Kinderwagen und schreiendem Inhalt gemeinsam die Dorfstraße hinaufflanieren sehen. Vielleicht sollte er noch einmal bei Silke nach dem Rechten schauen und dabei ein bisschen »schnüffeln«, überlegte er.

Auch den ehrwürdigen Bürgermeister sollte Hansi wohl noch mal genauer analysieren. Die Aussagen der Hinkhoferin von irgendwelchen Beraterverträgen in Zusammenhang mit dem neuen Wanderweg waren ja schließlich auch nicht ohne, falls da etwas Wahres dran sein sollte. Am Ende hatte Roman bestimmt auch dabei seine Finger mit im Spiel gehabt, als Haus- und Hofratgeber des Bürgermeisters. Hansi nahm sich vor, seine Aufklärungsarbeit nochmals zu intensivieren. Diese Tuschelei der drei Herren gerade eben war bestimmt etwas ganz Geheimes, denn sie sahen sehr »ertappt« aus, als Hansi vor ihnen stand. Höchst verdächtig!

Nun betrat Mandy Honegger mit einem äußerst knappen blutroten, knallengen Glitzerkleid die »Einweihungsfesthalle« und riss Hansi damit aus seinen Gedanken. Natürlich zog sie in diesem Aufzug und ihren schwindelerregend hohen klappernden Stöckelschuhen sofort die gesamte Aufmerksamkeit auf sich. Xaverl Berger folgte der Sexbombe schwer bepackt direkt auf die Bühne. Er begann sofort pflichtbewusst mit dem Aufbau einer kleinen mobilen Musikanlage mit integriertem Mischpult. Jedoch hatte der Bauhelfer sichtlich Probleme mit der ganzen Verkabelung, es war ein Bild des Jammers. Aber Berger gab nicht auf und versuchte sein Bestes, auch wenn Mandy nicht gerade geduldig und dankbar mit dem armen Kerl umging.

»Ach das Fräulein Honegger«, rief Heimleiter Glashauser hoch erfreut und stürmte ebenfalls zum Showpodest.

»Was hat jetzt die Honegger da vor?«, fragte Hansi mehr sich selbst als die anwesenden Herren.

»Mandylein will was singen. Mei, kennst sie ja, sie liebt halt die Bühne. Sie hat es dem Glashauser vorgeschlagen, und der nimmt ja alles, was umsonst ist. Ich bin ja wirklich mal gespannt, ob sie so gut singen kann, wie sie immer vorgibt«, beantwortete Mandys Chef die in den Raum gestellte Frage.

»Das wird den Blutdruck der Seniorenherren auch so ordentlich in die Höhe steigen lassen, ganz egal, ob sie singen kann oder nicht. Schaut's euch mal das Kleiderl an«, lachte der Bürgermeister.

Der Soundcheck, den Mandy nun vollzog, brachte so manches Hörgerät der Bewohner an seine Belastungsgrenze. Schrille Pfeiftöne wechselten sich mit dumpfem Brummen ab. So wirklich hatte »Tontechniker« Xaverl die Anlage wohl noch nicht verstanden, sehr zum Argwohn von Mandy. Bei Beobachtung der Szenerie kam die wieder permanent bohrende Frage in Hansi auf, was zum Teufel die scharfe Sächsin denn nun eigentlich ständig mit dem eher kontraattraktiven Mann zu schaffen hatte? Über Xaverls »innere Schönheit« konnte Hansi ja nicht viel sagen, aber mit seiner »äußeren« war es nicht so weit her … man konnte auf gut Bayerisch auch sagen, er war einfach *selten greislig.*

Nachdem das eigentliche musikalische Rahmenprogramm – die unvermeidlichen »Filzbacher Spatzen« – sowie die hohe Geistlichkeit in Form von Dorfpfarrer Birnböck eingetroffen waren, konnte der offizielle Festakt endlich beginnen. Heimleiter Korbinian Glashauser begrüßte sehr gerührt die anwesenden Festgäste und Bewohner. Für ihn war das offensichtlich ein Tag der großen Erleichterung. Endlich war es soweit, die ganzen Probleme und Stresssituationen, die die Baustelle mit sich gebracht hatte, hatten ihn in der Bauphase anscheinend sehr belastet. Ergriffen und mit feuchten Augen dankte er gefühlt vierhundert Menschen namentlich für die großartige Unterstützung in dieser schweren Zeit.

Nach weiteren Reden vom Bürgermeister, Bauunternehmer Schmal und dem Landrat rückte nun auch Hansis großer Auftritt näher. Seine Hände waren schon schweißnass. Der Puls stieg wie bei einem Hundertmeterlauf. Sein Magen rebellierte. Gedanklich ging er immer wieder die verbliebenen Fremdwörter im Text durch. Sein Manuskript war von den vielen Testreden daheim schon so sehr verknittert, dass er sich bei manchen Textpassagen inzwischen schwertat, sie noch lesen zu können. Die verhassten Fremdwörter hatte er sich sogar doppelt und dreifach mit Textmarker angemalt. Wohl ein paar Mal zu oft, denn das Papier war an diesen Stellen schon löchrig. Langsam wurde Hansi ganz schwindlig und er befasste sich ernsthaft mit dem Gedanken, einfach davonzurennen, aber Glashauser kündigte just in diesem Moment den Seniorenbeauftragten der Gemeinde Unterfilzbach an und bat ihn auf die Bühne.

Zefix! Zu spät zum Davonrennen!, dachte sich Hansi und schlich ängstlich vor das anwesende Einweihungspublikum. Glashauser drückte ihm ein Mikrofon in die Hand, was ihn sofort überforderte und total aus dem Konzept brachte. Seine Unterlagen musste er ja auch noch halten und die Lesebrille aus seiner Hosentasche kramen. Das Mikro hatte er bei seinen

Proben gar nicht mit eingeplant. Schweißbäche rannen aus all seinen Poren. Nachdem er es geschafft hatte, seine Brille, die allerdings nun total schmierig war, aus seiner Hosentasche zu ziehen und auf seine Nase zu setzen, atmete er ganz tief durch und versuchte sich zu konzentrieren. Bettina hatte ihm einen Tipp gegeben. Sie hatte ihm geraten, er solle sich die anwesenden Zuhörer einfach nackt vorstellen. Blöd war dann nur, dass genau die ledige Fannerl direkt vor ihm saß, und er war sogleich fieberhaft mit dem Gedanken beschäftigt, die Fannerl in seiner Vorstellung wieder anzuziehen. Mit zögerlicher Stimme begann er, die von Indira verfasste Rede vorzutragen:

Sehr geehrte Festgäste, liebe Bewohner,
geschätztes Pflegepersonal.

Ich freue mich, heute hier als Seniorenbeauftragter diesem großen Ereignis beiwohnen zu dürfen. In Zeiten der demokratischen Wanderung wird eine liebevolle Betreuung der wachsenden Bevölkerungsgruppe der Senioren immer wichtiger und wertvoller. Deshalb ist es mir eine große Freude, hier in Unterfilzbach einen so wunderbaren Ort für einen geruhsamen und sorglosen Lebensabend mit einweihen zu dürfen.

Zusammen können hier Menschen ihren Ruhestand in Fürsorge und bei aufmerksamer Pflege verbringen und gemeinsame Aktivitäten erleben. So hat Alterseinsamkeit keine Chance! Dieses Heim ist ein Signal an die Welt: In Unterfilzbach kann man noch glücklich alt werden.

Ich möchte Heimleiter Korbinian Glashauser zu einem Pflegeteam mit hoher Fachinkontinenz beglückwünschen. Liebe Bewohner im »ewigen Licht«, Sie sind hier wirklich gut aufgehoben, die top ausgebildeten Pfleger und Pflegerinnen werden Sie mit Sicherheit sehr gut umsorgen.

Ich für meinen Teil werde als Seniorenbeauftragter mit all meiner Kraft meinen persönlichen Beitrag dazu leisten, um das Gemeindeleben und das Leben hier in der Seniorenresidenz zu einer Thrombose verschmelzen zu lassen.

Sie werden bei allen gesellschaftlichen Ereignissen mit einbezogen. Dafür bürge ich mit meinem Namen. Ich wünsche Ihnen viele glückliche Stunden im »ewigen Licht«.

Ihr Johann Scharnagl

Tosender Applaus, gemischt mit herzhaft lachenden Stimmen, erfüllte den Raum. Ein freudiges Gefühl machte sich sofort im Debütredner breit. Es war vollbracht! *Wunderbar,* dachte sich Hansi, *sogar Applaus hat es dafür gegeben.* Wobei er andererseits gar nicht verstehen konnte, warum ein paar Zuhörer sichtlich amüsiert über die Rede zu sein schienen. Harald Schmal hatte einen hochroten Kopf und hielt sich sogar den Bauch, so unterhaltsam hatte er Hansis Vortrag anscheinend gefunden.

»Mei Scharnagl, du hast auch eine absolute *Fachinkontinenz* bei der *demokratischen Wanderung*«, rief ihm der Bauunternehmer laut lachend zu.

Der Seniorenbeauftragte verstand nicht so ganz, was Harry daran so lustig fand. *Vielleicht, weil es wirklich eine sehr intelligente Rede war, so richtig professionell, wie bei den echten Politikern,* überlegte Hansi kurz. Eventuell hatte er sogar Talent für derartige Dinge, ging es Scharnagl durch den Kopf. Auf jeden Fall fiel ihm ein riesiger Stein vom Herzen und er begann plötzlich zu zittern. Das war wohl die gesamte Anspannung, die nun von ihm abfiel.

Als er zurück in die Menschenmenge ging, reichte ihm Oberpflegerin Renate mit einem aufmunternden Lächeln wortlos ein kühles Weißbier. *Was für eine tolle Frau,* dachte sich Hansi. Sie musste genau gespürt haben, was für eine Überwindung das für ihn gewesen war. Am liebsten hätte er sie umarmt, aber er war noch immer fix und fertig mit seinen Nerven. Lieber nahm er erst einmal einen riesigen Schluck aus dem Weißbierglas.

»Danke!«, sagte Hansi danach erleichtert zu Renate, wobei er ein »Kopperl«, einen kleinen Rülpser, leider nicht unterdrücken konnte.

Renate und Hansi waren sich auf Anhieb sehr sympathisch. Beide waren eher von der »anpackenden Sorte«, und das schienen sie wohl zu spüren.

»Das haben Sie sich jetzt wirklich verdient. Ich glaub, wir kennen uns noch nicht persönlich, ich bin Oberpflegerin Renate Saller, angenehm. Ich kenn Sie aber vom Sehen. Sie sind der Scharnagl vom Bauhof, gell? Vielleicht haben wir ja jetzt öfter miteinander zu tun«, sprach sie und streckte Hansi die Hand entgegen.

»Ja freilich, ich bin der Hansi. Freut mich. Aber sagen wir doch Du, Renate, diese ganze Siezerei ist ja a Schmarrn, das ist ja eher was für die Großkopferten. Oder was meinst?« Er grinste sie mit seinem unwiderstehlichsten Lächeln an.

»Sowieso, Hansi.«

Beeindruckt von Renates unglaublich festem Händedruck, den er eigentlich nur von Handwerkerkollegen gewohnt war, freute er sich. Sehr gut, dann hatte er jetzt schon mal eine Art Verbündete für seine Beauftragungsaufgabe.

»Pschscht!«, war in Richtung der beiden Plaudertaschen aus verschiedenen Mündern zu vernehmen. Strenge Blicke ermahnten Renate und Hansi zur Ruhe.

Stille kehrte ein und der Pfarrer rief zur Andacht. Er segnete die neuen Räumlichkeiten und beweihräucherte sie dermaßen, dass Hansi schon befürchtete, gleich würde der Rauchmelder lospiepsen. Er sah gedanklich schon seine Feuerwehrkameraden mit großem Gerät angebraust kommen. Dabei fiel ihm ein, dass hier dringend mal eine Übung anberaumt werden sollte, das musste er baldigst mit Sepp besprechen.

Nachdem der offizielle Teil abgeschlossen war, kam endlich der wirkliche Höhepunkt des ganzen Spektakels. Das Büfett wurde eröffnet. Gott sei Dank. Alle Festgäste und erst recht die Bewohner stürzten sich auf die Köstlichkeiten. Das hieß, die Bewohner wollten sich stürzen, waren aber dann doch im Endspurt langsamer als die restlichen hungrigen Gäste, die geladen worden waren. Die Herausforderung mit den knusprigen Backwaren gingen die Bewohner sehr pragmatisch an. *Von wegen Lüngerl,* dachte sich Hansi bei dem Anblick, der sich da bot. Da wurde nicht lange auf Etikette geachtet. Die Gebisse wurden während des Kauvorgangs einfach kurzfristig auf dem Tisch abgelegt. *Im Alter wird man halt erfinderisch,* schmunzelte Hansi in sich hinein. Natürlich erfreute auch er sich am wohlsortierten Büfett. Er ging sogar dreimal zum Aufladen, sodass Renate ihm schon einen mahnenden Blick zuwarf.

Nachdem die »Filzbacher Spatzen« während der Speisung wie gewohnt für zünftige musikalische Unterhaltung gesorgt hatten, erfüllte den Saal plötzlich ein schrilles Pfeifen, der Hansi durch Mark und Bein ging. Xaverl drehte am Mischpult.

»Mei, schad«, stöhnte Renate und zeigte mit einer Kopfbewegung in Richtung Bühne, wo die drei Musikanten ihre

Instrumente einzupacken begannen. »Jetzt war die Stimmung grad so lustig. Die Witze der Musiker wären jetzt erst so richtig versaut geworden.« Die Oberpflegerin gesellte sich zu Hansi an einen Stehtisch im hinteren Teil des Raumes und hatte zwei frische Weißbier dabei. »Oje. Jetzt kommt auch noch die Schnepfe! Die war gestern schon da und ist recht g'schaftig auf der Bühne rumg'hüpft. Kennst du die Tusnelda, Hansi?«

»Mei, was heißt *kennen?* Das ist halt die Mandy, die Bauleiterin vom Schmal Harry. Also früher fand ich sie eigentlich gar nicht zwider, aber inzwischen ist sie ein wenig anstrengend geworden«, drückte sich Hansi vorsichtig aus.

»Anstrengend?«, prustete Renate los. »Wenn die keinen Vogel hat, dann weiß ich auch nimmer. So eine aufgeblasene, eingebildete Kuah. Ausgewachsene Profilneurose sag ich da nur. Außerdem stellt's mir alle Haare gleichzeitig auf, wenn ich diesen Dialekt hör. Das tut mir echt leid, aber da kann ich gar nix dagegen machen.«

Während ihrer Ferndiagnose trank Schwester Renate ihr Weißbier, das noch halb voll war, auf Ex aus, so sehr musste sie sich über Mandy echauffieren. Aber sie war noch nicht fertig mit der Fragestunde.

»Wer ist eigentlich der Kasperl, der ihr ständig nachhechelt wie ein junger Hund? Ist das ihr Tschampstara? Aber das wär ja schon zum Schreien, wenn die zwei ein Paar wären.« Renate lachte aus voller Brust – und ihre Brüste waren sehr »voll«.

Hansi überlegte. Es fiel anscheinend auch anderen auf, dass eine schöne Frau wie Mandy – Sächsin hin oder her – mit so einem wie Xaverl herumlief. Xaverl war einen ganzen Kopf kleiner als sie. Wenn er lachte, sah man seinen fehlenden rechten Vorderzahn. Er war bei Weitem einfach nicht das, was man sich unter einem attraktiven Mann vorstellte. Es passte einfach nicht.

»Mei, ich weiß auch nicht. Das ist alles total komisch.« Hansi verstummte und versuchte sich wieder einmal angestrengt einen Reim darauf zu machen, aber er fand keine Erklärung.

Plötzlich ertönte wieder ein lauter Pfeifton. Alle Anwesenden, zumindest die, die noch einigermaßen hören konnten, zuckten zusammen. Mandy betrat die Bühne, schnappte sich das Mikro und klopfte ein paar Mal kräftig drauf, was ein lautes Wummern in der Musikanlage auslöste. Sie warf lasziv ihre Haarpracht in den Nacken und lächelte mit glänzenden gespitzten Lippen in das Publikum, als wäre sie nun im Begriff, ein ausverkauftes Konzert in der Münchner Olympiahalle zu eröffnen.

»Guten Doch, men Name is Mändy und isch hob mir gedocht, isch mach Ihne heude mal ene glene Freude. Se ham ja sonst nisch mehr viel zu lach'n, ne woahr?«, kicherte Mandy in ihrem umwerfenden sexy Glitzerkleid von der Bühne zum Publikum.

Die meisten geladenen Gäste hatten nach dem eingenommenen Mahl vom Büfett bereits die Veranstaltung verlassen. Das Restpublikum bestand nunmehr zum überwiegenden Teil aus den Bewohnern, dem Pflegepersonal, ein paar Pressevertretern, Mandys Chef Harry Schmal, natürlich Heimleiter Glashauser, Xaverl als treuem Mandy-Schatten und Hansi. Letzterer stand immer noch an einem Stehtisch, in Gesellschaft seines dritten Weißbiers, und konnte es einfach nicht fassen, dass so eine schöne Frau so einen furchtbaren Dialekt sprach.

Die Heimbewohner hatten wieder brav auf ihren Stühlen vor der Bühne Platz genommen und starrten Mandy an. Bei einigen Herren konnte man ein seltsames Grinsen auf ihren Gesichtern beobachten. So manch einer drehte an seinem Hörgerät herum. Zumindest die Bewohner schienen voller Spannung zu sein, was denn nun hier auf der Bühne passieren würde. Leider war die Sächsin immer noch nicht fertig mit ihren einführenden Worten.

»Wahrschenlisch gönn' Se misch bald im Fernseh'n angugg'n. Dann gönn' Se Ihren Enggln saach'n, die hab isch schon enmal live jeseh'n. Gestern war isch in Münsch'n bei ener Gaasting-Schoo und isch sach's Ihne, die näschste wird misch dann och nehm', des schpühr isch ganz deutlisch. Uf jeden Fall hab isch mir jedacht, isch sing Ihnen heude een boar Liedsch'n. Wenn'se woll'n, gönn'se nadürlisch och middanz'n.«

Nach dieser Ansage überlegte Hansi nun, welche Musikauswahl die singende Bauleiterin denn wohl getroffen hatte, denn um die nicht mehr ganz so agilen Heimbewohner zum Mittanzen zu bewegen, sollten es wohl schon ruhigere Klänge sein. Er hätte sich sicher viel vorstellen können, aber auf Michael Jacksons »Thriller« wäre er nun ums Verrecken nicht gekommen. Waren damals nicht lauter Halbtote im Musikvideo zu sehen? Ganz schön gewagt, dieses Lied hier bei einer Altenheimeröffnung zu singen. Die heute Achtzigjährigen waren damals ungefähr vierzig Jahre alt. Hoffentlich hatten die Bewohner zu dieser Zeit noch kein MTV oder kein Interesse an Musikvideos oder konnten sich nicht mehr erinnern.

Die Liedwahl war das eine, aber der Gesang dazu noch mal etwas ganz anderes. Eigentlich hatte Hansi durchaus erwartet, dass Mandy hier eine ganz passable Darbietung präsentieren würde, bei diesen Vorschusslorbeeren, die sie sich selbst gegeben hatte. Aber dass man sich anscheinend selbst wirklich *so* überschätzen konnte, war schier unglaublich. Sie sang grottenschlecht! Hansi tat der Gesang – oder vielmehr das Gekreische – direkt in den Ohren weh.

Er war sicher kein Profi auf dem Gebiet Musik, beileibe nicht. Als Kind hatte Hansi ein oder zwei Jahre versucht, in eine Trompete zu blasen, denn er wollte schon immer in der Unterfilzbacher Blaskapelle mitspielen. Damals bewunderte er die hoch ehrwürdigen Musiker der Truppe mit dem klangvollen Namen »Musikverein und Marschkapelle Unterfilzbach«, als sie bei den Volksfesten den Festzug im Gleichschritt anführten. Wegen des langen Namens der Musikervereinigung wurde die Kapelle nur die MUMUs genannt, das hatte sich irgendwann mal so eingebürgert. Da wollte Hansi auch dabei sein, bei den MUMUs. Da war man wer. Außerdem war das sein Plan B, um bei den Mädels ein wenig Aufsehen zu erregen. Auf dem Land gab es früher nicht allzu viele Möglichkeiten dazu, entweder Fußball oder Musik. Die Starfußballer-Position war leider schon besetzt gewesen. Hansis Schulfreund, der Huber Micherl und heutiger Huberbauer, war der unumstrittene Fußballgott beim TSV Unterfilzbach. Und da Hansi dort die meiste Zeit auf der Ersatzbank saß, funktionierte sein Plan A nicht und er probierte es mit der Blasmusik. Leider fand auch der Kapellmeister damals, dass Hansi so gar kein musikalisches Talent besaß. Womit er wahrscheinlich auch recht hatte.

Daraufhin verkaufte Mama Scharnagl die sauteure Trompete wieder. Ausgerechnet an die alte Huberbäuerin. Der Huber Micherl wollte eigentlich gar kein Instrument spielen, aber die alte Huberbäuerin war eine sehr dominante Mutter. Und so kam es, wie es kommen musste, der umschwärmte Libero beim TSV Unterfilzbach wurde auch noch zum Startrompeter bei den MUMUs. Alle Mädels himmelten ihn an, den Huber Micherl, den heutigen Großbauern. Eigentlich wäre das Hansis Strategie zur Eroberung der Frauenwelt gewesen. Das hatte ihm schon sehr gestunken damals und tat es sogar heute noch.

Aber musikalisches Können hin oder her, das hörte wohl ein Tauber, dass das Fräulein Honegger auf diesem Gebiet ebenfalls absolut talentfrei war. Diese schreckliche Stimme, kombiniert mit dem gesungenen sächsischen Akzent im englischen Liedtext – einfach ganz furchtbar schlimm. Man konnte im Publikum recht gut erkennen, welche Ohren nicht mehr so leistungsfähig waren, denn die schwerhörigen Bewohner freuten sich immer noch über die Darbietung. Die andern dachten wohl, das wäre nur eine lustige Einlage.

Mandy verzog keine Miene, als der Applaus recht verhalten ausfiel. Man konnte an ihren versteinerten Gesichtszügen bemerken, dass sie innerlich tobte. Dafür sprach auch die unprofessionelle Ansage, die sie an ihre Zuhörer richtete: »Na, ihr gönnt wohl nimmer so jut hören? Oder habt ihr kenen Jeschmack? Aber weil ihr es säeid, sing isch hald nochamol eens. Aber jetzt will isch schon a bissele was sehen. Auf geht's! Singd und danzd doch endlisch.«

Als wenn »Thriller« nicht schon unpassend genug gewesen wäre, setzte sie mit dem Lied »Jump« von Van Halen noch eines drauf. *Wie hat sie sich das jetzt vorgestellt?*, überlegte Hansi angestrengt. Sollte die ledige Fannerl jetzt plötzlich ihren Rollator in die Ecke werfen und hier durch die Gegend hüpfen, also jumpen? Langsam, aber sicher wurde Hansi bewusst, dass die schreckliche Sängerin dort oben auf der Bühne zwar bildhübsch, jedoch anscheinend wirklich strunzdumm und brunzbled war oder einfach nur die Intelligenz von einem Pfund Salz besaß.

Oberpflegerin Renate gesellte sich wieder zu Hansi an den Stehtisch. Auch sie starrte mit offenem Mund in Richtung Bühne. Einigen Senioren wurde es nun aber zu bunt. Sie zogen wie eine Armada mit Rollstühlen, Rollator und Gehstöcken von dannen. In ganzen Scharen verließen sie den Saal in Richtung Mediationsräume. Hansi beobachtete den Rückzug der Silberperlen verständnisvoll.

»Da haben sie recht, so was würd ich mir auch nicht bieten lassen. Gute Aktion, dass sie alle zusammen dieses Spektakel verlassen. Direkt ein Protestmarsch.«

»Ach Schmarrn, Protestmarsch. Jetzt ist es ja gleich halb drei. Da macht Ashanti immer seine Nachmittagsmeditation. Ich weiß zwar nicht, wie er es macht, aber sie fressen ihm alle aus der Hand. Er ist bei den Bewohnern so was wie der Messias oder bei den Mädels eher so was wie der Klassenschwarm«, erklärte Renate die Situation.

»Ach geh, ehrlich? Da schau her.« Jetzt war Hansi doch beeindruckt.

»Mei Hansi, ich sag's dir, was ich mit dem Ashanti mitmach. Also ihn selber hab ich ja unter Kontrolle, der braucht ja nur eine strenge Hand. Das hab ich gleich gesehen. Aber die Weiber …« Dabei verdrehte Renate genervt die Augen.

»Welche Weiber meinst jetzt genau?«, musste Hansi noch mal nachfragen.

»Na unsere Bewohnerinnen. Du musst das mal mit anschauen. Den ganzen Tag geht es *Ashanti hin und Ashanti her.* Da ist eine Schulklasse mit verliebten Fünfzehnjährigen a Dreck dagegen.«

Hansi musste sehr lachen, als er sich das bildlich vorstellte. So kannte er Ashanti, immer an den Frauen mit Geld interessiert. Davon gab es ja hier im Trakt für betreutes Wohnen einige, denn diesen Lebensabend konnte sich nicht jeder leisten. Hansi mochte ihn zwar immer noch nicht, aber inzwischen empfand er den Esoterik-Guru als harmlos.

»Stell dir vor, Hansi. Vorgestern hat mich die ledige Fannerl gefragt, ob ich ihre Stützstrümpfe nicht doch in Schwarz mit Spitze bestellen könnte. Ob die Apotheke nicht so was auf Lager hätt … Also weißt! Sag einmal selber! Die Oberberger Rosi hat angefangen mit dem Schmarrn, die wollte auf einmal anstatt ihrem Stützmieder einen Push-up-BH. Und jetzt will eine die andere übertrumpfen vom Ashanti-Fanclub. Nix mehr Frottee-Bademantel. Die Damen tragen jetzt Seidennegligés und Hausschühchen mit Absatz.« Nun redete sich Renate direkt in Rage. Aber wenn Hansi die verliebten Blicke der Seniorendamen so beobachtete, dann konnte er sich das lebhaft vorstellen und musste wieder bis über beide Ohren grinsen.

»Aber der Oberhammer war gestern wirklich wieder die Fannerl«, prustete die kernige Oberpflegerin und konnte sich kaum noch halten vor Lachen. Die Tränen liefen ihr über die Wangen. »Da sagt doch glatt die Fannerl zu mir, ob ich ihr sagen kann, wie das ist beim *Ersten Mal.*«

Ein kräftiger Schulterschlag der korpulenten Oberfilzbacherin ließ Hansi fast das Gleichgewicht verlieren. Erst als er wieder sicher stand, überlegte er, was Renate jetzt mit dem »Ersten Mal« gemeint haben könnte.

»Renate, ich weiß überhaupt nicht, von was du eigentlich redest. Was hat denn die Fannerl zum *Ersten Mal?* Hat sie zum ersten Mal ein Hühnerauge gehabt oder einen Katheter gebraucht? Was meinst jetzt?« Hansi verstand gar nix mehr.

»NEIN! Hansi! Sie hat g'sagt, sie hat sich ihr Leben lang aufgespart für den Richtigen. Und der wär jetzt da! Also dreimal darfst du raten, wen sie da jetzt damit gemeint hat.«

Die ganzen anwesenden Restgäste der Einweihung drehten sich zum Stehtisch am Fenster, denn dort war ein Gelächter und Gekreische ausgebrochen, das durchaus für Aufsehen sorgte. Renate und Hansi mussten sich ihre Bäuche halten vor lauter Lachen. Zur Feier des Tages und wegen der wunderschönen Seniorenresidenz genehmigten sich Hansi und Renate noch ein kleines Weißbier und besiegelten damit ihre neu gefundene Freundschaft und künftige »professionelle Beziehung« in Sachen Seniorenbeauftragung.

Und so ging also Hansis erste offizielle Rede trotz Mörderlampenfieber gut über die Bühne. Er war wirklich froh und hoffte, dass jetzt lange keine Redetätigkeit des Gemeinderates mehr auf dem Programm stand.

KAPITEL 11

Razzia

Heute war Donnerstag. Das bedeutete für die Unterfilzbacher zwei Dinge. Erstens: Über die heutige Brotzeit oder das Mittagessen brauchte man sich nicht den Kopf zerbrechen, denn heute war Züngerltag in der Metzgerei Aschenbrenner. Und zweitens: Im Unterfilzbacher Supermarkt gab's ab heute wieder super saisonale Angebote zum Häppy-Schnäppy-Preis. Also bei Kinderstrumpfhosen, Gartenmöbeln oder manch anderen begehrten Produkten war dort wirklich die Hölle los.

Das Thema der Woche im örtlichen Einkaufszentrum war ab dem heutigen Donnerstag *Auto-Tuning-und-Pflege-Woche.* Berta Hinkhofer hatte im vergangenen Jahr einen neuen roten tiefergelegten VW Scirocco von der Gemeinde Unterfilzbach – quasi gesponsert – bekommen, aber das war eine längere Geschichte … Jedenfalls war die Neuwagenbesitzerin seitdem sehr um ihr Auto bemüht. Jede Woche fuhr sie in die Waschanlage, polierte hier und da akribisch die Kratzer aus dem Lack – die sie leider relativ oft beim Einparken fabrizierte – und innen war es immer tipptopp sauber. Natürlich musste sie deshalb heute gleich in aller Herrgottsfrüh zum KaufGut und schauen, ob es nicht vielleicht einen kuschligen Lenkradbezug aus Fell oder peppige Sitzbezüge für ihren roten Flitzer gäbe. Insgeheim träumte sie sogar von einem Fuchsschwanz.

Da der Supermarkt genau wie Bertas Haus in der Dorfstraße lag, war die rüstige Rentnerin zu Fuß unterwegs. *Gott sei Dank,* dachte sie sich später, denn sonst wären ihr die sensationellen Ereignisse an diesem Morgen vielleicht sogar entgangen. In der Sonnenhangstraße, die von der Dorfstraße abzweigte und deren Einmündung Berta passierte, war um diese Zeit schon ein Mordsspektakel. Insgesamt drei Polizeiautos und noch zwei weitere große Limousinen standen vor dem Wohnhaus von Bürgermeister Brunner. Einige hochoffiziell wirkende Männer wuselten zur Haustür raus und wieder rein. Sie schleppten ein paar Ordner und Papierkram mit sich und luden diese in die dunklen Autos.

Berta wäre nicht Berta gewesen, wenn sie hier nicht genauer hätte hinschauen müssen, und da der Bürgermeister und das Fräulein Hinkhofer nicht gerade Busenfreunde waren, erst recht. Die Passantin Hinkhofer stand also vor dem Brunner-Haus und beobachtete das Geschehen höchst aufmerksam. Dabei erlauschte sie aus den Gesprächen der potenziellen Kriminalbeamten, dass wohl der Verdacht im Raum stand, das Unterfilzbacher Gemeindeoberhaupt hätte Förderanträge gefälscht und die Fördergelder abgezweigt. *Ja Wahnsinn,* dachte sich Berta, *wenn das mal keine Sensation ist.* Sie hatte es ja immer gewusst. Der Brunner war ein ganz falscher Fuchziger. Trotz aller Freude ärgerte sie sich aber auch gleichzeitig fast schwarz, dass dieser Skandal nun erst nach der Bürgermeisterwahl aufgedeckt worden war. Denn die Unterfilzbacher hätten dann sicher einen anderen Bürgermeisterkandidaten aufgestellt. Sie war sich sicher, dass sie selbst dann von der KUK-Partei auf Knien angefleht worden wäre. Sicher hätten sie sogar eine Ausnahmeerlaubnis wegen ihres überschrittenen Alters bei der Regierung erwirkt. *Genau so wäre das gelaufen,* dachte sich Berta. Aber es bestand ja noch Hoffnung. Denn wenn der Bürgermeister nun in die Justizvollzugsanstalt einziehen würde, dann konnte er ja schlecht noch weiter die Amtsgeschäfte führen. Also müssten Neuwahlen her und dann würde bestimmt Bertas große Stunde schlagen.

Nachdem ihre freiwillige Mithilfe bei der Hausdurchsuchung, die sie den Kriminalbeamten großzügig angeboten hatte, vehement abgelehnt worden war, zog Berta leicht beleidigt ab. Aber sie fühlte sich jetzt sehr verpflichtet, diese Informationen an das Volk weiterzugeben. Deshalb machte sie sich auf und stapfte mit großen Schritten in Richtung KaufGut.

Dort hatte sich diese sensationelle Neuigkeit offensichtlich noch nicht herumgesprochen, denn es schien alles so wie immer zu sein. So etwas motivierte Berta sehr. Natürlich machte sie gleich bei der Kassiererin Scharnagl halt, denn dort kamen früher oder später alle Kunden vorbei.

»Mei Bettina, ich sag's dir, was ich gerade erfahren habe, das zieht dir die Schuh aus. Da kommst du nie drauf! Gut, dass du sitzt, denn sonst würdest du sicher in Ohnmacht fallen.«

Berta postierte sich am hinteren Ende des Kassenlaufbands, behinderte dabei die zahlenden Kunden und wartete darauf, die soeben angedeuteten bahnbrechenden Neuigkeiten aus der Nase gezogen zu bekommen. Allerdings war Bettina gerade mittelmäßig im Stress und konnte dem »Unterfilzbacher BND« nicht gleich ihre volle Aufmerksamkeit schenken. Die Autopolitur »Starlight Glamour« und das Mikrofaser-Polierpad »Madness Shine« waren nämlich bei den männlichen Unterfilzbachern, vor allen bei denen zwischen achtzehn und fünfundzwanzig Jahren, überaus begehrt und so bildete sich eine ansehnliche Schlange vor der Supermarktkasse. Ungeduldig begann die Dorfratschn Nummer eins gerade mit ihrem Vorderfuß zu klopfen als Hansi zur automatischen Schiebetür hereineilte.

»Bettina, du, ich hab heut Morgen total vergessen, dich zu fragen, ob du nicht die Autopolitur und das Mikrofaser-Pad mitbringen könntest. Das gibt's doch heute bei euch im Angebot. Nimmst vielleicht gleich zwei mit, gell?«, redete der Kassiererinnen-Ehemann in ihren Rücken.

Bettina drückte gerade ihrem Kunden das Wechselgeld in die Hand und drehte sich zu ihrem Gatten um, der nun nervös neben Berta ebenfalls auf Audienz bei seiner Frau wartete.

»Servus Bärle, da hättest aber jetzt nicht extra kommen brauchen. Da hättest du ja auch eine SMS schreiben können. Schau mal, wie es wieder zugeht heut.«

»Doch, doch. Ich muss dir nämlich noch was erzählen. Stell dir vor, was gerade bei uns im Dorf passiert. Da wird's dich jetzt gleich umhauen.«

Berta ahnte sofort, dass ihr »Lieblingsfeind« gerade im Begriff war, ihr diese kolossale Neuigkeitenverbreitung ganz knapp vor der Nase wegzuschnappen. Auf der Stelle warf sie Hansi tötende Blicke zu und holte tief Luft, um schneller als er zu sein.

»Es ist Razzia! Beim Schmal, beim Bürgermeister *und* beim Groß. Da schaust, gell? Wir sind grad zufällig bei Romans Haus vorbeigefahren. Da geht's zu! Überall Polizei! Wie in der Bronx.«

Hansis Nachbarin hinter der Kassenschleuse blieben die Worte regelrecht im Halse stecken. Das waren ja noch mehr Informationen, als Berta selbst hatte. Jetzt redeten Hansi und Berta wild durcheinander, sodass Bettina überhaupt nichts mehr verstehen konnte.

»STOPP!«, rief sie die beiden zur Räson. »Jetzt einmal schön der Reihe nach! Also Hansi, was ist los?«

»Na, wir wollten in der Kastanienstraße grad die Laternen überprüfen, als ein Mordsaufgebot an Polizeiautos an uns vorbeigerauscht kam und direkt vor dem Groß seinem Haus angehalten hat und alle hineingestürmt sind, wie die Silke die Tür aufgemacht hat. Sepps Cousin hat einen Streifenwagen gefahren und der hat uns dann heimlich zugeflüstert, dass sie Razzia machen. Weil anscheinend die drei Herren miteinander einen rechten Schmu mit Fördergeldern von der Regierung getrieben haben.«

Sowohl Berta als auch Bettina blieb nach dieser Ausführung der aktuellen Ereignisse der Mund offen stehen. Inzwischen hatten sich schon einige Kunden um das investigative Trio geschart. Alle wollten jetzt wissen, was da genau los war, und belagerten Hansi. Berta hätte gern auch Auskunft gegeben, leider wurde sie aber nicht gefragt. Hier und da hörte man »Oh« und »Ah« und »Ja mi leckst am Arsch« aus den Mündern der Kunden, die sensationsgierig alles noch mal ganz genau wissen wollten. Hansi erzählte die beobachteten Vorkommnisse sicher noch viermal ausführlich, bis er von Sepp via Funkgerät aufgebracht dazu aufgefordert wurde, endlich wieder nach draußen zu kommen. Es wäre schließlich schon halb zehn und sie hätten jetzt einen ganz dringenden Termin im Brotzeitkammerl! Außerdem würde das Lüngerl für die Mannschaft langsam kalt. Hansi gehorchte und fuhr mit Sepp im Unimog in Richtung Bauhof.

Die Menschentraube löste sich nach und nach auf und Berta stand letztendlich allein da. Kein Einziger wollte von ihr auch nur eine Frage beantwortet haben. Tragischerweise gab es auch noch keinen einzigen kuschligen Lenkradbezug bei der Auto-Aktionswoche. Ein wirklich deprimierender Tag für die Hinkhofer Berta. Sehr niedergeschlagen und mit hängenden Schultern machte sie sich wieder auf den Heimweg.

Subventionsbetrug in Unterfilzbach – Bürgermeister Brunner und die Fördergeld-Mafia

… lautete die Schlagzeile in der Filzbacher Rundschau ein paar Tage nach der großen Razzia.

Immer noch ungläubig tauschten sich die Bürger des Dorfes untereinander aus. Das dabei hier und da ein paar Tatsachen vielleicht anders und aufgeblasener dargestellt wurden, lag in der Natur der Sache. So was verselbstständigte sich dann manchmal. Von Millionenvillen in Monaco und eigenen Privatflugzeugen, die sich die drei Verdächtigen bereits mit den unterschlagenen Fördergeldern gegönnt hätten, war die Rede. Hansi und Sepp fühlten sich darin bestätigt, dass ihre Vermutung richtig war, denn sie hatten die drei Herren schon längst im Verdacht, krumme Geschäfte miteinander gemacht zu haben. Der detektivische siebte Sinn war ihnen einfach angeboren, da waren sie sich sicher. Das letzte Rätsel über den Verbleib von Roman Groß würden sie bestimmt auch noch lösen.

Hansi las mit großem Interesse bei seiner morgendlichen Frühstückslektüre in der Filzbacher Rundschau die bisher bekannten Fakten. Im Einzelnen ging es darum, dass für verschiedene Projekte Förderanträge gestellt worden waren. Zum Beispiel für den Bau des neuen Traktes der Seniorenresidenz *Zum ewigen Licht* oder auch für den neuen Luxus-Wanderweg »Filzer Goldgräber Steig«. Allerdings wurden die Anträge nicht nur einmal gestellt. Dabei war das Trio sehr kreativ gewesen und hatte Fördertöpfe aus Bayern, der Bundesrepublik und auch der Europäischen Union angezapft. Diese waren anscheinend allesamt genehmigt und auch ausbezahlt worden. Da fragte sich Hansi schon, ob jetzt nicht wenigstens die Bayern mit der EU oder den Beamten aus Berlin reden würden, wenn es schon die anderen nicht getan haben. *Man könnte da doch einfach mal anrufen, oder? Mei diese Politiker,* stöhnte Hansi innerlich. Dann wurde ihm wieder bewusst, dass er ja nun auch einer von ihnen war. Hätte er bloß auf seine Bettina gehört! Der Hysteriker Scharnagl sah sich gedanklich schon in einem politischen Sumpf sitzen. Gott sei Dank war er erst seit sechs Wochen gewähltes Gemeinderatsmitglied. Er beschloss, seine kommunalpolitische Karriere nach dieser Legislaturperiode gleich wieder an den Nagel zu hängen. Sein Nervenkostüm würde das sowieso nicht aushalten auf Dauer; er fragte sich, wie er das jetzt sechs Jahre lang überstehen sollte, ohne dabei Bluthochdruck zu bekommen. Hansi war einfach viel zu ehrlich.

Harald Schmal und Matthias Brunner saßen nun in Untersuchungshaft, war in der Filzbacher Rundschau weiter zu lesen. Nach Roman Groß wurde auch durch Interpol gefahndet. Aus der Vermisstensuche wurde nun also eine Fahndung. Logischerweise kam nun einigen Unterfilzbachern der Gedanke, dass das Verschwinden vielleicht auch mutwillig herbeigeführt worden sein könnte. Vielleicht hatten Schmal und Brunner Angst gehabt, der katholische Groß könnte etwas ausplaudern, und hatten eventuell kurzen Prozess gemacht. Allerdings hatte das Image vom Pfarrgemeinderatsvorsitzenden in den letzten Wochen schon sehr gelitten. Denn Wanda aus Polen und ihr schreiender Nachkömmling waren der lebende Beweis dafür, dass der »heilige Roman« doch nicht so tugendhaft war, wie er gerne tat. Als Filialleiter der Unterfilzbacher Bank saß er sozusagen an der Quelle, um locker einmal ein paar Milliönchen hin- und herschieben zu können. Ein Großteil der Dorfbewohner war davon überzeugt, dass Roman nicht einem

Unglück zum Opfer gefallen war. Vielleicht war er längst auf den Bahamas und ließ sich die Sonne auf den Bauch scheinen. Das Mitleid hielt sich somit in Grenzen. Lediglich die zurückgelassene Frauenschar, Ehefrau Silke und Polengspusi Wanda, wurde allgemein bedauert.

Ein ganz anderer wurde jetzt im Dorf hochgejubelt. Denn langsam sickerte durch, wer denn nun den ganzen Skandal aufgedeckt hatte. Da hatten sich viele Unterfilzbacher noch nachträglich schwarzgeärgert, denn kein anderer als der ehemalige Bürgermeisterkandidat Florian Ganserer hatte diese Sache ins Rollen gebracht. Er war mutig genug und ging den Ungereimtheiten auf den Grund. *Wahrscheinlich ist ihm auch das seltsame Verhalten des Tuschel-Trios aufgefallen, genau wie meinem Sepp und mir,* dachte Hansi. Da Ganserer früher oft und viel mit Förderanträgen zu tun gehabt hatte, wusste er wohl, dass hier des Öfteren auch – auf gut Bayerisch – »b'schissen« werden konnte. Durch seine Kontakte aus früheren Tagen in der Entwicklung für erneuerbare Energien, die in vielerlei Hinsicht gefördert wurden, war er mit wichtigen Informationen beziehungsweise sogar Interna versorgt worden. Als er dann seinen Verdacht bestätigt sah und genügend Beweise beisammen hatte, wurde er bei der Kriminalpolizei für Wirtschaftskriminalität vorstellig. Tja, da hätte manch ein wahlberechtigter Dorfbewohner wohl lieber sein Kreuzerl woanders gemacht, als kürzlich ein neuer Bürgermeister für Unterfilzbach gewählt wurde.

Die Untersuchungen zu diesem Fall der »Fördergeld-Mafia« – wie er schon bald umgangssprachlich bezeichnet wurde – dauerten an. Wenn so viele internationale Stellen beteiligt waren, stellte das einen erheblichen Aufwand für die zuständige niederbayerische Kriminalpolizei dar, schon rein sprachlich gesehen.

Langsam, aber sicher beruhigte sich das Dorf wieder ein wenig, denn es konnte ja schließlich noch dauern, bis letztendlich die wirkliche Wahrheit ans Licht kam. Und vorher wollte man diesbezüglich in der Ratsch- und Tratschszene erst einmal abwarten.

Üblicherweise übernahm der Zweite Bürgermeister vorübergehend die Amtsgeschäfte, wenn der Erste Bürgermeister krank oder verhindert war. Oder – wie im Unterfilzbacher Fall – in Untersuchungshaft saß. Das Problem war nur, dass der bisherige Zweite Bürgermeister, der Weiderer Erwin – seines Zeichens Rentner –, sich nicht in der Lage sah, die Amtsgeschäfte vollumfänglich zu führen. Er erklärte seinen spontanen und sofortigen Rücktritt. Dabei gab Erwin gesundheitliche Gründe an. Dies hinderte ihn aber nicht daran, mit seinem Mountainbike zu einer Alpenüberquerung aufzubrechen, die er schon länger geplant hatte. Die Unterfilzbacher vermuteten dann, dass die »gesundheitlichen Probleme« wohl eher geistiger Natur sein mussten. Somit gab es aktuell keinen Zweiten Bürgermeister, der die politischen Geschicke des Dorfes führen wollte.

Allerdings war nun wegen der neuen Sachlage eine gewisse Drucksituation entstanden und der hochehrwürdige Rat von Unterfilzbach musste einen Interims-Bürgermeister aus ihren Reihen bestimmen. Im Prinzip war das Amt des Stellvertreters eigentlich eher entspannend und sogar eine Aufwandsentschädigung gab es dafür. Darum war der Posten früher heiß begehrt gewesen. Mit den Besuchen bei runden Geburtstagen oder Goldenen Hochzeiten, zu denen man bei Kaffee und

Kuchen geladen wurde, und der Urlaubsvertretung des Amtsinhabers riss sich der jeweilige Zweite Bürgermeister nicht unbedingt einen Haxen aus. Aber nun war die Situation eine andere und der Zweite Bürgermeister musste wirklich etwas arbeiten. Deshalb war die Anzahl der Freiwilligen diesmal im Vergleich zu früher sehr gering. Man konnte auch sagen, es gab gar keine Freiwilligen. Alle brachten das Argument der beruflichen Vollbeschäftigung oder der Selbstständigkeit vor. Was ja sogar auch verständlich war.

Stundenlang beratschlagten die Räte in hitzigen Debatten, wer denn nun für das Amt infrage kommen könnte. Natürlich kam auch Hansi zur Sprache. Die anderen Gemeinderäte meinten, da er sowieso »nur« am Bauhof arbeiten würde, würde es vielleicht gar nicht so sehr auffallen, wenn Hansi seinem eigentlichen Job einmal ein paar Monate fernbleiben würde. Der arme Hansi war den Tränen nahe. *Das fehlte noch! Ausgerechnet ER sollte vorübergehend Bürgermeister werden!* Nachdem aber diskutiert wurde, wie denn Wiggerl auf diesen Vorschlag reagieren könnte, und sich dann so manch einer die Eskalation ausmalte, die dies auslösen würde, ließen sie diese Idee – Gott sei Dank – wieder fallen. Hansi atmete auf! Wiggerls hysterische Anfälle waren gefürchtet. *Das hat nun zum ersten Mal etwas Gutes,* dachte Hansi. Denn wenn Wiggerl mit seiner Mannschaft in den Streik treten würde, wäre das für die bevorstehende Winter- und Schneeräumsaison nicht günstig. Zwar war es bis zum nächsten Wintereinbruch noch einige Monate hin, aber Wiggerl konnte sehr nachtragend sein. Zu den wenigen Arbeiten, die jeder im Dorf am Bauhof schätzte, zählten die geräumten und gestreuten Straßen. Der Winterdienst in Unterfilzbach war durchaus von hoher Qualität. Hansi war während der ganzen Diskussion um seine berufliche Zukunft ebenfalls sehr blass, still, schweißgebadet und strahlte nicht unbedingt Gesundheit, Kraft und Vitalität aus. Also war der Scharnagl aus dem Schneider.

Der letzte Gemeinderat, der für diese Aufgabe noch nicht ausdiskutiert worden war, war der König Georg – alias Schoßi, genannt Tschortsch. Er war ein ausgebildeter Schneider und wartete im Moment darauf, sein Modedesignstudium beginnen zu können. Deshalb hatte er auch kürzlich den Wunsch geäußert, künftig nun nicht mehr Tschortsch, sondern Tschortschio genannt zu werden, so wie sein großes Vorbild Tschortschio Armani. Obwohl er schon Ende dreißig war, wollte er es beruflich noch mal wissen. Immer schon hatte er einen Sinn für Ästhetik gehabt. Er war bis vor Kurzem in der Schneiderei der Firma »MiesE Trachten« angestellt gewesen, aber das Kürzen und Ändern von Lederhosen und Dirndln war ihm zu langweilig geworden. Leider war sein Wunschposten als Chefdesigner innerhalb der Firma bereits von Carmen Rodriguez besetzt, oder wie Tschortschio sie gerne bezeichnete: »de oide spanische Bitch«. Er hatte aber anscheinend Talent fürs Designen, denn er ergatterte einen der sehr begehrten Studienplätze an einer angesagten Modeakademie in der bayerischen Landeshauptstadt. Dieses Studium begann allerdings erst in drei Monaten und da der König Tschortschio bereits gekündigt hatte, wollte er diese Übergangszeit eigentlich für eine Weltreise nutzen. Aber weil er einfach eine gute Haut war, konnte der künftige Stardesigner halt nicht Nein sagen und ließ sich breitschlagen, die Amtsgeschäfte der Gemeinde Unterfilzbach zu führen. Zumindest solange der Bürgermeister in Untersuchungshaft war oder man wusste, wie es weitergehen sollte.

Wie sich schnell herausstellte, machte er seine Sache sogar sehr gut, denn er arbeitete engagiert und gewissenhaft.

Außerdem war er grundsätzlich eine freundliche Person und kam mit allen Bürgern und Amtspersonen gut aus. Hansi liebäugelte nach dieser Entscheidung natürlich sofort mit dem freigewordenen Posten des Frauenbeauftragten. Das musste er demnächst dringend mit Tschortschio besprechen.

An einem frühen herrlichen Samstagmorgen im Juni, der von Hansi sehr gern für ausgiebiges Ausschlafen genutzt wurde, riss ihn sein Feuerwehrpiepser um 4.08 Uhr unsanft aus seinem Traum. *Na bravo!,* dachte sich der Oberlöschmeister Scharnagl, *wird's scho wieder nix mit der Ausschlaferei.* Schlaftrunken verließ er sein kuschliges Bett und versuchte in eine greifbare Hose zu hüpfen. Er beneidete seine Frau in diesem Moment sehr, als sie sich die Bettdecke bis über das Gesicht zog und sich auf die andere Seite rollte. *Wer wird jetzt wohl wieder eine Ölspur fabriziert haben?,* dachte Hansi noch, als er auf seinem Handy die Einsatzmeldung öffnete. Aber dann las er: B3 + B-Explosion; Brand und Explosion auf landwirtschaftlichem Anwesen. *Ja sauber, endlich gibt's einmal einen richtigen Einsatz,* freute er sich und seine Motivation schnellte sofort nach oben.

Als Hansi voller Eifer das Haus verließ, erfüllte in Windeseile ein beißender Geruch sein empfindliches Naserl. *Ja pfui Teufel! Was stinkt denn da so?* Rasant, wie die Feuerwehr eben war, fuhr er mit seinem Opel Astra Kombi wie der Blitz zum Feuerwehrgerätehaus. Von allen Seiten trafen die Kameraden fast gleichzeitig ein und rannten in den Umkleideraum.

»Auf dem Bergerhof hat's eine Explosion gegeben und eine alte Hütte brennt«, schrie der Erste Kommandant Sepp Müller seiner Mannschaft zu.

So ein beginnender Feuerwehreinsatz war schon sehenswert, vor allem in Unterfilzbach. Halb angezogen oder sogar mit

Schlafanzug, wie zum Beispiel der Huberbauer, eilten sie herbei. Nur der Sepp war schon fix und fertig und saß bereits im Leitfahrzeug. Hansi fragte sich manchmal, ob Sepp in seiner Einsatzkleidung ins Bett ging.

Mit großem Tamtam, Blaulicht und Sirenengeheul an allen Fahrzeugen brausten sie zum Bergerhof, der am Ortsrand von Unterfilzbach lag. Der Gestank wurde immer schlimmer und so manch einem Feuerwehrler war anzumerken, wie sich dies auf seinen nüchternen Magen auswirkte. Hansi musste sich sehr konzentrieren, damit er das überhaupt aushalten konnte. Nur der Huberbauer war derartige Gerüche anscheinend gewöhnt, er verzog keine Miene. Er gähnte sogar noch mehrmals herzhaft. Zum ersten Mal freuten sich die Atemschutzträger trotz des schweren Gewichts ihrer Ausrüstung, dass sie ihre Atemschutzmaske tragen durften.

Als sie zum Einsatzort kamen, dem alten Bauernhof der Familie Berger, war relativ schnell klar, woher diese extreme Geruchsentwicklung kam. Die Güllegrube war anscheinend explodiert und diese Explosion hatte vermutlich die benachbarte alte Scheune in Brand gesteckt – oder wie Sepp blitzschnell treffend im O-Ton analysierte: »D' Odelgruam hat's z'rissn und hat die oide Schupfer o'zündt.«

Augenblicklich traten die Einsatzkräfte der Freiwilligen Feuerwehr Unterfilzbach professionell in Aktion. Die Gefahrenstelle wurde sofort abgesperrt, der Verkehr umgeleitet. Der Schlauchtrupp rollte umgehend die Schläuche zum nächsten Hydranten. Sofort schloss der Wassertrupp diese dort an, sodass der Angriffstrupp mit den Atemschutzmasken todesmutig die brennende Schupfer bekämpfen konnte. *Das läuft ja wie geschmiert,* war Hansi stolz auf seine Feuerwehrmannschaft. Obwohl alles sehr zackig vonstattenging, war beim Start des eigentlichen wirklichen Löschangriffs gegen die lodernden Flammen die Schupfer fast vollständig niedergebrannt, denn das Holz war alt und trocken und die Schupfer war bei genauer Betrachtung sehr, sehr klein.

Sepp hatte Hansi heute als sogenannten Melder für diesen Einsatz eingeteilt, das war im Prinzip so etwas wie das »Mädchen für alles«. Deshalb suchte er als Erstes nach den Bewohnern des Bergerhofs. Neben Xaverl waren das dessen Großeltern, die Berger Kathl und der Berger Baptist. Sie wurden auch recht schnell gefunden. Alle drei saßen in der Stube des sehr alten Bauernhofs und blickten mit versteinerten Mienen ins Leere. Die Berger Kathl hatte offensichtlich ein kleines Trauma, denn sie war schon weit über achtzig und hatte den Krieg als Kind noch miterlebt. Da konnte so eine Explosion schon viele verdrängte Erinnerungen hervorrufen. Sie zitterte am ganzen Leib. Ihr Gatte, der Baptist, war im selben Alter, aber fast taub und seine Augen wollten auch nicht mehr so richtig. Der alte Bergerbauer saß eigentlich da wie immer und trank – im Gegensatz zu seiner Frau – relativ relaxt seinen Kaffee.

Xaverl Berger wirkte wie in Trance, fiel es Hansi gleich auf. Es dauerte ein wenig, bis Xaverl Hansi und die zwei Feuerwehrler, die ihn begleiteten, bemerkte, als sie zur Tür hereingepoltert kamen.

»Ja Xaverl, Gott sei Dank! Passt bei euch alles? Ist jemand verletzt?«

Xaverl schaute Hansi jetzt erst an, oder besser gesagt schaute er eigentlich durch ihn hindurch.

»Ja freilich passt alles. Was soll denn fehlen? Da hättet's ihr aber nicht gleich so einen Mordsauflauf veranstalten brauchen. Grad weil die alte Schupfer brennt.« Xaverl schien fast ein wenig verärgert.

»Also so harmlos ist das jetzt auch nicht, hast du nicht mitbekommen, dass eure Odelgrube explodiert ist?«

Hansi wunderte sich schon sehr, warum Xaverl dieses Unglück so einfach abtat. Er ließ die zwei Feuerwehrler bei den alten Bergers in der Stube sitzen. Sie sollten gemeinsam mit ihnen auf den Krankenwagen warten, der von der Rettungsleitstelle automatisch alarmiert worden war. Melder Scharnagl packte Xaverl am Oberarm und nahm ihn mit nach draußen.

»Geh Xaverl, schauen wir zwei miteinander in den Stall, ob es den Viechern gut geht.«

Sie traten aus dem alten Bauernhaus in den Innenhof des Dreiseithofs aus dem Jahre 1913. Seit dem Bau war nicht viel verändert worden, der Hof war sozusagen fast noch im Originalzustand. Das ganze Anwesen glich eher einem Bauernhausmuseum als einem landwirtschaftlichen Betrieb, fand Hansi. Wobei das Ursprüngliche schon einen gewissen Charme versprühte. In der Münchner Künstlerszene war es ja gerade total schick, sich zur Inspiration auf einen alten niederbayerischen Bauernhof zurückzuziehen, hatte Hansi letztens in einer bunten Klatschzeitung in *»Karins Friseur Stüberl«* gelesen. *Die Bergers könnten sicher mit einem Verkauf einen Haufen Geld verdienen, wenn ein »geldiger« Regisseur oder Schauspieler den Hof entdecken würde,* dachte Hansi so vor sich hin. Gegenüber dem Bauernhaus stand der kleine Stall und daneben der Heustadl. Längsseitig war ein großes Holztor, das den Stadl mit dem Wohnhaus verband. An der gegenüberliegenden Seite, in der Nähe der nun bereits vollständig abgebrannten Schupfer war ein freistehender gemauerter Holzofen, den Hansi vor Jahren sogar selbst gebaut hatte. Er war ja gelernter Maurer und hatte sich vor einigen Jahren das entsprechende

Fachwissen angeeignet, um Holzöfen zu mauern. Hansi war einfach ein Handwerker durch und durch. Für seine Holzöfen war er im Umkreis fast so was wie berühmt. Viele Öfen hatte er damals gebaut, das war einmal direkt eine Modeerscheinung in Unterfilzbach und Umgebung gewesen. Die alte Bergerbäuerin machte allerdings das weltbeste Holzofenbrot, das Hansi kannte. Einmal im Monat wurde gebacken. Da standen die Leute aus dem Dorf geradezu Schlange am Bergerhof. Für Hansi legte die Berger Kathl aber immer ein paar Laib beiseite, schließlich war das Brot nur so gut, weil Hansi den Ofen so ausgereift und exakt gebaut hatte – erklärte der Ofenbauer der Brotbäckerin immer wieder. Darüber lachten sie dann beide.

Etwas weiter entfernt und in zweiter Reihe hinter dem Stall befand sich die Odelgrube und gleich daneben die inzwischen »ehemalige« Schupfer. Die Odelgrube war ebenfalls uralt, wie das ganze Anwesen halt auch. Eigentlich war die Grube mit einer Art Holzdeckel abgedeckt, der lag aber nun – durch die Explosion zerstört – in Hunderten von Einzelteilen überall verstreut, genau wie größere Mengen des Inhalts der Odelgrube. Wenn seine Konzentration nachließ, roch Hansi wieder diesen sehr schwer zu ertragenden Geruch, und es war nun absolut eindeutig, wo der herkam.

Aus den Augenwinkeln sah Hansi, dass seine Männer die Lage bereits unter Kontrolle gebracht hatten. Hansi war stolz auf seine Feuerwehr. Bei jedem Einsatz, der glückte, fühlte er sich direkt ein wenig heldenhaft.

Xaverl und Hansi machten sich auf zum Stall, um nach den Tieren zu sehen. Als die vier Kühe, drei Schweine und elf Hühner samt Gockel durchgezählt waren, sah sich Xaverl verzweifelt um:

»Frieda! Wo ist meine Frieda?«

Frieda war der kleine braune Hofhund der Bergers. Eine recht süße, aber unerzogene Mischlingshündin. Immer wenn Hansi das unglaublich leckere selbst gebackene Holzofenbrot abholte, wollte Indira meistens mitfahren, um mit Frieda zu spielen. Frieda und Xaverl standen sich sehr nahe. So viele Bezugspersonen hatte der arme Kerl leider nicht, da war die Liebe eines Tieres schon ein Trost.

Xaverl wurde jetzt regelrecht panisch. Immer wieder rief er nach seinem Hund. Er rannte am Stall vorbei, in Richtung der Felder. Hansi folgte ihm natürlich. Die Mais- und Weizenfelder, die hinter dem Stall begannen, wurden von einem kleinen Waldstück am unteren Ende eingegrenzt.

»Frieda, Frieda!«, rief Xaverl immer wieder.

In der Ferne konnte Hansi sehen, wie sich etwas am Horizont bewegte. Aus dem Waldstück rannte jetzt der kleine quirlige Hund direkt auf Xaverl und Hansi zu. Die Schlappohren wehten nur so im Wind. Xaverl freute sich sehr. Frieda ebenfalls. Sie wedelte nicht nur mit dem Schwanz, der ganze Hundekörper wedelte mit. *Aber was war das?* Frieda hatte etwas im Maul, bemerkte Hansi. Bei genauerem Hinsehen sah er, dass es ein Knochen war.

»Das ist aber ein Mordstrumm Knochen für so einen kleinen Hund«, sagte Hansi laut vor sich hin.

Xaverl war immer noch im Freudentaumel um die Unversehrtheit seines Lieblings und schien diese Bemerkung gar nicht zu hören.

»Also irgendwie ist das schon komisch. Ein Schweinsknochen oder von einer Kuh ist der nicht. Der ist ja wirklich groß. Da könnte man fast denken, das ist ein …«, dachte Hansi laut weiter.

Friedas Herrchen rang nach Worten.

Er versuchte den Verdacht – leider wenig glaubhaft – zu widerlegen. »Doch, doch. Das ist freilich ein Schweinsknochen. Da täuschst du dich jetzt schon. Was soll's denn auch sonst sein?«

Hansi überlegte. »Frieda kam mit dem Knochen im Maul aus dem Wald angerannt. Vielleicht hat sie ihn da irgendwo ausgegraben?«

Xaverl atmete jetzt ganz hastig und fing an zu stottern: »W-wo soll sie denn im Wald einen Knochen herhaben? Den hat sie halt von daheim, den hab ich ihr gegeben. Gestern oder so, glaub ich. Spinnst jetzt?«

Hansis Ermittlersinn war nun vom Kopf bis zu seinen Fußnägeln zu spüren. *Wenn es das ist, was ich vermute* … Sein Gehirn lief auf Hochtouren. Oberlöschmeister Scharnagl begutachtete den Hundeknochen, mit dem sich Frieda vergnügte, den sie aber leider nicht an ihn aushändigen wollte.

»Xaverl, komm, geh einmal mit!«, sagte Hansi jetzt streng. Dabei packte er den armen panischen Xaverl wieder am Oberarm.

Sie drehten um und gingen zurück zu dem Waldstück, aus dem Frieda gerade voller Freude auf sie zugelaufen war. Die gute Frieda freute sich anscheinend sehr, mit den beiden einen Ausflug in den Wald zu machen, sie rannte vor ihnen her und zeigte ihnen direkt den Weg zu ihrem Knochenversteck. Was sie vorfanden, war ein kleines, umgepflügtes Loch. Frieda hatte bereits ganze Arbeit geleistet.

Ganz vorsichtig grub Hansi mit den Händen weiter, bis nochmals ein paar Knochen zum Vorschein kamen. Er wischte nur ganz leicht die Erde von seinem Fund. Was er sah, ließ ihn kurzzeitig in Atemnot geraten: Fast vollständig verweste, teilweise verbrannte Leichenteile, die eigentlich nur noch als

»Skelettpuzzle« zu bezeichnen waren. Ein leicht rauchiger Geruch breitete sich aus. Hansi schaute Xaverl schockiert an. Er wusste sofort, wer das war beziehungsweise einmal gewesen war.

»Xaverl! Möchtest du mir was sagen?«, versuchte er mit ruhiger Stimme den inzwischen total verzweifelten Kerl zum Reden zu bewegen. »Wenn du dazu was sagen kannst, dann tu das jetzt. Sonst wirst du verdächtig. Oder musst du etwas gestehen? Dann wäre es auch gut, wenn wir *jetzt gleich* mit der Polizei sprechen würden!«

Nun sackte der Bauhelfer der Firma Schmal total in sich zusammen. Er weinte bitterlich. »Ja, ja, ja. Ich hab ihn auf dem Gewissen. Das ist er, der Groß. Ich war's. Aber nur, weil …«

Einen sehr bemitleidenswerten Anblick gab er ab, wie er da so am Boden kauerte. Mit seiner abgewetzten Hose, seinem löchrigen Hemd und seiner leicht schmuddeligen Ausstrahlung. Hansi kniete sich zu Xaverl auf den Boden. Ein paar Minuten saßen sie so da. Xaverl war total apathisch und Hansi wusste nicht so recht, was er jetzt sagen sollte. Aber natürlich gab es viele offene Fragen, die ihn brennend interessierten.

»Warum hast du das getan, Xaverl? Und vor allem: Wie hast du das eigentlich getan? Du musst ihn ja regelrecht zerstückelt haben. Xaverl! Du bist doch eigentlich ein lieber Kerl, hab ich immer gemeint!«, platzte es aus Hansi heraus. »Das gibt's doch gar nicht. Was ist denn da mit dir los gewesen?«

Xaverl starrte noch ein paar Sekunden ins Leere und rollte sich in eine Art kniende Embryostellung zusammen. Dann holte er tief Luft und erzählte mit immer noch starrem Blick den Tathergang sehr emotionslos.

»Also gut, es hilft wohl eh nimmer. Das Ganze war nach der Fastenpredigt. Ich hab den Roman beim Parkplatz hinterm

Dorfwirt getroffen. Auf dem Personalparkplatz, weißt schon, hinterm Haus, da hab ich auf ihn gewartet. Dann hab ich einen Bolzenschussapparat genommen und ihm von hinten in den Kopf geschossen.«

Der Personalparkplatz vom Dorfwirt ist sehr schwer einsehbar und nachts nicht beleuchtet, da ist es gar nicht so überraschend, wenn die ganze Tat niemand mitbekommen hat. Ein Auto hatte Roman nicht dabei, deshalb hat bestimmt auch die Polizei dort nicht genauer geschaut. Geregnet hat es an diesem Tag auch wie die Sau, also war das vielleicht vorhandene Blut auch gleich verschwunden auf dem Schotterplatz …, ließ sich Hansi die ganze Sache durch den Kopf gehen und stellte fest, dass dies alles Sinn machte.

»Ich weiß nicht genau, ob er sofort tot war, aber ich hab ihn dann halt in meinen Kofferraum einpacklt und mit heim genommen. Und dann hab ich nicht so recht gewusst, wohin mit ihm.«

»Was hast du denn dann mit dem armen Roman – Gott selig – angestellt? Der schaut ja schlimm aus.« Hansi war schockiert.

»Mei Hansi, du stellst dir das jetzt vielleicht so einfach vor. Aber überleg einmal, was du auf die Schnelle mit so einer Leich machst? Dich möcht ich sehen, Scharnagl! Die fängt ja irgendwann an zu stinken. Hast du das schon mal gerochen, wie so eine Leich stinkt? Und der Opa ist zwar fast blind und taub, aber riechen tut er noch ganz gut. Der hat dann schon gefragt, was im Heustadl eigentlich so stinkt.«

»Ja und was hast du dann mit ihm gemacht?«, wollte Hansi den Fall aufgeklärt wissen.

»Also erst einmal hab ich mir gedacht, wenn er eh schon so stinkt, dann werf ich ihn einfach in die Odelgrube. Weil das ist ja dann schon wurscht. Und in einem Kriminalfilm im Fernsehen hab ich mal gesehen, dass sie eine Leiche in Säure aufgelöst haben. Aber mit Odel ist das dann halt leider nicht so gut gegangen. Und er ist dann einen Tag später auch wieder aufgetaucht und oben geschwommen.«

Hansis Magen drehte sich um, denn er sah vor seinem inneren Auge ganz deutlich, was Xaverl da gerade erzählte. Dazu roch er noch die Nachexplosionsgerüche von der Odelgrube herüber. Dem sensiblen Scharnagl war es in diesem Moment gerade unglaublich schlecht.

»Und dann hast ihn da wieder rausgezogen? Aus der Odelgrube? XAVERL!«

»Ja freilich, was hätt'st jetzt du da bitte gemacht? Hä? Dann wollt ich ihn verbrennen. In unserem Holzofen. Zuerst hab ich es mit dem großen Reindl probiert, mit dem die Oma immer das Schweinerne für ihren Landfrauenstammtisch brät. Aber das hat dann schon wieder so gestunken und zusammengeschmort ist er auch nicht so wie das Schweinerne, wenn die Oma des manchmal im Ofen vergisst.«

Hansi war erschüttert über diese unglaubliche Naivität, die der eigentlich erwachsene Mann an den Tag legte. Immerhin war er Mitte dreißig. Wenn die Sache nicht so dramatisch gewesen wäre, dann wäre das Ganze fast lustig gewesen, also skurril lustig. Makaber war das aber auf jeden Fall.

»Ja und wie hast du ihn in das Reindl hineinbekommen? Also ich mein, da passt ja kein Mensch einfach so rein«, musste Hansi jetzt doch noch dringend in Erfahrung bringen, obwohl er sich ein wenig vor der Antwort fürchtete.

Xaverl erzählte munter weiter, als wenn er von einem seiner Viecher aus dem Stall erzählen würde. »Also erstens, Hansi, waren es zwei Reindl und natürlich hab ich ihn vorher zerlegt.

Oder hast du schon mal eine ganze Sau in einem einzigen Reindl gesehen? Mit der Kreissäge ist das dann auch ganz gut gegangen.«

Wieder sah Hansi ihn erschrocken an. *Das glaub ich jetzt alles nicht,* dachte er perplex. Als Hansis Kopfkino automatisch weiterlief, musste er entsetzt rufen: »Ja aber, Xaverl, das spritzt und blutet ja wie die Sau!«

Nun war Xaverl überrascht, dass Hansi so gar keinen Sinn für praktische Lösungen in solchen Fällen hatte. »Mei Scharnagl, meinst du denn, ich bin blöd? Der war ja schon ein paar Tage tot. Da ist das Blut ja schon lange gestockt. Du hast keine Ahnung, gell? Wenn er grade frisch tot gewesen wäre, dann hätt ich ihn natürlich ausbluten lassen, so wie ich das beim Aschenbrenner im Schlachthof gesehen hab. Da hab ich wirklich was gelernt damals, beim Reiner. Der Reiner ist ein super Metzger. Ganz ehrlich. Ich wollte ja eigentlich auch immer Metzger werden. Aber der Reiner hat mir die Lehrstelle nicht gegeben, weil ich keinen Schulabschluss gehabt hab. Auf jeden Fall war das Zersägen gar nicht einmal so tragisch gewesen. Ein wenig glitschig vielleicht von dem Odel und dem sonstigen Glantsch, der aus ihm rauskam. Aber sonst ist das schon gegangen.«

Da fiel es Hansi wieder ein, dass Xaverl nach seiner missglückten Hauptschulkarriere eine Zeit lang im Schlachthof der Metzgerei Aschenbrenner als Handlanger gearbeitet hatte. *Anscheinend wär er wirklich ein guter Metzger geworden,* dachte Hansi noch weiter. Aber sofort erschrak er sich über seine eigenen Gedanken.

»Dann hab ich ihn einfach direkt ins Feuer geworfen, also die Stückerl von ihm halt. Das ging dann schon ganz gut. Aber gestunken hat das mindestens wieder genauso. Die Oma hat schon gemeint, der Ofen wär kaputt, und wollt dich fast anrufen, Hansi. Auf jeden Fall hab ich dann einfach die Reste und die Knochen wieder rausgekehrt und im Wald vergraben. Mei! Wenn meine Frieda nicht so eine gute Nase hätt, dann wär das alles nicht aufgeflogen.«

Zum wiederholten Male sah ihn Hansi absolut sprach- und fassungslos an. Der Xaverl war schon ein seltsamer Kauz. »Dann bleibt jetzt nur noch eine einzige Frage offen. Die wichtigste. *Warum?*«, schrie Hansi Xaverl förmlich an.

Diese Frage beantwortete aber der geständige Mörder jetzt nicht mehr. Von da an blieb er stumm, allerdings konnte Hansi eine kleine Träne in seinem Auge erkennen.

Hansi funkte Sepp an und erklärte ihm kurz die Situation. Viel sagte der Kommandant nicht dazu, wahrscheinlich war auch er total geschockt. Sepp rief natürlich gleich die Polizei und kam wenig später mit Oberkommissar Dietl und dessen Polizeikollegen ebenfalls in den Wald.

Alle standen ungläubig vor Friedas Loch und waren noch mehr geschockt, nachdem sie Hansis kurze Ausführung angehört hatten. Dietl nahm Xaverl gleich in Gewahrsam und rief die Spurensicherung sowie Verstärkung aus der Polizeidienststelle. Der Polizeikollege wurde angewiesen, die Fundstelle sofort abzusperren und an Ort und Stelle zu warten, bis die Kollegen eintrafen. Dann wurde Xaverl abgeführt. Hansi und Sepp hatten beide das Gefühl, dass der arme Kerl sogar dem Oberkommissar leidtat. Es war einfach unglaublich, niemand hätte ihm so etwas zugetraut.

Als Sepp und Hansi wieder zurück zum Hof kamen, stand nur noch Sepps Leitfahrzeug im Hof. Die restliche Feuerwehr war inzwischen abgezogen. Der Sanka hatte Oma und Opa Berger schon längst ins Krankenhaus gefahren. Nach dem ganzen Remmidemmi war es wieder ruhig am Bergerhof. Hansi fand die Stimmung sehr eigenartig. Er bekam direkt eine Gänsehaut.

Lediglich zwei Polizeiautos standen noch in der Einfahrt. Ein Polizist postierte sich bei der Odelgrube und wartete auf den Brandgutachter, ansonsten war keiner zu sehen. Jetzt fiel Sepp wieder ein, dass es ja noch eine neue Erkenntnis gab, die er Hansi noch nicht mitgeteilt hatte.

»Mei, übrigens. Der Dietl hat gesagt, die Explosion war wahrscheinlich Brandstiftung. Sie haben einen Gutachter angefordert. Aber das hätt ich so auch gesehen. Ein paar winzige Fetzen, die der Übeltäter wahrscheinlich als Zündschnur benutzt hat, lagen da sogar noch umeinander.«

»Oha! Meinst, das war auch der Xaverl?«

»Hm, keine Ahnung. Aber warum sollt er einen Mord gestehen, noch dazu so ausführlich, und die Brandstiftung abstreiten, wenn er es gewesen wär.«

»Stimmt, Sepp, jetzt wär's eigentlich auch schon wurscht.«

Als Sepp und Hansi zum Leitfahrzeug gingen, waren sie richtig erschöpft von den heutigen Ereignissen. Sie beschlossen, diesen unglaublichen Vormittag noch einmal gemeinsam zu verarbeiten und Hansi lud Sepp zu den Scharnagls zum Essen ein, denn es war inzwischen schon halb eins.

Gerade als Hansi in das Feuerwehrfahrzeug einsteigen wollte, sah er etwas vor seinen Füßen zwischen den Steinen funkeln. Er bückte sich und hob es auf. Es war eine Kette. Vielleicht gefiel sie ja Isabelle? Solchen Schmuck trug die schöne Starfriseuse und angehende Make-up-Artistin oft und gerne. Er schob sie ohne nachzudenken ein und hoffte seiner Tochter damit eine Freude zu machen.

KAPITEL 12

Hirseauflauf

Nach den unglaublichen Vorfällen am Bergerhof fuhren Hansi und Sepp schweigsam zurück ins Feuerwehrhaus. Beide waren noch mit dem innerlichen Ordnen dieser Bilder, den ans Licht getretenen Tatsachen und dem dazugehörigen schaurigem Kopfkino beschäftigt.

Im Bierstüberl des Feuerwehrhauses waren ebenfalls noch ein paar Kameraden versammelt, auch sie redeten über den heutigen Einsatz. So was fand Sepp sehr wichtig, denn manchmal war das alles, was man als Feuerwehrler zu sehen bekam, gar nicht so leicht zu verdauen. Das sagte Sepp seiner Truppe auch immer wieder: »Redet's miteinander!« Hansi dachte dann immer leicht ironisch, dass ja dies genau der Richtige sagte, denn Sepp war nicht unbedingt der offenste Mensch. Und über Gefühle redete er beileibe sehr selten. Nur zu gern hätte Hansi gewusst, was jetzt eigentlich mit Maria und ihm so los war. Bettina hatte ihm nämlich erzählt, dass sich Maria von ihrem Mann getrennt hätte, und es musste doch mit dem Teufel zugehen, wenn der Sepp da nicht in irgendeiner Weise verwickelt wäre. Vor allem nach dem ganzen Trara im letzten Sommer. *Aber der sture Bock sagt einfach nix,* ärgerte sich der wissbegierige Hansi ziemlich oft.

In der Umkleide kamen die zwei Spezln wieder ein bisserl zu sich und Hansi witzelte schon wieder über Bettinas Speisenangebot, das sie ihnen wohl gleich vorsetzen würde. Aber da beide eben nach der ganzen Aufregung wirklich einen Bärenhunger hatten, war es ihnen eigentlich fast wurscht, was sie gleich aufgetischt bekämen.

»Gestern hat mein Zuckerschoaserl einen Hirseauflauf gemacht. Mit angerösteten Nüssen. Ich sag's dir, das hat ausg'schaut … Ich hab da immer die Augen zumachen müssen beim Essen, sonst hätt ich das nicht runterbekommen.« Dabei verzog der bekennende Fleischliebhaber sein Gesicht, als wenn er gerade in eine Zitrone beißen würde. »Also mal an Kaiserschmarrn oder an Hoiberwacka – oder wie der Pfarrer immer so *vornehm* dazu sagt, *einen Blaubeerpfannkuchen* –, da sag ich ja nicht nein. Aber immer dieses Gemüseglump. Ich kann ja auch nix dafür, wenn mir das halt nicht schmeckt.«

»Ach geh, Hansi, Bettina gibt sich immer so viel Mühe. Und schaden könnt's dir auch nicht. Bist schon ziemlich feist worden in der letzten Zeit, schau dir mal dein Wamperl an. Der Ashanti hat mir das mal erklärt, wie das so ist mit dem Körper und was man ihm *zuführt*, und das hat sich schon alles eigentlich recht logisch angehört. So wie das die Vegetarier machen, das hat schon auch was Gutes.«

Ruckartig drehte Hansi seinen Kopf in Sepps Richtung. *Was hat der Sepp da gerade gesagt? Jetzt spinnt er total! Und dann sagt der einfach zu mir, ich wär dick geworden,* konnte Hansi nicht glauben, was sein Freund da gerade von sich gegeben hatte. Die gemeinsame WG-Zeit mit dem Alleswisser-Guru hatte eindeutig posttraumatische Folgen für seinen Freund, musste Hansi erschüttert feststellen.

»Aber Sepp, wenn du jetzt Vegetarier – oder sogar noch schlimmer, Veganer – wirst … glaubst du dann, dass dich die Maria noch mag? Also ich mein, die Frau hat ja eine super 1-a-Metzgerei beieinander. Da kommt ihr ja nie zusammen. Des passt ja dann nimmer!«, appellierte Hansi nun streng an das Gewissen seines Freundes.

Sepp verdrehte wie üblich bei diesem Thema die Augen.

»Ja, du mich auch, Hansi! Du weißt doch, dass die Aschenbrenners eine Ehetherapie machen, oder? Also red nicht so einen Schmarrn daher und lass mir damit meine Ruh.«

»Ähm, ich muss da vielleicht noch mal die Bettina fragen, aber ich glaub fast, dass ich es so verstanden hab, dass die Maria sich vom Reiner getrennt hat. Nix mehr Ehetherapie.«

Sepp erstarrte sofort zur Salzsäule. »Ist das jetzt dein Ernst?«, fand er langsam seine Worte wieder.

»Ja schon. Aber du kannst meine liebe Frau ja jetzt gleich selber fragen. Geh weiter jetzt! Schick dich. Ich hab Hunger.«

Und schon sprang er in seinen Opel Astra und brauste davon. Sepp tat es ihm gleich. Nur tuckerte er eine Spur gemütlicher in seinem fünfzehn Jahre alten grünen Ford Ranger Pick-up zur Birkenstraße. Aber auch Sepps Magen knurrte schon.

Bei den Scharnagls daheim angekommen, verspürte Hansi inzwischen ein dermaßen starkes Hungergefühl, das er schon befürchtete, er fiele jetzt gleich in Unterzucker. Das Familienmittagessen war bereits vorbei. Aber Bettina hatte natürlich für die Feuerwehrhelden zwei größere Portionen aufgehoben.

Sepp und Hansi setzten sich an den Küchentisch und griffen sofort nach Messer und Gabel. Startbereit visierten sie Bettina an, was sie ihnen nun gleich vorsetzen würde. Bettina musste schmunzeln. *Das ist ja wie früher, wenn die Kinder ausgehungert aus der Schule heimgekommen sind,* fand sie. Hansi konnte es wirklich kaum mehr erwarten. *Riechen tut es schon mal sehr gut, hoffentlich schaut das Ganze heute auch ein wenig appetitlich aus,* dachte er und wunderte sich gleichzeitig, dass Gemüse auf einmal so gut riechen konnte, wenn das Essverlangen entsprechend groß war.

Voller Stolz stellte das Zuckerschoaserl ein großes Reindl mit einem frischen beziehungsweise für sie nun nochmals aufgewärmten Schweinebraten samt Ripperl in die Mitte des Küchentischs. Sie platzte fast vor Spannung, was Hansi wohl zu dieser Überraschung sagen würde. Bettina wollte Hansi eine Freude machen, weil er heute schon so früh aus dem Bett gemusst hatte, deshalb hatte sie beschlossen, ausnahmsweise einmal wieder ein richtig deftiges Schweinernes zu machen. So was hatte es im Hause Scharnagl schon seit Monaten nicht mehr gegeben.

Die hungrigen Mannsbilder starrten das Fleisch in der Mitte des Tisches an. Nach einer längeren Stille, die Bettina absolut verwunderte, um nicht zu sagen regelrecht verwirrte, sagte Hansi zu seiner Frau: »Ist noch was von dem Hirseauflauf von gestern da?«

Bettina verstand die Welt nicht mehr. *Warum will er jetzt auf einmal lieber den Hirseauflauf?*

Aber nach den ausführlichen Erzählungen der heutigen Erlebnisse ihres Mannes war Frau Scharnagl dann im Bilde. Sie konnte nun schon verstehen, dass nicht einmal Hansi nach einem saftigen Schweinernen gelüstete. *Na vielleicht kommt er ja doch noch mal auf den Geschmack, mein Bärle,* freute sie sich, als sie die Reste vom gestrigen Hirseauflauf aufwärmte.

Bettina, Hansi und Sepp gönnten sich nach dem Mittagessen noch eine Tasse Kaffee und redeten eine ganze Weile über Xaverl, die Bergers, Roman und Frieda. Isabelle kam zwischenzeitlich von einer privaten Friseurkundin und wollte natürlich auch sofort die Sensationsnachricht – die wie üblich im Dorf schon die Runde machte – ganz genau erläutert bekommen. Es war alles sehr tragisch. Allesamt hatten sie wirklich nicht den geringsten Verdacht, warum um alles in der Welt der Berger Xaverl den Roman umgebracht hatte. Wo zum Teufel war das Motiv? Was wurde jetzt aus dem Hof? Die alten Bergers konnten ihn sicher nicht mehr allein bewirtschaften.

Hansi musste sich schnäuzen. Dabei fühlte er in seiner Hosentasche sein blaukariertes Stofftaschentuch, in das er die Kette vom Bergerhof eingewickelt hatte. Er hatte sie einfach ohne zu überlegen mitgenommen. Jetzt erst kam ihm die Idee, dass dies ja eigentlich ein Beweisstück sein könnte, denn der Bergerhof war ja seit heute quasi ein Tatort. Vielleicht hatte er gedankenlos einen Hinweis eingesteckt?

»Schaut's mal, was ich vorhin noch auf dem Hof bei den Bergers gefunden hab.« Mit diesen Worten legte er die Kette in die Mitte des Tisches.

Die gesamte Tischrunde steckte die Köpfe zusammen und begutachtete das Fundstück. Es war eine silberne Kette, an der ein kunstvoll geschwungenes K als Anhänger befestigt war. Vereinzelt glitzerten große und kleinere Strasssteine auf dem Schmuckstück, das in einem Schimmer von Rosa glänzte. Ein dunkler Glitzerstein war im oberen Teil angebracht und sah fast aus wie ein Katzenauge, fand Hansi.

»Das ist ja eine Katzenberger-Kette«, rief Isabelle erfreut.

»Was ist denn eine Katzenberger-Kette, bitte?«, fragte Bettina erstaunt. »Ach, das ist die blonde künstliche Schnepfe, die aussieht wie eine Barbiepuppe. Die aus dem Fernsehen, oder?«, beantwortete sie ihre Frage selbst. Bettina war die Antipathie förmlich anzumerken. So was war überhaupt nicht ihr Fall. Sie mochte Natürlichkeit.

»Geh Mama, sei halt nicht immer so spießig. Hey, die Kette ist aus der limitierten Special-Jewelry-Collection, glaub ich. Die gab's nicht so oft zu kaufen. Ich glaub, die war gar nicht billig.«

»Na, der alten Bergerin wird die jetzt nicht gehören«, lachte Sepp. »Oder meint ihr, dass die Berger Kathl heimlich daheim auf rosa Stöckelschuhen und mit blonder Perücke ihr Brot backt?«

Diese Vorstellung lockte jetzt dann doch wieder ein leichtes Grinsen über die Gesichter der Anwesenden.

»Wisst ihr, wem die gehört?«, schrie Isa jetzt, als wenn es ihr wie Schuppen von den Augen gefallen wär.

Drei Augenpaare starrten sie an und warteten in Hochspannung auf die Antwort.

»Der Honegger! Die hatte sie doch auch beim Faschingsball um den Hals hängen. Da ging sie doch als Katzenbergerin und hat damit mordsmäßig angegeben.«

Hansi begann wie wild zu überlegen. *Ja genau, die Mandy! Die hatte ja ständig mit dem Xaverl zu tun in letzter Zeit. Da fress ich doch einen Besen, wenn es da nicht einen Zusammenhang geben könnte,* dachte er sich.

»Warum liegt jetzt die Kette von der Mandy am Bergerhof umeinander?«, kam Sepp ebenfalls ins Überlegen. Er fasste seine Gedanken laut zusammen.

»Warum war die Mandy überhaupt so oft mit dem Xaverl unterwegs? Könnt sie vielleicht auch in den Mord verwickelt sein? Vielleicht hat *sie* den Roman umgebracht?« Sepp sah Hansi an, beide hatten wohl gerade einen Geistesblitz. »Geh, Hansi, da schauen wir doch jetzt einmal schnell bei der Mandy vorbei. Irgendwas wird uns schon einfallen, wie wir sie ausquetschen können.«

Gesagt, getan. Sie fuhren im Astra zu Mandys Wohnhaus. Wie es der Zufall so wollte, war Mandy gerade vor dem Haus an ihrem Auto zugange.

»He Hansi, schau a mal! Die packt ihr Auto voll. Will die vielleicht abhauen?«, rief Sepp aufgeregt.

Sofort schoss der Astra wie ein blauer Blitz hinter den roten Mini Cooper der Sächsin und blockierte die Ausfahrt. Die beiden Bauhof-Schimanskis hüpften aus dem Auto. Mandy erschrak. Sie sprang augenblicklich in ihren Wagen und versuchte hektisch den Zündschlüssel in das Schloss zu stecken. Sepp riss die Autotür auf und Mandy gleich den Zündschlüssel aus der Hand. Es war direkt wie in einem James-Bond-Film.

»S-so, Fräulein Honegger, ich glaub, S-sie steigen jetzt besser aus«, stotterte Hansi.

»Was bilded ihr eusch denn een? Isch glob, bei eusch biebts a bisschn! Gib mer soforrt men Schlüssel, du Idiöt.«

Sepp sah Mandy mit einem starren, sehr strengen eindringlichen Blick von oben herab an. Sogar Hansi flößte er damit Angst ein. Anscheinend war das seine Geheimwaffe, denn Mandy stieg tatsächlich aus dem Auto aus.

»Was wolld ihr jetzad denn vo mir?«, versuchte Mandy die Fassung zu bewahren.

Hansi holte die Katzenberger-Kette aus seiner Hosentasche, hielt sie in die Luft und Mandy genau vor die Nase. Reflexartig griff sie danach, aber Hansi zog sie ganz schnell zurück. *Aha, sie gehört ihr,* dachte sich der Bauhofdetektiv erkenntnisreich.

»Rate mal, wo wir dieses edle Stück gefunden haben? Sie gehört ja offensichtlich dir. Und jetzt würden wir gerne wissen, was du am Bergerhof gemacht hast.« Hansi blühte förmlich auf. Jetzt war auf einmal alles klar und der ganze Scharnagl voller Adrenalin.

»Isch? Ähm, nischts. Was soll isch denn da gedaan haben? Was soll denn diese blöde Frascherei?«, stotterte Mandy. Sie begann zu zittern.

Sepp hatte sie fest am Oberarm gepackt. »Könnte es denn sein, dass du da heute Morgen an der Odelgrube warst? Das glaub ich sogar ganz sicher, denn wer eine gute Nase hat, kann das sofort riechen. Du stinkst nämlich.«

Stimmt! Jetzt wo der Sepp es sagt, riech ich es auch. Das wär mir gar nicht aufgefallen, ärgerte sich Hansi, dass sein Freund wieder einmal schneller war mit dem kriminalistischen Kombinieren. Aber Hansi entschuldigte sich bei sich selbst, denn er war ja wahrscheinlich ein wenig erkältet.

Mandy begann zu weinen. »Was gann isch denn dafür, wenn der Xaverl den Roman gleisch umbrig'n dud. Isch hab doch nur jesacht, dass der blöde Groß enmal so rischtisch eine aufs Maul bräuscht. Er hat mir jesacht, er hat es aus Liebe gedaan und dafür soll isch nun sene Frau wern. Stell dir des amal voa! Isch! Dem Xaverl sene Frau! Der hat misch erbresst! Das war janz schlimm für misch.«

Hansi ging ein Licht auf. Jetzt war plötzlich ein Motiv zu erkennen. Xaverl dachte, er könnte Mandy damit an sich binden. *Mei oh mei! Manche Männer sind ja so dermaßen blöd, wenn sie hormonell aufgeladen sind,* ärgerte sich Hansi über die Naivität von Xaverl und ein paar seiner Geschlechtsgenossen.

»Und warum um alles in der Welt hast du dann die Odelgrube angezündet?«, fragte der Feuerwehrkommandant weiter.

»Na, weil da die Leische drinne woar. Wenn es die Leische nisch mehr geben dud, dann gann er misch nischt mehr erbressn. Die is doch jetz ooch mitexblodierd, ne woahr?«

»Da muss ich dich enttäuschen, die Leiche hat er vergraben. Die ist noch da. Also fast zumindest«, gab Hansi jetzt siegessicher die Erkenntnisse des heutigen Tages preis.

»Der Idiöt. Zu mir had er immer jesacht, der Roman is in der Odelgrube drinne.«

»Hansi, ruf a mal die Polizei an, ich glaub, die wird das alles sehr interessieren.«

Zehn Minuten später kam Polizeihauptkommissar Dietl mit ein paar Kollegen zum Wohnhaus der Sächsin. Mandy wurde abgeholt und auf das Polizeirevier gebracht. So unschuldig, wie sie tat, war sie jedoch nicht ganz. Die Ermittlungen ergaben später, dass sie Xaverl regelrecht zum Mord angestiftet hatte. Sie hatte ihn nach allen Regeln der Kunst manipuliert, wie später auch die SMS-Protokolle in beider Handys ergaben. Der arme Kerl war so verliebt in die schöne Sächsin und ließ sich irgendwann darauf ein. Das half ihm aber leider alles nichts mehr. Er wurde trotz allem angeklagt. Ebenso wie Mandy – wegen Anstiftung zum Mord.

Und zack – waren Hansi und Sepp schon wieder die Helden von Unterfilzbach. Beide strotzten geradezu vor Stolz. Wobei es ja fast schon Alltag wurde, so einen Mörder zu fangen, dachte Hansi. Bettina befürchtete, dass Hansis Selbstbewusstsein nun wieder einmal explodieren würde. Aber diesmal würde sie ihn schon wieder runterholen, den Helden vom Bauhof.

Ein glücklicher Zufall wollte es, dass Isabelle ein paar Wochen später Besuch aus München bekam. Ein bekannter Filmproduzent, den sie bei ihrem Studium der Schminkkunst kennengelernt hatte, kam zum Kaffee vorbei. Er war, ob man es glauben wollte oder nicht, auf der Suche nach einem alten Bauernhof. Logisch, dass den Scharnagls sofort der Bergerhof in den Sinn kam. Die Kathl und der Baptist waren nach den ganzen tragischen Ereignissen jetzt auch noch auf sich allein gestellt und dementsprechend verzweifelt. Wer sollte denn den uralten rückständigen Hof kaufen?

Der Produzent jedoch war begeistert. »Ein Traum von einem Rückzugsort. So ursprünglich und fernab der Zivilisation. Ein Quell der Inspiration und Kreativität. Zurück zu den Wurzeln. Luxus der Einfachheit.« Und so weiter …

Jedenfalls legte er eine Menge Geld dafür auf den Tisch und war glücklich mit seinem neu erstandenen Bergerhof samt Holzofen und Plumpsklo. Sogar Frieda adoptierte er gleich mit dazu.

Die Bergers nahmen das viele Geld natürlich dankend an und zogen mit Sack und Pack in ein Luxusapartment in der Seniorenresidenz Zum ewigen Licht. Ganz neue Welten taten sich für die Bergers da auf. Fußbodenheizung, fließendes Warmwasser, regelmäßige Mahlzeiten, die ihnen vorgesetzt wurden, Tanzkurse mit Ashanti und Senioren-Discos. Nur mit Ashantis Dienstagsworkshop – der sinnlichen Baumumarmung – tat sich der Berger Baptist schwer. Er war zeit seines Lebens Holzhauer gewesen und warum man jetzt das Brennholz auf einmal umarmen sollte, konnte er nicht ganz nachvollziehen.

Bei der »Fördergeld-Mafia« gab es ebenfalls neue Entwicklungen. Die Ermittler fanden heraus, dass Harald Schmal und Roman Groß anscheinend den Bürgermeister hintergangen und die Anträge im Namen der Gemeinde Unterfilzbach gestellt hatten. Vermutlich hatten sie seine Unterschrift gefälscht. Bürgermeister Matthias Brunner war also unschuldig in diesen Sumpf geraten, zumindest konnte man ihm nichts nachweisen. Er zumindest fühlte sich vollständig rehabilitiert.

Schmal wurde der Prozess gemacht und die Firma Beton Schmal war Geschichte. Der Bürgermeister wurde aus der

U-Haft entlassen und war somit wieder regierungsfähig. Er staunte nicht schlecht, als er zurück in sein Amtszimmer kam, das Tschortschio inzwischen ein wenig umdekoriert hatte. Seinen Schreibtischstuhl hatte er mit kuschligem Kunstleopardenfell bezogen und die Armlehnen golden lackiert – dies nur als Beispiel, um ungefähr den Stil des neuen Bürgermeisterbüros zu erklären. Der König Schoßi musste an diesem Tag zwar seine Politkarriere gezwungenermaßen wieder beenden, den Leopardenschreibtischstuhl durfte er aber mitnehmen. Über das Ende seiner Bürgermeisterkarriere war er sogar sehr traurig, denn langsam hatte es ihm sogar Spaß gemacht, nicht nur Kleider und Möbel zu gestalten, sondern auch das Leben in einem Dorf zu beeinflussen. Aber sein Modedesignstudium stand kurz bevor und wer weiß, was er nach dem Abschluss an der Modeakademie machen würde. Vielleicht würde er sogar bei der nächsten Bürgermeisterwahl antreten. Oder gar bei der Bundestagswahl.

An jenem denkwürdigen Tag der Odelgrubenexplosion ereignete sich aber auch noch ein weiteres erwähnenswertes kleines zwischenmenschliches Drama. Und zwar vor dem schmucken Bayerwaldhäuschen des Herrn Müller. Wieder einmal ein Paradebeispiel für die manches Mal gravierenden Kommunikationsprobleme zwischen Männern und Frauen. Als der Sepp nach einem sowohl körperlich als auch geistig anstrengenden Tag gegen Abend zurück zu seinem Haus kam, wurde er bereits erwartet, nicht nur von seinem Kater Willy. Sepp war wirklich geschlaucht. Er hatte gerade noch seinen Einsatzbericht geschrieben, eine lästige, aber zwingende Nebentätigkeit des Feuerwehrkommandanten. Somit war seine Laune nach dem heutigen frühen Alarm, dem furchtbaren

Gestank der Odelgrube und dem Leichenfund samt Mörderüberführung nicht gerade die beste und er freute sich auf eine Dusche und sein Bett.

Nichts ahnend saß Maria erwartungsvoll vor seiner Tür auf der Hausbank und hatte einen großen Korb dabei, gefüllt mit allerlei Köstlichkeiten ihrer Metzgerei.

»Servus Sepp. Schön, dass du kommst. Ich hab mir gedacht, wir sollten mal reden. Was meinst? Schau, ich hab sogar eine Brotzeit für uns dabei. Debreziner und frisches Glaslfleisch. Das magst du doch so gerne. Und außerdem hab ich noch ein resches Bauernbrot von der Berger Kathl, gestern frisch gebacken. Geh! Setzt dich zu mir her.«

Sepp war mit der Situation total überfordert und antwortete nur kurz und knapp: »Ein Berger-Brot? Heute? Mei, Maria, nein. Echt ned!«

Maria konnte es nicht glauben. Warum war er nur so gemein? Da machte sie schon den ersten Schritt auf ihn zu, auf diesen Stoffel, und dann …

»Na gut, wenn du meinst!«, rief sie nur beleidigt in Sepps Richtung, packte gleichzeitig ihren Korb zusammen und eilte überstürzt davon.

Sepp sah ihr nur völlig überrascht nach und stammelte vor sich hin: »Aber eine Feierabendhalbe hätt ma schon miteinander trinken können.«

– E N D E –

DANKE!

Wie bei so vielen Dingen im Leben und so auch hier wieder einmal DANKE an Elke Saller und Karin Reisinger! Vor allem für die vielen kreativen Ideen und Einfälle zur Geschichte, die tatkräftige Mitarbeit und wunderbare Unterstützung!

Danke an ein paar Menschen, die ich des Öfteren aus Recherchegründen zu verschiedenen Dingen, zu den unmöglichsten Zeiten befragt habe, und denen ich damit vermutlich ziemlich auf die Nerven gegangen bin. Mein lieber Cousin Heinz Adam, Tom Müller, Stefan Einsle, Christian Zelzer, Michaela Herzinger und Conny Gössl.

Danke natürlich auch wieder fürs »Vor-Lesen« an den Lesekreis Unterfilzbach: Elke Hiebl, Angelika Hartl, Renate Kollmer und Heidi Seitz.

Für wieder einmal überraschend wunderschöne Fotos bedanke ich mich bei der talentierten Fotografin Marylou.

Tausend Dank für tausend Dinge an meine Familie, Hannah, Emma und Volker.

Ein sakrisches »Vergelt's Gott« natürlich an Klaus und Michaela Gröner, sowie an Steffen Janssen für die konstruktiven Diskussionen, Gespräche und die große Unterstützung in allen literarischen Dingen.

PS: Wir haben für die Unterfilzbachreihe die Kategorie »Krimikomödie« gewählt. In meinen Augen die am nächsten kommende »Schublade« für das Geschriebene. Es gibt unendlich viele Geschichten aber vielleicht nicht ganz so viele Schubladen, in die man sie einordnen kann. Wie auch beim Vorgänger »Kamasutra« war mein Wunsch einfach zu unterhalten *(und für mich persönlich: zu schreiben)*. Bei Manchen gelingt es, bei manchen nicht … aber einen Versuch war es auf jeden Fall wert.

PPS: Danke an alle Sachsen, die mir hoffentlich nicht übel nehmen, dass ich den Dialekt ein wenig auf die Schippe genommen habe. Ich mag euch – ganz ehrlich!

LUZIFER
VERLAG